Für alle wilden Herzen,

die sich nach dem sehnen,

was hinter dem Horizont liegt.

»Du uferlose Flut, die du in deinen Gezeiten
die Grenzen der Sterblichkeit umklammerst.
Und, deiner Beute überdrüssig, immer noch heulst nach mehr,
speist deine Trümmer auf die unwirtliche Küste,
verräterisch in der Ruhe und schrecklich im Sturm.
Wer kann es mit dir aufnehmen,
Unergründliche See?«

Percy Bysshe Shelley

Kapitel 1

Seine einzige Geliebte ist die See.
Die große, weite See.

Louisiana, 1715

Marifa

War er der Richtige? Der Eine, der sie endlich nach Hause bringen würde? Das Erste, was sie liebte, war der Stolz in seinen Augen. Mit vor der Brust verschränkten Armen lehnte der Kapitän am Schanzkleid[1] seines Schiffes und sah zum höchsten der drei Masten hinauf, die dunkel in den wolkenlosen Himmel stachen.

Gut sah er aus, befand Marifa mit einem warmen, kitzelnden Gefühl im Bauch, das sie wieder daran erinnerte, was Lebendigkeit bedeutete. Ein böiger Wind kämmte durch sein schulterlanges goldbraunes Haar, während er mit jener tief gehenden Liebe die geblähten Segel seines Schiffes musterte, die Marifa schon an vielen Kapitänen beobachtet hatte. Um Frauen scherten sich solche Männer nicht. Allenfalls bestiegen sie im Hafen ein paar Huren oder fielen über irgendein unglückseliges Mädchen her, um den Druck in ihren Lenden loszuwerden und das Leben ihres Opfers zu ruinieren. Doch Treue und wahre Liebe brachten sie einzig und allein ihrem Schiff und dem Meer entgegen.

Blendend hell hoben sich die Dreiecke und Trapeze aus Leinen vor dem wolkenlosen Himmel ab, umkreist von weißen Seeschwalben. Ein altes, verblasstes Gefühl von Hass ballte sich in Marifas Eingeweiden zusammen, als sie die vertrauten Geräusche des Schiffes hörte: das Knar-

[1] Robuste Fortsetzung der Bordwand oberhalb des Oberdecks.

ren der Taue und das Klatschen der Wellen gegen die Bordwand. Knatternde Segel, knarzendes Holz und das beständige Surren der Wanten[2].

All das weckte grausame Erinnerungen.

Lang vergrabene Erinnerungen.

Nein!, schalt sie sich in Gedanken. *Hör auf damit! Denke nicht mehr daran. Nie mehr. Was für schöne Hände er hat. Sie sind wie geschaffen für harte Arbeit. Und dafür, die Haut einer Frau zu berühren. Ich will, dass er der Richtige ist. Gebt mir endlich den Mann, der mich nach Hause bringt. Ich habe lange genug gewartet.*

Die Vision wurde schärfer, bis sie von der Wirklichkeit nicht mehr zu unterscheiden war. Marifa sah sich um und entdeckte zwei Burschen, die unterhalb der schwankenden Spitze eines Mastes herumturnten und Leinen festzurrten. Als die Schiffsjungen den Kapitän entdeckten, salutierten sie und riefen ihm einen Gruß zu, der mit einem dürftigen Nicken beantwortet wurde.

Marifa schnaubte. Nur nicht zu viel Freundlichkeit zeigen, das war das Gesetz der Engländer. Milde machte die Untertanen nur aufmüpfig. Die Zügel mussten straff sitzen und die Sporen stets einsatzbereit sein, damit bei der kleinsten Widerspenstigkeit Blut fließen konnte.

Trotz der vergangenen Zeit erinnerte sie sich viel zu gut daran, wie ihr Leben auf einem solchen Schiff ausgesehen hatte: Gemeinsam mit mehr als dreihundert Sklaven zusammengepfercht auf engstem Raum. Angekettet, zitternd und fiebernd, mit einer unbeschreiblichen Wut in den Eingeweiden. Jetzt aber spürte sie die Gischt auf ihrer Haut, so, wie der Kapitän sie spürte. Frisch und kühl, den salzigen Geschmack nach grenzenloser Freiheit hinterlassend.

Freiheit …

Dieses alte, verstaubte Gefühl aus ihren Träumen, das in der fernen Heimat zurückgeblieben war. Aber wenn die Geister ihr wohlgesonnen waren, lag das lang ersehnte Ziel näher, als sie zu hoffen gewagt hatte.

Ich flehe euch an!, betete sie. *Lasst ihn der Eine sein! Erlaubt mir, endlich Frieden in der Erde meiner Ahnen zu finden.*

Elegant glitt das Schiff durch die Wellen. Selbst als die Kämme der höchsten Brecher über das Schanzkleid spritzten, wich der Kapitän

---

[2] Taue zur Verspannung der Masten. Sie dienen den Seemännern zugleich als »Leitern«.

nicht zurück. Nein, er genoss die kalte, nasse Berührung des Meeres, so wie ein Seemann es tat, der im launischen Ozean seine einzig wahre Geliebte gefunden hatte. Genüsslich sah Marifa dabei zu, wie die Gischt seinen dunkelroten, langschößigen Uniformrock durchtränkte und das weiße Hemd an seiner muskulösen Brust kleben ließ. Stolz und aufrecht stand er da, während der Wind den Schaum von den Wellenkämmen fegte und ihn damit tränkte.

Dieser Mann hatte schon oft reiche Beute gemacht. Edelsteinknöpfe zierten seinen Rock, Ringe funkelten an seinen Fingern und in Silber gefasste Korallen- und Muschelanhänger an seinem Hals. Die hohen schwarzen Stiefel mit dem breiten Schaft waren aus feinstem Leder gefertigt, der kostbare Stoff des Hemdes leuchtete blütenweiß und ließ, durchsichtig geworden von der Nässe, sonnengebräunte Haut durchschimmern.

Ein heftiges Ziehen fuhr in ihren Unterleib. War das etwa Begehren? Nach so langer Zeit der Kälte und der Gleichgültigkeit?

Ja, tatsächlich.

Herrliche, wonnige Lust sickerte wie ein Fiebertraum durch ihr Blut und brachte das Eis vieler Jahrzehnte zum Schmelzen. Schwer atmend fuhr Marifa im Bett hoch. Die Vision zersplitterte, aber das Pochen zwischen ihren Beinen und das Brennen ihres Blutes blieben. Es wurde sogar noch heftiger.

Sie fühlte sich lebendig. Endlich wieder lebendig! Dieser Kapitän musste der Eine sein. Der, auf den sie eine Ewigkeit lang gewartet hatte! Viele Männer waren durch ihre Träume und Visionen geweht worden, wenn sie draußen auf dem Meer an ihrem Reich vorbeizogen. Raue, ungehobelte Seeleute mit ganzen Läusekolonien in ihren Bärten. Freibeuter und Abtrünnige, Spanier und Portugiesen auf ihren klobigen, protzigen Schiffen, Engländer mit gewienerten Stiefeln und hochmütigem Blick, einfache Fischer und Sklavenhändler. Diese verfluchten Sklavenhändler. Hunderte Männer hatte sie gesehen. Tausende. Aber niemals einen wie ihn.

Marifa schloss die Augen und kehrte mit einem einzigen, mühelosen Gedanken zu ihm zurück. Noch ein Zeichen dafür, dass das Schicksal ihre Lebensfäden miteinander verflochten hatte. Augenblicklich spürte sie den Wind auf ihrer Haut, die Gischt der Wellen und das Gefühl zügelloser Freude.

Oh, ihr Geister, er ist es! Endlich ist er gekommen!

Und wie prächtig er ist!

Seine Augen waren so blau wie das Meer, und ebenso wie das Meer wechselten sie ihre Schattierung. Im einen Moment waren sie dunkel wie der Ozean im Sturm, im anderen hell wie die flache See vor den Sümpfen, die von der Sonne bis zum Grund mit Licht erfüllt wurde. Marifa spürte die Leidenschaft einer Seele, die zu groß war, um in einen sterblichen Körper gepresst zu werden. Und doch war sie dazu verflucht, in ihm ausharren zu müssen. Nach außen hin war der Mann beherrscht, aber im Inneren bis zum Bersten angefüllt mit einem Feuer, dessen Hunger früher oder später alles in Asche verwandelte.

Weich würde sich sein Haar anfühlen, wenn es durch ihre Finger glitt. Den Geistern sei Dank war er keiner dieser stinkenden Männer, die ihre Dreckkrusten hegten und pflegten. Trotz des rauen Lebens auf See war er allem Anschein nach sehr darauf bedacht, in tadellosem Zustand aufzutreten. Seine Küsse würden köstlich schmecken und seine Haut nach Seife duften. Keine einzige Narbe verunstaltete die aristokratischen Züge seines Gesichts, doch Marifa zweifelte nicht daran, dass er anderswo an seinem Körper die Male vergangener Kämpfe trug. Das Verlangen, nach diesen Zeichen zu suchen, und zwar überall, ließ sie sehnsüchtig aufstöhnen.

Vermutlich hatte dieser vom Schicksal begünstigte Mann niemals eine jener schrecklichen Krankheiten ertragen müssen, die in den Armenvierteln grassierten und jedes Jahr unzählige Leben forderten. Seine Haut war sonnengebräunt und vom Wetter gezeichnet, aber noch immer die eines jungen Mannes, und obwohl Marifa nicht viel von Haaren im Gesicht hielt, musste sie zugeben, dass der säuberlich gestutzte Bart des Kapitäns die Sinnlichkeit seiner Lippen noch betonte. Zweifellos entstammte er einer angesehenen Familie. Die üblichen Charakterzüge mussten dazu geführt haben, dass man ihn aus den erlauchten Kreisen verbannt hatte: zu viel Ungehorsam, zu viel Leidenschaft und zu viel Mut.

Marifa labte sich an seiner Stärke und Selbstbeherrschung. Beides waren Eigenschaften, die einem Jungen aus gutem Hause mit der Muttermilch eingetrichtert wurden. Was für ein Unterschied zu den

Kreaturen, die sonst ihre Gewässer durchkreuzten. Seine Bewegungen und Gesten waren niemals ruppig, sondern wurden stets mit Bedacht ausgeführt. Selbst wenn er nur einen Zeigefinger auf seine Unterlippe legte und mit versonnenem Blick das Schiff bewunderte.

Nachdem er ebendies eine Weile getan hatte, beugte er sich über das Schanzkleid und betrachtete die blaue, wie mit einem zarten Pinselstrich über den Horizont gehauchte Küstenlinie. Einen Moment lang schlüpfte Marifa in seine Wahrnehmung, obwohl der Zauber schwierig und kräftezehrend war.

Sieh nach rechts!

Der Kapitän folgte ihrer Aufforderung unmittelbar, ohne auch nur im Geringsten zu ahnen, dass sein Wille untergraben worden war. Wie herrlich! Bevor er sie nach Hause brachte, würde sie ein paar sündhafte Nächte mit ihm verbringen und ihre neu gewonnene Lebendigkeit in vollen Zügen auskosten.

Beuge dich ein wenig weiter vor. Ja, gut so. Und noch ein bisschen mehr.

Willig folgte er ihrem Befehl, bis Marifa die Gallionsfigur am Bug des Schiffes erkennen konnte: eine goldene Harpyie mit ausgebreiteten Schwingen, den üppigen Brüsten einer Frau und dem Kopf eines Adlers.

Vor Überraschung lachte sie laut auf.

War ihr tatsächlich die legendäre *Scowerer* ins Netz gegangen?

Wer an den Küsten des Golfes und in der Karibik kannte dieses Schiff nicht? In den Schenken und Absteigen wurde der Name seines Kapitäns oft geflüstert. Mal ehrfurchtsvoll, mal hasserfüllt. Und sehr oft mit einem sehnsuchtsvollen Seufzen, wenn es Frauen betraf. Vermutlich hatte William Hunter schon unzählige Herzen gebrochen. Jener Fluch schien ein Naturgesetz zu sein. Männer wie er hinterließen in ihrem Kielwasser nichts als Leid. Männer, die hinter ihrer zur Schau getragenen Noblesse jene Sorte Kälte versteckten, mit der sich verwundete Seelen umgaben. Nicht wenige verloren sich in dieser Kälte, ließen sich davon kontrollieren und versuchten, auch ihrer Umgebung jegliche Wärme auszusaugen. Was hatten sich die Geister nur dabei gedacht, Frauen so zu erschaffen, dass sie von ebenjenen Männern angezogen wurden wie Motten vom Licht?

Ein furchtloser Schurke ohne Gnade, mit dem Teufel und den Dämonen der See im Bunde. So umschrieben ihn die Geschichten.

Ein Frauenverführer, ein Halunke, Ungeheuer, Mörder und Dieb. Einst der verwöhnte Spross einer englischen Adelsfamilie, jetzt nur noch ein Gejagter, der Hass und Enttäuschung in Grausamkeit ertränkte.

Marifa wusste, dass man einen solchen Mann nicht lieben durfte, und doch kam sie nicht gegen den Fluch der Frauen an. Williams Seele krümmte sich wie ein misshandeltes Tier, und wie ein solches Tier biss er jeden, der sich an ihn heranwagte. Nur eine konnte ihn besänftigen. Nur eine war schön und verführerisch genug, um ihn zu zähmen: die große, weite See.

»Es wird Zeit, dass du deine Meisterin findest«, flüsterte sie. »Der Fluss deines Schicksals führt von jetzt an nur noch in eine Richtung: zu mir.«

In diesem Augenblick wandte William den Kopf und betrachtete einen schwarz gekleideten Mann mit ebenso schwarzem, von silbernen Fäden durchzogenem Haar, der hinter dem Steuerrad stand und die Augen gegen die Sonne zusammenkniff. Ein weiteres Mal wurde Marifa überrascht. Der Steuermann der *Scowerer* war nicht weniger erstaunlich als ihr Kapitän. Er gehörte zu jener Sorte Männer, die von der Natur mit untrüglichen, fast schon ins Magische reichenden Sinnen und Instinkten ausgestattet worden waren. Menschen wie er sahen, was andere nicht sahen, und nahmen wahr, was anderen verborgen blieb. Geschöpfe wie ihn zu lenken, war beinahe unmöglich, aber auch sie waren nicht vor allen Kniffen und Tricks einer Hexe gefeit.

In jedem Fall musste sie auf den Steuermann ganz besonders achtgeben, sobald die Reise begann. Vermutlich würde er nicht lange brauchen, um die Wahrheit zu erkennen. Und dann? Wie sollte sie ihn auf ihre Seite ziehen?

Nun, irgendetwas würde ihr schon einfallen. Zur Not konnte sie immer noch dafür sorgen, dass der Kerl in einer dunklen, stürmischen Nacht verloren ging.

Schäbiger Stoff kratzte auf Marifas Haut, als sie ein Kleid überstreifte. Hart drückten sich ihre Brustwarzen durch das Leinen, und plötzlich stellte sie sich vor, wie es sich anfühlen würde, wenn Williams Lippen daran saugten. Gequält keuchte sie auf. Ein Dolchstoß hätte nicht schlimmer schmerzen können als das unerfüllte, heiß auflodernde Begehren.

Ja, er würde sie nach Hause bringen. Er und kein anderer. Noch einmal würde sie sich nicht betrügen lassen.

Marifa trat nach draußen, legte den Kopf in den Nacken und atmete die stickige Luft der Sümpfe ein. Schweiß rann in Strömen ihren Rücken hinab. Eine solche Hitze hatte es schon lange nicht mehr gegeben. Die vor Feuchtigkeit triefenden Zypressen mit ihren dichten Bärten aus Louisiana-Moos schienen die Wärme förmlich gefangen zu halten. Über ihnen gleißte erbarmungslos die Sonne, unter ihnen tummelten sich Moskitoschwärme über dem spiegelglatten, schwarzen Wasser. Hoch stand es dieser Tage, trotz der sengenden Sonne. Nahezu jeder unerträglich heiße Nachmittag wurde von einem gewaltigen Wolkenbruch beendet, der den Wasserstand Tag für Tag steigen ließ. Inzwischen berührten die Fluten schon die algenbewachsenen Stelzen ihrer selbst gezimmerten Veranda und bedeckten die erste Stufe der Treppe.

Reglos baumelte das Moos vom Geäst der Zypressen, kein Windhauch ging durch sie hindurch. Es war vollkommen still. So still, wie es immer war, wenn das Schicksal seine Fäden spann.

Marifa erfühlte die Magie in ihrem Herzen, so stark und wild wie in ihrer Jugend, als sie noch nichts von der Grausamkeit der Welt gewusst hatte. Lautlos strömten ihre Gedanken in den Sumpf hinaus, lockend und flüsternd, ertasteten alles Leben im Umkreis vieler Meilen und suchten nach der einen Seele, die bereit war, sich zu opfern.

Lange musste sie nicht warten. Ein Otter tauchte aus dem schwarzen Morast des Wassers auf und bot sich ihr dar. Marifa griff nach seinem geschmeidigen Leib, hob ihn aus dem Wasser und bettete ihn in ihren Schoß.

»Danke«, flüsterte sie dem Tier zu, strich über sein glattes Fell und wartete, bis es einschlief. Erst dann begann sie, das Leben aus ihm herauszuziehen. Mit überwältigender Kraft jagte die Energie der Schöpfung durch ihren Körper und verwandelte geflüsterte Worte in Magie. Verflochten wie ein Spinnennetz, lagen die Strömungen der Elemente vor ihr, ein Labyrinth aus Chaos für jeden unwissenden Geist, doch für sie ein Knüpfwerk, dessen Muster sich ihren Wünschen beugte.

Behutsam beschwor Marifa den Hurrikan herauf. Sie liebkoste seine Gewalt, kitzelte seine Zerstörungskraft zärtlich heraus und spürte, wie er wuchs. Faden für Faden. Schicht für Schicht. Zuerst war er der Flügelschlag eines Falters, dann das Aufbäumen eines Monsters. Innerhalb weniger Herzschläge wurde aus dem Räkeln und Stöhnen der Winde ein Mahlstrom aus Finsternis, der aufklappte wie ein gieriger Schlund und das Meer verschlang.

Marifas Wille lenkte ihn direkt über die *Scowerer*, während der Otter in ihrem Schoß sein Leben aushauchte. Draußen auf dem Meer blickte William in den pechschwarzen Himmel hinauf und erkannte, dass er verloren war. Aber in seinen schönen Augen stand keine Angst. Nein, er forderte den Tod zum Kampf heraus.

»Beeindruckend.« Marifa streichelte den mumifizierten Körper des Otters und lächelte. »Selten stimmen die Geschichten mit der Wahrheit überein. In deinem Fall tun sie es anscheinend. Komm zu mir, Liebster. Ich warte auf dich.«

Mit geschlossenen Augen und weit geöffnetem Geist sah sie zu, wie der Kapitän und seine Mannschaft gegen die entfesselten Naturgewalten kämpften. Selbst im Angesicht des sicheren Untergangs blieb William vollkommen ruhig. Strömender Regen rann über sein Gesicht, während er gegen den Sturm anbrüllte.

»Zum Reffen aufentern[3]! Ihr da, Schiffsjungen! Zurrt fest, was noch nicht fest ist. Vorwärts! Und spannt die Strecktaue!«

Die Seemänner schöpften Mut aus der Standhaftigkeit ihres Kapitäns. Kreuz und quer hetzten jene über das Schiff, die nicht in die Wanten kletterten, rollten gemeinsam mit William Hanftaue aus und spannten sie über das gesamte Deck, während die Schiffsjungen sämtliche losen Dinge festzurrten und die Kerle in luftiger Höhe wie Affen umhersprangen.

Aufgetürmt zu meterhohen Wellen, krachte das in Schwarz und Dunkelgrün brodelnde Meer gegen die Bordwand und ließ das Schiff bocken wie ein wildes Pferd. Jedes Mal, wenn die *Scowerer* in ein Wellental stürzte, schaufelte der Bug schäumendes Wasser auf, das alles, was die Schiffsjungen nicht rechtzeitig festgezurrt hatten, mit sich riss. Zwei bedauernswerte Kreaturen, die es in ihrer Aufregung versäumt

[3] reffen = Segelfläche verkleinern; aufentern: emporklettern

hatten, sich mit einem der Riemen an den Strecktauen festzumachen, gingen kreischend und zappelnd über Bord.

Ächzend stampfte das Schiff durch die kochende See. Wenn es eine der gewaltigen Wogen erklomm, schien es beinahe, als wollte es in den Himmel hinauf streben, ehe es den Kamm des Brechers erreichte und steil nach unten sackte. Brüllend stürzten mehrere Männer aus den Wanten und verschwanden im Mahlstrom der wütenden See, andere hatte mehr Glück und erreichten mit heiler Haut das Oberdeck.

Zu schnell und zu heftig war der Hurrikan über sie gekommen, längst nicht alle Segel waren gerefft worden. Nun blähten sie sich bis zum Zerreißen, hielten dem Toben der Elemente noch einen Augenblick stand und wurden schließlich wie von Klauen in Stücke zerfetzt. Donner krachte, Blitze erhellten das Chaos aus durcheinanderhastenden, über die glitschigen Planken schlitternden Leibern. Eine Kanone wurde von einem neuerlichen Wasserschwall aus ihrer Halterung gerissen, fegte über das Deck und riss zwei Schiffsjungen mit sich in den Tod, als sie das Schanzkleid zertrümmerte und in den Wellen verschwand.

Niemand auf dem Schiff begriff, wie ein Hurrikan aus dem Nichts auftauchen konnte. Ohne Zeichen. Ohne Vorwarnung.

»Wir sind zu weit in die verhexten Gewässer gesegelt«, brüllte eine schrille Stimme. »Der Fluch hat uns getroffen. Wir sinken mit Mann und Maus. Wir sind des Todes!«

Die verhexten Gewässer.

Marifa kicherte. Diese stinkenden Dummköpfe hatten ja keine Ahnung. Hektisch schleppten mehrere Männer Käfige voller Hühner, Gänse und Kaninchen auf das Deck und zurrten sie fest, um das kostbare Gut vor den eindringenden Fluten zu retten. Einige Käfige fielen ins Meer, als mehrere Männer von einer Orkanböe niedergeworfen wurden, und verschwanden mitsamt ihren kreischenden und gackernden Insassen in der Tiefe.

Damals, als ihre Magie noch frisch und ihre Seele noch unschuldig gewesen war, hätte sie der Anblick der verängstigten Männer berührt. Jetzt blickte Marifa dem Verderben gleichgültig ins Auge. All diese Körper waren nichts weiter als Hüllen, doch im Gegensatz zum Fleisch konnten die Seelen, die in ihnen wohnten, niemals vernichtet werden. Sie wanderten weiter und suchten sich ein neues Dasein. Ob es früher oder später geschah, spielte keine Rolle. Das hier war kein nennenswerter Preis für ihre Erlösung.

Jeder brutale Schlag, den die *Scowerer* einsteckte, ließ William gequält zusammenzucken. Als einer der stolzen Masten unter einem Blitzschlag zersplitterte und die Segel in sich zusammenfielen, wurde ihm bewusst, dass weder das Schiff noch die Mannschaft zu retten war. Marifa sah den Kummer in seinem Blick. Die Erkenntnis und den darauf folgenden brennenden Zorn. Holzsplitter regneten auf das Deck, einer davon durchbohrte den Rücken eines Seemanns wie eine Lanze und nagelte ihn förmlich auf den Planken fest.

»Leichtert[4] das Schiff!« William band eines der soeben festgezurrten Fässer wieder los und hievte es über das Schanzkleid. »Werft alles ins Meer, was wir nicht zum nackten Überleben brauchen.«

Die Männer gehorchten ohne Zögern. In ihren totenblassen Gesichtern war das Wissen um die Unausweichlichkeit des Untergangs eingebrannt, und doch warfen sie mit dem Mut der Verzweiflung Fässer über Bord, Holzkisten, Säcke und Taurollen. Sogar die kostbaren Geschütze landeten im brodelnden Meer.

Auf diese Weise trotzte die Mannschaft dem Hurrikan noch eine ganze Weile. Bis William, eben noch darin begriffen, eine Kiste mit unverzichtbaren Messinstrumenten festzuzurren, plötzlich in seinen Bemühungen innehielt und nach oben blickte. Von den prächtigen Segeln waren nur noch Fetzen übrig, zwei Masten waren zerborsten, das Deck geflutet.

Alles war verloren.

Der Glanz in seinen Augen erlosch. Nie wieder würde er über die Ozeane reisen, nie wieder die Tücken seiner einzig wahren Liebe überlisten, nie wieder das herrliche Gefühl empfinden, wenn das Schiff nach einem viel zu langen Landaufenthalt zurück auf die hohe See glitt.

Tränen rannen über Williams Gesicht. Er legte einen Arm um die Schulter des Steuermannes, der neben ihm kauerte, und als sich eine gewaltige Welle über der *Scowerer* aufbäumte und ihre weiß schäumen-

---

[4] Das Gewicht des Schiffes verringern, um ihm mehr Auftrieb zu geben.

den Zähne fletschte, gab er endlich auf. Ohne jede Furcht. Nur voller Trauer um das, was er verlor. Wie schön er in seinem vermeintlich letzten Augenblick war.

Marifa löschte sein Bewusstsein aus, ehe die Welle über dem Schiff zusammenschlug, den Riemen um seinen Bauch und das Strecktau zerriss und ihn über Bord spülte. Behutsam übergab sie seinen Leib den Strömungen des Meeres und wachte darüber, dass sie ihn sicher an die Küste trugen.

Kaum war Williams Körper außer Sichtweite seiner Männer, verschwand der Hurrikan in das Nichts, aus dem er gekommen war. Die Todesangst in den Gesichtern der Seeleute wich blankem Erstaunen, gefolgt von neuem Entsetzen. Ein Anflug von Rührung überkam Marifa, als die Männer verzweifelt nach ihrem Kapitän suchten, in jede Richtung nach ihm Ausschau hielten und sich die Seele aus dem Leib brüllten.

»Nur keine Sorge.« Marifa eilte nach draußen, band das alte, von Algen bewachsene Boot vom Pfahl los, stieg hinein und tauchte den Stecken in das schwarze Wasser. »William wird zu euch zurückkehren. Sehr bald schon.«

Langsam glitt das Gefährt in die Sümpfe hinaus, vorbei an uralten Zypressen und knorrigen Virginia-Eichen. Das Hochwasser hatte sämtliche Pfade verschlungen, die Wege, die Marifa sonst gegangen war, lagen inzwischen tief in den schwarzen Fluten verborgen. Während sie das Boot mithilfe des Steckens vorantrieb, zogen am Himmel bauschige, dunkle Wolken auf. Der Zauber, mit dem sie den Hurrikan heraufbeschworen hatte, brachte die Natur noch immer aus dem Gleichgewicht. Vermutlich würde der Regen an diesem Abend noch heftiger ausfallen als sonst und ihre Veranda fluten. Sei es drum. Seit sie hier lebte, waren ihre Füße schon oft nass geworden. Und baufällig war ihre Hütte ohnehin seit Jahren.

Marifa versuchte, nicht auf die Leere in ihrer Brust zu achten. Der Zauber hatte alle Magie aufgesaugt und eine schmerzhafte Kälte zurückgelassen, die nicht einmal von der heißen, stickigen Luft vertrieben werden konnte. Moskitos kamen herbeigesurrt und setzten sich auf jedes freie Stück Haut, ohne dass sie die Kraft fand, die Plagegeister mit ein wenig Hexengeflüster zu vertreiben. Kaum wischte sie die Blutsauger fort, fanden sie eine andere Stelle, in die sie ihre Rüssel stechen konnten.

Marifa fluchte. Es wurde Zeit, dass sie diese verdammten, mückenverseuchten Sümpfe hinter sich ließ. Der Gedanke an ihre Heimat verlieh ihr zwar keine neue Kraft, aber zumindest ausreichend Zähigkeit, um das Boot noch schneller über das Wasser gleiten zu lassen.

Ganz in der Nähe erklang das heisere Bellen eines Alligators, gefolgt vom Schrei einer erschrockenen Wildkatze. Erste Tropfen fielen aus den dunkel drohenden Wolkenbergen, nahmen schnell an Zahl zu und verwandelten sich in einen rauschenden, prasselnden Sturzbach.

Sie musste schneller sein. Viel schneller. Wütend stakte sie das Boot durch das dunstverhangene schwarz-grüne Labyrinth des Waldes, während der Regen zusehends heftiger wurde und das Boot füllte.

Bald stieg ihr hinter dem Moder des Sumpfes der salzige Geruch der nahen See in die Nase. Dort, zwischen den hoch aufragenden Wurzeln einer umgestürzten Zypresse, hatte sich ein menschlicher Körper verkeilt. In gebührendem Abstand zum Bewusstlosen lauerten die dunkel gepanzerten Körper mehrerer Alligatoren, doch sie kannten die Herrin des Sumpfes und wagten es nicht, sich an einer Beute zu vergreifen, die ihr gehörte.

Freude wärmte Marifas erkaltetes Herz, sie vergaß selbst die Leere der aufgezehrten Magie. Behutsam lenkte sie das Boot an die gestürzte Zypresse und den leblosen Körper heran, wickelte das Seil um eine der Wurzeln, legte den Stecken ab und griff nach Williams Kragen.

Endlich!

Endlich war er bei ihr.

Immer heftiger prasselte der warme Regen vom Himmel herab. Es gab weder Donner noch Blitze, nur diesen dampfenden, erstickend heißen Wasserfall, der ihr den Atem abschnürte.

Es dauerte eine kleine Ewigkeit, ehe es ihr endlich gelang, den Mann in das Boot zu hieven. Mehrmals gab er ein leises Stöhnen von sich, wachte jedoch trotz aller Bemühungen nicht aus seiner Bewusstlosigkeit auf. Schließlich, als er mit einem lauten Platschen in dem mit Sumpf- und Regenwasser gefluteten Boot landete, stieß Marifa einen derben Fluch aus. Inzwischen stand ihr das Wasser bis zu den Waden, der Rand des Gefährts ragte kaum drei Fingerbreit über die Oberfläche.

So konnte sie unmöglich zur Hütte zurückstaken. Die eingedrungenen Fluten mit den Händen herauszuschöpfen, machte keinen Sinn. So, wie sie das Wasser hinausbeförderte, füllte der Regen es augenblicklich wieder auf.

Keuchend hielt Marifa inne und warf einen Blick auf den reglos daliegenden Mann. Es war gefährlich, sich an seiner Lebenskraft zu bedienen. Zu leicht konnten ihm die giftigen Ausdünstungen des Sumpfes zum Verhängnis werden, und ein Zauber gegen den Tod war weitaus schwieriger, als einen Windhauch in einen Sturm zu verwandeln. Nichtsdestotrotz brauchte sie neue Magie, wenigstens einen Funken davon, um den immer heftiger strömenden Regen zu beenden, ehe er das Boot versenkte.

Behutsam legte sie eine Hand auf seine Stirn, die andere auf seine Brust. Noch war seine Haut kühl vom Meerwasser, doch sie glaubte schon jetzt das erste zaghafte Aufflackern des Fiebers zu spüren.

»Du bist stark«, flüsterte sie liebevoll. »Stärker als alle anderen. Ich hoffe, dessen bist du dir bewusst.«

Wieder gab er ein leises Stöhnen von sich, als sie die Augen schloss und sein Leben in sich aufnahm. Nicht viel. Nur wenige Tropfen. Doch in diesem winzigen Fragment seines schlagenden Herzens und seines wilden, ungezähmten Willens glühte eine solch wunderbare Kraft, dass es Marifa den Atem verschlug. Spätestens jetzt verlor sie jeden Zweifel daran, dass er der Eine war.

Der, der für sie bestimmt war.

Der, der sie erlösen würde.

Gestärkt von der überwältigenden Kraft seines Lebens, brachte sie den Regen zum Versiegen und befreite das Boot von seiner Wasserlast. Erschöpft, aber glücklich wie niemals zuvor löste Marifa das Seil, welches das Boot mit der Wurzel verband, ergriff den Stecken und tauchte ihn in die schwarzen Fluten. Lautlos wie ein Geist glitt das Gefährt durch den dampfenden, nebelverhangenen Sumpf, als würde es wie ein Vogel schweben. Endlich nahm Marifa wieder jene Schönheit wahr, die sie damals, als sie zerschlagen und halb tot Zuflucht im Labyrinth des Moorwaldes gesucht hatte, so rettungslos in ihren Bann geschlagen hatte. Das schwere Licht des Abends hing zwischen den Baumriesen und färbte den Nebel golden. Kaskaden aus Tropfen fielen aus den Moosbärten, zauberten funkelnde Reflexe auf das Wasser und erfüllten die summende Stille mit ihrem einschläfernden Lied.

Als Marifa in der aufziehenden Dunkelheit ihre Hütte erreichte und das Boot am Pfahl festzurrte, wusste sie mit Sicherheit, dass das Fieber in Williams Körper gekrochen war. Seine Stirn glühte bereits, die Augen unter den Lidern zuckten wild hin und her.

Diesmal bereitete es ihr weniger Mühe, seinen zitternden Leib hochzuhieven. Das Wasser, das inzwischen bis zur letzten Stufe hinaufgekrochen war, machte es ihr leichter, seinen Körper auf die Veranda zu bugsieren. Sie musste ihn nur einmal herumrollen, und schon lag er auf den schwarzen, glitschigen Planken, die irgendwann einmal zu einem Schiff gehört hatten.

Ihn ins Innere der Hütte zu zerren, gestaltete sich weitaus schwieriger. Trotz ihrer neu gewonnenen Kraft war Marifa völlig außer Atem, als sie ihn endlich auf die Pritsche betten konnte. Inzwischen ging sein Atem keuchend und schwer, der schale Geruch nach Krankheit sickerte aus seiner Haut. Hatte sie ihm zu viel Kraft geraubt? War sie zu gierig gewesen?

Sorgenvoll legte sie eine Hand auf seine Stirn und hielt ein Ohr an seine Brust. Nein, sein Herz schlug kräftig, und trotz des Sumpfgiftes, das durch seine Adern sickerte und seinen Leib verbrannte, war sein Lebenswille wie ein hell gleißendes Leuchtfeuer.

Behutsam zog sie ihm den triefnassen Uniformrock aus, knöpfte das Hemd auf und zerrte es ihm vom Leib. Auch die Stiefel, die Hose und der Waffengürtel folgten, bis er ganz und gar nackt vor ihr lag. Begehren pochte in ihrem Unterleib, ziehend und heiß, doch solange das Fieber ihn in seinem Griff hielt, war an derlei Dinge nicht zu denken.

Marifa seufzte. In jedes Detail seiner Gestalt hatte die Schöpfung ein besonderes Maß an Liebe und Hingabe gelegt. Von allen Männern, die jemals hier gelegen hatten, war er zweifelsohne derjenige, der das Auge einer Frau am meisten erfreute. Neugierig musterte Marifa jeden Zoll seines Körpers, entdeckte Narben an seinen Beinen und Armen und eine besonders große, die sich quer über seinen Rippenbogen zog. Vermutlich das Andenken eines Säbelstreiches.

Schließlich, auch wenn sie Stunden damit hätte verbringen wollen, ihn anzusehen, zog sie zwei Decken über seinen schwitzenden Leib und malte mit der Spitze ihres Zeigefingers zwei kleine magische Zeichen auf seine Stirn. Sie bildeten den ersten Strang des Netzes, in dem er sich verfangen würde.

»Du bist der, auf den ich gewartet habe.« Lächelnd beugte sie sich über ihn und hauchte einen Kuss auf seine salzig schmeckenden Lippen, während draußen in der Nacht das Lied der Zikaden ebenso auf und ab wogte wie die Wellen des Meeres. »Du bist der Eine, auf den ich all die Zeit gewartet habe. Doch sei gewarnt, William Hunter. Solltest du versuchen, mich dennoch zu betrügen, werde ich dich finden. Überall. Ganz gleich, wohin der Wind dich treibt.«

Kapitel 2

Im Sturm suchen manche Schutz,
während andere die Segel setzen.

Fuerteventura, März 2017

Hannah

Weit unter dem Flugzeug zog eine Küstenstadt vorbei, nicht mehr als Kleckse heller Farbe inmitten einer von Feldern gesprenkelten Ebene. Welche Geschichten hatten der Ort und seine Menschen zu erzählen? Was geschah dort unten gerade? Während ich schlaftrunken darüber nachdachte, verschwand die Stadt wie Dutzend andere zuvor im Nichts. Alles, was sich jetzt noch unter mir erstreckte, war die endlose Fläche des Atlantiks.

Irgendwo dort draußen lag meine Zuflucht. Der Ort, an dem ich vergessen würde, was hinter mir lag.

Ich würde loslassen. Nein, ich *musste* loslassen.

Irgendwie.

Das monotone Dröhnen des Flugzeugs hüllte meine Gedanken in wattigen Nebel. Auch der scheußliche Kaffee im Plastikbecher änderte nichts daran, dass meine Augenlider immer wieder zufielen. Sekundenlang nickte ich ein, schreckte wieder auf und fühlte mich mit jedem Aufwachen ein wenig unwirklicher. Es war, als würde ich mich auflösen. Selbst meine endlos kreisenden Gedanken verloren sich im Nichts. Es fühlte sich gut an. Verdammt gut sogar. So gut, dass ich mir wünschte, die Maschine würde ewig weiterfliegen.

Irgendwo heulte ein Kind. Die Frau im Sitz hinter mir beschwerte sich über das geschmacklose Essen. Zwei Mädchen stritten über den Sinn einer brandneuen Diät-App. Doch all das prallte an mir ab. Benommen dümpelte ich im Kokon meiner Entspannung dahin, lehnte den Kopf gegen die vibrierende Scheibe und starrte auf das unter mir vorbeiziehende Meer.

Es war so blau und endlos.

Eine Wüste aus Wasser.

Schwarze Fäden umwickelten zuerst meine Sinne, dann meinen Körper. Heiß und zäh klebten sie an mir, aber ich fürchtete mich nicht. Wie ein Fluss trug mich die Dunkelheit in einen Traum hinein, strömte in schläfrigen Windungen dahin, bis ich wie Treibgut auf einen felsigen Grund niedersank. Eine Weile lag ich einfach nur da, genoss die Schwärze und die Wärme um mich herum, das Geräusch fallender Tropfen und das Gefühl, vollkommen gedankenlos zu sein. Doch dann strich etwas über meine geschlossenen Augenlider und zwang sie dazu, sich zu öffnen.

Die undurchdringliche Finsternis war getränkt vom Moschusduft schweißnasser Haut. Jemand war hier! Ganz nah. Ich hörte ihn atmen, heiser und erschöpft, als würde er jeden Herzschlag hassen, der ihn am Leben erhielt.

»Du riechst wie sie«, hörte ich eine Stimme knurren, die klang, als hätte sie tausend Jahre lang geschwiegen. »Du sprichst wie sie. Aber du bist nicht sie. Wie kann das sein?«

Angst presste mein Herz zusammen. Wer auch immer dort in der Schwärze war, ich spürte, dass er mich hasste. So sehr, dass seine Abscheu die Luft vergiftete.

»Rede mit mir, Weib! Welche Teufelei hast du dir diesmal ausgedacht? Es muss etwas Gewaltiges sein, wenn du mich dreihundert Jahre lang darauf warten lässt.«

»Was?«, krächzte ich. »Wovon sprichst du?«

Sein Grollen klang wie das eines wütenden Tieres, aber er rührte mich nicht an. Noch nicht. Ängstlich tastete ich meine Umgebung ab und spürte die Härte frostiger Felsen unter meinen Fingern. Um Gottes willen, ich war nackt!

Vorbei war es mit der einlullenden Wärme des Traumes.

Ich hockte in einer Höhle. In einem kalten, nassen, zugigen Loch, allein mit einem unsichtbaren Fremden, der drauf und dran war, mir an die Kehle zu gehen. Träumte ich wirklich? Jedes Detail fühlte sich so echt an: die Luft, die mit salziger Nässe getränkt war. Der Fels unter mir. Die winzigen Sandkörner. Meine Gänsehaut. Das rhythmische Donnern der Wellen.

Es musste ein Traum sein. Gerade noch hatte ich in einem Flugzeug gesessen und einen Kaffeebecher umklammert. Warum wachte ich nicht auf? War das nicht immer so, sobald man begriff, dass man schlief? Panisch kniff ich mir in den Arm. So fest, dass mir Tränen in die Augen schossen. Aber ich träumte gnadenlos weiter.

Heißer Atem streifte meinen Nacken. Ich fuhr herum, kroch über glitschigen Stein und prallte gegen eine Wand. Verdammt! Wie sollte ich fliehen, wenn ich nichts sah?

»Wer bist du?«, schrie ich die Dunkelheit an. »Was willst du von mir?«

Schweigen war die Antwort. Ich hörte rasselnden Atem, dann erklang ein weiches, streichendes Geräusch. Als würde er sich die Kleider abstreifen.

Augenblicklich spürte ich nur noch eines: Wut. Mit geballten Fäusten fuhr ich hoch und starrte in das stockfinstere Nichts.

»Ich kenne dich nicht!«, brüllte ich den Unsichtbaren an. »Ich weiß nicht, wer du bist, und ich habe keine Ahnung, was du da redest! Wenn du es wagst, mich anzurühren, dann …«

»Was dann?«, raunte er verwirrend sanft. »Was willst du tun? Mich töten? Nur zu!«

»Du spinnst doch!«, fauchte ich zurück. »Warum sollte ich dich töten wollen? Wenn, dann ist es ja wohl umgekehrt!«

Sein Schweigen verriet Verwirrung. Noch immer hielt er Abstand und berührte mich nicht, obwohl er so nah vor mir stand, dass sein Atem über mein Gesicht streifte. Völlig unbekleidet stand ich vor einem Mann, der vermutlich ebenso viel am Leib trug wie ich: gar nichts. Aber das hier war nur ein Traum. Nur ein Traum. Weiter nichts. Mir konnte nichts passieren. Dummerweise fühlte es sich nicht so an. Ganz im Gegenteil.

»Ich habe dir gesagt, dass ich nichts weiß.« Meine Stimme schrumpfte zu einem zittrigen Krächzen zusammen. »Ich weiß nicht, wer du bist oder für wen du mich hältst. Ich weiß nicht einmal, was das hier für ein Ort ist.«

Als er mit einem wütenden Zischen nach Luft rang, erwartete ich den Schmerz einer zuschlagenden Faust. Oder den von Fingern, die sich um meine Kehle schlossen. Womit ich nicht im Geringsten rechnete, war die zärtliche, fast ängstliche Berührung seiner Hand, die sich mit dem Gewicht einer Feder auf meine Wange legte.

»Ich habe nie etwas gefühlt.« Seine Stimme war nur noch ein mattes Flüstern, das jede Bedrohlichkeit eingebüßt hatte. »Nichts, seitdem ich hier bin. Keinen Herzschlag, keine Wärme, keine Kälte. Warum lebe ich auf einmal wieder? Warum spüre ich deine Haut? Warum kann ich dich riechen? Warum fühle ich? Ist das deine nächste Strafe, Hexe? Willst du mir die Erinnerung daran zurückgeben, wie es war, lebendig zu sein? Damit ich während der nächsten dreihundert Jahre umso mehr leide?«

Sein Daumen strich über meine Lippen. Der Grat zwischen Begehren, Angst und Hass verschwamm, wurde dünner und dünner. Er wollte mich noch immer töten. Aber er wollte auch etwas anderes.

»Was soll das?«, hauchte er mir entgegen, schloss seine Hand um meinen Kiefer und drückte zu. »Warum tust du das, Teufelsbuhle? Hast du mich nicht schon genug bestraft? Ist dir nur langweilig oder steckt mehr dahinter?«

»Teufelsbuhle? Bist du zu oft auf den Kopf gefallen? Ich kenne dich überhaupt nicht, verflucht noch mal.«

»Aber ich kenne dich.« Mit einem gequälten Seufzen gab er meinen Kiefer frei. Seine Hand glitt tiefer, umfasste einen Augenblick lang die Wölbung meines Schultergelenks und wanderte weiter. Losgelöst von meinem Willen, begann mein Körper unter seiner Berührung zu brennen, anstatt der Vernunft zu gehorchen und sich gegen ihn zu wehren. Je näher seine Finger meinen Brustspitzen kamen, umso härter wurden sie, begannen zu schmerzen und reckten sich förmlich seinen Fingern entgegen. Es musste den wirren Gesetzen des Traumreiches geschuldet sein, dass ein heftiges, ziehendes Verlangen in meinen Unterleib strömte und die Angst beiseitedrängte.

»Was tust du hier, Weib?« Mit Daumen und Zeigefinger drückte er meine Brustwarze, zupfte und zog daran, bis ich mich ihm willenlos entgegenbog und nach Luft schnappte. Himmelherrgott, ich wollte mehr. Viel mehr! Angst und Lust entfachten sich gegenseitig, je stärker das eine wurde, umso wilder brannte auch das andere, bis ich glaubte, meinen Verstand zu verlieren. Das Schnauben des Fremden klang triumphierend. Höhnisch und gierig. Seine Hand umschloss meine Brust, knetete das weiche Fleisch und drückte mich gegen die Felswand. Und dann, genau in dem Moment, in dem sich unsere Körper aneinanderpressten, glitt sein Arm um meine Taille und nahm mich gefangen. Nein, er war nicht nackt. Schwerer, weicher Stoff schmiegte sich an meine Haut.

»Warum suchst du mich in meinen Träumen heim?«, grollte er dicht vor meinen Lippen. »Sag es mir, Hexe!«

»Heimsuchen?« Ich wölbte mich seinen Berührungen entgegen und verfluchte meinen Körper, weil er zufrieden seufzte und bebte, als die Berührungen des Fremden grober wurden. »Was meinst du damit? Ich kenne dich nicht!«

»Lass deine Spielereien, Schlange.« Sein Griff um meine Taille hielt mich wie in einem Schraubstock gefangen. Es gab keine Möglichkeit, mich zu befreien. Er konnte mit mir tun, was immer er wollte.

Doch dann verschwand der Klammergriff seines Arms. Trügerisch sanft legte er seine Hände um mein Gesicht, hauchte mir ein »Verfluchte Hexe« entgegen und presste seine Lippen auf meine. Ohne jede Zärtlichkeit, aber mit einer Sehnsucht, die an Verzweiflung grenzte. Weich und voll fühlten sich seine Lippen an, wie geschaffen dafür, mit Küssen verschlungen zu werden. Feine Barthärchen strichen über meine Haut. Sie waren nicht hart und stoppelig wie bei Tom, sondern fast so weich wie das lange, feuchte Haar, in das ich meine Finger grub. Verflucht noch mal, gäbe es doch nur Licht! Ich wollte ihn sehen. Ich wollte ihn erkennen.

»Warum?«, grollte er zwischen zwei Küssen. »Warum, Marifa?«

»Marifa?« Ich stöhnte auf. Sein Geschmack stieg mir zu Kopf wie eine Droge. Salz, Meer und Männlichkeit. Warum konnte ich mich nicht dagegen wehren? Warum wollte ich mich nicht wehren? »Wer ist Marifa?«

Ich spürte, wie er den Kopf schüttelte. Hände glitten an meinem Körper auf und ab. Tasteten, drückten, kneteten. Packten mit gieriger

Brutalität noch fester zu und pressten mich so hart an die Wand, dass ich keuchend nach Luft rang. Unter meinen Fingern zuckten harte, bis zum Zerreißen angespannte Muskeln, als ich meine Hände über seinen Rücken gleiten ließ. Hier und da ertastete ich aufgewölbte Male, zweifellos Narben, die sich nicht nach oberflächlichen Wunden, sondern nach weitaus gefährlicheren Verletzungen anfühlten. Wer war dieser Mann? Wo kam er her? Was bedeutete das alles? Ohne darüber nachzudenken, stieß ich mich vom Boden ab und schlang meine Beine um seine Hüften, im gleichen Moment umfasste er mit beiden Händen meinen Hintern.

»Ich habe dreihundert Jahre lang für meine Schuld bezahlt.« Wütend keuchte er mir seinen Atem ins Gesicht. »Jetzt wird es Zeit, dass du mir etwas zurückgibst.«

Grob küsste er meine nackte Schulter, glitt tiefer und fand, wonach er suchte. Hungrig sog er meine Brustwarze zwischen seine Lippen und grollte zufrieden, als ich unter dem plötzlichen süßen Schmerz einen Schrei ausstieß.

»Das wolltest du doch immer, Dämonenhure.« Viel zu schnell setzte er mich ab, wich zurück und riss sich die Kleider vom Leib. Sehnsüchtig wand ich mich in der Dunkelheit und stöhnte auf, als er mich endlich wieder gegen die Wand presste.

Dämonenhure? Hatte er mich wirklich so genannt?

Ich wollte Zorn empfinden. Ich wollte meinen Verstand zurück.

Aber alles stand in Flammen.

Jetzt gab es keine Kleidung mehr, die unsere Körper trennte. Nackt drückte er sich gegen mich. Fiebrig heiß, schweißnass und hart. Mit einer Hand umschloss er meine Brust, mit der anderen griff er zwischen meine Beine. Großer Gott, ich hielt es nicht mehr aus! Seine Finger glitten über meine feuchte, geschwollene Haut, kreisten und drückten und kitzelten, bis ich vor unerfülltem Verlangen weinte.

»Diesmal gebe ich es dir sogar freiwillig.« Wieder küsste er mich, dann stieß er mit zwei Fingern in mich hinein. Ich hob ein Bein und schlang es um seine Hüfte, um ihn noch tiefer in mir zu spüren, und während er seine Finger mit kreisenden Bewegungen in mir bewegte, verschlang er meine Lippen mit quälend zarten Küssen.

»Bitte …«, presste ich hervor.

»Was hast du gesagt?« Sein Daumen kreiste um meine Brustwarze, in genau dem gleichen, langsamen Rhythmus, mit dem er mich zwischen den Beinen quälte. »Sag es noch einmal. Komm schon.«

»Bitte ...«

Er stieß ein raues Lachen aus. Seine Hände zogen sich zurück, packten stattdessen meine Hüften und hoben mich hoch. Rasend vor Ungeduld schloss ich meine Beine um seine Taille. Ganz sacht berührte mich die harte Spitze seines Geschlechts, doch noch drang er nicht in mich ein. Großer Gott, warum tat er das? Ich wollte ihn. Ich wollte ihn so sehr, dass es mich in den Wahnsinn trieb!

»Sag es noch ein letztes Mal«, flüsterte er an meinen Lippen.

Ich schob mein Becken vor, um ihn endlich in mir spüren, doch er hielt mich gnadenlos umklammert und entzog sich mir gerade so weit, dass es bei einer zarten Berührung blieb. Gott im Himmel!

»Sag es!«, fauchte er. »Flehe mich an! Nein, bettele mich an.«

Bitte was? Betteln? Ich sollte ihn anflehen, mich endlich zu nehmen? Wut stieg in meiner Kehle auf, und ehe ich wusste, wie mir geschah, verpasste ich ihm eine saftige Ohrfeige.

Dröhnend hallte sein Lachen in der Höhle wider. »Ja, du bist es! Du musst es sein. Meine teuflische kleine Hexe.«

Meine Stirn knallte gegen etwas Hartes. Licht blendete meine Augen. Es roch nach dem muffigen Geruch alter Polster.

Das Flugzeug! Verdammt!

Rumpelnd donnerte die Maschine über den Asphalt, bremste ab und vollführte eine Kurve. Hastig rieb ich über meine verschwitzte Stirn und vermied es, irgendeinem Menschen in die Augen zu blicken. Hatte ich aufgestöhnt? Hatte ich vielleicht sogar ... als er mich ... als er ...

Himmelherrgott!

Ich spürte noch immer den Druck weicher Lippen, das Kitzeln des Bartes, die seidige Nässe von Haaren, die durch meine Finger glitten. Ich spürte das Pochen zwischen meinen Beinen, schmeckte das Aroma des Fremden auf meiner Zunge und zitterte unter einer Explosion aus Angst, Wut und alles auslöschender Lust.

Es war nicht Tom gewesen, sondern ein fremder, unsichtbarer Mann, der meinen Verstand zu Asche verbrannt hatte. Ich war keine

Kandidatin für erotische Träume, aber dieses Fantasiekonstrukt war so unverkennbar erotisch gewesen, dass mein Körper selbst im wachen Zustand noch lichterloh in Flammen stand. Dieser Kerl hatte sich so unverschämt gut angefühlt. So vertraut. So unendlich ...

Nein! Schluss damit!

Japsend presste ich meine Stirn an das Fenster und sah ein Flughafengebäude an mir vorbeiziehen. Alles, was in der nächsten halben Stunde geschah, hüllte sich in wattige Unwirklichkeit. Das Verlassen des Flugzeugs, die lärmende Menge im Terminal, das Warten am Gepäckband. Nach und nach entglitt mir der Traum, als würde ich versuchen, Nebel festzuhalten.

Ich kannte die Stimme des Fremden.

Ich kannte den salzigen Geschmack seiner Haut ... die Art, wie weiche Barthärchen beim Küssen über meine Lippen strichen ... das Timbre seiner Stimme. Und dann die Art, wie mich eine einzige Berührung in den Wahnsinn trieb.

Marifa.

Viele Male flüsterte ich den Namen vor mich hin. Wieder und wieder. Er berührte eine uralte, von Staub bedeckte Erinnerung, doch sobald ich danach greifen wollte, glitt sie zurück in die Schwärze.

Immer blasser wurden die Bilder in meinem Kopf, immer verwaschener der Geruch, der Geschmack und das Gefühl des Traumes. Als ich schließlich am Ausgang des Flughafens stand und die warme, staubige Luft der Insel einatmete, zerflossen die Überreste meiner Erinnerung wie Wasser, das durch meine Finger rinnt. Ich wusste nicht mehr, was der Mann zu mir gesagt hatte, und ich wusste nicht mehr, warum er zornig auf mich gewesen war. Nach und nach verschwand jedes Detail, umso schneller, je mehr ich versuchte, es festzuhalten.

Müde blinzelte ich in die Sonne. Hier war ich also. Auf Fuerteventura. Mehrere Tausend Meilen von zu Hause entfernt. Alles hier war anders. Alles war weit weg von meinem abgelegten Leben, und doch ertappte ich mich bei einem zerstörerischen Gedanken.

Was wäre ...

... wenn Tom mich begleitet hätte?

... wenn er mich nicht betrogen hätte?

... wenn alles noch beim Alten wäre?

Nein! Tom war Vergangenheit. Tom war abgehakt. Der Tom, der mir zum letzten Geburtstag ein Zeltwochenende im Lake District geschenkt hatte, mit einem knisternden Lagerfeuer und einer weichen Decke, die er mir zärtlich um die Schultern gelegt hatte, damit ich beim Beobachten der Sterne nicht fror. Der Tom, der oft nach Mitternacht noch den Kochtopf herausgeholt hatte, weil mich mitten in einem Gruselfilm plötzlich die Lust auf Spaghetti gepackt hatte. Der Tom, der beim Entenfüttern die tollsten Grimassen geschnitten und Jim Carrey Konkurrenz gemacht hatte. Der Tom, der mich geküsst hatte wie kein Zweiter.

Nur einer war noch besser darin.

Erinnere dich! Komm schon! Du kannst nicht den erotischsten Traum deines Lebens vergessen.

Da war eine Höhle gewesen. Ja, eine Meereshöhle. Und ein Mann, der etwas zu mir gesagt hatte. Aber was? Er hatte mich gehasst. Nein, gefürchtet. Beides zugleich. Aber warum? Je mehr ich darüber nachdachte, desto weiter rückten die letzten Überreste meines Traumes in die Ferne, bis sie schließlich ganz erloschen. Meine Erinnerung verlief ins Leere. Zurück blieb nur das Wissen, dass da etwas gewesen war. Jemand. Ein Geheimnis, das ich nicht vergessen durfte und es dennoch tat.

Menschenschlangen standen sich vor den Mietwagen-Stationen die Beine in den Bauch, ärgerten sich mit quengelnden Kindern herum, hockten auf dem Boden, aßen Baguettes, stritten, schimpften und lachten. Zwei Grüppchen Rentner strömten durch die Ausgangstür des Flughafens und umflossen mich wie Treibholz. Dutzende Seelen. Dutzende Geschichten. Alle waren so sehr mit ihrer eigenen kleinen Welt beschäftigt, dass sie ihre Umgebung kaum wahrnahmen. Schon wieder spürte ich, wie sich das Elend an mich heranschlich. Aber weinen konnte ich nicht. Egal, wie dreckig es mir ging, und egal, wie sehr ich Tom vermisste. Zumindest war die Wirklichkeit an diesem Ort ein ganzes Stück ferner als in England. Der Himmel war merkwürdig gelb und dunstverhangen, die Luft warm und der Wind gesättigt von dem typischen Geruch des Südens: eine Mischung aus Autoabgasen, Meeresluft, Sand und Sonnencreme.

»Hannah?«

Jemand berührte mich an der Schulter. Ich fuhr herum, nahm instinktiv eine Nahkampfpose ein und blickte in das grinsende Gesicht meiner Schwester.

»Meine Güte, bist du immer noch so schreckhaft?« Besänftigend hob sie ihre sonnengebräunten, mit bunten Tätowierungen bedeckten Arme. »Wolltest du mich bewusstlos schlagen, oder was?«

Mit einem Seufzen verdrehte ich die Augen. »Selbst schuld, wenn du dich so anschleichst. Du weißt, dass ich schreckhaft bin.«

Marie grinste noch breiter. »Ja. Das bist du. Schreckhaft und brutal. Eine brandgefährliche Mischung. Komm, lass dich drücken, mein armes Schwesterherz. Ich hoffe, du hast dem Mistkerl so richtig in den treulosen Arsch getreten.«

Plötzlich fand ich mich in einer unsanften Umarmung wieder. Es fühlte sich an, als würde mein Rippenbogen zerquetscht und die Knochensplitter durch meine Lungen getrieben werden. Vielleicht war ich auch nur überempfindlich.

»Warum schaust du so komisch?« Marie entließ mich aus ihrem Todesgriff, kniff ein Auge zusammen und musterte mich mit schief gelegtem Kopf. »Erkennst du mich etwa nicht wieder?«

»Was soll ich sagen?« Ich legte eine Hand auf meinen heißen Scheitel. Trotz des verschleierten Himmels brannte die Sonne mit höllischer Kraft auf meinen Schädel und verstärkte das Gefühl, irgendwo zwischen Traum und Realität gestrandet zu sein. »Das letzte Mal haben wir uns an Weihnachten gesehen. Vorletztes Jahr. Seitdem hast du dich ziemlich verändert.«

»Zum Positiven, wie ich hoffe?«

Ich beschattete meine Augen mit der flachen Hand und betrachtete meine große Schwester. Schon immer war sie schlank gewesen, aber jetzt war sie dürr. Nicht im kranken Sinne dürr, sondern so, wie man es vermutlich wurde, wenn man irgendwo im Nirgendwo lebte und als Lebenskünstler sein tägliches Brot erkämpfte. Maries Haar war genauso störrisch gelockt und kupferrot wie meines, was sicher der Grund dafür gewesen war, dass sie es zu dicken, mit bunten Holzperlen gespickten Dreadlocks verfilzt hatte. Ihre Frisur harmonierte mit den bunten, sackartigen Klamotten, die sie trug, mit den Jesuslatschen, den Tätowierungen und den dreckigen Fingernägeln. Meine Schwester war glücklich, das erkannte selbst ein Blinder. In ihren hellbraunen Augen funkelte pure Lebenslust.

»Du musst nichts erzählen. Noch nicht jedenfalls.« Gönnerhaft klopfte Marie mir auf die Schulter, übernahm die Reisetasche und marschierte in Richtung Parkplatz. Wie unwirklich die Palmen und blühenden Bougainvillea vor den sandfarbenen Bergen aussahen. »Ich werde dir keine Fragen stellen. Ich will nur, dass du alles hinter dir lässt. Insbesondere Tom. Wer meiner kleinen Schwester so etwas antut, hat es nicht verdient, dass sie auch nur einen weiteren Gedanken an ihn verschwendet.«

Meine Augen begannen zu brennen. Zweifellos wegen der staubigen Luft. Als mein Blick auf einen schrottreifen, dreckstarrenden Jeep fiel, war mir sofort klar, zu wem dieses Vehikel gehörte.

»Darf ich vorstellen?« Die Stimme meiner Schwester klang überaus stolz. »Das ist Indie. Eigentlich ist er grün, aber dieses Staubbraun gefällt mir besser.«

»Dein Auto hat einen Namen?«

»Natürlich. Los, rein mit dir.«

Galant hielt sie mir die Tür auf. Ich ließ mich in den Sitz fallen und wurde augenblicklich von einer dicken Staubwolke eingehüllt, die nach Sägemehl, Pferd und nassem Hund roch.

Mit ohrenbetäubendem Scheppern schlug meine Schwester die Kofferraumklappe zu, sprang auf den Fahrersitz und strahlte mich an, als hätte es niemals etwas Herrlicheres gegeben als diesen Tag. Möglicherweise war es keine gute Idee gewesen, ausgerechnet bei Marie Zuflucht zu suchen. Dieser notorisch fröhlichen, glücklich verliebten Lebenskünstlerin.

»Wo ist Johan?« Unter einem plötzlich aufsteigenden Gefühl des Widerwillens und der Verzweiflung verschränkte ich die Arme vor meiner Brust. »Ihr seid doch sonst unzertrennlich.«

Marie startete den Wagen, ohne sich anzuschnallen. Ein schneller Blick nach hinten, dann rammte sie den Schaltknüppel nach vorne, trat auf das Gaspedal und schoss wie ein Komet am Flughafeneingang vorbei.

»Der kümmert sich um die Pferde.« Lässig jagte sie den Jeep in eine Kurve und rammte fast einen gelben Nissan, dessen Fahrer drohend die Faust in unsere Richtung schüttelte und eine Salve unhörbarer Flüche entließ.

»Äh, Marie?«

»Ja?«, gluckste meine Schwester vergnügt.

»Fährst du immer so?«

»Wie denn?«

»Ach nichts.«

Irgendetwas schepperte bedenklich, als Indie in die nächste Kurve flog. Ich starrte Marie nur wortlos an.

»Mach dir keine Sorgen, Hannah-Maus. Ich weiß, was ich tue.«

»Bist du dir sicher?«

»Und ob! Mein Indie hat in all den Jahren nicht einen Kratzer abbekommen. Okay, eine Beule kann er schon vorweisen. Aber daran ist nur Johans bescheuerter Esel schuld. Er hat meinen Jeep getreten. Absichtlich.«

»Johans Esel?«

»Genau genommen ist es eine Eselin. Lila hat er sie getauft. Aber ich nenne sie nur Mistvieh. Anfang letzten Monats mussten wir ihre Koppel komplett neu umzäunen, weil das Miststück fast täglich ausgerissen ist, um am Strand Touristen anzubetteln. Jeder, der ihr kein Futter gegeben hat, wurde gebissen. Dreizehn Anzeigen hat uns das eingebracht. Die meisten Dorfbewohner träumen davon, Lila in der Salami zu sehen.«

»Das sind also eure Alltagsprobleme?«

»Sieht so aus. Lila ist Johans Heiligtum, also rede besser nicht schlecht über das Vieh. Ach ja, um auf deine Frage zurückzukommen: Der Calima ist an allem schuld.«

»Hä?«

»Ich meine, dass er jetzt nicht hier ist. Also Johan. Wegen dem Calima.«

Ich zog eine Augenbraue hoch. »Du neigst noch genauso zu Themensprüngen wie früher.«

»Entschuldigung. Letztens schossen die Temperaturen von neunzehn auf neununddreißig Grad hoch. Unserem alten Sam Hawkins gefiel das gar nicht. Wir dachten, er segnet das Zeitliche. Johan ist momentan bei ihm und passt auf, dass er uns nicht wegstirbt. Zweiunddreißig Jahre hat er schon auf dem Buckel, der alte Sack. Ich meine Sam Hawkins, nicht Johan.«

»Warte, ganz langsam. Was ist Calima? Und wer ist Sam Hawkins?«

»Calima ist ein heißer Wind aus der Sahara«, intonierte Marie im Lehrerton. »Die Einheimischen nennen ihn auch *Bruma seca*, trockener Nebel. Siehst du den Staub in der Luft? Das ist Wüstensand aus Afrika. Und bei Sam Hawkins handelt es sich um ein Pferd. Einen Araber-Wallach, um genau zu sein. Johan hat ihn einem Züchter abgekauft, der pleitegegangen ist. Drüben auf Lanzarote. Einen Tag später, und er wäre als Hundefutter geendet. Letzten September hat Sam seinen zweiunddreißigsten Geburtstag gefeiert.«

»Stattlich«, brummte ich.

»Allerdings. Wie sieht es mit deinen Reitkünsten aus?«

»Sind ziemlich eingerostet. Seit dem Studium bin ich zu keiner einzigen Reitstunde mehr gekommen.«

»Dann wird es Zeit, dass du dich wieder aufwärmst.«

»Doch nicht etwa auf Sam Hawkins?«

»Wo denkst du hin? Wir haben noch zwei andere Pferde. Du kannst natürlich auch auf Lila reiten, wenn dir der Verlust eines Körperteils nichts ausmacht.«

»Ihr habt drei Pferde? Das hast du mir nie erzählt.«

»Nun ja … äh …«

»Schon gut. Du musst dich nicht rechtfertigen. Ich kenne dein Verhältnis zu Telefonen und E-Mails.«

Marie kratzte sich am verfilzten Hinterkopf, wie immer, wenn sie verlegen war. Meine Schwester hatte ihre Macken, eine davon bewirkte, dass sie sich oft wochenlang nicht meldete. Vor dem Tod unserer Mutter war sie ein anderer Mensch gewesen. Verantwortungsbewusst, verlässlich und familienbezogen. Aber an diese Version meiner Schwester erinnerte ich mich kaum mehr.

»Zwei sechsjährige Schecken«, erklärte Marie, »und Sam Hawkins. Allesamt aus schlechter Haltung. Wir haben sie dem Tod praktisch von der Schippe geklaut.«

Ich knuffte sie mit dem Ellbogen in die Seite. »Meine Schwester als Gutmensch. Wer hätte das gedacht?«

Marie zuckte mit den Schultern. »Den Gutmenschen in mir musste ich erst entdecken. Johan und diese Insel haben mir dabei geholfen. Nach Mums Tod habe ich Bindungen jeder Art gehasst. Als Dad mir einen Wellensittich schenkte, um mich aufzumuntern, habe ich Tag und Nacht panische Angst davor gehabt, dass er von der Stange fällt. Nach einer Woche habe ich ihn fliegen lassen, nur um nicht dabei zusehen zu müssen, wie er krank wird und stirbt.«

Ich fiel aus allen Wolken. Marie redete über Gefühle? Marie, die seit jeher immer so getan hatte, als würde sie über den Dingen schweben? »Das hast du mir nie erzählt. Ich dachte, er wäre abgehauen.«

»Ich habe es niemandem erzählt, weil es mir peinlich war. Johan war der Erste, den ich an mich herangelassen habe. Und jetzt?« Sie warf den Kopf zurück und lachte. »Jetzt habe ich mir einen ganzen Berg aus Verantwortung aufgehalst. Fünf Katzen, zwei Hunde, drei Pferde, ein Esel, acht Hühner und einen Ehemann.«

Ihr glückliches Strahlen war eine kalte Faust, die sich um mein Herz zusammenpresste. So sah also ein Mensch aus, der sich selbst gefunden hatte. Der wusste, wo er hingehörte und wo er alt werden wollte.

»Lass mich raten«, seufzte ich. »Genau das hast du dir immer gewünscht. Ein einsames Haus im Nirgendwo, einen feurigen Spanier und einen Stall voll Tiere.«

»Ja«, antwortete Marie. »Auch wenn ich mich lange dagegen gewehrt habe.«

Ich schloss die Augen und spürte, wie das Herz in meiner Brust schlug. Immer weiter. Immer weiter und weiter. Als würde es im Gegensatz zu mir sein Ziel kennen. »Jemand hat mal gesagt, dass es immer ein Gleichgewicht im Lauf der Dinge gibt. Und herrscht einmal kein Gleichgewicht, geschieht etwas, das alles wieder ins rechte Lot rückt.«

»Möglich.« Maries Strahlen verschwand für einen Augenblick, als würde sich eine Wolke vor die Sonne schieben. »Wie geht es eigentlich Dad?«

»Gut«, erwiderte ich. »Er weigert sich immer noch, in Rente zu gehen. Wahrscheinlich wird man ihn mit den Füßen zuerst aus der Schule tragen.«

»Es muss ihn doch in einen Taumel der Verzückung versetzen, dass du in seine Fußstapfen trittst. Lehrerin für Englisch und Geschichte. Ist das zu fassen? Meine kleine, verträumte Schwester will sich zur Herrin einer Horde rotzfrecher, respektloser Bälger aufschwingen.«

»Jetzt mach mal halblang. So weit bin ich noch lange nicht.«

»Ja, aber irgendwann wirst du vor ihnen stehen. Und dann gnade dir Gott.«

»Apropos, womit verdient ihr hier eigentlich euer Geld?«

Marie vollführte eine wedelnde Handbewegung. »Mein Hippie-Schmuck findet in den Surferläden reißenden Absatz, und Johans Möbel sind begehrt. Letztens hat er sich sogar mehrere Aufträge aus dem Ausland geangelt. Deswegen ist er in letzter Zeit nur selten zu Hause, aber so ist das eben. Jede Medaille hat zwei Seiten.«

»Seine Möbel? Du meinst das selbst gezimmerte Holzzeug?«

»Warte mal ab, bis du das sogenannte *Holzzeug* siehst. Dann verstehst du, warum er damit so erfolgreich ist. Na ja, was heißt erfolgreich. Es reicht aus, sofern wir keine großen Sprünge machen.«

Ich zwang mich zu einem Lächeln, rutschte tiefer in den Autositz und aalte mich in meinem Selbstmitleid. Diese verfluchten Gedanken gaben keine Ruhe, sie kreisten und kreisten und vertrieben zusehends den Nebel, der sich anfangs so wohltuend um mein Gehirn gelegt hatte. Könnte ich mich doch nur an diesen Traum erinnern! An die Worte, an die Gefühle. Aber da war nichts. Nur noch ein vager Schatten, der gerade genug entblößte, um mir zu zeigen, dass ich etwas Wichtiges und Bedeutsames vergessen hatte.

»Bis wann bleibst du hier?«, fragte Marie. »Gibt es eine Deadline?«

Ich zuckte mit den Schultern. »Einen Monat, vielleicht zwei. Ich bin gut in der Zeit.«

»Dann läuft dein Studium reibungslos?«

»Nein. Ja. Ich meine, es ist nicht das, was ich erwartet habe.«

»Ist der Stoff zu schwer?«

»Der Stoff selbst nicht. Aber drei Nebenjobs plus Studium sind mir über den Kopf gewachsen. Dazu das Drama mit Tom … tja, also … genau genommen bin ich krankgeschrieben.«

»Was? Hast du etwa einen Burnout?«

»Sieht so aus.«

Marie riss die Augen auf. »Um Himmels willen! Damit ist nicht zu spaßen! Du musst besser auf dich aufpassen. Am Ende fällst du noch tot um, und dann guckst du dumm.«

»Reg dich ab. Ist alles halb so wild. In erster Linie lag es an Tom. Dieser Mistkerl ist ein Energiesauger. Nein, er *war* einer. Aber das ist jetzt vorbei.«

»Verstehe.« Marie nickte mit ernster Miene. »Was genau ist überhaupt passiert?«

Wieder zuckte ich mit den Schultern. Offenbar war das meine neue Lieblingsgeste. »Ein Anruf ist passiert.«

»Ein Anruf?«

»Es war Freitagabend. Ein stinknormaler, entspannter, endlich mal arbeitsfreier Freitag. Dachte ich jedenfalls. Mit selbst gemachter Pizza habe ich auf den Mistkerl gewartet und mir in den buntesten Farben ausgemalt, wie wir unser gemeinsames Wochenende verbringen. Gegen sieben Uhr rief er an und verkündete, dass er nicht kommen würde. Das war's dann auch schon. Finito. Ende. Aus. Er machte mit mir Schluss, okay? Einfach so. Ohne Vorwarnung. Mehr gibt es nicht zu erzählen, okay?«

»Vollpfosten!« In Maries Augen blitzte der Zorn einer Naturgewalt. »Dieser gottverfluchte, notgeile Trottel!«

»Sieh nicht mich an, sondern die Straße! Da vorne kommt ... heilige Scheiße!«

In letzter Sekunde riss Marie das Steuer herum. Röhrend schoss der Jeep um die Kurve, schlingerte wie ein betrunkener Seemann und spuckte eine Rauchwolke aus.

»Entschuldige!«

»Entschuldige?« Meine Finger krampften sich um den Türgriff zusammen. »Du hast uns beinahe umgebracht! Siehst du, wie lächerlich niedrig diese Leitplanke ist und wie verdammt tief es neben der Straße runtergeht?«

»Ja, ich habe nicht aufgepasst«, blaffte Marie. »Weil ich so unfassbar wütend bin. Wie kann er dir so etwas nur antun? Da muss doch mehr dahinterstecken. Hast du wirklich nichts gemerkt? Gar nichts? Keine Veränderungen?«

»Nein!«, schnappte ich zurück. »Tom war genauso wie immer. Zwei Tage vorher haben wir uns in einer Tapas-Bar getroffen und einen wunderbaren Abend miteinander verbracht. Er hat mich in den Arm genommen, mich geküsst und mir gesagt, wie sehr er mich ...«

Das letzte Wort vertrocknete auf meiner Zunge. Ich brachte es nicht hervor. Ich konnte es nicht aussprechen. Niemals wieder.

»Weißt du, was er zum Schluss gesagt hat?«, platzte es aus mir heraus. »Was seine Abschiedsworte für mich waren? Er sagte, dass ich eine Frau wäre, der man treu sein müsste, und das könnte er nicht.«

Marie klappte der Mund auf. »Gib mir seine Adresse. Ich besorge einen Auftragskiller.«

»Das würde ich dir sogar zutrauen.«

»Ich besorge dir einen. Ernsthaft. Und bevor er diesem Drecksack ein würdiges Ende bereitet, soll er ihn kastrieren. Mit einem rostigen alten Obstmesser.«

»Auch wenn ich deine Gewaltfantasien teile, sollten wir die Sache mit dem Killer besser sein lassen, okay?«

»Hm«, brummte Marie. »Wenigstens hast du ihn nicht mit irgendeiner Blondine in der Abstellkammer erwischt.«

»Oder mit einem Schaf im Schuppen.«

Sie kicherte und tätschelte mir mitfühlend die Schulter. Als Nächstes kam meine Schwester auf die dumme Idee, das Radio anzuschalten. Ein melancholischer Song aus den Sechzigern vertiefte mein Jammertal, bis es sich bodenlos anfühlte. Und doch fühlte es sich anders an als sonst. Warm und schwermütig, beinahe süß.

Wie eine schwarze Wolke, die meinen Sturz auffing und sich schützend um mich schmiegte. Während ich die Stirn an die Scheibe lehnte und die vorbeiziehende Landschaft beobachtete, kehrte das wunderbare Gefühl der Unwirklichkeit zurück. Die Insel hüllte sich in ein nebeliges Licht und umgab sich mit etwas, für das mir nur der Begriff *Magie* einfiel.

Während das Umland der Hauptstadt Puerto del Rosario abweisend und öde gewirkt hatte, zeigte sich inzwischen die wahre Schönheit der Insel. Weich abgeschliffene Vulkanberge erhoben sich in den Himmel, unterbrochen von Ebenen aus schroffen, mit Flechten überwucherten Lavasteinen, die einem fremden Planeten hätten entstammen können. Hin und wieder mischten Aloe Vera-Plantagen und einsame Palmen etwas Grün in das Braun und Beige der Wüstenlandschaft, dann wieder waren es weiße Sanddünen oder Felder mit tiefroter Erde, die meine Blicke auf sich zogen. Am seltsamsten waren die Berge. Ihre Ausläufer erinnerten an die Gliedmaßen gewaltiger Wesen. Sie besaßen etwas Organisches, als könnten sie jederzeit zum Leben erwachen und mit titanischem Dröhnen über den Horizont stapfen.

»Hannah?«, nuschelte Marie aus weiter Ferne. »Du sagst ja gar nichts mehr.«

»Hm.«

»Alles okay?

»Ja.« Ich lächelte, ohne zu wissen, warum. »Ich brauche nur Zeit für mich. Weiter nichts.«

»Wirklich?«

»Hör zu«, seufzte ich. »Der Grund, warum ich hier bin, ist ganz einfach. Ich will endlich mal mehr als drei Stunden am Stück schlafen. Ich will nicht pausenlos von A nach B hetzen, nicht nächtelang büffeln und mit Augenrändern bis zu den Kniekehlen ärztliche Gutachten schreiben oder kellnern, bevor ich wie ein Zombie in den Hörsaal krieche.«

»Verstehe.« Marie nickte feierlich. »Und das sollst du haben, Schwesterherz. Aber hey, ganz ehrlich, Tom hat vier Jahre und fünf Monate Zeit gebraucht, um zu kapieren, dass ihr nicht zusammenpasst? Er hat zugelassen, dass du dich Hals über Kopf verliebst, dass du dich auf ihn einlässt, mit ihm zusammenziehst, dich von ihm abhängig machst und … «

»Ich war nie von ihm abhängig«, unterbrach ich Maries Redeschwall. »Wie kommst du darauf?«

»Emotional, meine ich.«

»Emotional?«

»Ich will damit sagen, dass seine Erkenntnis reichlich spät gekommen ist, findest du nicht? Hat er die ganze Zeit nur mit dir gespielt? Wann ist ihm klar geworden, dass er nicht treu sein kann, und warum ist ihm das klar geworden?«

»Marie!« Ich ballte die Hände zu Fäusten und kämpfte gegen den Drang, meine Schwester mit einem gezielten Schlag außer Gefecht zu setzen. »Ich will nicht darüber reden. Klar?«

»Klar.«

»Dann wäre das ja geklärt. Und jetzt schau um Himmels willen auf die Straße.«

Marie gehorchte. Röhrend schlängelte sich der Jeep die Serpentinen eines Bergzuges hinauf, rollte nach unzähligen Kurven in ein weites Tal hinab und folgte der Straße, die nach El Cotillo führte.

Schon von Weitem begrüßten uns die verschachtelten, pastellfarbenen Häuser des Nachbarortes El Rogue. Hellblaue Fensterrahmen, bemalte Türen und purpurn blühende Bougainvillea tupften leuchtende Akzente in die ausgebleichten Farben der Wüste. Zu meiner Linken entdeckte ich eine alte, postkartentaugliche Windmühle, dann hatten wir das Dorf auch schon passiert und steuerten auf Maries Heimatort zu.

Das Erste, was ich von meiner neuen Übergangsheimat sah, war der rot-weiße Leuchtturm. Kaum hatte ich ihn in der Ferne erspäht, lenkte Marie den Jeep von der Straße auf eine Sandpiste, grinste mir verschwörerisch zu und raste auf genau diesen Leuchtturm zu. Weiße, mit karger Vegetation gesprenkelte Sanddünen schossen an uns vorbei, und plötzlich, so unerwartet wie eine Fata Morgana, erschien vor uns ein überwältigender Anblick. Wir waren am Meer.

Und was für ein Meer!

Schwarze Lavafelsen schnitten unzählige flache Lagunen von der schäumenden Brandung ab, deren Wasser in den schönsten Türkis- und Grüntönen leuchtete. Der Kontrast zu dem dunklen Blau des Atlantiks, dem schneeweißen Sand und dem Schwarz der Felsen war schlichtweg atemberaubend.

»Kannst du mal anhalten?« Ich wollte den Wind spüren, meine Füße in dieses herrliche Wasser tauchen und die Möwen hören, die durch den unwirklich azurblauen Himmel segelten.

»Nicht jetzt«, würgte Marie meine Begeisterung ab. »Auf mich warten noch ein paar Erledigungen. Du kannst die Lagunen morgen in Ruhe erkunden.«

»Oooooch … «, quengelte ich. »Bitte, Schwesterchen! Nur ganz kurz. Komm schon. Ich bin arm dran, das hast du selbst gesagt. Es würde mir wirklich helfen, wenn …«

»He, immer mit der Ruhe. Du bist hierhergekommen, um abzuschalten, nicht wahr?«

»Ja.«

»Dann hör auf, dich gleich am ersten Tag zu stressen. Außerdem bin ich wirklich spät dran.«

Ich seufzte, resignierte mit einem Schulterzucken und betrachtete die ersten Häuser des Dorfes: schmucke Villen mit Palmengärten und leuchtenden Blumen, die vermutlich als Ferienhäuser dienten. Im

Hintergrund rauschte der Atlantik an einen weißen Sandstrand, der zwar einem Hochglanzmagazin zur Ehre gereicht hätte, aber nicht an die Lagunen herankam. Gleich morgen würde ich dorthin zurückkehren. Bewaffnet mit einem Badeanzug, Taucherbrille und Schnorchel.

Unser Weg führte uns an einer Strandpromenade vorbei, die überraschend menschenleer war, kurz darauf tauchten wir in enge Gassen ein, bogen ein paar Mal ab und verließen El Cotillo auch schon wieder. Groß war das Örtchen wahrhaft nicht.

»Was ist das für ein Turm?« Ich deutete auf den dunklen, massiven Trutzbau, der am Rande hoher Klippen stand. In unmittelbarer Nähe thronte ein Walskelett auf einem Gestell aus Beton und Metall, um das sich eine Schar knipsender Touristen drängte.

»Das ist der Castillo de Roque«, antwortete Marie. »Er wurde im Jahr 1741 zum Schutz vor Piraten erbaut. Siehst du das Labyrinth unter Wasser?«

Sie fuhr etwas langsamer, sodass ich einen Blick auf das irisierende Farbenspiel des Meeres werfen konnte. Leuchtendes Blau und Türkis wurde von dunklen, unter Wasser liegenden Felsen gesprenkelt.

»Du meinst das Riff?«

Marie nickte. »Viele Piraten versuchten, El Cotillo einzunehmen. Aber die Wege durch die Felsen sind tückisch. Nur die Fischer wissen, wie sie unbeschadet aus dem Hafen und wieder hinein gelangen. Da draußen liegt so manches Wrack, das von den Korallen aufgeschlitzt und versenkt wurde. Ich habe einen Metalldetektor im Keller. Wenn du willst, gehen wir mal zusammen auf Schatzjagd.«

»Klingt gut.«

Ehe Maries Jeep hinaus in die Wüste preschte, erhaschte ich noch einen Blick auf den Atlantik und die gewaltigen Klippen. Das hier hatte nichts mit dem gezähmten, sanften Mittelmeer zu tun, an dem ich so manchen Urlaub verbracht hatte. Dieser Ozean war entfesselt. Er war urtümlich und grenzenlos. Einige der Wellen, die sich schäumend an den Klippen und den vorgelagerten Felsen brachen, besaßen die Höhe eines eingeschossigen Hauses.

»Denke daran«, ermahnte mich Marie und jagte den Jeep über eine holprige Schotterpiste. »Du hast alle Zeit der Welt. Geh's langsam an, okay?«

Ich nickte, ohne wirklich zugehört zu haben. Wohnwagen parkten mitten in der Einöde, offenbar gehörten sie zu den Surfern, die mit bunten Brettern unter dem Arm einem Trampelpfad in Richtung Meer folgten.

»Willkommen im Dorf der Dreadlocks und der Jesuslatschen«, kicherte Marie. »Wer hier lebt, der lächelt den ganzen Tag, blinzelt in die Sonne und ist wunschlos zufrieden. Lass dich davon anstecken. Plane nichts. Erwarte nichts. Dann kommt das Glück von ganz allein. Falls du Startschwierigkeiten hast, kann ich dir auch ein paar Joints vorbeibringen.«

Ich grinste, drehte mich im Autositz und warf einen Blick auf zwei Baustellen, die den Dorfrand begrenzten. »Sieht so aus, als würde es nicht mehr lange so lauschig bleiben.«

»Hoffen wir, dass du falschliegst. Ein paar geldgeile Idioten haben angefangen, Cotillo zu verändern. Ferienwohnungen und Hotels schießen wie Pilze aus dem Boden. Aber es gibt eine Menge Gegenstimmen. Viele wollen, dass das Dorf so verschlafen bleibt, wie es ist.«

»Gibt es irgendetwas, das schön ist und schön bleibt?«

»Hm.« Marie runzelte die Stirn. »Die wahre Liebe vielleicht?«

»Du meinst das Märchen, das nie aus der Mode kommt und immer wieder neu erzählt wird?«

»Märchen? Aber die wahre Liebe ist kein Märchen. Sie kann dich jederzeit und überall treffen. Meistens dann, wenn du nicht damit rechnest.«

Ich verzog den Mund zu der Parodie eines Lächelns. Diskussionen brachten rein gar nichts. Meine Schwester glaubte an Magie, ich nicht. So einfach war das.

Beharrlich rumpelte Indie in die sandfarbene Einsamkeit hinaus. Rechts sah ich noch immer das Meer, wenn auch nur als blauen, sich entfernenden Streifen, links erhoben sich die vom Wind abgeschliffenen Vulkanberge. Cotillo war nur noch ein heller Fleck in der Ferne, als der Wagen nach links in einen kaum zu erkennenden Pfad abbog. Etwa fünfzig Meter fuhren wir entlang eines Walls aus Sand und Geröll, dann schwenkte Indie nach rechts und blieb vor einem verwinkelten Gebäude stehen, das wie aus dem Nichts vor uns auftauchte.

»Voilá!« Meine Schwester brachte den Wagen mit einer Vollbremsung zum Stehen. »Da wären wir.«

»Das ist euer Zuhause?«

»Es ist umwerfend, nicht wahr? Bitte sag, dass es umwerfend ist.«

»Ja, das ist es.«

Ich stieg aus, stemmte die Hände in die Hüften und sah mich um. Umwerfend? Dieses Haus war der helle Wahnsinn! Man sah ihm an, dass es im Laufe vieler Jahre entstanden und immer wieder erweitert worden war. Ein Anbau reihte sich an den nächsten und ergab ein verschachteltes Gebilde, das mit seinen Kuppeln, Bögen und lehmverputzten Wänden orientalisches Flair ausstrahlte. An jedem Winkel des Hauses schaukelten Messinglaternen und Windspiele, doch das I-Tüpfelchen der Idylle war eine rot getigerte Katze, die sich auf einem gemauerten Fenstersims in der Sonne räkelte.

»Da ist Johans Werkstatt.« Marie deutete auf einen offenen Schuppen, der sich neben dem Haus befand und mit Holz in allen nur erdenklichen Formen gefüllt war. »Da drüben siehst du unsere Pferde und Miststück.«

Ich drehte mich zu der Koppel um, die etwas abseits vom Haus lag. Zwei Schecken und ein Esel hoben die Köpfe, als wären sie überrascht von der Tatsache, dass sie Besuch erhielten.

»Wo ist Sam Hawkins?«

»Bei Freunden«, antwortete Marie. »Sam mag die Sonne nicht, deswegen haben wir ihn in einen klimatisierten Stall umquartiert. Wahrscheinlich erzählt Johan ihm gerade eine seiner Geschichten. Oder er ist schon wieder unterwegs zum Flughafen. Ich glaube, er hatte einen Termin in London, wenn ich mich recht entsinne.«

Als Nächstes entdeckte ich eine romantische gemauerte Sitzecke, die von zwei riesigen Dattelpalmen beschattet wurde. Rote und violette Bougainvillea rankten sich an den Mauern empor und schienen das Haus restlos überwuchern zu wollen, Maries Blumenkübel sahen dagegen aus, wie sie schon in England ausgesehen hatten: erbärmlich. Um welche Pflanzen es sich bei den ausgedörrten Geschöpfen handelte, war längst nicht mehr auszumachen.

»Das hier ist dein Bereich.« Sie deutete auf einen Eingang hinter uns. »Du bekommst den Anbau, den wir normalerweise als Ferienwohnung vermieten.«

»Was?« Ich starrte auf besagten Anbau, der durch einen mit Blauregen überwucherten Gang mit dem Haupthaus verbunden war. »Das alles gehört mir?«

»Für die nächsten Wochen, ja. Oder für die nächsten Monate. Bleib einfach, solang du willst.«

»Aber das kann ich nicht …«

»Ah ah ah!« Marie legte einen Zeigefinger auf meine Lippen und drohte mir mit zusammengezogenen Augenbrauen. »Ich will keinen Widerspruch hören. Du ziehst dort ein.«

»Dann werde ich aber die Miete bezahlen.«

»Nichts da. Beteilige dich am Wocheneinkauf und an den Strom- und Wasserkosten. Mehr verlangen wir nicht.«

»Ein Sofa würde mir völlig genügen.«

»Mund halten! Sofort!«

Ich kapitulierte und ließ mein neues Zuhause auf mich wirken. Es besaß die Größe eines Einfamilienhauses, verfügte über eine Veranda mit Rattan-Sesseln, einen riesigen Gasgrill und zwei Liegestühle. Rechter Hand führte eine weiß gekalkte Treppe auf das Flachdach des Anbaus hinauf. Wie ich Marie kannte, befand sich dort oben eine Dachterrasse, die mit allem Aussteiger-Komfort ausgestattet war.

»Aber so entgeht euch durch mich eine Menge Geld«, protestierte ich ein letztes Mal. »Ich werfe euren Alltag schon genug durcheinander.«

Marie winkte ab. »Ach was. Erstens bist du die Letzte, die uns jemals stören würde. Zweitens kommen wir auch ohne die Miete klar. Johans Möbel sind gefragt. Siehst du das dort hinten? Die Reihe aus kleinen Bäumen?«

Ich blickte in die Richtung, in die meine Schwester zeigte. Entlang einer Mauer aus schwarzen Lavasteinen, die mitten im Nichts zwischen den Bergen und der Pferdekoppel stand, reihten sich merkwürdig verkrüppelte Bäumchen aneinander. Am Anfang der Mauer wuchsen die kleinsten. Je weiter sich die Reihe hinzog, umso größer und verkrümmter wurden die Gewächse.

»Johan präpariert die Bäume so, dass sie in die gewünschte Form wachsen«, erklärte Marie. »Seine Möbel werden zum größten Teil nicht gebaut, sondern wachsen von selbst. Er fügt nur Details hinzu. Eine Glasplatte, eine Sitz- oder eine Ablagefläche, Schnitzereien, Knäufe oder maßgeschneiderte Schubladen. Es dauert Jahre, bis ein Baum groß genug ist, um verarbeitet zu werden. Seine Stücke sind einzigartig, und das wissen auch seine Kunden. Viele hat er noch nicht, aber die, die er gewonnen hat, wissen seine Arbeit zu schätzen.«

Marie hievte meine Tasche aus dem Kofferraum und trug sie zur Tür meiner neuen Bleibe. Ich versuchte ihr das Gepäck zu entreißen, doch sie strafte mich mit einem bösen Gouvernanten-Blick.

»Finger weg, Hannah-Maus! Du musst dich um nichts kümmern. Hier sind wir die Gastgeber und fühlen uns dazu verpflichtet, dich zu verwöhnen.« Mit einem kräftigen Ruck öffnete Marie die gläserne Schiebetür. »Und da sind wir auch schon: Willkommen in deinem neuen Heim.«

Ich betrat eine Wohnküche, die als Idealbild mediterraner Gemütlichkeit hätte herhalten können. Es gab zwei rot gestrichene Wände, an denen reich verzierte Messingschalen und Laternen hingen, und zwei aus Feldsteinen gemauerte, in die schwarze Lavasteine eingefügt worden waren. Links stand eine Sitzecke aus uraltem, wurmstichigem Holz, die perfekt zu den Terracotta-Fliesen des Bodens passte, rechts gab es einen Glastisch und ein Rattan-Sofa mit braunen Polstern. Dahinter befand sich ein riesiges Fenster, durch das man auf die Wüste und die fernen Klippen blickte. Wenn ich mich auf die Zehenspitzen stellte, erkannte ich sogar die aufleuchtenden Kronen der Wellen, die sich am Riff brachen.

»Und?«, hakte Marie nach.

»Wow.« Zu mehr war ich nicht in der Lage. Meine Augen brannten, meine Zunge war ein widerspenstiges Stück Blei. Es kostete unendlich viel Mühe, ein beherrschtes »Tausend Dank« hervorzubringen. Ich wollte vor meiner Schwester nicht weinen. Niemals. Unter gar keinen Umständen. Und doch überwältigte mich die Rührung. Dieser wunderbare Ort würde mir gehören. Für ein paar Wochen oder für ein paar Monate. Womit hatte ich das nur verdient?

Sanft klopfte Marie mir auf die Schulter. »Bevor du in Tränen ausbrichst, setzen wir unseren Rundgang lieber fort. Hier ist das große Schlafzimmer.«

Sie öffnete die Tür, die sich rechts vom Eingang befand. Der dahinter liegende Raum war von schlichter Eleganz. Er enthielt ein großes Bett, das aussah, als hätte es mindestens zwei Jahrhunderte auf dem

Buckel, zwei ähnlich antik aussehende maritime Gemälde mit Segelschiffen und zwei dazu passende Nachttische. Das einzig Moderne war ein rotgoldener Glitzervorhang, der eine Kammer zu verbergen schien. Da ich nirgendwo einen Schrank entdeckte, befand sich dieser vermutlich hinter dem Vorhang.

Nachdenklich berührte ich die weiß gekalkten Wände, strich über die ebenso reinweiße Bettwäsche und …

»Wow!«, platzte es aus mir heraus. »Was ist das denn?«

Marie räusperte sich. »Das ist die Dusche.«

»Das sehe ich. Aber warum ist sie in die Wand eingelassen?«

»Johan hat sie zu einem bestimmten Zweck gebaut. Ihm war sehr daran gelegen, dass die Romantik für unsere Gäste … ähm … nicht zu kurz kommt.«

Dieser *bestimmte Zweck* lag auf der Hand. Nicht nur, dass die Dusche offen und äußerst großzügig gestaltet war, sie bot zudem mehrere in die Wand eingelassene Flächen, die zweifellos nicht allein zum Abstellen der üblichen Flaschen und Tiegel gedacht waren. Der Duschkopf besaß die Größe eines Wagenrades, alle Ecken und Kanten waren sanft abgerundet. Vermutlich, damit sich niemand blaue Flecken zuzog, während er in diesem als Dusche bezeichneten Tempel das Kamasutra nachturnte.

Tom hätte dieses Ding geliebt.

Verdammt!

Verlegen spielte Marie mit ihren klimpernden Dreadlocks. »Du musst nicht hierbleiben, okay? Du kannst auch im kleinen Schlafzimmer übernachten. Komm, ich zeige es dir.«

Willenlos ließ ich mich von ihr weiterziehen. Am anderen Ende der Wohnküche gab es zwei weitere Türen. Eine führte in ein winziges Bad, die andere in ein ebenso winziges, aber gemütliches Schlafzimmer, das gerade mal Platz für ein Bett und einen Schreibtisch bot. Durch ein mit geschnitzten Holzläden verziertes Fenster fiel Sonnenlicht in schimmernden Strahlen auf das Bett und betupfte eine opulente dunkelrote Tagesdecke. Aber das Herrlichste an diesem Zimmer war das Regal über dem Bett. Im Grunde war es gar kein Regal, sondern eine Nische in der Feldsteinwand. Drei eingearbeitete Bretter bogen sich unter dem Gewicht dicker, alter Büchern.

Ich war im Paradies!

Kaum las ich den Titel des ersten Bandes, kränkelte mein Gleichgewichtssinn. Beim zweiten empfand ich den Drang, mich zu Marie umzudrehen und ihr eine Ohrfeige zu verpassen. Beim dritten und vierten klappte mir gänzlich die Kinnlade herunter. Grundgütiger, diese Exemplare waren Gold wert! Alte Lexika, Klassiker der Weltliteratur, botanische Führer, Sammlungen heimischer Legenden und Sagen, wissenschaftliche Abhandlungen und sogar ein uralter Band über Astronomie.

»Hol mich der Teufel, woher habt ihr die?«

»Johanns Großeltern.« Marie zuckte mit den Schultern, als ginge es um irgendeine Belanglosigkeit. »Die beiden waren verrückt nach alten Wälzern. Ich weiß noch, wie er mal von einem traumatischen Erlebnis seiner Großmutter erzählt hat. Sie war bei einer Freundin zu Besuch und musste dort entdecken, wozu kostbare alte Bücher benutzt wurden: als Brennstoff und als Klopapier.«

»Wie bitte?«

»Die Zeiten waren hart. Man nahm, was man kriegen konnte. Es hat Johans Großmutter das Herz gebrochen, als sie auf dem Plumpsklo die zerfledderten Wälzer in den Händen hielt. Ihr blieb gar nichts anderes übrig, als sich mit Shakespeare den Hintern abzuwischen.«

»Sag mal ...« Ich holte tief Luft und deutete auf das Regal. »Ist euch überhaupt klar, was für einen Schatz ihr da verstauben lasst?«

Marie wiegte nachdenklich den Kopf. Dann zuckte sie ein weiteres Mal mit den Schultern. »Wir haben alles, was wir brauchen. Kann schon sein, dass diese Bücher wertvoll sind, aber das ist uns egal.«

Ich schnaubte fassungslos. »Egal? Ist das dein Ernst?«

Meine Schwester kratzte sich am Hinterkopf.

»Und ihr lasst diese Bücher einfach hier herumstehen?«, fügte ich hinzu. »Hier, wo jeder respektlose Tourist ...«

»Nein«, unterbrach sie mich. »Normalerweise stehen dort Liebesschnulzen. Wir haben die Dinger extra für dich hingestellt, weil wir wussten, dass du dir die Finger danach lecken würdest.«

»Die *Dinger?* Marie, das sind Kostbarkeiten, keine Dinger!«

»Kann schon sein. Johan meinte, es wäre eine schöne Ablenkung von deinen Sorgen. Du studierst doch englische Literatur.«

»Ja, aber warum erfahre ich erst jetzt, dass ihr auf einem Bücherschatz hockt? Ist dir nie der Gedanke gekommen, dass ich mich dafür interessieren könnte?«

Meine Schwester kaute schuldbewusst auf ihrer Unterlippe herum. Vor dem Fenster zankten sich in paar Spatzen. »Wir haben uns nie groß darum gekümmert.«

»Nicht darum gekümmert?« Ohne Vorwarnung überwältigte mich die Wut. In boshafter Regelmäßigkeit tauchte Marie ab und meldete sich wochenlang nicht, obwohl sie wusste, dass Dad sehnsüchtig auf jedes Lebenszeichen wartete. Sie verschwieg mir wichtige Tatsachen, weil es sie nicht kümmerte, und scherte sich einen Dreck um die Welt und ihre Probleme. Warum auch? Schließlich lebte sie in ihrem eigenen kleinen Paradies, wo ihr tagtäglich das Glück aus den Ohren purzelte.

Okay, Hannah. Ganz ruhig! Tief durchatmen!

»Das gibt es doch nicht.« *Tief durchatmen! Ruhig bleiben!* »Also gut, Schwamm drüber. Ich bleibe hier. Stell meine Tasche einfach irgendwo ab.«

»Okay.« Marie legte mein Gepäck auf das Bett, zwirbelte wieder eine ihrer Dreadlocks und schaute betreten aus der Wäsche. »Eine Sache muss ich dir noch zeigen. Schau her. Hier haben wir unsere Schmöker-Ecke.«

Sie öffnete die Holztür gegenüber dem Bett und präsentierte mir den Innenhof. Ein schmiedeeisernes, verschnörkeltes Bett mit orangefarbenem Baldachin und dicken, bunten Polstern schrie förmlich danach, als Leseplatz in Beschlag genommen zu werden. Auch hier schaukelten Windspiele und Messinglaternen im Wind, während die drückende Hitze von Olivenbäumen und Tamarisken halbwegs ferngehalten wurde.

Dieser Ort war geschaffen dafür, um stundenlang Arm in Arm auf dem Bett zu liegen, dem Rauschen des Windes zuzuhören und in die Nacht hineinzuträumen. Oder um allein zu lesen.

Marie räusperte sich, nahm mich noch einmal in den Arm und murmelte eine unbeholfene Floskel.

»Danke«, presste ich hervor. »Danke für alles.«

»Gern geschehen. Komm einfach zu uns rüber, wenn du was brauchst. Ansonsten lassen wir dich in Ruhe. Im Kühlschrank findest du genug Essen für ein paar Tage. Eier kannst du dir aus dem Hühnerhof holen, Gemüse wächst dort hinten, wo du die Steinwälle siehst.« Sie lotste mich zurück in die Wohnküche und deutete in Richtung der gläsernen Schiebetür, hinter der sich die Vulkanberge erhoben. »Du musst ein Stück laufen, ehe du es siehst. Ohne die Wälle könnten wir hier nichts anbauen, der Wind würde die Erde sofort wegwehen. Was gibt es sonst noch zu sagen? Ach ja, am Donnerstag muss ich einkaufen, dann nehme ich dich mit und zeige dir den Supermarkt. Da drüben auf dem Tisch findest du einen Hefter. Da drin steht alles, was Touristen wissen sollten. Restauranttipps, die Namen unserer Hühner, Sehenswürdigkeiten, Eigenarten der Eingeborenen. Fahrräder gibt es auch, sie stehen in Johans Werkstatt. Nimm aber auf keinen Fall das gelbe. Gleich nach Mistvieh steht auf Johans Liebhaberliste dieses dämliche Fahrrad.«

»Und wo stehst du?«

»Irgendwo hinter dem Fahrrad und vor den Hühnern.« Marie grinste hilflos. Der Umgang mit mir und meiner Krise war ihr sichtlich unangenehm. »Ach ja, falls du ausreiten möchtest: Sättel und Zaumzeug hängen auch in Johans Werkstatt, links an der Wand. *Jack the Ripper* und *Charles Manson* sind die sanftmütigsten Wesen, die du dir vorstellen kannst. Mit ihnen kannst du nichts falsch machen.«

»*Jack the Ripper* und *Charles Manson?*«

»Genau.«

»Das sind Serienmörder.«

Marie machte große Augen. »Und?«

»Ihr benennt eure Pferde nach Serienmördern?«

»Es war Johans Idee. Er hat drei Semester Psychologie studiert und fand es lustig.«

»Aha.«

»Ich gebe dir jetzt einen Tipp, was meinen Mann betrifft. Lege keines seiner Worte auf die Goldwaage. Meistens redet er zuerst und denkt später darüber nach, und das Wenigste meint er so, wie er es sagt. Aber bei dem vollen Terminkalender, den er gerade mit sich herumschleppt, wirst du ihn sowieso kaum zu Gesicht bekommen. Vielleicht auch gar nicht. Je nachdem.« Marie seufzte, als wäre eine schwere Last von ihren Schultern gefallen. »Alles wird gut, Hannah-Maus. Nenne die Pferde einfach Jack und Charlie, das ist unverfänglich. Der schwarz Gescheckte ist Jack, der hellere Charlie. Beim Ausreiten gibt es nur eine Regel: Halte dich von den Klippen fern. Du kannst den Pfad benutzen, der an ihnen entlangführt, aber näher darfst du ihnen auf keinen Fall kommen. Egal, was du Spannendes am Strand entdeckst. Ich meine es ernst. Vor ein paar Wochen ist ein großes Stück abgebrochen und hat ein Pärchen in den Tod gerissen.«

»Alles klar. Danke.«

»Nichts zu danken. Fühle dich wie zu Hause. Wenn du reden willst, komm rüber oder rufe mich an. Die Nummer findest du im Hefter.«

Wir tauschten noch ein Lächeln aus, dann war ich allein. Drückende Stille summte in meinen Ohren, und plötzlich drang die ganze Unwirklichkeit der Situation auf mich ein.

Hier war ich. Fern meiner Heimat. Irgendwo im Nirgendwo, um den rasenden Pulsschlag meines Lebens zu verlangsamen. Marie hatte recht. Ich durfte nichts erwarten und nichts planen. Die Dinge würden geschehen. Oder eben nicht.

Eine Zeit lang stand ich an der Schiebetür und starrte durch das Glas auf die Vulkanberge. Seltsam. Diese Insel kam mir vertraut vor, wie ein Ort aus früher Kindheit, den ich geliebt, vergessen und wiedergefunden hatte. Ich kannte diese weichen, abgeschliffenen Berge, die Klippen und das Meer. Sie berührten etwas in mir, das lange geruht hatte und plötzlich aufgewacht war.

Aber was?

Alles war so still. Kein Laut war zu hören, nicht einmal mehr die zankenden Spatzen. Ich ging in mein Schlafzimmer, legte mich auf das Bett und blieb mit ausgestreckten Armen liegen. Hier, am anderen Ende der Wohnung, tropften ganz sacht Geräusche durch die Stille. Grillen zirpten im Innenhof, Bäume flüsterten, eine Katze miaute. Gedanken kamen und gingen.

Zu Hause, seufzte etwas in mir. *Endlich zu Hause.*

Kapitel 3

Du bist erst frei,
wenn Salzwasser durch deine Adern fließt.

William

Das Mondlicht beendete die endlose Schwärze meines Dämmerschlafes und ließ mich zum ungezählten Male begreifen, dass ich allein war. So allein, wie ein lebendes Wesen nur sein konnte. Würde es ewig so weitergehen? Ewig und endlos bis zum Ende aller Zeiten?

Nichts hatte sich seit meinem letzten Erwachen verändert. Die Wellen rollten heran und spülten salzige Gischt in die Höhle. Ewig gleich. Die Flut ergriff meine Knochen und spielte mit ihnen. Ewig gleich. Irgendwann würde das Meer sie erneut zwischen die Felsen spucken, wo sie herumlagen und vermoderten, während ich weiterexistierte. Tot und körperlos, aber nicht gedankenlos.

Der nächste Hexenmond nahte. Schon wieder erwartete mich ein ganzer Monat, den ich wach und bei klarem Bewusstsein verbringen würde, eingepfercht in einen wiedererweckten Körper. Gelähmt von Hoffnungslosigkeit beobachtete ich, wie das Mondlicht auf den Wellen tanzte. Wellen, die mein Schiff einst auf dem Weg zu fernen Ufern und prächtigen Schätzen durchpflügt hatte.

Ruben. Ferris. Robert. Dieser verschrumpelte, streitlustige Zwerg namens Timothy. Der sanfte Hamish, der vor lauter Sehnsucht nach seiner Frau auf jeder Reise fast durchgedreht wäre. Sie alle und noch viele mehr lagen dort draußen. Gefangen in der ewigen Schwärze des Ozeans.

Weil ich mein Versprechen gebrochen hatte.

Sterben und leben. Sterben und leben. Immer und immer wieder. Ewig gleich. Schlaftrunken betrachtete ich mein Gerippe, die verfaulten Überreste meiner Kleidung und das salzüberkrustete Glänzen der Goldmünzen. Ewig gleich.

Nein, wehte es durch mein ausgebleichtes Bewusstsein. *Etwas hat sich verändert. Es ist schlimmer geworden. Wegen ihr!*

Verfluchte Hexe! Ich hatte vergessen, wie sich die Haut einer Frau anfühlte. Ich hatte vergessen, dass Wärme existierte. Lebendigkeit war zu einem bloßen Wort verkommen, dessen Bedeutung ich nicht mehr begriff. Ich war Nebel gewesen. Ich war die Gischt gewesen, die in der Sonne schmilzt. Ein Nichts. Weniger als ein Geist. Bis zu diesem verdammten Traum.

Vermutlich hockte Marifa gerade in ihrem modrigen Sumpfnest und triumphierte, weil ich mich wieder daran erinnerte, wie es war, warme Haut zu streicheln. Wie es sich anfühlte, Angst zu verspüren. Lust. Begehren. Hunger.

Verfluchtes Teufelsweib!, wollte ich schreien. Aber ich besaß keinen Körper, und damit auch keine Stimme. *Reicht es dir noch nicht? Hast du es immer noch nicht satt?*

Ein Lachen erklang von weit her. Lieblich und verführerisch. Die Falle, in die ich vor Jahrhunderten getappt war, hatte nichts von ihrer Süße eingebüßt. Aber jetzt wusste ich, was hinter der Maske lauerte: ein Ungeheuer, das ich ohne Zögern töten würde, wenn Gott oder Teufel mir die Möglichkeit dazu bieten würden.

Ruhelos durchmaß mein Bewusstsein die Höhle. Von Wand zu Wand. Ewig gleich. Bis zum Saum des Wassers und wieder zurück. Ewig gleich. Das Meer, meine Knochen und der Fels. Nichts als die Stäbe einer Zelle. Ewig gleich.

Sie ist keine Einbildung, wisperte Marifa am Rande meiner Wahrnehmung. *Und ebenso wenig ist sie ein Traum. Sag mir, dass du sie willst, dann sollst du sie bekommen.*

Mit einem Mal schien die Höhle zu verschwimmen. Sie verwandelte sich in einen Strom, der mich fortzog, einen Wimpernschlag lang alles auslöschte und mich wieder in die Wirklichkeit spuckte.

Was mein Bewusstsein nun erblickte, hätte überwältigender nicht sein können: Die Höhle gab es nicht mehr, stattdessen befand ich mich in einem kleinen Raum, der kaum größer war als meine Achterkajüte auf der *Scowerer.*

Ich war in einem Zimmer! Einem echten Zimmer, in dem es weder nach Moder noch nach Verwesung stank, sondern nach sonnenwarmer Erde und Blumen. Ich sah gemauerte Wände, eine Nische voller Bücher, ein Bett und … bei Neptuns rostigem Dreizack! Das dort war die Frau aus meinem Traum!

Was war das für eine Teufelei? Existierte mein Traumwesen wirklich? War sie tatsächlich hier? Ich roch noch immer die Insel, auch wenn ihr Aroma schwächer war als in der Höhle, und in der Ferne vernahm ich das Donnern der Brandung, die sich gegen die Klippen warf. Das hier war noch immer Fuerteventura. Aber war es Wirklichkeit oder Traum? Jahrhundertelang hatte meine Unterhaltung einzig aus den Geräuschen des Meeres, aus dem Geruch meiner Umgebung und all den kleinen, feinen Nuancen bestanden, die ich als lebendiger Mensch nicht wahrgenommen hatte. Meine Sinne sagten mir, dass die Höhle nicht fern war, und sie sagten mir ebenso, dass dies hier echt war.

Die Frau auf dem Bett schlief. Sie lag halb zur Seite gedreht, ihr wild gelocktes Haar breitete sich duftend und glänzend auf dem Kissen aus.

Lavendel, erinnerte ich mich. *Ihr Haar riecht nach Lavendel.*

Sie hatte die Arme ausgestreckt und war lediglich mit einem zarten weißen Nachthemd bekleidet, das kaum dazu taugte, ihre Rundungen zu verbergen. Wollte Marifa mich mit einer Dirne quälen? Es sah ganz danach aus, denn so frech und respektlos, wie das Mädchen im Traum mit mir geredet hatte, plapperten nur die schmutzigsten Hafenhuren daher. Aber für eine Hafenhure war ihre Kleidung zu kostbar, ihr Körper zu gepflegt und ihr Haar zu duftig. Vielleicht war sie die Dirne eines reichen Mannes und schlief dank seiner Großzügigkeit in Samt und Seide. Vielleicht war das alles auch nur ein Werk der Hexe und nichts weiter als Gischt in der Sonne.

Ich starrte auf die dunklen Brustwarzen, die sich unter dem Stoff abzeichneten, und als sich die Frau seufzend auf den Rücken drehte, wurde eine dieser Spitzen auch noch entblößt.

Versenk mich doch!

War mein Leid als Untoter dieser kuhpockigen Bilgenratte von einer Hexe immer noch nicht genug?

Kühler Meereswind strich durch das offene Fenster und wehte über die sahnige Haut der Dirne, sodass sich die zarte Knospe auch noch aufrichtete, als würde sie sich danach sehen, von meiner Zunge berührt und von meinen Zähnen gezwickt zu werden. Seit endloser Zeit hatte ich nichts mehr gespürt. Nicht den Sturm, nicht das Wasser. Nicht die Gischt, nicht die Kälte der Felsen und nicht die Wärme der Sonne. Ganz gleich, ob ich als Geist in meinem Gefängnis ausharrte oder in meinem wiedererweckten Körper dahinvegetierte. Bis Marifa mir diese Frau geschickt hatte.

Wie zuvor im Traum brandete eine überwältigende Lust über mich hinweg. Es fühlte sich an, als müssten meine Lenden explodieren wie eine 36-Pfünder[5], und das, obwohl ich nicht einmal in einem Körper aus Fleisch und Blut steckte. Dieses Verlangen war jenseits aller Vorstellungskraft. Plötzlich wieder zu fühlen, mit jeder Faser meines Seins zu fühlen, den süßen Geruch einer Frau wahrzunehmen und die Hitze ihrer Haut zu spüren, war mehr, als ich ertragen konnte. Im Traum hätte ich sie beinahe in Besitz genommen. Beinahe.

Oh, diese rattengesichtige Pestbeule! Dieses tausendmal verfluchte Teufelsweib!

Was willst du?, schrie ich sie an. *Warum tust du das?*

Das Ungeheuer lachte. *Willst du sie?*

Ich sehnte mich danach, zu schreien. Aber lautlose Gedanken waren alles, was ich in diesem Zustand zustande brachte.

Nimm ein Maul voll Stiefel, du quallenfressende Teufelshure!

Das Ungeheuer summte schmeichelnd. Es war ein uraltes Lied, das ich schon einmal gehört hatte. Aber ich konnte mich nicht mehr an die dazu passenden Worte erinnern.

Ich kann sie dir geben, raunte Marifa nach einer Weile. Sag mir nur, dass du sie willst.

Ich glaube dir nicht, fauchte ich zurück. *Das ist nur eine neue Teufelei. Eine Falle. Dein Fleisch stinkt derart nach Heimtücke, dass du nicht einmal als Haiköder taugst. Für dich ist selbst das Seil zum Kielholen zu schade!*

Ich sehe schon. Marifa kicherte. *Dein Temperament werde ich dir in tausend Jahren nicht austreiben. Sieh sie dir an, William. Atme ihren Duft. Ich meine ihren wahren Duft.*

---

[5] Kanone mit Kugeln, die 36 Pfund wiegen.

Aufgebracht waberte ich durch das Zimmer und drückte mich in die hinterste Ecke, unfähig dazu, meinen Zorn auf irgendeine nützliche Weise abreagieren zu können.

Oh, ich weiß genau, was du meinst, knurrte ich Marifa an. *Sie riecht wie du, Dämonenhure.*

Ja. Ein Seufzen wehte durch meinen Geist. *Sie riecht wie ich, weil sie von meinem Fleisch und Blut ist. Auch wenn nur noch die braunen Augen und das störrische Haar an meine Vorfahren erinnern.*

Wie ein betrunkener Segelflicker starrte ich auf das Gesicht der schlafenden Frau. Sie war zweifellos eine Dirne, noch dazu die Nachfahrin einer Hexe. Dennoch war ihr Antlitz so rein und unschuldig wie das eines Engels. Aber auch das war nichts weiter als eine Lüge! Nur Weibergift, das den Willen eines Mannes aushöhlte und seine Seele verdarb.

Marifa lachte. Vermutlich, weil sie wieder einmal meine Gedanken las. *Du gibst ihr die Schuld an deiner eigenen Schwäche? Du nennst uns Frauen Dämonenhuren, weil du machtlos gegen unseren Zauber bist? Ganz und gar machtlos, oh wilder, starker Pirat. Zwinkert euch ein schönes Weib auch nur im Vorbeigehen zu, nützen euch die schärfsten Säbel und die größten Kanonen nichts, weil ihr vollkommen den Verstand verliert und nur noch von einem herumschlackernden Fleischstück getrieben werdet.*

Mein Zorn wurde so heiß, dass er die Luft zum Flimmern brachte. Ja, ich war machtlos. Ich war unfähig, meinen Blick auch nur einen Herzschlag lang von diesem Mädchen abzuwenden. Golden schimmerte seine Haut. Weich war sein Haar. Die trügerische Unschuld der Dirne vermischte sich mit einer Sinnlichkeit, die meine Gedanken vergiftete. Ich wollte mich hinabbeugen und diese dunkle, steife Brustwarze zwischen meine Lippen saugen. Ich malte mir aus, das Weibsstück an die Wand zu drücken, sie mit eisernem Griff zu umschließen und mich in ihrem Schoß zu vergraben. Wieder und wieder. Bis sie um Gnade bettelte.

Sie kann dich erlösen, William, säuselte es an meinem Ohr. *Hast du auch nur einmal darüber nachgedacht, dass ich dich nicht ohne Grund bestraft habe? Hast du jemals in Betracht gezogen, dass ich das Gute und du das Böse verkörperst? Vielleicht habe ich dich zu ihr geführt, weil ich will, dass du frei bist? Weil ich entschieden habe, dass deine Strafe lange genug gedauert hat? Liebe sie, William, und werde von ihr geliebt. Dann wird dein Schmerz ein Ende haben.*

Erlösung? Sprach dieses Teufelsweib ernsthaft von Erlösung? Nein, ich würde ihrem Schlangengezischel keinen Glauben schenken. Niemals!

Willenlos näherte ich mich der Frau, beugte mich über sie und strich als Nebel über ihre sahnig-weiche Haut. Wie gerne hätte ich Hände gehabt, um sie zu berühren. Wie gerne wollte ich eine Zunge, um sie zu schmecken, und einen Körper, um mich in ihr zu vergraben. Dieser Geruch trieb mich an den Rand des Wahnsinns. Es war Folter, die aufgerichtete Spitze ihrer Brust zu sehen, ohne sie mit meinen Lippen berühren zu können. Dreihundert Jahre Gefühllosigkeit. Dreihundert Jahre ewige Wiederholung. Und jetzt folterte mich das Ungeheuer mit dem geballten Schmerz unerfüllten Begehrens.

Als das Mädchen aufschreckte, wich ich überrascht zurück. Einen Augenblick lang war ich mir sicher, dass sie mich sehen, mich auf irgendeine Weise wahrnehmen konnte. Ihr Blick starrte in die Schwärze, verwirrt und ängstlich. Fiel auf mich und …

Nein. Da war nichts. Kein Erkennen. Keine Panik, wie sie Menschen empfanden, wenn sie etwas Unbegreifliches sahen. Das Mädchen blickte durch mich hindurch und ließ mich fühlen, was ich war.

Ein Nichts.

Kapitel 4

Um Neues zu entdecken,
musst du erst das Land aus den Augen verlieren.

Hannah

Es fühlte sich seltsam an, alleine zu frühstücken.

Ohne Gespräche, ohne Pläne, ohne Aufgaben. Ich tat nichts anderes, als mich an meiner Kaffeetasse festzuhalten und die Pfützen aus Licht zu beobachten, die die Morgensonne auf die Terracotta-Fliesen warf.

Tom hätte es hier gefallen. Er wäre noch vor dem Sonnenaufgang aufgestanden, hätte alles ausführlich erkundet und nicht nur sich selbst zu allen möglichen Kursen angemeldet, sondern mich gleich mit dazu.

Wie merkwürdig, dass ich keine Wut mehr empfand. Selbst der Schmerz über seinen Verlust fühlte sich blass an, wie eine alte Wunde, die nur noch dann schmerzt, wenn sich das Wetter ändert.

Vermisste ich ihn? Ja, das tat ich. Da waren immer noch die drei Worte »*was wäre, wenn*« in meinem Kopf, aber sie gingen nicht mehr mit der Sehnsucht einher, Tom endlich wieder bei mir zu haben. Ihn spüren und schmecken zu können, seine Stimme zu hören und seine Berührungen zu genießen

Stattdessen begannen Pläne in meinem Kopf zu reifen. Die Brise, die durch die offene Schiebetür hereinwehte, roch nach Meer und Vergessen. Fuerteventura hieß mich willkommen, als würde die Insel sagen: *Endlich bist du zurück.*

Ich trank meinen Kaffee aus, verzichtete auf eine Dusche und zog die ältesten Klamotten aus meiner Tasche, die ich mitgenommen hatte: eine Jeans, ein graues T-Shirt und meine geliebte taubenblaue Kapuzenjacke, die von Brandlöchern übersät war, weil ich auf einem Campingausflug zu nahe am Lagerfeuer eingeschlafen war.

Lauer Wind fuhr in meine Locken, als ich nach draußen trat. Diese Zeit gehörte allein mir. Niemand würde mich daran hindern, frei zu sein.

Ich streckte mich im Sonnenschein, blinzelte in den wolkenlosen Himmel und spürte, wie sich meine Mundwinkel zu einem Lächeln hoben. War es so einfach, alles hinter sich zu lassen? Musste ich nur ein paar Tausend Meilen in Richtung Süden fliegen, um allen überflüssigen Ballast hinter mir zurückzulassen?

Ich trug uralte Klamotten, meine Haare waren nicht gekämmt, mein Gesicht nicht gepudert und ich hatte mir die Zähne nicht geputzt. Aber niemand störte sich daran. Es war egal. Wunderbar egal. Noch dazu hatte ich fast neun Stunden am Stück geschlafen. Wann war mir das zuletzt passiert? Vor fünf Jahren?

Es gab keinen klingelnden Wecker, keine ungeduldigen Gäste, die ihren Frust an mir ausließen, weil der Kaffee lauwarm oder das Rührei zu salzig war. Es gab keine brennenden Augen, die nach stundenlanger Computerarbeit streikten. Kein rauchendes Gehirn, das dazu gezwungen wurde, einen Stehordner von zehn Zentimeter Dicke auswendig zu lernen. Und keinen Tom, der jeden unserer gemeinsamen Urlaube mit so viel Sportkursen, Ausflügen und Partys vollgestopft hatte, dass ich nach unserer Auszeit erschöpfter gewesen war als vorher. Alle Entscheidungen lagen in meiner Hand. Es ging nur noch um mich.

Okay, bestens. Und jetzt?

Blinzelnd sah ich mich um. Den Weg zu den Lagunen hatte ich mir leider nicht gemerkt, und dummerweise waren weder Marie noch Johan zu sehen, ebenso wenig der schrottreife Jeep. Ich umrundete einmal das komplette Gebäude, linste durch alle möglichen Scheiben und fand weder eine Spur von meiner Schwester noch eine von ihrem Mann. Also gut, dann musste das Lagunenparadies eben warten.

Eine Weile schlenderte ich ziellos im Sonnenschein umher, beobachtete die Hühner und nahm den monströsen, fünf Meter hohen Kaktus an der Ostseite des Hauses in Augenschein. Ich schnupperte am Blauregen, lauschte den raschelnden Dattelpalmen und fasste schließlich die Werkstatt ins Auge. Kaum bewegte ich mich in ihre Richtung, flog Jacks Kopf empor. Charlie und der Esel dagegen ignorierten mich.

Wie wäre es mit einem Ausritt?, grübelte der Abenteurer in mir. *Marie hat schließlich nichts dagegen.*

Und was ist mit deinen eingerosteten Reitkünsten?, widersprach meine Vernunft. *Traust du es dir wirklich zu, auf einem wildfremden Pferd ins Gelände zu gehen?*

Ja, verdammt!, entschied ich trotzig. *Warum nicht? Wohin hat mich das Vorsichtig- und Bravsein denn gebracht?*

Das Sattelzeug zu finden, war einfach, aber sich durch all die Holzstapel und Werkzeugkisten hindurchzuschlängeln, glich einem akrobatischen Akt. Um eine dicke Schramme an der Hand und mehrere blaue Flecken reicher, hievte ich einen Sattel von der Bank, nahm das Zaumzeug und ein Seil vom Haken und klemmte mir zuletzt eine Box mit Striegelzeug unter den Arm.

Jack und Mistvieh standen erwartungsvoll am Zaun, Charlie drückte sich in der hintersten Ecke der Koppel herum.

»Na, mein Schöner?« Der Schecke grunzte, als ich ihn unter dem Kinn kraulte. Mistvieh schnupperte an meinen Hosentaschen. »Lust auf einen Ausflug?«

Mit herunterhängender Unterlippe starrte das Pferd vor sich hin. Anscheinend besaß es tatsächlich das stoische Gemüt, für das Marie es gepriesen hatte, aber wie würde es sich im Gelände schlagen? Was würde passieren, wenn Jack mit mir durchging? Die Zeiten, in denen ich im gestreckten Galopp über die Hügel von Cornwall geprescht war, gehörten der Vergangenheit an. Mein letzter Ausflug zu Pferd lag mehrere Jahre zurück.

»Also gut«, redete ich auf das Tier ein. »Lassen wir es langsam angehen. Du kennst mich nicht und ich kenne dich nicht. Schauen wir erst mal, ob wir miteinander klarkommen, okay?«

Ich führte Jack von der Koppel, band ihn an einen der Querbalken des Zaunes fest und begann, mit langsamen, kreisenden Bewegungen sein Fell zu striegeln. Die monotonen Handgriffe, der Wind und die Wärme der Morgensonne waren wie Balsam, der sich um meine Gedanken legte. Ich ließ mir mehr Zeit als nötig, striegelte das Pferd in aller Seelenruhe, kontrollierte die Hufe, kämmte Mähne und

Schweif aus und lehnte mich zwischendurch immer wieder gegen den warmen Tierkörper, um den Moment in mich aufzusaugen. Es gab keinen Motorenlärm, keine Stimmen, kein Sägen und Hämmern. Nur das ferne Rauschen des Meeres und den lauen Wind, der über mein Gesicht strich.

Mit geschlossenen Augen träumte ich vor mich hin, bis mich ein heftiger Ruck zurück in die Wirklichkeit riss. Mistvieh war offenbar klar geworden, dass ich nichts Fressbares aufzuweisen hatte, also versenkte die Eselin ihre Zähne in den Stoff meiner Jeans.

»Hast du sie noch alle?« Ich zerrte, Mistvieh zog – und meine Hose war um ein großes Loch reicher. »Verdammt noch mal, du gehörst wirklich in die Salami.«

Angriffslustig rollte die Eselin mit den Augen und ließ das Stück Stoff, das sie mir entwendet hatte, demonstrativ abfällig in den Sand fallen. Damit schienen die Dinge für sie geklärt zu sein.

»Aas!«, zischte ich dem davontrottenden Tier hinterher, zog den Sattelgurt fest und stellte einen Fuß in den Steigbügel. Wie hatte es passieren können, dass ich jahrelang nicht geritten war? Nicht ein einziges Mal, obwohl es irgendwann einmal meine größte Leidenschaft gewesen war? Wie eine Stromschnelle hatte mich das Leben mit sich gerissen und mir keine Gelegenheit gelassen, zum Ufer zu schwimmen. Ich war gerannt und gerannt, Tag und Nacht, als wäre der Teufel hinter mir her. Warum eigentlich?

Weil ich Erwartungen erfüllen wollte.

Eine andere Antwort gab es nicht.

Meine Erwartungen, aber vor allem die von anderen.

Ich schwang mich auf Jacks Rücken und verharrte eine Weile, um das Gefühl auszukosten, endlich wieder im Sattel zu sitzen. Mehrmals ließ ich die Zügel durch meine Finger gleiten, rutschte hin und her und lauschte dem vertrauten Knirschen des Leders. Ich schnupperte nach dem Duft von Sand und Pferd, ließ meine Hand über Jacks Hals gleiten und drückte ihm schließlich behutsam die Hacken in die Flanken. Gehorsam trottete der Schecke los. Im Schneckentempo lenkte ich ihn vom Grundstück herunter, über die Schotterpiste und hin zu der leeren Ebene, die sich bis zu den Klippen erstreckte.

Sand knirschte. Steine klackerten. Hufe schlugen dumpf auf die Erde und wirbelten Staubwolken auf.

Offenbar hatte dieses Land vor langer Zeit unter dem Meeresspiegel gelegen, denn ich sah die uralten Überreste von Korallenbänken, zerfressen von Wind und Wetter und weiß leuchtend in der Sonne. Versteinerte Muscheln und Schnecken lagen herum wie anderswo Kieselsteine. Ich ritt auf dem trockengelegten Grund des Ozeans. Auf einem Gräberfeld unzähliger Geschöpfe, die vor Jahrmillionen den Tod gefunden hatten. Wie gerne hätte ich all diese Artefakte berührt, sie erforscht und ihren Erinnerungen nachgespürt, doch dafür blieb noch genügend Zeit. Vielleicht morgen, vielleicht übermorgen.

Wie ich dieses Wörtchen liebte.

Vielleicht.

Ja, irgendwann. Alles hat Zeit.

Stetig rückte die blaue Fläche des Meeres näher, und ich fühlte mich, wie ich mich immer fühlte, wenn ich dem Ozean nahe war: zu Hause. Möglicherweise gab es eine Geschichte zwischen mir und dem Meer. Eine wichtige und bedeutsame, die ich finden musste, um mich selbst zu verstehen.

Erwarte nichts.

Plane nichts.

Lass es einfach auf dich zukommen.

Noch zehn Meter. Noch fünf. Und plötzlich öffnete sich der Abgrund vor mir. Ein Streifen aus schäumendem Wasser zog sich Welle um Welle einen weiten Strand entlang, bis hin zu den in der Ferne leuchtenden Häusern des Dorfes. Wie Schwalbennester klebten sie an den Felsen, winzig und verloren und doch unermüdliche Kämpfer gegen den Ansturm des Atlantiks.

Brach eine der Wellen mit tosendem Donner, schäumten Strudel aus Gischt über schwarze Lavasteine, leckten am Fuße der Klippen und zogen sich wieder zurück, um einen neuen Angriff zu starten. Alles, was dem Meer vor Urzeiten gestohlen worden war, holte es sich wieder zurück.

Stück für Stück.

Eine Zeit lang standen wir da und sahen in die blaue Wasserwüste hinaus. Wie alte Freude hielten wir unsere Gesichter in den Wind, blickten den Möwen nach und ließen Augenblick um Augenblick an uns vorüberziehen. Irgendwann hob ich aus purer Gewohnheit den Arm, um auf die Uhr zu sehen.

Mein Handgelenk war leer.

Keine Sekunden, keine Minuten, keine Stunden.

Ich lachte, presste meine Hacken in Jacks Flanke und lenkte ihn in südliche Richtung, wo sich entlang der Klippen nichts als Einsamkeit erstreckte. So weit mein Blick auch reichte, war keine Menschenseele zu entdecken. Keine Touristen, kein Haus, gar nichts. Allenfalls ein paar verwitterte Ruinen aus Lavasteinen, die zwanzig oder auch tausend Jahre alt sein konnten. Der Rhythmus der Wellen und das gleichmäßige Wiegen des Pferdekörpers vertrieben selbst den hartnäckigsten Gedanken. Ich wurde leicht. Immer leichter.

Bis ich wie eine Feder schwebte.

Heiß brannte die Sonne auf meinen Scheitel. Irgendwo in einem fernen Winkel meines Gehirns wurde mir klar, dass ich den Rest des Tages mit Kopfschmerzen verbringen würde. Egal. Ich ritt weiter, gab die Zügel frei und überließ es Jack, unseren Weg zu bestimmen.

Immer höher wurden die Brecher, die sich gegen die Felsen warfen, immer schroffer die Küste. Meine Sinne begannen sich zu trüben. Wie lange wir bereits unterwegs waren, begriff ich erst, als ich nach hinten blickte und kein Dorf mehr sah. Nicht einmal ein helles Fleckchen am Horizont.

Es war, als wäre ich aus einem Traum aufgeschreckt.

Mein Gesicht brannte, meine Zunge klebte ausgedörrt am Gaumen. War ich verrückt geworden, ohne Sonnenschutz und ohne Wasserflasche so weit zu reiten?

Ich brachte Jack zum Stehen und blickte in die Tiefe hinab. Heller Sand schimmerte zwischen schwarzen Felsen, gefleckt von Tanghaufen und Treibholz. Etwas war dort unten. Ich wusste es in dem Augenblick, in dem sich die Härchen auf meinem Unterarm aufstellten und eine kalte Berührung über mein Rückgrat kroch.

Unsinn! Hör auf zu spinnen! Gar nichts ist da unten.

Nur Wasser, Sand, Steine und Möwen.

Ich wendete Jack, als etwas über mein Bein streifte. Kalte Finger glitten über mein Knie, aber da war niemand! Keine Menschenseele.

Zu viel Sonne! Das musste es sein. Vermutlich war mein Gehirn längst gar gekocht.

Ein zweites Mal spürte ich die Kälte, diesmal fächelte sie wie ein Nebelstreif über meinen Nacken. Es war, als würde eine Hand über meiner Haut schweben, nur einen Millimeter davon entfernt, sie zu berühren.

Mein Herz hämmerte.

Jack begann zu tänzeln. Das Weiß blitzte in seinen Augen auf, dann warf er mit einem schrillen Wiehern den Kopf zurück und setzte zum Steigen an. Verdammt! Wir waren keine drei Schritte von den Klippen entfernt. Wenn er jetzt durchging, konnte alles Mögliche passieren.

»Schschsch!« Ich nahm die Zügel kurz, presste meine Schenkel fest um seinen Leib zusammen und versuchte, beruhigend zu klingen. »Alles ist gut. Alles ist gut, mein Schöner. Komm schon ... sei brav.«

Jacks Vorderhufe donnerten zurück auf den Boden. Er erstarrte schlagartig, spitzte die Ohren und starrte mit schreckgeweiteten Augen auf das Meer hinaus.

Etwas stimmte hier nicht.

Etwas stimmte ganz und gar nicht.

Und doch zwang mich ein seltsamer Instinkt dazu, mich in die Steigbügel zu stellen und einen Blick in den Abgrund zu werfen. Gischt umspülte nass glänzende Felsen, Tang verrottete in der Sonne. Warum wurde ich das Gefühl nicht los, dass ...

Nein! Genug davon! Mach, dass du nach Hause kommst!

Ich trat Jack die Hacken in die Flanken. Der Schecke flog los wie eine Kanonenkugel. Seine Hufe trommelten ein wildes Stakkato auf dem trockenen Boden, wirbelten Sand und Steine auf und verschwommen zu verwischten Schatten. Ich duckte mich über den Hals des Tieres, klammerte mich mit Armen und Beinen an ihm fest und spürte, wie der Wind brutal an meinen Haaren riss. Glitzernd schoss der Ozean an uns vorüber. Schneller, immer schneller, als flögen wir mit dem Wind um die Wette.

Sobald das Haus in Sichtweite kam, verlangsamte Jack seinen wilden Lauf, presste keuchend die Luft aus seinen Lungen und zuckte mit den Ohren. Was war da gerade geschehen? Drehte ich durch? Hatte ich zu viele Nächte durchwacht?

Etwas war bei mir gewesen. Jemand. Ganz nah. Körperlos, aber spürbar. Wäre es nur die Sonne gewesen, die meine Sinne genarrt hatte, wäre Jack ruhig geblieben. Doch auch das Pferd hatte etwas gespürt. Begann ich allen Ernstes, an Geister zu glauben?

Unsinn. Es gab eine Erklärung. Vermutlich hatte sich das Pferd vor einem seltsamen Geruch erschreckt, und diese kalte Berührung?

Einbildung, weiter nichts.

Warum war ich nur so weit und so lange geritten? Es mussten Stunden vergangen sein, ohne dass ich es bemerkt hatte, denn die Sonne hatte ihren höchsten Stand längst hinter sich gelassen. Mein Kopf dröhnte, mit jedem Atemzug wurden die Schmerzen stechender, bis ich glaubte, mich hier und jetzt in den Sand übergeben zu müssen. Überall dort, wo mich kein Stoff bedeckte, glühte meine Haut in feurigem Rot.

Was in aller Welt war nur in mich gefahren?

Kapitel 5

Im Brausen des Windes,
im Rauschen der See
finde ich mein Glück.

Ein muffiger Geruch nach Alter und Staub schlug mir entgegen, als ich das erste Buch aufklappte. Hingerissen betrachtete ich die handgezeichneten Karten auf dem vergilbtem Papier, die mit Stockflecken übersäten Bilder und verblassten Erinnerungen in Form von Gebrauchsspuren, die vor Jahrzehnten oder gar Jahrhunderten auf die Seiten gelangt waren. Vielleicht stammten die braunen Kleckse in der oberen Ecke von Tee oder Mokka, von Blut oder schmutzigem Wasser.

Die Kerzen auf dem Holztisch flackerten sanft im Windzug, das Geräusch der Brandung wehte durch das offene Fenster herein. Ohne die quälenden Kopfschmerzen und den Sonnenbrand wäre dieser Abend perfekt gewesen. Nie wieder, das schwor ich mir, würde ich die Kraft der kanarischen Sonne unterschätzen.

Mit den Fingerspitzen strich ich über die Logbucheinträge eines Kapitäns, der im Jahr 1798 über Todesfälle und Krankheiten während einer wochenlangen Windstille in der Sargasso-See berichtete. Ich berührte Namen, deren Geschichten längst vergessen worden waren, schnupperte an den Flecken und versuchte, die Vergangenheit aus der Tinte herauszuziehen. In kurzen Stichworten hatte der Kapitän sämtliche Vorfälle aufgelistet, hier und da eine ausführlichere Notiz hinterlassen und sich, gemessen an der Knappheit seiner Schilderungen, nicht mit Mitgefühl aufgehalten. Insgesamt waren damals 36 Menschen an der Ruhr gestorben. Nachlässig gekritzelte Namen klebten verloren auf dem Papier, unwichtig zu Lebzeiten, vergessen nach ihrem Tod.

Die Beschreibungen im nächsten Kapitel fielen um einiges lebensfroher aus: ein Naturforscher namens James Pickersgill beschrieb die Schönheiten Tahitis, was sich nicht nur auf die Pflanzen und Tiere der Insel beschränkte. Seine ausufernden Schwärmereien wurden mit bunten, verschwenderisch opulenten Aquarellzeichnungen untermalt: eine stolze Dreimastbark, tanzende Südseeschönheiten, die nichts weiter als einen Blütenkranz am Leib trugen, der Panzer einer gefangenen Schildkröte, farbenfrohe Vögel und eine tropische Bucht mit hoch aufragenden Kokospalmen.

Während die Dunkelheit heraufzog, versank ich in James' Erinnerungen, schlief mit ihm unter einem tropischen Sternenhimmel, skizzierte Papageien und mit Leguanen spielende Kinder, sammelte Muscheln in smaragdgrünen Lagunen und spürte das seidenweiche Wasser des Meeres, das meine Knöchel umschmeichelte. Gerade beobachtete ich durch James' Augen den betörenden Liebestanz einer Gruppe Südseemädchen, als es an der Tür klopfte. Widerwillig beendete ich mein Kopfkino und kehrte in die Wirklichkeit zurück.

Marie stand vor der Tür und balancierte einen mit Alufolie abgedeckten Teller. Unwillkürlich entfloh mir ein Seufzen. Einmal war ich ihren Fragen entwischt, ein zweites Mal würde ich ihnen vermutlich nicht entkommen. Was nützte es, das unliebsame Interview noch weiter vor mich herzuschieben? Ich war über den gröbsten Verlustschmerz hinweggekommen, auf irgendeine verrückte, unerwartet leichte Art und Weise, also sprach nichts dagegen, ein wenig über Tom zu reden.

Einladend winkte ich ihr zu. Marie schob die Tür auf, schlüpfte durch den Spalt und stellte den Teller direkt neben mein aufgeklapptes Buch. Die Farben ihrer Kleidung schrien mich förmlich an: eine regenbogenbunte, gestreifte Pluderhose und ein neongrünes Top.

»Keine Sorge«, beeilte sie sich zu erklären. »Ich bin gleich wieder weg. Wollte dir nur ein paar Stücke Eierlikörkuchen bringen.«

»Eierlikörkuchen? *Der* Eierlikörkuchen?«

»Genau der.« Marie drehte eine spielerische Pirouette und marschierte zu meiner grenzenlosen Überraschung wieder in Richtung

Tür. »Iss ihn besser gleich auf, sonst schmilzt das Kokosfett. Oder stell ihn in den Kühlschrank. Eigentlich ist es zu warm für das Zeug, aber ich weiß ja, wie gerne du ihn magst.«

»Danke.« Ein flaues Gefühl presste meinen Magen zusammen. Viel zu lang verschwiegene Worte stiegen in mir auf, und wie Tausende Male zuvor wollte ich sie ungesagt herunterschlucken.

Nein, nicht diesmal.

»Ich habe dich vermisst«, sprach ich das aus, was Marie nicht hören wollte. »Genauso wie Dad.«

Das Gesicht meiner Schwester verwandelte sich in eine Maske. Sie hasste es, über Gefühle zu sprechen, aber vor allem hasste sie es, an die Vergangenheit erinnert zu werden.

»Ich habe dich auch vermisst«, presste sie zwischen zusammengebissenen Zähnen hervor, knetete den Stoff ihrer Pluderhose und starrte an mir vorbei ins Leere. »Hast wohl die Sonne unterschätzt, was?«

»Sieht so aus.«

»Tja, das passiert den meisten. Der kühle Wind ist tückisch. Er sorgt dafür, dass du gar nicht merkst, wie du in Flammen aufgehst.«

Ich lächelte hilflos. »Ist mir auch schon aufgefallen.«

»Brauchst du Schmerztabletten?«

»Ich habe welche dabei, aber danke.«

»Im Kühlschrank steht Aloe Vera-Creme.« Sichtlich erleichtert über den gelungenen Themenwechsel, deutete Marie auf benannten Schrank. »Sie ist genau für so etwas gedacht.«

»Schon gefunden«, erwiderte ich. »Auf dem Tiegel stand netterweise: *Du wurdest gegrillt? Nimm mich!*«

Ein unbeholfenes Kichern erklang. Unter der zur Schau getragenen Fröhlichkeit meiner Schwester spürte ich die Schatten, die sie verzweifelt zu kaschieren versuchte. Mich anzusehen, tat ihr weh. Meine Anwesenheit quälte sie mit Erinnerungen und zerstörte ihre heile Welt. Niemals hätte ich damit gerechnet, dass Marie mich hierher einlädt, und doch hatte sie es getan.

Komm zu uns, war ihre Reaktion auf meine Katzenjammer-Mail gewesen. *Unsere Tür steht dir jederzeit offen.*

»Ist selbst gemacht«, fügte sie leise hinzu. »Aloe Vera ist so ziemlich das Einzige, was hier vernünftig wächst. Was liest du da eigentlich?«

»Alte Expeditionsberichte.« Ich streichelte über die Seiten, als wäre das Buch ein geliebtes Haustier, was Marie zu spöttischem Augenbrauenwackeln animierte. »Piratenschinken. Logbücher. Legenden. So was eben. Ich bin noch nicht weit gekommen.«

Meine Schwester steckte ihre Hände in die Pluderhosentaschen und wippte auf den Zehenballen auf und ab. »Eine passende Lektüre für diesen Ort. Wusstest du, dass wir unseren eigenen verfluchten Piraten haben?«

»Ach?«

»Oh ja.« Ein leidenschaftliches Funkeln huschte durch ihre Augen. »William Hunter ist eine lokale Berühmtheit. Er war ein Kapitän, der sich den Zorn einer Hexe aufgehalst hat und mit seinem Schiff vor den Klippen dieser Insel gekentert ist. Der stolze Segler ging mit Mann und Maus unter. Es gibt hier jede Menge unerforschte Höhlen. Durch die Brandung und die starken Strömungen ist es praktisch unmöglich, zu ihnen zu gelangen. In einer davon liegen seine Knochen und modern vor sich hin. Hundert Jahre lang. Aber in einer ganz besonderen Vollmondnacht, in der die Kräfte des Meeres ihren Höhepunkt erreichen, erwacht er wieder zum Leben. Genau einen Monat lang. Danach zerfällt sein Leib wieder zu Staub und Knochen.«

»William Hunter?« Etwas in mir horchte auf. »Dieser Name …«

»Du hast von ihm gehört?«

»Nein. Oder … vielleicht doch? Er kommt mir bekannt vor.«

»Das kann gut sein. William ist eine heimliche Berühmtheit unter allen, die ein Faible für Seemannsgarn haben. Man sagt, er sei ein Teufel in der Gestalt eines Engels gewesen. Ein Mörder und Verräter, der eine Spur aus Blut und unzählige gebrochene Herzen hinterlassen hat. Die Hexe, die ihn verflucht hat, war eine von vielen Frauen, die auf ihn hereingefallen sind. Sie verdammte ihn für seinen Frevel zu ewiger Ruhelosigkeit, so lange, bis er eine Frau findet, die hinter seine schwarze Seele blickt und ihm zeigt, was Liebe bedeutet.«

»Wie romantisch«, säuselte ich. »Aber wenn das Schiff mit Mann und Maus untergegangen ist, woher stammt dann die Geschichte?«

Marie machte ein verschwörerisches Gesicht. »Man sagt, dass es ein Schiffsjunge geschafft hat, dem Fluch zu entkommen. Er war so klein und unbedeutend, dass kaum jemand auf dem Schiff seinen Namen kannte. Genau deshalb konnte er dem Lauf der Dinge entwischen. Der Fluch hat ihn schlicht und einfach übersehen, so, wie die Mannschaft des Schiffes ihn übersehen hat. Man fand ihn halb tot am Strand, und als er anfing, die tollsten Schauermärchen zum Besten zu geben, war das ganze Dorf Feuer und Flamme. Man erzählt sich auch, dass einige Fischer Williams Geist erblickt hätten, in jener ganz besonderen Vollmondnacht, die nur einmal alle einhundert Jahre stattfindet. Aber seine Knochen hat niemand jemals gefunden.«

»Vermutlich, weil sie gar nicht existieren?«

»Wohl eher, weil die Fischer schrecklich abergläubisch waren. Niemand hätte es gewagt, den Zorn eines untoten, mörderischen Piraten auf sich zu ziehen. Und irgendwann geriet Williams Legende bei den meisten in Vergessenheit. Heute glaubt niemand mehr daran.«

»Du klingst, als würdest du daran glauben.«

»Ach was.« Marie winkte ab. »Ich mag nur die Stimmung dieses Märchens. Es passt zu den Klippen, zu dem Meer und all den geheimnisvollen Höhlen. Natürlich gibt es keinen ruhelosen Piratengeist, aber mir gefällt die Vorstellung, dass ein Körnchen Wahrheit darin stecken könnte. Setz dich in einer Vollmondnacht an den Strand, und du fängst an, an alles zu glauben.«

Ich nickte und starrte auf das goldene Flackern, welches das Kerzenlicht auf die alten Bücher warf. Im Geiste sah ich Williams Knochen, umspült vom Meer, uralt und verrottet. Vielleicht hatte ich ihn gespürt, dort oben auf den Klippen. Seine Seele. Seinen Geist. Verflucht und ruhelos.

Ernsthaft, Hannah? Denkst du gerade über Gespenster nach? Über die Märchen betrunkener Seeleute?

Aber dieses Gefühl, das ich dort oben auf den Klippen empfunden hatte … kalt, Furcht einflößend und erschreckend real. So musste sich die Berührung eines Geistes anfühlen. Bohrend. Körperlos. Wie Stiche aus Eis und totem Fleisch.

»In zwölf Tagen ist übrigens Vollmond.« Wieder huschte ein verträumtes Funkeln durch die Augen meiner Schwester. »Vielleicht hat dich das Schicksal auf diese Insel geführt, damit du das versteinerte Herz eines Piraten erlöst.«

»Marie!«, stöhnte ich.

»Ja?«

»Ist das dein Ernst?«

Sie blinzelte, atmete geräuschvoll aus und zuckte mit den Schultern. Binnen eines Wimpernschlags verschwand das Glimmen aus ihren Augen. »Ich dachte nur, dass du auf solche Sachen abfährst.«

»Das tue ich. Aber ich mag es nicht, wenn du so klingst.«

»Wie klinge ich denn?«

»Als würdest du dich über mich kaputtlachen.«

»Das tue ich nicht.« Marie legte feierlich eine Hand auf ihre Brust. »Das schwöre ich hoch und heilig. Ich habe nur versucht, dich abzulenken.«

»Schon gut.« Ich beugte mich über das Buch, blätterte eine Seite um und betrachtete die Zeichnung auf dem nächsten Blatt. Es war die bis ins kleinste Detail perfekte Darstellung einer Südseemuschel. »Ich bin anscheinend immer noch ein bisschen dünnhäutig.«

»Das ist ja auch dein gutes Recht, nach allem, was der Kerl dir angetan hat.« Marie seufzte. »Aber um noch einmal auf den Piraten zurückzukommen: Falls du das Bedürfnis verspürst, nach ihm zu suchen, denke an das, was ich dir über die Klippen gesagt habe.«

»Glaubst du im Ernst, ich würde nach ihm suchen?«

»Ja.« Marie zwinkerte. »Wahrscheinlich gleich morgen.«

»Unsinn. Ich bin zu alt für solchen Kinderkram.«

»Tatsächlich? Vor mir sitzt nicht die Frau, die sich jedes Jahr zu Weihnachten sämtliche alten Märchenfilme reinzieht?«

Ich blickte auf und zog eine Grimasse.

»Schon klar.« Marie grinste zurück, schlüpfte durch die Tür und verschwand mit einem gemurmelten »Gute Nacht.«

»Dir auch eine gute Nacht«, rief ich ihr hinterher. »Und danke für den Kuchen.«

»Nichts zu danken«, kam es aus der Dunkelheit, dann kehrte die summende, unwirkliche Stille zurück. Ich war wieder allein. Mit meinem Buch, mit der nach Meer duftenden Nacht und dem wundersamen Gefühl, unendlich weit weg von allem zu sein.

Zwei Stück Eierlikörkuchen verschwanden postwendend in meinem Bauch, der Rest landete im Kühlschrank. Genüsslich ließ ich den

Geschmack der kühlen Creme auf meiner Zunge zergehen und versuchte, meine Gedanken wieder auf das Buch zu fokussieren. Doch alles, was in meinem Kopf herumspukte, war das Gefühl einer kalten, körperlosen Berührung.

So spürbar wie Atem auf meiner Haut.

Nicht wirklich und doch greifbar.

Stimmen wehten durch meine Erinnerung. Dunkel und schemenhaft wie sich windende Schatten in schwarzem Wasser. Ich roch nasse Haut. Salz und Moschus. Hass und Zorn.

Wer bist du?

Du sprichst wie sie, aber du bist nicht sie.

Wie kann das sein?

Frost kroch über meine Haut, ein ziehender Schmerz presste mein Herz zusammen. Verzweifelt griff ich nach der Erinnerung, versuchte sie festzuhalten und … scheiterte.

Zurück blieb ein Gefühl verzehrender Sehnsucht.

Wonach?

Ich wusste es nicht.

Kapitel 6

*»Kein Wind ist demjenigen günstig,
der nicht weiß, wohin er segeln will.«
(Michel de Montaigne)*

Zwölf Tage später

»Was treibst du bloß den ganzen Tag?« In der Stimme meines Vaters klang die Skepsis eines Großstadtmenschen mit, der mit Einsamkeit und Stille nichts anfangen konnte. »Da gibt es doch nichts. Nur Felsen und Steine.«

»Was ich treibe?«, erwiderte ich gut gelaunt. »Ich reite jeden Morgen aus, gehe spazieren, sitze in einem kleinen Restaurant am Hafen und sehe mir den Sonnenuntergang an, liege nachts auf der Dachterrasse, gucke in die Sterne, schmökere alte Bücher und lasse es mir gut gehen. Allein gestern habe ich zwei Bücher geschafft. Oh, und dann sind da noch die Lagunen. Hast du dir die Fotos angesehen?«

»Ja, sehr schön.«

»Schön? Das ist die Untertreibung des Jahrhunderts. Sie sind grandios.«

»Felsen und Wasser. Das findest du überall. Langweilst du dich gar nicht?«

Langweilen? Fast hätte ich laut aufgelacht. *Oh nein. Wie könnte ich? Ganz nebenbei habe ich auch noch diese Träume. Träume von undurchdringlicher Schwärze. Von einem Mann, den ich nicht sehe und nicht berühre. Er steht in der Finsternis und ist wütend auf mich. Aber er hat auch Angst. Schreckliche Angst. Manchmal redet er mit mir, und wenn ich aufwache, kann ich mich an kein einziges Wort erinnern. Er entgleitet mir jeden Morgen wie ein Gespenst. Vielleicht … ja, vielleicht ist er sogar eines.*

Ein Gespenst aus Knochen, Meereswellen und Legenden.

»Da gibt es so eine Stelle«, hörte ich mich murmeln. »Oben auf den Klippen. Jedes Mal, wenn ich dort bin, dann …«

»Was dann?«, knurrte Dad.

»Ich weiß es nicht. Niemand ist dort. Weit und breit keine Menschenseele. Und trotzdem spüre ich, dass …«

»… jemand bei dir ist?«

»Ja.«

Mein Vater atmete geräuschvoll aus. »Gehe nicht mehr dorthin, hast du gehört? Du bist zu waghalsig, Hannah. Wenn du das Gefühl hast, dass dort jemand ist, dann ist dort wahrscheinlich auch jemand. Ein Spanner, ein Irrer, ein Mörder. Vielleicht auch ein Drogensüchtiger, der über dich herfällt.«

»Na klar«, nuschelte ich.

»Hannah! Ich meine es ernst. Reite nicht allein aus. Dir kann weiß Gott was passieren. Was ist, wenn das Pferd dich abwirft? Wenn du stürzt? Dich verletzt? Überfallen wirst?«

»Cotillo ist keine Großstadt. Hier gibt es nur Surfer und Hippies. Die tun keiner Fliege was zuleide. Meistens essen sie noch nicht mal Fleisch.«

»Aber sie nehmen Drogen. Das macht sie unberechenbar. Ich weiß doch, wie solche Kerle ticken. Sie feiern Orgien am Strand, kiffen von morgens bis abends und beten irgendwelche indischen Elefantengötter an.«

»Ich muss los, Dad.«

»Wohin? Etwa alleine ausreiten?«

»Mach dir keine Sorgen. Ich kann auf mich aufpassen.«

»Du lässt dich ja sowieso nicht belehren. Wann begreife ich das endlich?«

»Ich bin vorsichtig. Versprochen.«

»Mach's gut, du stures Ding. Und sage Marie, dass sie mich anrufen soll. Ich …« Er atmete hörbar aus. »Ich trage ihr nichts nach. Sage ihr, dass ich gerne mal wieder ihre Stimme hören würde.«

»Ich gebe mein Bestes.«

»Und sage ihr auch, dass ich sie und Johan zu meinem Geburtstag einlade. Sie dürfen sogar das Restaurant aussuchen.«

»Ich werde sie schon weichklopfen. Versprochen. Mach's gut.«

»Danke. Mach's gut, Kleines.«

Ich warf mein Handy auf das Bett, schlüpfte in eine durchgescheuerte, dreckige Jeans und in ein blaues ärmelloses Shirt, holte Sattel und Zaumzeug aus der Werkstatt und führte Jack von der Koppel. Da war es wieder, das altbekannte Pflichtgefühl. Die Last der Verantwortung. Nach all den Jahren hätte Dad begreifen müssen, dass nichts und niemand meine Schwester zu irgendetwas zwingen konnte. Und doch musste ich es versuchen. Für ihn. Damit er endlich wieder lernte zu lächeln.

Eine silbern gestreifte Wolkenschicht bedeckte den Himmel und spiegelte sich in einem ruhigen, wie Metall schimmernden Meer. Dumpf hallte Jacks Hufschlag durch die gespenstische Stille, in die sich nicht einmal das Pfeifen des sonst allgegenwärtigen Windes mischte. Hauchfeine Staubschleier verwandelten die Vulkanberge in geisterhafte Schemen und gaben selbst den Seevögeln, die über den Klippen segelten, etwas Surreales.

Morgen war Vollmond. Aber was versprach ich mir davon? Dass vermoderte Knochen wieder zum Leben erwachten? Dass ein Kern Wahrheit in den alten Legenden steckte?

Ein menschenleerer Strand zog an mir vorüber, leere Bierbüchsen und ein zerrissenes grünes Wurfzelt zeugten von einer wilden Nacht. Vermutlich hatten nackte Kerle eine Orgie gefeiert, sich die Birne zugekifft und indische Elefantengötter angebetet.

Je näher die mysteriöse Stelle rückte, umso nervöser wurde das Pferd. Jeden Tag waren wir hierhergekommen, jeden Tag hatte Jack sich gegen etwas gesträubt, das nicht zu hören und nicht zu sehen war. Warum kehrte ich trotzdem immer wieder zurück? Warum gierte ich nach diesem kalten, gespenstischen Gefühl, das sich wie eine frostüberzogene Schlinge um meinen Nacken legte, sobald ich oberhalb der Klippen verharrte und in mich hineinlauschte? Reizte mich der Nervenkitzel? Wurde ich zu einem Adrenalin-Junkie? Oder rannte mein Unterbewusstsein kindischen Träumen nach?

»Hier ist niemand«, murmelte ich, als wir unser Ziel erreicht hatten und über den Rand des Abgrunds blickten. »Hier ist gar nichts. Was ist bloß los mit uns?«

Schwarze Felsen bildeten ein Labyrinth aus schroffen, scharfen Zähnen, die jeden zerfetzen würden, der von den Wellen an diese Küste geworfen wurde.

Ob Menschen dort unten gestorben waren? Vermoderten ihre Knochen zwischen Seetang, Muscheln und Möwenkot, unentdeckt und vergessen, weil das Meer es nicht duldete, dass ein lebender Mensch einen Fuß auf dieses Stück Land setzte?

Da war es wieder.

Das vertraut gewordene, kalte Kribbeln, das meine Wirbelsäule hinabrieselte. Fäden aus knisterndem Frost. Doch diesmal gesellte sich noch etwas anderes hinzu. Eine tief sitzende, lähmende Angst. Plötzlich glaubte ich zu wissen, wie es sich anfühlte, zerschlagen und blutend zwischen dem zerklüfteten Gestein zu liegen. Ein zuckendes Stück Fleisch in einer Lache aus Blut, das um den Tod bettelte. Die Klippen dieser Küste waren eine steingewordene Drohung. Ein unerbittlicher Wall zwischen Land und Meer, der beide Welten getrennt hielt.

Jetzt kennst du seinen Geschmack, wisperte es in meinem Kopf. *Jetzt weißt du, wie ich mich gefühlt habe. Damals, in Ketten gelegt, mit Maden in den Wunden und Hass in den Eingeweiden. Das Meer trinkt dein Blut. Ich kann dein Sterben spüren, obwohl uns ein ganzer Ozean trennt. Ich lache, weil dein Leben das Wasser rot färbt, und weil du nichts dagegen tun kannst. Was nützt dir dein Stolz? Was nützt dir deine Stärke? Dein Körper gehorcht dir nicht mehr. Er ist zerschlagen, in Fetzen gerissen. Du starrst in den Himmel. Zitterst unter den letzten Atemzügen. Dein Schmerz wird gleichgültig. Er bedeutet dir nichts mehr. So ist es, zu sterben. Die Möwen sitzen auf den Felsen, gaffen dich an und warten darauf, deine Augen zu fressen.*

Die Stimme verwehte. Gerade noch konnte ich sie mit meinen Gedanken berühren, gerade noch glaubte ich, die Bedeutung der Worte festhalten zu können, als sich eine betäubende Leere in meinem Kopf ausbreitete und nichts davon übrig ließ. Was war geschehen? Drehte ich durch? Wurde ich verrückt? Das Echo eines Traumfragments blitzte auf und sandte einen stechenden Schmerz durch meinen Körper, als säße irgendwo in meinem Gehirn ein giftiger Stachel.

Wunden überall. Kein Knochen mehr heil. Verkeilt liegst du zwischen den Felsen. Die Möwen sehen hungrig aus. Sie starren auf dein Blut, welches das Wasser tränkt, und sie lecken sich die Schnäbel. Du kannst nicht einmal einen Stein werfen. Dein Arm liegt nutzlos neben dir. Zerrissen von den messerscharfen Felsen. Was nützt dir dein Name jetzt noch? Was kannst du bewirken? Nichts, mein Liebster. Gar nichts.

Etwas knirschte. Jack vollführte einen erschrockenen Sprung – in Richtung des Abgrunds.

Verdammt!

Ich riss die Zügel nach links und spürte im gleichen Augenblick, wie etwas unter den Hufen des Pferdes zerbarst. Gestein splitterte. Staub quoll in einer dicken Wolke auf. Ich wurde nach hinten geschleudert, als das Tier einen zweiten panischen Satz vollführte. Noch während ich in Zeitlupe von seinem Rücken stürzte, schien sich die Erde einmal um sich selbst zu drehen. Über mir war das Meer, unter mir der silbern gestreifte Himmel. Dem Augenblick des Fallens folgte ein dumpfer Aufschlag, ich wurde herumgerissen, landete mit dem Gesicht in bröckelnder Erde, fiel erneut und prallte auf etwas, das unter meinem Gewicht zur Seite kippte. Eine Scholle, abgebrochen vom Klippenrand. Mitsamt einer Lawine aus Geröll rutschte sie in Richtung Strand, während ich an ihr festhing wie ein Cowboy auf dem Rücken eines Bullen. Aber der Sturz geschah nicht schnell, sondern schrittweise, so als würde sich der Felsbrocken dem Gesetz der Schwerkraft entgegenstemmen. Ein weiteres Stück Klippe brach ab, folgte meiner Scholle mit träger Gemächlichkeit und kam knirschend und ächzend zum Stillstand, noch ehe es den Strand erreicht hatte.

Arme und Beine ausgebreitet, lag ich auf dem in die Tiefe rutschenden Felsen. Über mir wölbte sich der halbkreisförmig abgebrochene Klippenrand, neben mir türmten sich Erde und Geröll. Ein letzter Ruck, ein rumpelndes Knirschen, und meine Scholle verkeilte sich zwischen dem scharfen Gestein.

Ich lebte. Sämtliche Knochen waren unversehrt. Alles, was ich davongetragen hatte, waren ein paar lächerliche Kratzer.

Ungläubig starrte ich auf das vor mir liegende Geröllfeld, nahm einen tiefen Atemzug und drehte mich um. Der Felsrutsch hatte wie durch ein Wunder eine Art Treppe hinterlassen. Sie zu erklimmen, würde mühsam sein, aber nicht unmöglich. Stück für Stück ging ich in Gedanken den Weg durch, den ich nehmen musste. Von einer Scholle zur nächsten. Wenn ich vorsichtig war und jeden Schritt überdachte ...

Verflucht, das hier hätte mich töten müssen! Wie unwahrscheinlich war es, mitsamt einer Lawine aus Fels und Geröll gut vierzig Meter tief zu stürzen, sich kaum mehr als einen Kratzer zuzuziehen und dann auch noch einen Ausweg in Form einer zufällig entstandenen natürlichen Treppe geboten zu bekommen?

Verrückt.

Meine Arme zitterten, als ich mich aufsetzte. Treibholz verrottete zwischen salzüberkrusteten Felsen. Seetang und Muscheln stanken nach Fäulnis. Mein Körper fühlte sich an, als wäre er nur noch die Erinnerung eines Geistes, und doch spürte ich das Rasen meines Pulses, als ich Zeige- und Mittelfinger gegen meinen Hals drückte. Ich besaß also noch immer ein Herz, das klopfte. Und Haut, die schmerzte, als sich ein scharfer Stein in mein Schienbein bohrte.

Mit klappernden Zähnen sah ich mich um.

Tiefe Spalten zogen sich entlang der Klippen durch den Fels, als wäre vor Urzeiten ein Ungeheuer aus den Tiefen des Ozeans emporgestiegen und hätte seine Klauen wutentbrannt durch die Felsen gezogen.

Und dann sah ich sie.

Eine verborgene Höhle.

Sie klaffte wie ein keilförmiger Schnitt im Gestein, verborgen von großen Felsbrocken, sodass man sie vom Wasser aus vermutlich nicht erkennen konnte.

Ehe ich wusste, wie mir geschah, lief ich darauf zu. Wann war ich aufgestanden? Wann hatte ich die Entscheidung getroffen, einen Schritt vor den anderen zu setzen?

Da war es wieder. Das Drängen. Der Hauch eisiger Kälte in meinen Nacken. Etwas wartete in der Schwärze auf mich. Ich wusste es, so wie man wusste, dass auf einen Atemzug der nächste folgt.

Das hier war die Höhle aus meinem Traum. Ich erkannte sie, als hätte ich diesen Ort schon unzählige Male aufgesucht. Als wäre er mir so vertraut wie ein Stück Kindheit. Vor mir lag das Geheimnis, das ich niemals zu greifen bekam. Das in meiner Erinnerung auftauchte und wieder verschwand.

Wie das war möglich? Ein Traum war ein Traum.

Aber das hier war die Wirklichkeit.

Schritt für Schritt näherte ich mich dem schwarzen Schlund. Kalte Böen strichen über meine Haut, Wellen schäumten über den Strand und ließen ein feines Klirren ertönen, während sie unzählige Muschelstückchen mit sich ins Meer zogen. Eine schweigende Möwe kreiste über meinem Kopf und beobachtete mich aus schwarzen, kalten Augen.

Dort! Ein Glitzern. Irgendwo weit hinten im Dunkeln.

Ein Haufen aus schleimigem Seetang schmatzte unter meinen Sandalen. Zwei Krabben ergriffen eilig die Flucht, eine Schnecke zerknackte unter meinem Schuh.

Nach wenigen Schritten gesellten sich zu dem schimmernden Gegenstand zwei weitere. Dann vier. Selbst als sich die Dunkelheit wie ein Mantel um mich schloss, erlosch das Glänzen nicht. Modrige Finsternis saugte mich in ihr triefendes Maul hinein und ließ den vernunftbegabten Teil in mir Alarm schlagen.

Was tat ich hier?

Verschwinde!, rief mein Verstand. *Mach, dass du hier wegkommst!*

Doch etwas anderes lenkte meinen Körper. Etwas, das stärker war als jede Vorsicht und drängender als jeder vernünftige Gedanke. Ich bewegte mich durch ein Konstrukt meiner Fantasie, aber nichts an diesem Ort war unwirklich.

Das hier war pure, greifbare Wirklichkeit.

Meine Füße tasteten über glitschige Steine, Tanghaufen und knirschende Muschelschalen. Als das Funkeln zum Greifen nah war, streckte ich eine Hand danach aus, schloss meine Finger darum und spürte … eine Münze?

Tatsächlich! In meiner Hand lag ein salzüberkrustetes, verwittertes Goldstück. Rückwärts näherte ich wieder mich dem Höhlenausgang, hielt die Münze in das schummrige Licht und stieß einen verblüfften Laut aus. Wenn mich mein Wissen nicht täuschte, war das ein Guinea aus dem frühen achtzehnten Jahrhundert. Vorsichtig schabte ich an der Kruste und enthüllte das Abbild von Königin Anne. Auf der anderen Seite befanden sich die Wappen der Länder England, Schottland, Frankreich und Irland, getrennt in Kreuzform dargestellt, was bedeutete, dass das Goldstück aus der Zeit vor dem Jahr 1707 stammte.

»Grundgütiger!«

Ich stolperte über meine eigenen Füße, ließ die Münze fallen, hob sie mit zitternden Fingern wieder auf und glaubte meinen Augen nicht zu trauen, als sich das Glänzen Dutzender Guineas aus der Dunkelheit schälte. Einige wirkten fast unberührt, andere waren gänzlich von Tang, Salz und Sand verschlungen und ließen kaum mehr erkennen, dass sie aus purem Gold bestanden.

Ich hatte einen Schatz gefunden. Einen echten, sagenhaften Schatz. Und auf irgendeine gespenstische, sich gegen alle Vernunft sträubende Art hatte er mich zu sich gerufen.

Zitternd am ganzen Leib ging ich in die Knie, kicherte irrsinnig vor mich hin und ließ meine Finger über das Funkeln gleiten, ertastete Münze um Münze und dazwischen verrottetes Holz: Splitter in allen Größen, eine intakte Planke und etwas wie eine Truhe. Waren das Eisenbeschläge? Verflucht, was hätte ich jetzt für eine Taschenlampe gegeben.

Ich legte die Münze beiseite und suchte weiter, berührte zerborstene Bretter, etwas Schleimiges und Kantiges, ein Bündel Stoff, das überwältigend nach Fäulnis stank, und ein Kästchen. Als ich danach griff und es aus der Dunkelheit herauszog, schlug mir das Herz bis zum Hals.

Das hier war weit mehr als ein Schatz. Es war ein vergessenes Stück Geschichte, das seit Hunderten von Jahren in dieser Höhle gelegen hatte, geschützt von scharfen Felsen und tödlichen Strömungen. Und in diesem Augenblick, hier und heute an diesem denkwürdigen Tag, führte eine Reihe verrückter Zufälle ausgerechnet mich hierher.

Bestimmung, hauchte die Poetin in mir.

Unsinn!, protestierte mein Verstand. *Nur Glück. Völlig abgefahrenes, unwahrscheinliches Glück.*

Das Holz des Kästchens war schwarz und bröckelig, die kostbaren Beschläge vom Salzwasser bis zur Unkenntlichkeit zerfressen. Es bedurfte es nur eines kurzen, festen Druckes, um beide Hälften des Behältnisses auseinanderzuklappen. Ein klebriges, dunkles Bündel kam zum Vorschein, allem Anschein nach Wachspapier, das früher benutzt worden war, um Dinge wasserdicht einzuschlagen.

Behutsam wickelte ich Schicht um Schicht ab. Insgesamt waren es drei, und als ich sah, was man vor langer Zeit so sorgsam zu schützen versucht hatte, setzte mein Herzschlag aus.

Es war ein Buch.

Ein Meisterwerk aus dickem Rindsleder und erstaunlich gut erhaltenem Pergament, dessen Erschaffer ihm die Fähigkeit verliehen hatte, dem Zahn der Zeit zu widerstehen. Vorsichtig klappte ich eine Pergamentseite nach der anderen auf. Jede war dicht an dicht mit einer altmodisch geschwungenen Handschrift beschrieben, die von Ungeduld und Nachlässigkeit zeugte. Das Herz hämmerte gegen meine Brust, während ich durch das Buch blätterte, so behutsam, als bestünde das Papier aus hauchdünnem Glas.

Anfangs waren die Aufzeichnungen nach Art eines Logbuches geführt worden, später in Form eines durchgehenden Textes, als hätte es von einem Tag auf den anderen nicht mehr als nüchterne Dokumentation gedient, sondern als Tagebuch.

Genüsslich sog ich den Duft dieser Kostbarkeit in mich hinein: ein Kaleidoskop aus allen Aromen, die Papier und Leder in sich aufsaugen konnten, wenn sie über Jahrhunderte hinweg in einer Höhle vergessen worden waren. Entsetzt stöhnte ich auf, als ich sah, dass einige Passagen mit Wasser in Berührung gekommen waren. Eine Seite war gänzlich unleserlich, die darauffolgende ebenfalls.

Nein! Bitte nicht!

Ich blätterte weiter. Wieder nur verwaschene, unmöglich zu entziffernde Buchstaben. Nein! Das durfte nicht sein! Hatte ich einen Schatz gefunden, nur damit mich das Meer um sein Geheimnis betrog? Ich glaubte meinen kostbaren Fund schon irreparabel beschädigt, als die Schrift auf der nächsten Seite endlich wieder lesbar wurde. Zwei Blätter weiter war die Schrift gänzlich unberührt. Hastig tappte ich ein paar Schritte in Richtung Höhleneingang, bis es hell genug wurde, um das Geschriebene lesen zu können:

27. Juli im Jahre des Herrn 1712: Schwache Brise am Vormittag, Windstille am Nachmittag, die sich erst am späten Abend legte. Kurs West bis Süd. Position 25 Grad 19 Minuten südlicher Länge. Neunzehn Tage ist es her, dass wir einhellig beschlossen haben, die lange Fahrt über ein Meer auf uns zu nehmen, das von zornigen Winden und Stürmen beherrscht wird. Bisher kam keines jener viel gerühmten Eilande in Sicht, auf welchen Menschenfresser leben und Tiere hausen sollen, die in ihrer Grauenhaftigkeit jeder Beschreibung spotten. Noch immer verlieren sich einige Männer in abergläubischem Mummenschanz. Sie zeigen sich für keinerlei Vernunft zugänglich, vor allem Cavendish, dieser Hundsfott, treibt mich zusehends in die Verzweiflung. Die ruhige See und die schwachen Brisen verhindern, dass ausreichend Arbeit die Männer auf andere Gedanken bringt. Scharfe Konsequenzen erscheinen mir unausweichlich.

Ich blätterte weiter, fand Berechnungen, Zahlen, Breitengrade und nautische Dinge, die sich dicht an dicht gedrängt auf dem Pergament tummelten. Der nächste Logbucheintrag erfolgte zwei Seiten weiter:

28. Juli im Jahre des Herrn 1712: 18 Grad, 25 Minuten Süd, 142 Grad, 9 Minuten. Noch immer kein Eiland in Sicht. Wir kommen quälend langsam voran. Der Wind hat aufgefrischt, ist aber kaum stark genug, um die Segel zu blähen. Cavendish, diese auf hundert Meilen gegen den Wind stinkende Bilgenratte mit weniger Zähnen im Mund als Fingern an einer Hand, stiftet zunehmend Unfrieden unter der Mannschaft. Habe soeben eine Besprechung mit Ruben abgehalten und beschlossen, ein Exempel zu statuieren. Zwei Dutzend Hiebe mit der Neunschwänzigen dürften diesen Aufständischen gründlich vom Gedanken der Meuterei heilen. Gelingt es uns nicht, ihn zur Vernunft zu bringen, ist seine Hinrichtung beschlossene Sache. Sorgen bereitet mir der Proviant. Der Inhalt mehrerer Fässer, die liederlich verschlossen worden waren, ist verfault. Müssen davon ausgehen, dass die Mannschaft spätestens in zwei Tagen auf halbe Portion gesetzt werden muss, wenn wir kein Land finden. Ruben behauptet zwar, er könne …

Die altertümliche Schrift verschwamm vor meinen Augen. Ich trat näher an den Höhleneingang, um mehr Licht zu erhalten, als mein Fuß gegen einen Stein trat. Kollernd rollte er über den Boden und zeigte im Sonnenlicht seine wahre Natur.

Leere Augenhöhlen starrten mich an.

Vor mir lag ein Schädel, vom Alter braun verfärbt.

Eine Höhle voller Gold und Knochen. Ein jahrhundertealtes Tagebuch. Konnte es sein, dass ich auf die Überreste der Legende gestoßen war? War das hier Williams Grab?

Wie ein lebendiges Wesen, das meine Gedanken las, kroch das Sonnenlicht tiefer in die Dunkelheit und entblößte weitere Knochen. Ein zerbrochener Rippenbogen ragte zwischen zwei Felsen empor, daneben lagen ein Oberschenkelknochen und zahllose kleine Fragmente, die ich nicht zuordnen konnte. Unheilschwanger schimmerten die Überreste eines uralten Toten im dunstigen Licht.

»William«, kam es flüsternd über meine Lippen.

Der Name klang wie eine Beschwörung. Wie eine Frage an den undurchdringlichen Nebel der Zeit, der mir niemals eine Antwort geben würde.

Da erhaschte ich im Augenwinkel etwas Rotes. Verrotteter, zerfallener Samt, dunkel wie reife Kirschen. Ich griff danach und zog die Überreste prachtvoller Kleidung aus einer Felsspalte. Kaum mehr zu erkennende goldene Rangabzeichen zierten die Schultern eines langschößigen Rockes, der unverkennbar zu dem Kapitän eines Schiffes gehört hatte. Von den goldenen Knöpfen waren nur noch zwei erhalten, dick verkrustet vom Meersalz.

Erste Hälfte des achtzehnten Jahrhunderts, kommentierte mein nüchternes Ich. Ja, hier war jemand gestorben, aber wohl kaum ein verfluchter Pirat, dessen Knochen morgen zum Leben erwachen würden.

William Hunter hatte es womöglich gegeben, und womöglich waren dies seine Knochen, die hier ihre letzte Ruhe gefunden hatten. Sein Schiff mochte ebenfalls existiert haben und vor dieser Küste gesunken sein, wo eine heimtückische Laune des Schicksals dafür gesorgt hatte, dass sein Leichnam zusammen mit einer Kiste voller Gold in diese Höhle gespült worden war. Vielleicht hatte ihm eine höhere Macht den wahren Wert der Schätze vor Augen führen wollen, für die er Blut vergossen und Leben ausgelöscht hatte. Wer auch immer hier lag, sein Reichtum hatte ihn nicht davor bewahrt, zwischen faulendem Tang und Muschelschalen zu verrotten. Das Gold hatte ihm kein Glück geschenkt, ihn weder gerettet noch erlöst.

Gedankenverloren blickte ich auf den Schädel hinab. Was für ein Gesicht mochte ihm einst gehört haben? Welche Gedanken hatten hinter dieser Stirn gelebt? Eine furchtbare Traurigkeit ging von ihm aus, wie er so dalag und ins Leere starrte. Fleischlos. Weniger als eine

Erinnerung. Ein vergessenes Relikt des Meeres, mit Muscheln und Möwenschreien als einzigem Trost.

Die Flut!

Eine Stimme! Ganz nah an meinem Ohr! Nein, nicht irgendeine Stimme. Ich hatte sie schon einmal gehört. Hauchend, dunkel und sanft. Alles in mir gefror. Niemand war hier, keine Menschenseele, und doch spürte ich das Flüstern an meinem Ohr, wie es ganz sacht die feinen Härchen berührte.

Die Flut. Sie ist fast hier.

Mein Herz stolperte. Das konnte nicht sein! Ich hörte keine Stimme, ich fühlte nicht – um Himmels willen! – Atem, der über meinen Hals strich!

Geh! Schnell!

Ich rannte. Stürzte nach draußen und lief in die Gischt der heranstürmenden Wellen hinein. Das Meer war nahe. Viel zu nahe!

Ich hatte ihn gehört. Den Mann aus meinem Traum.

Er war da gewesen. Ganz nah.

Er war …

Lauf!

Grelles Tageslicht blendete mich. Wasser spülte um meine Füße, immer näher drängende Wellen leckten an dem Geröll, das die Lawine an den Strand geworfen hatte. Ich verschwendete keine Gedanken an das *Wie* und *Wohin,* steckte das Buch in den Bund meiner Jeans und begann zu klettern. Meine Finger gruben sich in Felsspalten, klammerten sich an Kanten, hievten meinen Körper mit der übermenschlichen Kraft der Panik nach oben.

Weiter! Los, weiter!

Ich griff nach einem Vorsprung, der unter meinem Gewicht zu bröckeln begann. Meine Füße rutschten ab, Geröll wälzte sich den Abhang hinab. Blindlings griff ich ins Leere und fand Halt an einem herausragenden Stein. Ein weiteres Mal kam mir das Glück zu Hilfe. Panik rauschte in meinem Blut. Nach einem surrealen Moment, in dem ich der Tiefe ins Auge blickte und zeitlupenhaft nach hinten kippte, spannten sich meine Armmuskeln an und zogen mich zurück an die Wand.

Großer Gott, um ein Haar wäre ich abgestürzt.

Nicht nachdenken. Weiterklettern!

Spalte um Spalte. Riss um Riss. Stück für Stück.

Ich zog mich über den Rand einer Scholle, trat eine Lawine aus Steinen los und nahm das letzte Stück in Angriff. Einen Meter, zwei Meter. Immer dem rettenden Klippenrand entgegen. Und dann, so plötzlich, als würde ich aus einem Albtraum erwachen, lag ich bäuchlings auf flacher Erde. Zwei Schritte neben mir stand Jack mit gesenktem Kopf und schnaubte mir seinen warmen Atem in den Nacken.

»Alles gut«, keuchte ich in den Sand. »Alles gut.«

Aber war es das wirklich? Ich hatte den guten Willen meines Schicksals mehr als strapaziert. Falls für jeden Menschen ein festgelegter Vorrat an Glück zur Verfügung stand, hatte ich meinen für die nächsten Jahrzehnte aufgebraucht.

Zitternd tastete meine Hand nach dem Buch im Bund meiner Jeans. Ja, es war noch da. Mein Beweis dafür, dass ich nicht geträumt hatte.

Eine Höhle. Uralte Knochen. Piratengold.

Keine einzige Münze hatte ich eingesteckt.

Trotz der Flut, die in der Tiefe grollte und sich gegen die Felsen warf, wurde das Bedürfnis, noch einmal hinabzuklettern und die Knochen zu bergen, überwältigend. Ich wollte sie in meine Arme schließen, sie vor aller Augen verstecken und an einem geheimen Ort verwahren.

Mein Gott, war ich verrückt geworden? Ich hörte Geisterstimmen, wollte vermoderte Knochen an meine Brust drücken und jagte Märchen hinterher. Irgendetwas an dieser Insel vernebelte mir den Verstand. Schatz hin oder her, ich wollte nach Hause. Ich wollte in mein kühles, abgedunkeltes Schlafzimmer, um die Welt und meine Gedanken wieder geradezurücken.

Mühsam hievte ich mich in den Sattel, tastete noch einmal über das Buch und fühlte, wie jedes Atom meines von Adrenalin gesättigten Körpers vibrierte.

Jack tänzelte, doch noch hielt ich die Zügel kurz. Lange würde der Klippenabbruch nicht unentdeckt bleiben. Die Gegend war einsam, dennoch fuhren mehrmals am Tag Autos über die Sandpiste, die nahe an den Klippen entlangführte. Früher oder später würde jemandem auffallen, was geschehen war. Die unerreichbare Höhle war nicht länger unerreichbar. Man würde den Schatz aufstöbern, ihn bergen und mitsamt den Knochen in einem Museum ausstellen, wo er den Blicken rotgesichtiger Touristen ausgesetzt sein würde.

In ein paar Stunden würde die Flut zurückgehen, mit ein wenig Glück blieb der Klippenabbruch bis dahin unentdeckt. Und dann? Wollte ich wirklich noch einmal dort hinunter?

Wieder strich ich über die Umrisse des Buches. Meine Sinne hüllten sich in Nebel, meine Gedanken wurden fortgerissen wie ein Blatt auf einem reißenden Fluss. Dunkelheit umfing mich, drängend und flüsternd.

Du willst die Wahrheit wissen?, raunte es in meinem Kopf. *Ich zeige sie dir, Hannah. Morgen Nacht geht der Mond auf. Morgen Nacht wird er dich finden.*

In gestrecktem Galopp jagte Jack über das Geröllfeld. Schaumflocken bedeckten seine Brust, dann war da plötzlich das Haus. Wie waren wir so schnell hierhergelangt? Waren mir mitten im wilden Ritt die Sinne geschwunden?

Weit und breit war niemand zu sehen. Das Schweigen eines heißen, windstillen Tages lag wie eine Glocke aus Blei über dem Anwesen.

Eben noch hatte ich am Rande der Klippen gestanden. Jetzt war ich hier. Wie war das möglich? Eine ganze Stunde fehlte in meiner Erinnerung, war gänzlich ausgelöscht worden, als hätte sie niemals existiert.

Zu viel Sonne.

Viel zu viel Sonne!

Ich sattelte Jack ab, rieb ihn trocken und füllte den Trog mit frischem Wasser. Als ich schließlich das Buch hervorzog und es wie einen Schatz streichelte, geschah es, als stünde ich unter einem fremden Willen. Nebel streifte meine Gedanken. Meine Finger tasteten über winzige Unebenheiten. Uralte Narben auf der Haut eines Rindes, das vor Hunderten von Jahren gestorben war.

Die Stimme …

Die Stimme aus meinen Träumen.

Und noch etwas anderes.

Jemand, der meinen Namen kannte.

»Unsinn!« Ich rieb mir mit Zeige- und Mittelfinger die Schläfen. »Du spinnst dir was zusammen.«

Was hatte diese andere Stimme zu mir gesagt? Ich erinnerte mich an meinen Namen … *Hannah*. Und dann? Da war noch etwas gewesen.

Ich wusste es, aber die Worte entglitten mir. Wieder und wieder, wie schlüpfrige kleine Fische.

Benommen stolperte ich ins Haus, kochte mir einen Kaffee und verkroch mich auf das Lesebett im Innenhof. Als ich mich in die Polster fallen ließ, stob eine Wolke aus kleinen weißen Motten auf, tänzelte in der Luft umher und verschwand im Geäst der Tamariske. Es roch nach Staub und Räucherstäbchen, ein kaum merklicher Windhauch fächelte durch die Zweige und ließ sie einschläfernd flüstern.

Entspann dich, beruhigte ich meine wirren Gedanken. *Komm wieder runter. Atme tief durch und stehe mit beiden Beinen auf der Erde.*

Meine Hände begannen erneut zu zittern, als ich das Buch hervorholte und mit dem Daumen über das rissige Leder strich. Etwas bewegte sich in meinem Augenwinkel, aber es war nur Maries rot getigerte Katze. Mit einem fröhlichen *Miau* sprang das Tier auf meinen Schoß, rollte sich auf dem Buch zusammen und schnurrte. Behutsam schob ich es beiseite, schlug meinen Schatz auf und blätterte weiter, bis ich zu den Tagebucheinträgen kam. Glücklicherweise hatte das Wasser diesen Teil des Buches größtenteils verschont, sodass ich fast alle Buchstaben problemlos entziffern konnte.

Im Jahre des Herrn 1817.

Wie bitte? Diese Zahl konnte unmöglich stimmen. Und doch stand sie unmissverständlich auf dem Papier.

1817.

Zwischen dem letzten Logbucheintrag und der ersten Tagebuchpassage lagen mehr als einhundert Jahre? Unmöglich. Wahrscheinlich hatte ich mich einfach nur … Moment! Hastig blätterte ich zwei Seiten zurück und schlug den letzten Logbucheintrag auf. Er gehörte zu jenen Stellen, die vom Wasser nahezu zerstört waren, dennoch konnte ich der oberen linken Ecke die Jahreszahl klar und deutlich erkennen. Zudem war ein kleiner Teil des Textes unversehrt geblieben:

Der 3. Januar im Jahre des Herrn 1717.

Auf uns wartet der Grund des Meeres. Seit zwei Tagen tobt der Sturm ununterbrochen und treibt uns auf die kanarischen Inseln zu. Schiff ist vollständig manövrierunfähig. Noch ehe die Sonne aufgeht, werden wir Davey Jones' Truhe für den Rest der Ewigkeit besuchen. Verflucht sollst du sein, rachsüchtige Bilgenratte! Gebe Gott, dass ich dich mit in mein nasses Grab reißen kann. Jetzt verstehe ich, was …

Der Rest der Buchstaben verschwamm in unleserlichen Schlieren. Dort oben stand 1717. Zweifellos, denn die Sieben ähnelte keineswegs der Acht. Vermutlich war das Schiff kurz nach diesem Eintrag vor Fuerteventuras Küste gekentert. Und was bedeuteten die letzten beiden Sätze? Er meinte doch nicht etwa die Hexe, die …

Ach, komme schon, Hannah!

Hier erlaubte sich jemand einen Scherz. Oder das Tagebuch war von einer anderen Person fortgeführt worden, die es als Herausforderung verstanden hatte, die Handschrift ihres Vorgängers nachzuahmen. Ja, das musste es sein. Möglicherweise war das Buch auch schlicht und einfach nur eine Fälschung. Es fühlte sich alt an, es roch alt und verströmte die Aura längst vergangener Zeiten, aber ich war kein Experte auf diesem Gebiet. Manche Fälschungen waren derart perfekt, dass sie erst im Labor enttarnt werden konnten.

»Einhundert Jahre.« Ich kicherte albern. Was ein einsames Haus im Nirgendwo mit der Fantasie anstellen konnte. »Morgen Nacht ist Vollmond. Erwachst du dann wieder zum Leben, William Hunter?« Ich tippte auf das Buch, trank einen Schluck Kaffee, sank in die Polster und schüttelte den Kopf. »Großer Gott, Hannah. Jetzt drehst du völlig durch.«

Ich seufzte, blätterte zum ersten Eintrag des Tagebuches und begann zu lesen.

Kapitel 7

Ohne Träume
bist du wie ein Schiff ohne Segel.

Im Jahre des Herrn 1817

Ich hatte keinem ihrer Worte geglaubt. Ich hatte sie ein verwirrtes, teuflisches Weib genannt, eine faulige Ausgeburt des Sumpfes. Doch als ich zwischen den Felsen erwachte, mehr Kadaver als lebendiger Mensch, hörte ich ihr Lachen in meinem Kopf.

»Jetzt kennst du seinen Geschmack«, wisperte es in meinem zerschmetterten Schädel. »Jetzt weißt du, wie ich mich gefühlt habe. Damals, in Ketten gelegt, mit Maden in den Wunden und Hass in den Eingeweiden. Das Meer trinkt dein Blut. Ich kann dein Sterben spüren, obwohl uns ein ganzer Ozean trennt. Ich lache, weil dein Leben das Wasser rot färbt, und weil du nichts dagegen tun kannst. Was nützt dir dein Stolz? Was nützt dir deine Stärke? Dein Körper gehorcht dir nicht mehr. Er ist zerschlagen, in Fetzen gerissen. Du starrst in den Himmel. Zitterst unter den letzten Atemzügen. Dein Schmerz wird gleichgültig. Er bedeutet dir nichts mehr. So ist es, zu sterben. Die Möwen sitzen auf den Felsen, gaffen dich an und warten darauf, deine Augen zu fressen.«

In einem ersten Impuls wollte ich das Buch beiseitewerfen. Erst als ich bereits Schwung holte, wurde mir bewusst, dass ich nach wie vor einen verletzlichen, uralten Schatz in den Händen hielt. Was für ein idiotischer Streich! Es musste einer sein. Johan und Marie hatten mir eine Falle gestellt. Sie kannten mein Faible für Legenden und Märchen und wussten, wie sie mich zu packen bekamen.

Aber wie zum Teufel hatten sie das angestellt?

Der Klippenabbruch. Mein Unfall. Die Stimmen. So etwas konnte man nicht planen. Wie war das möglich, verflucht?

Panik stieg in mir auf, meine Kopfhaut begann zu kribbeln. Genau diese Worte hatte ich oben auf den Klippen gehört. Ich erinnerte mich an eine Frauenstimme, heiser vor Schmerz und Triumph. Sie war bei mir gewesen, in meinem Kopf, in meinen Gedanken. Und zugleich hatte es sich angefühlt, als hätte ich sie vom anderen Ufer des Ozeans aus gehört. Als wäre sie unendlich weit entfernt von mir gewesen.

Verzweifelt suchte mein Verstand nach einer Lösung, an der er sich festhalten konnte. Stattdessen verwickelten und verdrehten sich meine Grübeleien immer rettungsloser.

Was war das hier? Ein perfekt inszenierter Streich? Eine Wahnvorstellung?

Irgendjemand legt dich herein, beharrte der Vernunftmensch in mir. *Das alles ist nichts anderes als eine Fälschung. Grandios organisiert, täuschend echt und unerklärlich. Ja. Aber eine Fälschung.*

Wütend packte ich das Buch, stand auf und beschloss, Marie zur Rede zu stellen. Doch kaum war ich durch die Tür gegangen, erschien mir die Idee vollkommen idiotisch. Was sollte ich zu ihr sagen?

Gib es zu! Du hast dieses Buch, den Schatz und das Gerippe gefälscht, du hast eine Klippe einstürzen lassen und dabei irgendwie sichergestellt, dass mir nichts passiert.

Sensationell!

Die Katze glotzte mich vorwurfsvoll an, als ich mich wieder auf das Bett fallen ließ. Schwer lag das Buch in meinen Händen, unendlich verlockend und verführerisch. Dieses teuflische Ding erneut aufzuschlagen, glich einem unwiderstehlichen Zwang.

»Wunden überall. Kein Knochen mehr heil. Verkeilt liegst du zwischen den Felsen. Die Möwen sehen hungrig aus. Sie starren auf dein Blut, welches das Wasser tränkt, und sie lecken sich die Schnäbel. Du kannst nicht einmal einen Stein werfen. Dein Arm liegt nutzlos neben dir. Zerrissen von den messerscharfen Felsen. Was nützt dir dein Name jetzt noch? Was kannst du bewirken? Nichts, mein Liebster. Gar nichts.«

Nein! Unmöglich!

Ich rang nach Luft, schloss die Augen und versuchte, eine Erklärung zu finden.

Vergeblich.

Es gab nur eine Möglichkeit. Nur eine Chance, meinen zu Scherben zerfallenen Verstand wieder zu kitten. Ich musste die Wahrheit herausfinden. Auch wenn das womöglich nichts besser, sondern alles nur noch schlimmer machte.

Meine Hände zitterten so heftig, dass ich das Buch nicht mehr halten konnte. Notgedrungen legte ich mich auf den Bauch, lehnte es gegen das Kopfende des Bettes und las den nächsten Abschnitt. Es musste sich aufklären.

Es musste einfach!

Stattdessen erfüllten sich meine Erwartungen. Es wurde tatsächlich noch schlimmer.

Einhundert Jahre lang habe ich dabei zugesehen, wie das Meer und der Wind meinen Körper zerfraßen. Möwen und Krabben nagten das Fleisch von meinen Knochen. Die Wellen eines Sturmes trugen meinen Leichnam in die Höhle, warfen ihn wie Unrat zwischen die Felsen und ließen ihn einfach liegen. Jahr um Jahr blieb mein Geist gefangen. Eingesperrt von Felsen, fauligem Tang und Meer. Nichts konnte ich tun. Gar nichts. Also habe ich dabei zugesehen, wie mein Körper verrottete, bis nur noch blanke Knochen an das erinnerten, was ich einst gewesen war.

Einhundert Jahre lang habe ich Zeit gefunden, um nachzudenken.

Und musste erkennen, wer ich wirklich bin.

Vor einigen Tagen ist jener Vollmond aufgegangen, der alles verändert hat. Sein Licht ist auf das ruhige Meer gefallen und hat etwas daraus emporsteigen lassen. Nichts Sichtbares und nichts Greifbares, vielmehr eine schreckliche Macht aus den Abgründen der ewigen Schwärze, die meine Seele zurück in die Knochen zwang. Begleitet vom Lachen der Hexe, das über einen ganzen Ozean hinweg zu mir gedrungen war, erwachte ich wieder zum Leben.

Neues Fleisch entstand unter Schmerzen, die alles bisher Gefühlte in den Schatten stellten. Adern füllten sich mit Blut, Haut zog sich über

Muskeln. Mein Geist steckte in einer scheußlichen Kreatur, die schmatzend und stöhnend ins Leben zurückkehrte, wie ein Kleinkind ihre ersten taumelnden Schritte tat und schließlich in der Brandung zusammenbrach.

All das ist nun zwei Tage her. Das Meer sieht aus wie damals. Nichts hat sich verändert. Die Wellen, die Gischt, der endlos weite Horizont. Alles ist noch so, wie ich es kenne. Aber jetzt spüre ich nichts mehr davon. Der Schaum streicht über meine Haut, ohne dass ich etwas von der Berührung wahrnehmen kann. Wind erfasst mein Haar, Steine drücken sich in meine Haut. Nichts davon spüre ich. In meiner Brust schlägt kein Herz. Ich muss nicht einmal mehr atmen. Wie sehr sehne ich mir die Schmerzen meiner Wiedergeburt herbei. Wie viel lieber würde ich jetzt das brennende Fleisch in Kauf nehmen, als dieses widerwärtige, gefühllose Sterben.

Nein, das hier ist kein Leben. Es ist nur eine andere Form von Tod.

Nach einhundert Jahren, in denen ich mit solcher Verzweiflung nach dem Leben gelechzt habe, findet der Fluch nun seinen Höhepunkt. Ich kann schreien. Ich kann bluten. Aber nichts, was ich tue, weckt irgendein Gefühl in mir. Wunden schließen sich, kaum dass ich sie mir zufüge. Und so ist es mir nicht einmal vergönnt, dieses elende Gefängnis aus Fleisch zu verlassen.

Lange habe ich heute Nacht am Strand gelegen, in die helle Scheibe des Mondes geblickt und den Wellen zugehört. Einhundert Jahre trennen mich von meinen Männern und von meinem Schiff. Sie alle sind längst tot, meine geliebte Scowerer verfault irgendwo dort draußen auf dem Grund des Meeres. Ich bin allein. Gottverlassen. In der Ewigkeit gestrandet.

Nicht einmal den Ozean und den Wind kann ich noch spüren.

Ohne Herzschlag und ohne Atem liege ich da. Einen Tag lang. Zwei Tage lang. Der Lauf von Sonne und Mond fließt an mir vorüber, als würde Wasser durch meine Finger rinnen.

Irgendwann stehe ich auf, finde Marifas Gold zwischen den Felsen und erschrecke über das Lachen, das aus meiner untoten Kehle dringt. Es klingt irrsinnig, spröde wie vom Salz zerfressenes Eisen. Zersplittert liegt die Kiste in der dunkelsten Höhlenecke und hat ihren glänzenden Inhalt auf den Boden gespuckt. Fluchend schaufele ich Sand über die Münzen, werfe mich herum und renne auf das Meer zu, als wären alle Teufel der Hölle hinter mir her. Aber schon nach den ersten Schwimmzügen weiß ich, dass alle Mühen vergeblich sind. Wie soll jemand ertrinken, der nicht atmen muss? Wie soll jemand sterben, in dessen Brust kein Herz schlägt?

Die Strömung reißt mich in die Tiefe und zieht mich auf das offene Meer hinaus. Ich wünsche mir, zu meinem Schiff und zu meinen Gefährten zurückkehren zu können, und zuerst sieht es so aus, als wolle der Ozean mein Sehnen erfüllen. Aus der dunklen Tiefe dringen ihre Rufe. All die vertrauten Stimmen! Echos eines alten Lebens. Ich kann sie hören, so schrecklich deutlich, und irgendwann sehe ich sie auch: blasse Gespenster in der Finsternis, die nur noch aus Verzweiflung und Leid bestehen.

Ruben, mein treuester Gefährte.

Ferris, der Krieger aus dem Land der langen weißen Wolke.

Timothy, Robert und Hamish.

All die Männer … all die Erinnerungen.

Fast kann ich die Umrisse meines verlorenen Schiffes erahnen. Ich sinke tiefer und tiefer, mein Körper ist schwer wie ein Stein. Dort … die von Algen und Korallen bewachsenen Masten. Da drüben … der in den Schlick gebohrte Rumpf. Rubens durchscheinender Geist steht am Steuerrad, selbst im Tode noch seiner Aufgabe verpflichtet. Die anderen sind so blass, dass sie fast mit der Dunkelheit verschwimmen. Ziellos scheinen sie über das Deck zu gleiten, als könnten sie sich nicht mehr daran erinnern, was einst ihre Bestimmung gewesen war.

Wie lange ist es her, dass diese Planken die Sonne gespürt haben? Wie viel Zeit ist verstrichen, seit die Segel dieses zerfallenen Wracks zum letzten Mal den Wind eingefangen haben?

Hundert Jahre.

Einhundert lange, endlose Jahre.

Fast glaube ich, die oberste Spitze des höchsten Mastes berühren zu können, da packt die Strömung meinen Körper und wirft ihn zurück an die Küste, als wäre sie seiner überdrüssig geworden.

Ein weiteres Mal strande ich zerschlagen zwischen den Felsen, das Rauschen der Brandung und das feuchte Knistern meines zusammenwachsenden Fleisches in den Ohren.

Es gibt keine Möglichkeit, zu entkommen.

Das Meer dient der Hexe, und die Klippen sind zu steil, um sie zu erklimmen. Ich sitze hier fest. Für wie lange? Für den Rest der Ewigkeit? Gefangen zwischen Leben und Tod, weder dem einen noch dem anderen zugehörig?

Ich versuche, nicht dem Wahnsinn anheim zu fallen. Aber jeder erzwungene Atemzug, mit dem ich mich selbst belüge, bringt mich näher an den Abgrund.

Nur ein Trost bewahrt mich davor, irrsinnig zu werden. Das Buch, das ich in meinen Händen halte. Wie durch ein Wunder – wenn es denn eines war, und nicht etwa Marifas Absicht – hat das Kästchen seinen Weg in die Höhle gefunden. Das Glas mit der Tinte ist ebenfalls unversehrt, ebenso wie das Säckchen mit Streusand und die Schreibfeder.

Alles, was mir bleibt, sind Erinnerungen. Und jetzt, einhundert Jahre nach meinem Tod, fühle ich das Bedürfnis, sie aufzuschreiben. Ich werde den widerwärtigen Kerker meiner Vergangenheit aufräumen und auf diesen Seiten verewigen, nur, weil es nichts anderes gibt, das ich tun kann.

Der Mond nimmt ab, und Marifa hat mir über den Ozean hinweg zugeraunt, dass mein Tod kommt, wenn sich sein Rund das nächste Mal vollendet. Ein zweites Mal werde ich einhundert Jahre lang meinem Körper beim Verfaulen zusehen, bis die Flut mit meinen Knochen spielt und der Vollmond eines fernen Tages mich wiedererweckt.

»Weiß du, warum ich das getan habe?«, fragt mich Marifa mit ihrer lieblichen Schlangenstimme. »Aus Liebe. Aber davon weißt du nichts, William Hunter.«

Liebe. Was für ein teuflisches Gefühl. Kriege werden ihretwegen geführt. Herzen zerfleischt. Hoffnungen mit Füßen getreten. Sie ist nicht besser als der langsame Tod meines Fluches und ebenso nutzlos wie ein Haufen Tang.

Mir ist es gleich.

Ich warte auf den Vollmond.

Ich warte bis in alle Ewigkeit.

Genug! Ich schlug das Buch zu und stürmte in das Schlafzimmer. Hier war die Welt noch so, wie ich sie kannte. Sonnenlicht fiel durch das Muster der geschnitzten Fensterläden und schimmerte auf der zerknüllten Decke, meine Kleider stapelten sich auf dem Stuhl, vor dem Bett türmten sich die Bücher. Alles war unverändert, nichts deutete darauf hin, dass die Welt sich in etwas anderes verwandelt hatte. Zum Beispiel in eine Wirklichkeit, in der verfluchte Piratengeister über ihren Knochen hockten und dem Meer ihr Leid klagten.

Müdigkeit zerrte an meinen Gedanken. Kurzerhand stellte ich das Buch zwischen die anderen alten Schätze in das Regal, setzte mich im Schneidersitz auf die Matratze und betrachtete die vom Licht umschmeichelten Rücken mit ihrer goldenen, verschnörkelten Schrift und all den zahllosen Rissen, Scharten und Narben. Plötzlich ging nichts Sonderbares mehr von dem Tagebuch aus. Es war nur ein Buch unter Büchern, alt und kostbar, aber ohne jede Magie.

Ein paar Meilen südlich von hier vermoderten die Knochen in der Dunkelheit. Wellen spielten mit Münzen und einem uralten Schädel, tränkten dunkelroten Samt, fraßen an Gold, Holz und Gebeinen.

Nein, ich wollte nicht mehr darüber nachdenken. Ich konnte es nicht! Alles, was ich wollte, war schlafen.

Nur schlafen.

Wie ein Stein sank ich auf das Bett, zog die Decke über mich und schloss die Augen. Kaum umfing mich Dunkelheit, trieb ich davon, mit dem Rascheln der Blätter und dem fernen Rauschen des Meeres in den Ohren.

Geister. Was für ein Unsinn.

Kapitel 8

*»Man darf das Schiff nicht an einen einzigen Anker
und das Leben nicht an eine einzige Hoffnung binden.«
(Epiktet)*

»Hannah?«

Ein tonnenschwerer Balken drosch auf meinen Kopf ein. Ich schreckte auf, schlug meine Hände vor das Gesicht und fiel zurück in die Kissen. Mein Schädel! Er fühlte sich an, als hätte sich ein Hai darin verbissen.

»Hannah, verdammt!«

Marie klang selten wütend. Doch diesmal schien sie förmlich zu schäumen. Ich versuchte ein zweites Mal, mich aufzusetzen, blinzelte in das Sonnenlicht und bemerkte, dass ich Kleidung trug. Die falsche Kleidung! So war ich nicht ins Bett gegangen. Sand und Staub bedeckte meine Jeans, die Ärmel meines braunen Hemdes waren zerrissen, meine Hände zerschrammt und meine Haare feucht.

Was zum Teufel …

Scheppernd krachte die Schlafzimmertür gegen die Wand. Marie stürmte herein, entlud ihren Zorn in einem Schnaufen und schien sich im ersten Augenblick nicht zwischen Raserei und Besorgnis entscheiden zu können.

»Was zum Teufel soll das?«, fauchte sie mich an, stemmte die Fäuste in die Hüften und trat an das Bett. Ihr Blick bohrte sich direkt in meinen pochenden Schädel und steigerte die ohnehin quälenden Schmerzen bis ins Unerträgliche. »Hast du völlig den Verstand verloren?«

»Was?« Ich versuchte zu denken. Mich zu erinnern. An irgendetwas. Doch ich schaffte es nicht einmal, die Augen ganz zu öffnen. Stöhnend blinzelte ich in das Licht und wünschte mir, an Ort und Stelle zu sterben. »Was meinst du?«

»Du warst ausreiten! Mitten in der Nacht! Was hast du dir bloß dabei gedacht? Und als wäre das nicht schon verantwortungslos genug, lässt du Jack auch noch mit Sattel und Zaumzeug am Zaun stehen. Der arme Kerl war völlig durchgeschwitzt. Was hast du getrieben? Wolltest du ihn zu Tode hetzen?«

»Nein!« Ich umfasste mit beiden Händen meinen Kopf. »Nein, ich war nicht … das kann gar nicht … ich würde niemals …«

Sterne explodierten vor meinen zusammengekniffenen Augenlidern. Da war Staub auf meiner Hose. Ich spürte Sand in meinem feuchten Haar und Salz auf meinen Lippen. War ich tatsächlich mitten in der Nacht am Strand gewesen? Hatte ich das Pferd gesattelt und war davongeritten, ohne mich daran zu erinnern?

»Bist du wieder geschlafwandelt?« Maries Augen sprühten Funken, doch hinter ihrem Zorn war unübersehbar, dass sie sich um mich sorgte. »Du hättest mir sagen müssen, dass du immer noch …«

»Marie!«, unterbrach ich sie barsch. »Das ist eine Ewigkeit her. Ich war noch ein Kind.«

»Aber du hast zum Schlafwandeln geneigt.«

»Als ich sechs Jahre alt war. Das ist doch … nein! Das kann einfach nicht sein.«

Marie stöhnte. »Hör zu, Hannah. Jack stand nassgeschwitzt und völlig fertig am Zaun, gesattelt und aufgezäumt. Und du siehst aus, als hättest du eine nächtliche Erkundungstour am Strand hinter dir. Wer sollte das Pferd sonst geritten haben? Johan ist seit gestern Nachmittag in Teneriffa, außer uns beiden ist niemand hier. Und ich habe keinen Sand und keinen Pferdedreck an meiner Jeans.«

Ich starrte auf die verräterischen Flecken an der Innenseite meiner Oberschenkel. Ja, alles sah danach aus, als hätte ich vor kurzem einen wilden Ritt hinter mich gebracht. Doch in meinem Kopf gähnte nach wie vor vollkommene Leere. Je angestrengter ich nach einer Erinnerung suchte, nach irgendeinem Fragment der vergangenen Stunden, umso hartnäckiger zog sich der Schleier über meine Gedanken.

»Marie, ich …«

»Ja?«

»Ich kann mich nicht erinnern.«

»Soll ich dich fortan nachts einschließen?« Ihr Zorn verdampfte mit einem müden, sorgenvollen Seufzer. Kopfschüttelnd ließ sie sich auf die Bettkante sinken. »Was soll ich mit dir machen, Hannah? Euch hätte weiß Gott was passieren können. Wenn du dich an nichts erinnerst, dann bedeutet das, dass du nicht bei Verstand warst, als du mit Jack durch die Nacht gehetzt bist. Ihr hättet über die Klippen stürzen können. Es grenzt an ein Wunder, dass ihr beide unversehrt geblieben seid.«

»Tut mir leid. Wirklich.« Panik krallte sich in meinen Nacken fest. All die sonderbaren Dinge, die mir seit meiner Ankunft widerfahren waren, die Stimmen, der Schatz, die alten Knochen und das Buch … nächtliche Ausritte, die nichts als Schwärze in meiner Erinnerung hinterließen …

Nichts davon konnte ich erklären. Mein Leben entglitt mir. Es zerfloss zu einem Chaos, das nicht mehr greifbar war.

Marie!, wollte ich schreien. *Ich werde verrückt! Ich drehe durch! Bitte tu irgendetwas! Hilf mir!*

Stattdessen blieb ich stumm, starrte auf den Sand an meiner Jeans, fuhr mir durch die feuchten Haare und spürte, wie sich eine Faust um mein Herz zusammenpresste.

»Ich werde die Pferde nachts in den Stall bringen«, entschied Marie schließlich. »Und ich werde ihn abschließen. So leid es mir tut, solche Maßnahmen ergreifen zu müssen, aber ich kann nicht riskieren, dass du dich mitsamt dem Pferd die Klippen hinunterstürzt.«

Alles, was ich zustande brachte, war ein Nicken. Meine Schwester seufzte, dann tat sie das, was sie immer getan hatte, wenn die Dinge kompliziert wurden: Sie drehte sich um und verschwand.

Das Hämmern in meinem Kopf wurde abrupt stärker, als ich mich zum Regal umdrehte. Dort stand es. Ein Buch unter Büchern. Nichts Ungewöhnliches haftete ihm an, keine Magie tropfte aus seinem dunklen, rissigen Leder. Und doch wagte ich es nicht, das Ding zu berühren.

Die Goldmünzen waren mir gleich. Die Knochen waren nur Knochen. Ich musste diese verdammte Höhle vergessen. Ich musste alles vergessen, was gestern geschehen war.

Einen Moment lang spielte ich mit dem Gedanken, das Buch zu verbrennen. Es wäre ein Leichtes, den Gasgrill anzustellen, das verfluchte Ding in die Flammen zu werfen und dabei zuzusehen, wie es zu Asche zerfiel. Warum tat ich es nicht? Was hinderte mich daran?

»Du hast Angst, ein Buch anzufassen?«, knurrte ich in die Stille hinein. »Ach, komm schon. Das ist doch idiotisch.«

Langsam streckte ich meinen Arm aus, hielt den Atem an, presste die Lippen aufeinander und tippte gegen das spröde Leder des Einbands. Nichts geschah. Natürlich nicht. Was hatte ich denn erwartet? Dass ein wütender Piratengeist aus den Seiten herauswabern und über mich herfallen würde? Dass eine gespenstische Stimme aus dem Hintergrund erklang und lateinische Beschwörungsformeln murmelte? Was konnte ein Buch schon anrichten? Es war nur ein Ding aus Pergament und Leder, weiter nichts.

Lange hockte ich tatenlos auf dem Bett und wartete darauf, dass die Kopfschmerzen erträglicher wurden. Meine Zunge war trocken, mein Gaumen wie Sandpapier. Ich musste dringend etwas trinken, doch mein Körper schien von meinem Willen abgekoppelt zu sein. Lichtstrahlen fielen durch die Fensterläden, bevölkert von tanzenden Staubflusen. Das Tschilpen der Spatzen schien in weite Ferne zu rücken, in meinen Ohren rauschte das Blut. Benommen schweifte mein Blick durch das Zimmer, ziellos zuerst, doch dann bemerkte ich, dass etwas nicht stimmte. Dort auf dem Stuhl hätte mein Rucksack liegen sollen. Aber er war verschwunden. Auch auf dem Tisch entdeckte ich ihn nicht, und auf dem Boden lagen nur meine gelesenen Bücher.

»Denk nach!« Vorsichtig stand ich auf, umklammerte meinen Kopf mit beiden Händen und schloss die Augen. »Wo hast du ihn zuletzt gesehen? Auf dem Stuhl. So wie immer. Und dann? Ich habe ihn nach dem Baden an die übliche Stelle gelegt und seitdem nicht mehr angerührt.« Stöhnend ließ ich die Hände wieder sinken. »Glückwunsch, Hannah. Jetzt führst du auch schon Selbstgespräche.«

Ich musste raus hier. Sofort!

Kurzerhand schnappte ich mir die Jutetasche, die ich sonst nur zum Einkaufen benutzte, stopfte meinen Ersatz-Bikini, ein Handtuch, Sonnencreme, zwei Wasserflaschen und eine Packung Milchbrötchen hinein, holte das Fahrrad aus dem Schuppen und trat in die Pedalen. Kühler Wind kämmte durch mein Haar und linderte das Pochen in meinem Schädel, die Sonne schien von einem makellos blauen Himmel. Im Gegensatz zu dem Nebel in meinem Gehirn war die Welt um mich herum von kristallener Klarheit. Während ich der Straße in Richtung der Lagunen folgte und eine der beiden Wasserflaschen leer trank, rückten die seltsamen Geschehnisse der vergangenen Tage in wohltuende Ferne. Die Wirklichkeit war noch immer so, wie ich sie kannte. Surfer winkten mir zu, als hätte ich seit jeher zu diesem Örtchen gehört. Touristen zerrten ihre nörgelnden Kinder zum Strand, bewaffnet mit bunten Handtüchern und Schwimmtieren. Zwei junge Männer hockten auf dem Bordstein und klimperten auf bunt lackierten Gitarren, während eine Gruppe Einheimischer direkt gegenüber auf einem vom Bäumen umstandenen Platz Boccia spielte. All diese idyllische Alltäglichkeit machte es schwer, an verwunschene Schätze und Geisterstimmen zu glauben.

Nur zu gern ließ ich mich von der Gewöhnlichkeit mitreißen, genoss den Wind in meinem Haar und das Leuchten der weißen Dünen, radelte am Leuchtturm vorbei und stellte das Rad schließlich an die Mauer, hinter der die Lagunen begannen.

Selbst nach all den Tagen erschien mir ihr Farbenspiel so überwältigend wie beim ersten Mal. Konnte es ein schöneres Fleckchen Erde geben? Ich musste vergessen, was geschehen war, und wieder damit anfangen, loszulassen. In jeder Hinsicht. So herrlich, wie mein Aufenthalt hier begonnen hatte, sollte er auch weitergehen. Und so sollte er irgendwann enden.

An einer geschützten Stelle zwischen drei zerklüfteten Lavafelsen breitete ich mein Handtuch aus, setzte mich auf einen der warmen Steine und tat nichts anderes, als den Wellen zuzusehen. Übermütige Windböen zupften die Gischt von ihren Kämmen und griffen unter die Flügel der schneeweißen Möwen, die zu Dutzenden über den Lagunen kreisten.

Der Vormittag verstrich, während ich jede Facette dieses Ortes in mich aufsaugte, ein paar Milchbrötchen verspeiste, die zweite Wasserflasche leerte und Stück für Stück in die gewöhnliche Welt zurückkehrte. Geister existierten nicht. In uralten Knochen steckte kein Leben, und die Sache mit dem Buch? Nun, das war ein Zufall. Weiter nichts. Ich würde nicht weiter darüber nachdenken. Ich würde nicht mehr zu den Klippen reiten, ich würde niemals wieder hinunter zu dieser Höhle klettern und meine Nase nicht mehr in das Buch stecken.

Zumindest vorerst nicht.

Allmählich legte sich der kalte Wind und ließ die Wärme der Sonne über meine Haut kriechen. Als sich mein Körper genügend aufgeheizt hatte, zog ich mich aus, schlüpfte in meinen Bikini und stieg in eine der zahllosen, vom wild schäumenden Atlantik abgeschnittenen Lagunen. Leicht wie eine Feder trieb ich im türkisfarbenen Wasser, schloss die Augen und lauschte dem Brausen der Wellen, die nur wenige Meter entfernt gegen die schwarzen Felsen brandeten.

Uraltes, tödliches Wasser.

Es würde mich packen und in die Tiefe reißen.

Mich an scharfe Felsen werfen und meinen Körper zerfetzen, als würde es weder Leben noch Tod Bedeutung beimessen.

Irgendwo dort draußen lag das Schiff. Gesunken und verfault. Bevölkert von ruhelosen Geistern, die noch immer das Steuerrad in ihren Knochenhänden halten und auf korallenbewachsenen Planken wandern.

Abrupt riss ich die Augen auf. Ich musste damit aufhören. Ein für alle Mal! Diese verdammte Legende war mir viel zu sehr zu Kopf gestiegen.

Um mich abzulenken, durchquerte ich mit kräftigen Schwimmzügen die Lagune. Einmal, zweimal, dreimal. Keine Stimmen kamen zu mir, keine Bilder oder seltsame Visionen. Ich blieb gänzlich unbehelligt, verließ irgendwann das Wasser und legte mich in die Sonne, eingelullt vom Kreischen der Möwen und dem monotonen Rauschen der Wellen.

Als ich schließlich am späten Nachmittag zurückradelte, fühlte ich mich hungrig und durstig und von einem Glück erfüllt, das jedes Gestern und Morgen bedeutungslos werden ließ.

Alle Schatten waren verschwunden. Meine Gedanken waren klar, meine Sinne gehorchten mir wieder.

War ich wirklich erst zwölf Tage hier? Ein eigenartiges Gefühl von Heimat ging von diesem Ort aus, als hätte ich seit jeher hierher gehört, und als das Haus im monotonen Beige und Braun der Wüste auftauchte, überkam mich ein überwältigendes Gefühl von Geborgenheit.

Trotz der unerklärlichen Dinge, die geschehen waren, fühlte ich mich glücklich. Ich war glücklich, als ich eine Dose Hühnersuppe auf dem Gasherd erwärmte. Ich war glücklich, als ich am wurmstichigen Holztisch meinen Teller leerte, und ich wollte nirgendwo anders sein, als ich mich mit einer Tasse Kaffee auf das Bett setzte und einen neunzig Jahre alten Reisebericht über die Abenteuer eines jungen Botanikers auf den Kanaren zur Hand nahm.

Ich war sogar glücklich, als die wenig spannenden Schilderungen neu entdeckter Flechten und Moose schon nach fünf Seiten vor meinen Augen verschwammen und der Wälzer aus meinen Händen rutschte. Genüsslich und todmüde streckte ich mich auf dem Bett aus, verschränkte die Arme unter dem Kopf und lauschte dem Zirpen der Grillen. Was für eine wunderschöne laue Vollmondnacht.

Kapitel 9

»Ich glaube, ich werde seekrank.«
(Christoph Columbus)

William

Es geschah.
Ausgerechnet hier.
Ausgerechnet jetzt.

Unbarmherzig drang das Mondlicht durch die geschnitzten Fensterläden, kroch in meine Knochen und setzte die teuflische Verwandlung in Gang. Einem Moment der gnädigen Schwärze folgte ein Gefühl von Enge, das schnell unerträglich wurde. Mein Geist, zuvor leicht wie ein Windhauch und frei von der Mühsal des Fleisches, wurde in sein Gefängnis gesperrt, hineingepresst in vermoderte Knochen, erdrückt von altem Tod und noch älteren Erinnerungen. Schmerzen verspürte ich anfangs keine. Leise klappernd schoben sich die Knochen an die Stellen, die für sie bestimmt waren, diesmal begleitet von einem irritierenden Rascheln, denn sie lagen nicht wie üblich zwischen Felsen und Tang, sondern befanden sich in einem grün-gelb gestreiften Sack. Den Meeresgöttern sei Dank hatte die Dirne ebenjenen Sack offen gelassen, sodass sich meine Gebeine einigermaßen ungehindert zurechtschieben und ordnen konnten, bis sie letztendlich so lagen, dass sie ein halbwegs anständiges Gerippe bildeten. Das war die Phase, in der ich fast so etwas wie bitter schmeckende Belustigung empfand. Nicht jeder Knochen wusste auf Anhieb, was seine Bestimmung war. Hier und da brauchten manche Teile mehrere Versuche, krochen wie blinde Tiere umher und tasteten sich an ihren knöchernen Gefährten entlang, bis sie endlich fanden, was sie suchten. Eine Stelle an meinem Gerippe, die sie willkommen hieß. Als schließlich der letzte noch umherirrende Knochen mit einer eleganten, kreiselnden Bewegung an meinen linken Fuß rutschte und den kleinen Zeh bildete, begann der schmerzhafte Teil. Das erste sich bildende Fleisch verursachte noch keine Qualen, und meine Gedanken blieben klar. Ich dachte über viele Dinge nach, während ich in das Leben zurückkehrte, die meisten drehten sich darum, warum die Dirne mich hierher gebracht und unter ihr Bett gestopft hatte, wie ich ungesehen fliehen konnte und was dort draußen auf mich wartete. Die Welt hatte sich radikal verändert, so viel hatte ich bereits mitbekommen. Zwar hatte ich dank der Dunkelheit nicht viel von ihr gesehen – nur ein fernes Meer aus Lichtern sowie eine kleine groteske Kutsche ohne Pferde, die durch die Dunkelheit gerast war und einen Höllenlärm veranstaltet hatte -, doch hatte das wenige genügt, um mich nachhaltig zu verunsichern.

Blutgeruch schwängerte die Luft. Adern zogen sich über nass glänzendes Fleisch, in leeren Höhlen wuchsen Augäpfel. Der Schmerz kam langsam, geduckt und heimtückisch wie ein sich anschleichendes Raubtier. Doch als er lossprang, seine Klauen ausfuhr und sie mit wildem Kreischen in meine frisch gewachsenen Glieder schlug, brannte in meiner wunden Kehle ein wilder Schrei. Eine Zeit lang konnte ich ihn niederzwingen, doch als die Qual wie eine Flutwelle über mich hinwegschnappte, war es vorbei mit meiner Beherrschung. Mein unfertiger Körper bäumte sich auf, stöhnte und ächzte auf die schauerlichste Art, warf sich in Agonie hin und her und kratzte am Holz des Bettes.

Hinter der rot glühenden Mauer meines Schmerzes hörte ich, wie die Dirne aus den Bett sprang. Sie kreischte nicht wie ein hysterisches Ferkel, wie es Weiber sonst zu tun pflegten, sondern stieß einen derben Fluch aus, huschte über den Teppich, schlug die Tür hinter sich zu und verharrte dahinter, anstatt aus dem Haus zu fliehen.

Während mein Fleisch Faser für Faser zusammenwuchs, ekelhaft schmatzend und knirschend wie Frösche, die von Kutschenrädern zermalmt wurden, hörte ich ihr heiseres Keuchen. Anstatt der Angst nachzugeben und aus dem Haus zu flüchten, drückte sie nach wenigen

Momenten die Tür wieder auf und kam zwei zaghafte Schritte in das Zimmer hinein.

In diesem Moment spannte sich endlich Haut über meine Muskeln und ließ die Schmerzen abflauen. Ein tiefer, rasselnder Atemzug füllte meine Lungen. Nicht, weil ich mich selbst belügen wollte, sondern weil ich atmen musste. Weil mein Leib danach schrie.

Doch nicht nur das unterschied sich von meinen bisherigen Wiedererweckungen. In meiner Brust schlug deutlich spürbar ein Herz. Warmes Blut strömte durch meine Adern, zugleich empfand ich Kälte auf meiner Haut. Herrliche, belebende Kälte!

Bei der Schatztruhe des toten Mannes, wenn das hier ein übler Scherz war, würde ich der quallenknochigen Bilgenratte von einer Hexe alles tausendfach heimzahlen. Und wenn ich dafür bis ans Ende aller Zeiten ausharren musste.

»Komm raus!«, hörte ich die Dirne knurren. »Sofort!«

Erst jetzt wurde mir das ganze Ausmaß meiner Situation bewusst. Ich lag nackt unter dem Bett dieser Dirne, mit einem grün-gelb gestreiften Sack an meinem Bein, und würde ihr erklären müssen, wie ich hierhergekommen war.

Doch das war nicht genug des Unheils.

Ich war auch noch lebendig. Wahrhaft lebendig. Zum ersten Mal seit dreihundert Jahren.

Und das mit allen Konsequenzen.

Hannah

Ein vernehmliches *Rumms* riss mich aus dem Schlaf. Silbrige Strahlen aus Mondlicht flirrten durch den Raum und endeten auf meiner Decke. Von irgendwoher erklang ein Knistern, Knacken und Schmatzen. Als würde Fleisch zerreißen.

War da nicht auch Blutgeruch? Hatte eine der Katzen vielleicht eine Taube erwischt und zerlegte sie direkt vor meinem Fenster?

Ein leises Keuchen erklang. Ganz nah. Gefolgt von einem Geräusch, als würde sich ein schwerer Körper hin und her wälzen.

Meine Nackenhaare stellten sich auf. Was immer ich da hörte, es befand sich unter meinem Bett. Direkt unter meinem Bett! Wieder knackte, seufzte und schmatzte es, Stoff raschelte, irgendetwas kratzte über Holz.

Das war kein Tier!

Das war … um Himmels willen!

Ein Knall ließ mich zusammenfahren. Offenbar hatte das Ding, das unter meinem Bett herumlärmte, gegen einen der Pfosten getreten.

»Verdammte Scheiße!«

Mit einem gewaltigen Satz sprang ich aus dem Bett, stürmte durch die Tür, knallte sie hinter mir ins Schloss und lehnte mich japsend an das Holz.

Grundgütiger, unter meinem Bett lag jemand!

Was jetzt? Was sollte ich tun?

Zuerst einmal herausfinden, wer oder was das ist, schaltete sich mein Verstand an. *Danach kannst du immer noch um Hilfe schreien.*

Kurz entschlossen zog ich das größte Messer aus dem Block, schlich zurück in das Schlafzimmer und verharrte in gebührendem Abstand zum Bett. Das Keuchen, Stöhnen und Schmatzen hatte aufgehört, zu hören war nur noch ein heiseres, schmerzerfülltes Atmen. Dort unten lag ein Mensch, gar keine Frage. Ein Mensch, der offenbar furchtbare Qualen litt.

»Komm raus!«, krächzte ich. »Sofort!«

Nichts geschah. Das Etwas unter meinem Bett hoffte anscheinend, ich würde es vergessen, wenn es nur still genug liegen blieb.

»Ich sagte, komm raus!«

Da! Ein Brummen!

Dicht gefolgt von einem missgelaunten Knurren.

»Wo ist meine Kleidung?«, grollte das Ding unter meinem Bett.

»Deine Kleidung?« Ich presste meine schweißnassen Finger um den Messergriff zusammen. »Woher soll ich das wissen?«

»Hast du sie in der Höhle gelassen, Weib?«

Höhle? Weib? Meine Knie wurden weich, ich sackte gegen die Tür und hörte, wie das Blut in meinen Ohren pulsierte. Natürlich, ich kannte diese Stimme. Aber das war unmöglich!

»Nein!«, keuchte ich. »Nein! Das kann nicht sein.«

Die Welt kippte, ich rutschte an der Tür nach unten und hätte um ein Haar das Messer fallen lassen.

»Was kann nicht sein?«, knurrte die Geisterstimme. »Dass ich unter deinem Bett liege anstatt in meiner Höhle? Dass ich von den Toten wiederauferstanden bin? Dass ich nach dreihundert Jahren plötzlich wieder einen Herzschlag habe?«

Ich presste die Augen zusammen, öffnete sie wieder und befand mich noch immer mitten in diesem verrückten Traum. Sanft schimmerte das Mondlicht auf den Falten meiner zerknüllten Bettdecke. Das hier war ein gewöhnliches Zimmer. Alles war so, wie es sein sollte. In der Küche tickte die Uhr, Messinglaternen schaukelten draußen in der nächtlichen Brise und quietschten leise vor sich hin.

»Komm raus«, flüsterte ich. »Sofort!«

»Und was willst du dann tun?« Die Stimme klang resigniert. »Du zweifelst ja jetzt schon an deinem Verstand.«

»Das werde ich entscheiden, sobald du dich gezeigt hast.« Meine Beine zitterten protestierend, als ich mich hochstemmte. Dennoch schaffte ich es, aufrecht stehen zu bleiben. »Los jetzt!«

Etwas regte sich unter dem Bett. Ich sah ein nacktes Bein. Dann eine Hand. Und schließlich …

»Nein!« Fassungslos schüttelte ich den Kopf. »Nein! Nein! Nein!«

Doch er war es.

Er.

Der Mann aus meinem Traum.

In dem Augenblick, in dem er sich unter dem Bett hervorschob, ein mürrisches Seufzen ausstieß und sich schließlich zu voller Größe aufrichtete, kam die Erinnerung wieder. Jedes Detail meiner verlorenen Träume prasselte auf mich ein.

Ich sah das schulterlange Haar, in das ich meine Finger gegraben hatte, blind in der undurchdringlichen Dunkelheit. Es besaß ein warmes Goldbraun, in das Sonne und Salzwasser helle Strähnen hineingebleicht hatten. Ich sah die kräftigen Schultern, in die sich meine Fingernägel gegraben hatten, die Muskeln und Sehnen, die vollen Lippen unter dem gestutzten Bart und die Narben, die ich ertastet hatte. Eine besonders große besaß die Form einer Sichel und zog sich über seinen gesamten Rippenbogen.

All das war mir vertraut und fremd zugleich. Ich hatte ihn gefühlt, aber nicht gesehen. War ihm nahe und zugleich fern gewesen. Unwillkürlich blieb mein Blick in der Mitte seiner Gestalt hängen. Auch das dort hatte ich gespürt. Mit aller Deutlichkeit.

Nur ein Detail passte nicht.

Der grün-gelb gestreifte Rucksack, in dem noch immer sein rechtes Bein steckte. Als der Mann meinen Blick bemerkte, schüttelte er ihn mit einem wütenden Fußtritt ab, beförderte ihn unter das Bett und ballte die Hände zu Fäusten.

»Komm schon«, hörte ich mich stammeln. »Wach auf, Hannah. Wach auf. Das kann unmöglich real sein!«

»Genau das habe ich mir auch gedacht.« Das Lächeln des Kerls troff vor Spott. »Nämlich, als du meine Knochen in deinen Sack gesteckt und hierhergeschleppt hast. Warum tut eine Frau so etwas?«

»Was?« Ich starrte ihn an. Er starrte mich an.

»Das war eine einfache Frage, Weib. Warum hast du die Knochen eingesteckt und hierher gebracht?«

»Ich weiß es nicht.« Die Klinge meines Messers blitzte im hereinfallenden Mondlicht. Würde ich in der Lage sein, sie einzusetzen? War ich dazu fähig, sie ihm in das Fleisch zu rammen, falls er mich angriff? »Ich kann mich nicht erinnern.«

»Du kannst dich nicht erinnern?«, wiederholte er gedehnt. »Ist das die Wahrheit?«

»Ja.« Vor mir stand der Mann aus meinem Traum. Splitterfasernackt. Ein Mann, der aus alten, vermoderten Knochen wiederauferstanden war. »Es ist die Wahrheit. Die reine Wahrheit, und nichts als die Wahrheit.«

Er atmete tief durch, nickte und schloss einen Moment lang die Augen. Als er sie wieder öffnete, war sein Blick eine Spur sanfter.

»Bitte«, flehte ich. »Zieh dir etwas an. Irgendetwas.«

»Du bist die erste Frau, die das von mir verlangt.« Wieder trat dieser abfällige Spott in seine Augen, während er mich musterte, als wäre ich ein Stück Fleisch. »Und ja, es ist wahr. Ich bin der William, von dem du gehört hast. Ich bin der Geist des Piraten, der vor dreihundert Jahren sein Schiff und seine gesamte Mannschaft verloren hat. Ich kenne die Geschichten.«

»Woher?«, krächzte ich.

»Die Hexe hat sie mir erzählt. Sie fand es amüsant, mir davon zu berichten.«

»William«, flüsterte ich. »William Hunter.«

»Gestatten?« Er vollführte eine galante Verbeugung, griff nach dem zerknüllten Laken, das ich als Bettdecke benutzte, und knotete es sich um die Hüften.

Unmöglich, beharrte mein Verstand. *So etwas wie er existiert nicht. Niemand kehrt von den Toten zurück. Es gibt keine verfluchten Piratengeister. Keine Hexen. Keine Untoten.*

Lange standen wir uns in der Dunkelheit gegenüber. Keiner von uns sagte ein Wort. Allein das Geräusch unseres Atems drang durch die Stille, während Mondlichtstrahlen über das Bett wanderten und langsam nach seinem Körper griffen.

»Marifa«, hörte ich ihn endlich murmeln. »Sie muss dich gelenkt haben. Entweder das, oder du treibst mit ihr ein gemeinsames Spiel.«

»Ich kenne keine Marifa.« Erst jetzt wurde mir bewusst, dass ich noch immer das Messer auf ihn richtete. Langsam ließ ich es sinken, ohne meinen Griff zu lockern. William Hunter stand leibhaftig vor mir. Atmend, lebendig und so nah, dass ich nur einen Schritt vollführen musste, um ihn zu berühren. »Wer ist sie? Was hat sie … Moment, ist das etwa die Hexe, die den Fluch ausgesprochen hat?«

Hannah, du Idiotin! Was redest du denn da?

»Hörst du ihre Stimme?« William berührte mit einem Zeigefinger seine Stirn. »Hier drin? In deinem Kopf?«

Ich konnte mir nicht erklären, weshalb das so war, doch diese simple Geste führte mir vor Augen, dass dies hier kein Traum war. Ich spürte plötzlich die unerschütterliche Gewissheit, dass ich wach war. Hellwach. Und ich wusste, dass ich auf einem Pferd durch die Nacht gejagt war, um dem unwiderstehlichen Drang zu folgen, die Knochen eines Piraten einzusammeln. Ich hörte das dumpfe Trommeln von Pferdehufen auf hartem Wüstenboden. Ich spürte den Schmerz in meinen Muskeln, während ich mit klopfendem Herzen und keuchenden Atem in die Tiefe kletterte. Ich hörte das Wummern meines Herzens, während ich die Gebeine einsammelte, getrieben von einem Willen, der nicht mir selbst gehörte. Ein uralter Zorn trieb mich voran. Er fraß sich in mich hinein, ließ mein Herz in der einen Sekunde gefrieren und verwandelte es kurz darauf in brennende Glut. Dieser Zwang verließ mich erst, als auf das Bett fiel. Unter mir lagen die Knochen, ganz nah, gestopft in meinen Rucksack. Ich konnte ihn spüren. Williams ruhelosen Geist. Seine körperlosen Bewegungen. Kalter, streichelnder Nebel auf meiner Haut.

»Du erinnerst dich wieder«, hörte ich ihn leise sagen. »Weil Marifa es so will. Nichts geschieht ohne ihren Willen. Sie lenkt selbst die Wellen und die Strömungen.«

Er tat einen Schritt auf mich zu, Dunkelheit glitzerte in seinen Augen, Mondlicht versilberte seine Haut. »Ihre Schlangenstimme hat dir befohlen, mich hierherzuschleppen. Alles, was geschieht, geschieht wegen ihr.«

»Warum?«

»Ich weiß es nicht. Marifa lügt, sobald sie den Mund aufmacht.«

Sein Geruch war betäubend. Meer, nackte Haut und der Moder alter Knochen. Mühsame Atemzüge hoben und senkten seine Brust, als hätte er verlernt, wie man seine Lungen mit Sauerstoff füllte.

»Es ist alles wahr?« Klappernd landete das Messer auf dem Boden. Ein zweites Mal sackte ich gegen die Tür, vergrub beide Hände in meine Haare und lachte. »Du existierst wirklich? Die Hexe existiert? Du wurdest von ihr verflucht und der Vollmond hat deine Knochen zum Leben erweckt?«

»Ja«, antwortete er mit einem Schulterzucken. »Genau so ist es. Und es geschieht alle einhundert Jahre.«

»Du hast zum ersten Mal seit deinem Fluch diese Höhle verlassen?«

»Ja.«

Ich schloss die Augen, nahm das Holz in meinem Rücken wahr, das Strömen meines Atems und Williams überwältigenden Geruch nach Höhle und uraltem Gebein.

»Aber Flüche existieren nicht.«

»Das habe ich damals auch geglaubt.« Er wandte sich zum Regal um, zog sein Tagebuch heraus und starrte es an, als wäre das Leder mit Gift getränkt. Mit einer Hand hielt er es fest, mit der anderen strich er beinahe zärtlich über den Buchrücken, als würde ein Teil von ihm den Schmerz genießen, den die Erinnerungen darin weckten.

Doch kaum glitten seine Finger über das Leder, geschah etwas mit dem Buch. Zuerst vernahm ich ein hauchfeines Knistern, dann stiegen dünne Rauchfäden unter seinen Fingerspitzen auf und verwandelten sich in kleine, grün schimmernde Flämmchen. Binnen weniger Sekunden gingen Leder und Pergament in Flammen auf.

Starr und stumm hielt William das brennende Buch in seinen Händen, bis es als weiße Asche zu Boden rieselte. Schmerz verzerrte sein Gesicht, der Gestank nach verbranntem Fleisch biss in meine Nase.

»Was ...?« Abwechselnd starrte ich auf das Aschehäufchen und auf Williams Blasen werfende Hände, die er mit einem Ausdruck ungläubigen Entsetzens vor sich ausgebreitet hielt und zu einer Schale wölbte. »Was ist geschehen?«

»Marifa«, hauchte er. »Kannst du sie nicht hören?«

»Nein!«

»Sie hat meine Vergangenheit zerstört«, hauchte er. »Sie hat jedes Wort zerstört, das ich in den letzten dreihundert Jahren geschrieben habe.«

Die Brandwunden auf seiner Haut verschwanden, rot glänzendes Fleisch überzog sich mit makelloser Haut. Binnen weniger Sekunden existierten die furchtbaren Verletzungen nicht mehr. Und noch immer stand ich aufrecht. Noch immer schaffte ich es irgendwie, nicht durchzudrehen.

Ein zorniges Grollen vibrierte in Williams Brustkorb. Er schloss die Augen, ballte seine Hände zu Fäusten und nahm tiefe, rasselnde Atemzüge.

»Alle Erinnerungen«, flüsterte er. »Alle Geschichten. Warum verbrennst du nicht einfach mich zu Staub, verfluchtes Hexenweib?«

Ich glaubte, ein fernes, perlendes Lachen zu hören. Es mischte sich in einen Windhauch, der durch die Fensterläden wehte, verlor sich im Rauschen der Bäume und ging zurück in das Nichts, aus dem es gekommen war.

Beide blickten wir auf die Überreste des Buches hinab. Auf Flocken trockener Asche, die einmal aus Buchstaben, Sätzen, Geschichten und Erinnerungen bestanden hatten.

Was sollte ich sagen? Was tun? Was denken?

»Hannah?«, erklang plötzlich eine vertraute Stimme. »Bist du wach?«

Marie. Ich legte eine Hand auf meine Stirn und versuchte, ruhig zu atmen. In meinem Schlafzimmer stand ein untoter, dreihundert Jahre alter Pirat, und meine Schwester war drauf und dran, mitten in diesen surrealen Traum zu platzen.

Schnell schubste ich das Messer beiseite, öffnete die Tür und zog meine Mundwinkel nach oben, bis ich glaube, ein halbwegs glaubwürdiges Lächeln fabriziert zu haben. Meine Schwester stand mitten in der Küche, legte den Kopf schief und musterte mich argwöhnisch. Augenblick schoss die Frage durch meinen Kopf, was William von ihrer schreiend bunten Pluderhose und dem mit Plüschbommeln besetzten, vor Pailletten nur so strotzenden Top in Giftgrün und Lila halten würde. Was würde Marie sehen, wenn ich sie in das Schlafzimmer führte? Dasselbe wie ich? Einen halb nackten Untoten?

»Geht es dir gut?« Ihr Misstrauen war fast greifbar. »Hast du was getrunken?«

»Wie kommst du darauf?«

»Du schwankst. Dein Blick ist glasig. Und du zitterst.«

»Ach.« Mir entkam ein idiotisches Kichern. »Tatsächlich?«

»Was ist los mit dir?« Maries Stimme klang plötzlich wie die meines Vaters, wenn er außer sich vor Sorge war. Mit ausgestreckten Armen kam sie einen Schritt auf mich zu, vermutlich, um mich mit einer Umarmung zu trösten. Unwillkürlich wich ich vor ihr zurück.

»Hannah!«, flehte sie mich an. »Bitte rede mit mir! Du verschweigst mir doch etwas.«

»Nein!« Ich trat einen weiteren Schritt zurück. Nur eine lächerliche Tür trennte uns von dem Unmöglichen. Warum zeigte ich Marie nicht einfach, was mich beschäftigte? Warum bewies ich mir nicht selbst, dass dies hier kein Traum war? »Mir geht es gut. Alles in Ordnung. Wirklich.«

Aus dem Schlafzimmer erklang ein tiefes Brummen. Verdammt.

»Hast du jemanden bei dir?« Maries Augen flogen auf. »Etwa einen Liebhaber?«

»Ein Liebhaber?« Hitze schoss in mein Gesicht. Ich musste mich am Rand der Spüle festhalten, um nicht verdächtig zu schwanken. »Nein. Kein Liebhaber. Das ist viel … komplizierter.«

»Komplizierter?« Zu Maries Sorge gesellte sich brennende Neugier. »Ist es etwa einer der Surfer?«

»Nein.«

»Ein Tourist?«

Mir entkam ein Glucksen. »Nein.«

»Stellst du ihn mir vor? Oder passt es gerade …«

In diesem Augenblick hörte ich das Knarren der Tür. Maries Augen wurden untertassengroß. Sie schnappte nach Luft, zwinkerte wie eine betrunkene Eule und stieß die angehaltene Luft in einem leisen Pfiff aus.

»Donnerwetter!«, hörte ich sie stammeln. »Hannah! Wen hast du dir denn da geangelt?«

»Ich brauche Wasser«, knurrte es in meinem Nacken. »Und ich habe Hunger.«

Stocksteif stand ich da, während William an meine Seite trat. Glücklicherweise hatte er das Laken um seinen Hüften gut festgeknotet, doch genügte der übrig gebliebene Rest nackter Haut, um meine Schwester aus dem Konzept zu bringen. Groß, muskulös und stolz ragte er neben mir auf, hielt die Arme vor der Brust verschränkt und musterte Maries ausgefallene Kleidung.

»Dann will ich mal wieder verschwinden.« Meine Schwester warf mir ein neckisches Zwinkern zu und fächelte sich mit der Hand Luft zu. »Ihr kommt sicher alleine zurecht.«

»Wer ist diese irrsinnig gekleidete Dirne?«, grollte William. »Offensichtlich trägt sie einen Ehering. Warum erlaubt es ihr Gatte, dass sie derart liederlich und absurd herumläuft?«

Maries Mund klappte auf. Augenblicklich verblasste ihre Bewunderung für seine beeindruckende Erscheinung.

»Dirne?«, wiederholte sie ungläubig. »Liederlich und absurd? Habe ich mich gerade verhört? Hast du mich beleidigt?«

»Keineswegs, Weib«, antwortete William. »Vielmehr habe ich deinen Gatten beleidigt, weil er sich nicht um den närrischen Aufzug seines Eheweibes schert.«

Marie warf den Kopf in den Nacken und lachte. »Hör zu, Mann. Das hier ist mein Haus, und wenn du mir dumm kommst, dann trete ich dir in deinen arroganten Arsch und werfe dich vor die Tür. Hast du das verstanden? Das Gleiche gilt übrigens für meine Schwester. Sollte ich merken, dass du nicht gut für sie bist, dann gnade dir Gott.«

»Du bist die Schwester dieser Dirne?« William wirkte ernsthaft erschüttert. »Ihr seid verwandt?«

»Ja«, erwiderte ich. »Sie ist meine Schwester. Tut mir leid, Marie. Er ist nicht so, wie du glaubst. Anscheinend haben wir zu tief ins … nun ja, er scheint gewisse Dinge nicht zu vertragen.«

»Ach?«, schnaubte Marie. »Das entschuldigt noch lange nicht seine unverschämte Art.«

»Sei still!«, zischte ich William zu. »Bitte! Halt einfach deinen Mund.«

»Ich soll meinen Mund halten, Weib?«, polterte er entrüstet. »Vielmehr bete ich zu Gott, dass der Ehemann dieser irrsinnigen Zigeunerin alsbald Zeit findet, ihr das vorlaute Mundwerk zu stopfen.«

Maries Augen sprühten Funken. »Was hast du gesagt?«

»Jetzt reiß dich aber mal zusammen.« Kurzerhand fuhr ich herum, legte meine Hände auf Williams Brust und schob ihn in Richtung Schlafzimmer. »Am besten legst du dich hin und schläfst deinen Rausch aus. Was ist bloß los mit dir?«

Ich versuchte zu ignorieren, was ich unter meinen Fingern spürte. Harte, von seidiger Haut überzogene Muskeln. Fiebrige Wärme. Eine aufgewölbte Narbe zwei Fingerbreit über seiner rechten Brustwarze. Doch dann spürte ich, wie die Spannung innerhalb von Sekunden aus seinem Körper wich. Williams Schritte wurden taumelnd, ein Ausdruck abgrundtiefer Verwirrung trat in seine Augen, die mit einem Mal wie blinde Spiegel wirkten.

Und plötzlich, mit einem überraschten Seufzen, fiel er direkt vor meine Füße.

Marie schnaubte, trat an meine Seite und bedachte ihn mit einem geringschätzigen Blick. »Sein erstes Mal, was? Wirklich bedauerlich, dass die Schöpfung ausgerechnet in die hübschesten Hüllen die größten Arschlöcher steckt.«

Ich ging in die Knie, drückte Zeige- und Mittelfinger an Williams Hals und stöhnte vor Erleichterung auf, als ein kräftiger Puls gegen meine Fingerspitzen schlug. Seine Haut glühte förmlich. Konnten wiedererweckte Untote Fieber bekommen?

»Er ist kein Arschloch.« Aus irgendeinem Grund empfand ich das Bedürfnis, ihn zu verteidigen. »Wir haben es einfach nur übertrieben.«

Marie rollte mit den Augen. »Mitten im Drogenrausch ist also der Geist eines mittelalterlichen Chauvinisten in ihn gefahren?«

»So ungefähr.« Damit lag sie nicht einmal ganz falsch. Auch wenn sie sich ein wenig in der Epoche vertan hatte. »Hilfst du mir, ihn ins Bett zu tragen?«

»Von mir aus. Obwohl er es verdient hätte, eine Nacht auf dem blanken Boden zu verbringen.«

Beherzt griffen wir unter die Arme des Bewusstlosen, hoben ihn ein Stück hoch und bemerkten schnell, dass er das Gewicht eines Felsklotzes besaß. Zentimeter für Zentimeter zerrten wir ihn in das Schlafzimmer, hievten ihn unter lautem Geächze und Gestöhne ins Bett und breiteten die Tagesdecke über ihn aus.

»Das sieht nicht gut aus.« Maries Zorn verrauchte und wich einer Mischung aus Sorge und Neugier. Nachdem ich die Nachttischlampe angeschaltet hatte, strich sie sichtlich fasziniert mit den Fingerspitzen über Williams zerzaustes Haar. »Wenn es ihm morgen früh nicht besser geht, solltet ihr beim Arzt vorbeischauen. Mit solchen Dingen ist nicht zu spaßen.«

Allerdings. Mit Dingen wie diesem Mann war tatsächlich nicht zu spaßen. Ich dachte an die sagenhaft schnelle Heilung seiner verbrannten Hände und wusste, dass wir die Sache mit dem Arzt vergessen konnten. Ganz gleich, wie gut oder wie schlecht es ihm morgen früh ging.

»Er ist hart im Nehmen«, wich ich aus. »Hoffe ich jedenfalls.«

»Wo habt ihr euch kennengelernt?«

»Am Strand«, antwortete ich wahrheitsgemäß.

»Du Glückspilz.« Maries Finger wanderten tiefer, glitten über Williams Schulter und befühlten die Muskeln seines Oberarms. Als sie schließlich über die Narbe oberhalb seiner Brustwarze strich, kam ein Seufzen über ihre Lippen. »Ich hoffe nur, du weißt, was du tust. Lass dich zu nichts überreden, in Ordnung? Und pass auf, was er dir andreht. Bisher habe ich nur Hippies und Naturkinder kennengelernt, aber man weiß ja nie.«

»Er hat mir nichts angedreht.«

Marie warf mir einen vorwurfsvollen Blick zu. »Hast du ihn etwa zu irgendwelchen Experimenten überredet?«

»Gewissermaßen.« Zumindest hatte ich seine Knochen eingesammelt, sie in meinen Rucksack gestopft und hierher geschafft.

»Was genau habt ihr euch reingezogen?« Meine Schwester schien ernsthaft schockiert zu sein. »Sag bloß nicht, dass ihr gleich in die Vollen gegangen seid.«

»Nein. Es war nur eine Kleinigkeit. Ich … wir … wollten einfach mal … nun ja, er verträgt anscheinend keine Drogen.«

»Ein kleiner Joint hat ihn ausgeknockt?« Maries Blick machte keinen Hehl daraus, dass sie mir nicht glaubte. »Ach, komm schon. Du verschweigst mir doch etwas.«

»Es ist, wie es ist.«

»Wie auch immer. Pass auf dich auf, Schwesterherz.« Sichtlich übernächtigt stand sie auf, lächelte und betrachtete den Schlafenden. »Lass dich bloß nicht von ihm blenden. Eine schöne Hülle allein hat noch niemanden glücklich gemacht.«

»Mach dir keine Sorgen um mich. Ich lerne aus meinen Fehlern.«

»Das hoffe ich. Solltest du irgendetwas brauchen oder … nun ja, du weißt, wo du mich finden kannst. Ich bin für dich da. Ganz egal, um was es geht.«

»Danke.« Geistesabwesend betrachtete ich den Untoten. Ohne ihn zu berühren, wusste ich, dass er fieberte. Schweißtropfen glänzten auf seiner Stirn, jegliche Farbe schien aus seinem Körper zu weichen.

»Ruf besser einen Arzt.«

Ich zuckte zusammen, als Maries Stimme unmittelbar hinter mir erklang. »Du bist ja noch hier!«

»Ja. Und er sieht nicht gut aus. Ich kenne die Symptome.«

»Was für Symptome?«

»Was immer ihr geschluckt habt, er verträgt es nicht. Und mit *nicht vertragen* meine ich, dass ihr euch auf dünnem Eis bewegt. Johans Surf-Freund sah genauso aus, und am nächsten Morgen war er tot.«

»Wir haben keine Drogen genommen«, platzte es aus mir heraus, ehe ich wusste, wie mir geschah. »Er ist einfach nur krank, schätze ich.«

»Ihr habt nichts eingeworfen?« Marie nahm wieder ihren Platz neben mir ein, legte ihre Hand auf Williams Stirn und zog nachdenklich die Augenbrauen zusammen. Als Nächstes fühlte sie seinen Puls, zog das rechte Augenlid hoch und drehte sich schließlich, als sie ihre Untersuchung beendet hatte, kopfschüttelnd zu mir um. »Es hilft nichts, Hannah. Er braucht einen Arzt. Das hier ist keine Erkältung, sondern ein Kreislaufzusammenbruch, der sich gewaschen hat. Bleib einfach hier, okay? Ich kümmere mich darum.«

In den wenigen Momenten, die verstrichen, während Marie aufstand und zur Tür ging, schossen unzählige Gedanken durch meinen Kopf.

Er ist ein Untoter, verdammt. Eine Kreatur, deren Wunden innerhalb von Sekunden heilen. Ein Gerippe, das lebendig geworden ist. Aber er hat einen Puls. Er schwitzt und er atmet. Demzufolge ist er lebendig, und was lebendig ist, kann auch sterben.

Ach? Und wie erklärst du seine Wunderheilung? Lange wird es nicht dauern, bis irgendwer mitbekommt, dass etwas mit ihm nicht stimmt. Vor allem dann nicht, wenn ein Arzt ihn auf den Kopf stellt.

»Warte!« Kurzerhand packte ich die Nagelschere auf meinem Nachttisch, zog Williams Arm unter der Decke hervor und fügte ihm einen winzigen Schnitt am Unterarm zu. Alles, was ich an Reaktion damit hervorrief, war ein kurzes Zucken seiner Mundwinkel und ein Kräuseln seiner Stirn.

»Bist du verrückt?« Marie schnappte nach Luft. »Hast du ihn gerade geschnitten?«

»Sieh hin!« Ich drehte seinen Arm so, dass Licht auf den Kratzer fiel. Lange mussten wir nicht warten. Unter Maries fassungslosem Blick versiegte die Blutung. Makellose Haut zog sich über den Schnitt und löschte jedes Anzeichen einer Verletzung aus.

Meine Schwester schwieg. Mit hängenden Armen und offenem Mund stand sie einfach nur da.

»Er ist es«, flüsterte ich nur. »William Hunter.«

Etwas geschah, als ich seinen Namen aussprach. Es war, als würde sein Klang das Unmögliche ein wenig realer machen. Als würde es in greifbare Nähe rücken, sodass mein Verstand endlich damit beginnen konnte, diesen verrückten Traum zu verarbeiten.

»Setz dich zu mir.« Aufmunternd klopfte ich auf den Bettrand. »Dann erzähle ich dir alles.«

Marie gehorchte. Ihre Augen waren noch immer geweitet wie die eines panischen Tieres, ihre Lippen zu schmalen Strichen zusammengepresst. Und während ich die unfassbare Geschichte in Worte verpackte, sie laut und deutlich in die Wirklichkeit holte und das aussprach, was jeder rationale Verstand verleugnen musste, wurde mir endgültig klar, dass ich nicht träumte.

William Hunter existierte. Er lag neben mir. In meinem Bett. Meine Finger hielten seinen Arm umfangen, ich spürte die Hitze seiner Haut und strich mit dem Daumen über jene Stelle, an der sich gerade noch ein frischer Kratzer befunden hatte. Marie hörte mir zu, ohne mich ein einziges Mal zu unterbrechen. Hin und wieder schüttelte sie den Kopf, gab ein leises Keuchen von sich und riss die Augen noch ein Stück weiter auf, während ihr starrer Blick auf dem Bewusstlosen ruhte.

Schließlich, als alles gesagt war, kehrte Stille ein. Jenes undurchdringliche, surreale Nichts in der Luft, das vermutlich immer dann entstand, wenn Welten zu existieren aufhörten und neue Wirklichkeiten begannen.

»Du sagst also …« Marie schloss die Augen, schluckte und öffnete sie wieder. »Du sagst also, dass das dort ein untoter, dreihundert Jahre alter Pirat ist, der vom Licht des Vollmondes ins Leben zurückgeholt wurde. Und dass du, gelenkt von einer übernatürlichen Macht, seine Knochen in einer Nacht- und Nebelaktion hierhergeholt hast, ohne dich daran zu erinnern?«

»Jetzt erinnere ich mich wieder daran.«

»Warum?«

»Ich weiß es nicht.«

Marie schloss erneut die Augen. »Aber das ist unmöglich, Hannah. Unmöglich!«

»Du hast selbst gesehen, wie der Schnitt innerhalb von Sekunden geheilt ist.«

»Ja. Und ich muss es noch mal sehen.« Blitzschnell griff sie nach der Schere, stach blitzschnell zu und starrte auf das Blut, das aus Williams Handrücken floss. Ein drittes Mal wurde ich Zeuge eines Wunders, als sich der Stich fast augenblicklich schloss und spurlos verschwand. Zurück blieb nur das Blut. Marie fing es mit der Spitze ihres Zeigefingers auf und starrte auf das glänzende Rot.

»Es gibt keine Flüche«, hauchte sie. »Es gibt keine Toten, die wieder lebendig werden. Und schon gar nicht gibt es untote Piraten, die alle einhundert Jahre im Licht des Vollmonds lebendig werden.«

»Aber er ist hier«, sagte ich leise. »Hier. Genau neben uns.«

»Ich kann es nicht glauben.« Maries Gesicht verzog sich in einem Anfall von Ekel. Hastig wischte sie das Blut an ihrer Pluderhose ab, starrte auf die Schere und griff erneut danach.

»Lass das!« Ich fing ihre Hand ein, nahm ihr das kleine Werkzeug ab und legte es auf den Tisch zurück. »Du kannst ihn nicht ständig piken.«

»Wer hat denn damit angefangen?«

»Marie, bitte.«

»Nein!« Stur schüttelte sie den Kopf. »Es ist einfach nicht möglich. William Hunter ist ein Märchen. Eine Legende, die ans Lagerfeuer gehört, und nicht in mein Bett.«

»Du kannst dir die Höhle ansehen. Hast du nicht mal Freeclimbing gemacht?«

»Ja. Mit Johan und ein paar seiner Freunde. Auf Madeira.«

»Gut. Dann sollte es für dich ein Klacks sein. Fahre morgen früh bei Ebbe zum Klippenabbruch, steige runter und sieh's dir an. Das heißt, falls überhaupt noch etwas von ihm dort ist. Vielleicht wurde der Abbruch inzwischen entdeckt.«

»Ich weiß nicht, ob ich das schaffe.«

»Es ist nicht schwer. Schon gar nicht, wenn man wie du ein Dutzend Kletterkurse absolviert hat. Die Felsen sind so abgebrochen, dass du leicht runter- und wieder hochkommst.«

»Das meinte ich doch gar nicht«, heulte Marie. »Ich meinte, dass ich nicht weiß, ob ich das hier schaffe. Das alles hier. Die Tatsache, dass er existiert. Dass er in meinem Haus ist. Dass Märchen keine Märchen mehr sind.«

»Du kannst auch hierbleiben und auf ihn aufpassen. Dann hole ich seine Sachen.«

»Ich soll auf einen untoten Piraten aus dem achtzehnten Jahrhundert aufpassen? Nein, lieber fahre ich zur Höhle. Ich muss sie sehen. Ich muss es mit eigenen Augen sehen.«

»Bringst du sein Zeug mit, wenn du schon mal dort bist?«

»Klar.« Geistesabwesend strich Marie mit den Fingerspitzen über Williams Arm, den ich noch immer mit meinen Händen umfangen hielt. »Mache ich.«

Lange saßen wir so da, Schulter an Schulter, gestrandet in einer Realität, in der die Naturgesetze nicht mehr galten. Ich war nicht länger mit meinem Wissen allein. Marie befand sich mit mir in dieser neuen Wirklichkeit, und damit war die Wahrscheinlichkeit, dass ich verrückt geworden war, erheblich gesunken.

Kapitel 10

»Wer über das Meer reist,
dem gehört die Welt.

Ich öffnete die Fensterläden, damit die letzten Strahlen der Abendsonne auf sein Gesicht fallen konnten. Inzwischen war es bleich wie das einer Leiche. Williams Atem ging schwer und unregelmäßig, sein Puls war kaum zu spüren.

Konnte jemand sterben, der schon längst tot war? Was genau war er überhaupt? Lebendig? Untot? Irgendetwas ganz anderes, das sich jeder Definition entzog? Und was sollten wir tun, wenn er starb? Schließlich war er ein Mensch, dessen Identität kein Computer dieser Welt würde enträtseln können.

Auf dem Teppich lag noch immer die Asche des verbrannten Tagebuchs. Dreihundert Jahre Erinnerungen waren einfach so zu Staub zerfallen. Wie viele Nächte mochte William damit verbracht haben, diese verlorenen Dinge niederzuschreiben? Wie viel hatte ihm das Buch bedeutet? Ich versuchte mir vorzustellen, was es bedeutete, dreihundert Jahre allein zu verbringen. Gefangen in einer dunklen Höhle, ohne jede Gesellschaft und ohne Hoffnung. Die Erinnerungen waren seine einzigen Gefährten gewesen, und er hatte Tage und Nächte damit verbracht, sie aufzuschreiben. Womöglich hatte ihn allein das Buch vor dem Wahnsinn bewahrt. Schließlich war es sein einziges Bindeglied zu seinem verlorenen Leben gewesen.

Und Marifa hatte es vernichtet. Auf irgendeine unerklärliche Weise. Ihr Lachen hatte nach Hass geklungen. Nach Wut und Triumph. Was immer William dieser Frau angetan hatte, offenbar war nicht einmal die Zeit mächtig genug, um ihren Zorn zu mildern.

Vorsichtig setzte ich mich auf die Bettkante, überfordert mit der Situation und mit mir selbst. Es war schwer genug, eine Unmöglichkeit zu begreifen, aber der Mann, der in meinem Bett dahinsiechte, brachte ein ganzes Dutzend an Unmöglichkeiten mit sich.

Ich griff nach der Teetasse auf dem Nachttisch, schob eine Hand unter Williams Kopf und flößte ihm ein paar Tropfen der Flüssigkeit ein. Viel war es nicht, aber er brachte es fertig, mehrere kleine Schlucke zu nehmen. Behutsam ließ ich seinen Kopf wieder in das Kissen sinken, stellte die Tasse ab und betrachtete ihn. Jedes Detail meines Traumes stand mir so klar vor Augen, als wäre es keine Ausgeburt meiner Fantasie gewesen, sondern Realität. Ich erinnerte mich genau an den Geruch der Höhle in jener Nacht, an die Geräusche des Meeres und an das Aroma seiner salzig schmeckenden Haut. Seine Stimme war zornig gewesen, seine Berührung voller Hass.

Und doch …

Auf irgendeine verzweifelte Art und Weise hatte er mich geliebt. Oder zumindest das Wesen, für das er mich gehalten hatte.

War der Traum ein Lockmittel gewesen? Nichts anderes als die heimtückische Falle einer Hexe?

»Gottverdammt!« Ich presste die Fäuste gegen meine Schläfen und atmete tief durch. Ganz gleich, wie oft ich blinzelte, William verschwand nicht. Ebenso wenig wie die Asche des Buches und die beiden Blutstropfen auf dem Teppich, die mir bewiesen, dass wir in der letzten Nacht einer Wunderheilung beigewohnt hatten.

»Kaffee«, murmelte ich. »Ich brauche Kaffee.«

Mein Kopf war mit Watte ausgestopft, als ich in die Küche ging und eine große Tasse befüllte. Verschwenderisch goss ich Milch und Zucker dazu, klammerte mich mit beiden Händen an diesem tröstenden Fragment Normalität fest und starrte die offen stehende Schlafzimmertür an.

Ein untoter Pirat lag in meinem Bett. Gestern hatten seine Knochen noch in einer Meereshöhle gelegen, brüchig und morsch vor Alter, jetzt flößte ich ihm Tee ein und bangte um sein Leben. Je häufiger ich mir diese Tatsache bewusst machte, desto verrückter erschien sie mir.

Lange stand ich da, schlürfte meinen Kaffee und gaffte die Tür an. Ich hatte Angst davor, dass William starb. Ich hatte Angst davor, dass er aufwachte. Genau genommen hatte ich Angst vor tausend Dingen. Durfte ich hier herumstehen und nichts tun, während es ihm zunehmend schlechter ging? Welche Gefahr war größer? Ihn dem Schicksal zu überlassen oder Hilfe zu holen? Vermutlich würde ein herbeigerufener Arzt angesichts des schlechten Zustands seines Patienten sofort beschließen, ihn in das nächste Krankenhaus zu verfrachten. Und dann würden die Probleme in eine ganz Richtung laufen.

Ein Klopfen riss mich aus meiner düsteren Gedankenwelt. Marie stand hinter der Glastür, triefend vor Schweiß, zwei Taschen in der einen und einen Rucksack in der anderen Hand. Ich ließ sie hinein, schob die Tür hinter ihr zu und stellte die fast leere Tasse auf dem Küchentisch ab.

»Das wurde auch Zeit.«

»He«, brummte sie mich an. »Ich musste erst mal mit ein paar Dingen klarkommen. Abgesehen davon hat die Sache mit der Höhle eine Weile gedauert.«

»Du hast sie also gefunden?«

»Hm, hm.« Marie warf das Gepäck neben meine Tasse, fuhr sich durch die verschwitzten Dreadlocks und ließ die Hände mit einem Stoßseufzer wieder fallen. »Habe ich. Ich frage mich nur, warum noch keiner gemerkt hat, dass ein Stück Klippe fehlt. Na ja, die Stelle ist ziemlich abgelegen. Wahrscheinlich sieht man den Abbruch von der Straße aus kaum. Aber egal.« Sie schüttelte den Kopf, als müsste sie einen schlechten Traum verscheuchen. »Hier drin ist jedenfalls alles, was ich gefunden habe.«

Ihre Finger zitterten, als sie den Inhalt einer Tasche und des Rucksacks auf dem Tisch ausbreitete. Es waren keine salzzerfressenen Lumpen mehr, die nur noch von ein paar Fäden zusammengehalten wurden. Der Samt des langschößigen Rockes leuchtete in einem sagenhaft tiefen Dunkelrot, die goldenen Abzeichen und Knöpfe glänzten. Jede einzelne Naht war intakt, ganz so, als wäre das kostbare Kleidungsstück erst vor Kurzem geschneidert worden. Das weiße Leinenhemd war ebenso unversehrt, abgesehen von etwas Sand und einem Stück Tang, das sich an einem der Ebenholzknöpfe verfangen hatte. Zu dem

Rock und dem Hemd gab es noch eine dunkelbraune Hose und ein Paar schwarze Lederstiefel mit breitem Schaft, die offenbar dasselbe Wunder durchlaufen hatten wie der Mann, dem sie gehörten.

»Sieh mal hier.« Marie öffnete die dritte Tasche und holte einen breiten Gürtel aus dickem, abgewetztem Leder hervor, an dem sich mehrere Beutel und Laschen befanden. In einer der Laschen steckte ein Pulverhorn, in drei anderen Messer in verschiedenen Größen. Zwei davon besaßen einen reich mit Schnitzereien verzierten Elfenbeingriff, das dritte war ganz und gar schwarz. Vermutlich bestand seine Klinge ebenso wie der Griff aus Obsidian. Am beeindruckendsten aber war die Steinschlosspistole, die in der größten Schlaufe steckte. Jeder Historiker wäre angesichts der filigranen Goldbeschläge und der winzigen meisterhaften Schnitzereien in schwarz glänzendem Ebenholz in Tränen ausgebrochen.

»Wie viele er damit wohl ins Jenseits befördert hat?«, sinnierte Marie. »Vermutlich wurde unser Pirat durch den Fluch in den Zustand zurückversetzt, in dem er sich kurz vor seinem Tod befunden hatte. Was anscheinend auch alles betrifft, das er an seinem Leib trug.«

Ehrfürchtig strich ich über die alte Waffe und schauderte, als ich den langen metallenen Lauf berührte. »War das alles, was du gefunden hast?«

»Nein. War es nicht. Ich musste bis in den hintersten Winkel der Höhle kriechen, um das hier zum Vorschein zu bringen.« Marie zog ein Bündel Schmuck hervor und legte es neben die Kleidung. Es bestand aus mehreren silbernen Ringen, Armbändern aus kleinen Schneckenhäusern und Leder sowie drei Ketten mit silbergefassten Muschel- und Korallenanhängern.

»Ein wahrer Bilderbuch-Pirat, was?« Maries Lachen klang, als wäre ihr viel eher nach Weinen zumute. »Das Gold habe ich in eine andere Tasche getan. Sie liegt noch im Kofferraum. Keine Ahnung, was wir mit ihr anstellen. Ich meine, mit ihrem Inhalt. Wenn wir es melden, hat das Zeug die längste Zeit uns gehört. Wahrscheinlich landet es in irgendeinem Museum, und man wird wissen wollen, wo genau wir darüber gestolpert sind.«

»Das heißt, es ist nichts mehr von dem Schatz übrig?« Irritiert sah ich zu, wie Marie die Kleidungsstücke des Piraten säuberlich faltete und zusammenlegte. »Du hast alles ausgeräumt?«

»Ja«, antwortete sie. »Es gibt nur noch ein paar verfaulte Planken. Nichts Spektakuläres.« Bei dem letzten Wort heftete sich Maries Blick auf die Schlafzimmertür. »Und? Wie geht es unserem Sensationsfund?«

»Nicht gut«, sagte ich geradeheraus. »Wahrscheinlich hat er sich irgendetwas eingefangen, mit dem sein veraltetes Immunsystem nicht zurechtkommt. Ich befürchte, dass er stirbt, wenn wir ihm nicht helfen.«

»Er ist dreihundert Jahre und nicht dreitausend Jahre alt«, widersprach Marie. »Ich bin kein Experte auf diesem Gebiet, aber ...«

»Viren und Bakterien haben ein sehr instabiles Erbgut«, fiel ich ihr ins Wort. »Besonders Viren. Natürlich muss sich sein Immunsystem an unsere Zeit gewöhnen.«

»Aha.« Marie starrte mich aus schmalen Augen an. »Ich glaube trotzdem nicht, dass er so einfach an einem Virus verreckt. Nicht, wenn sein Körper zu Wunderheilungen in der Lage ist.«

»Trotzdem geht es ihm mit jeder Stunde schlechter.«

Marie seufzte. »Ganz egal, wie schlecht es ihm geht, wir können ihn unmöglich in ein Krankenhaus stecken. Immerhin ist er von den Toten auferstanden. Gestern bestand er noch aus einem Haufen Knochen, heute fließt Blut durch seine Adern. Ganz zu schweigen von der Wunderheilung. Das gibt einen Riesenaufstand.«

»Hm.« Ich nahm eines der Armbänder in die Hand. Es bestand aus drei miteinander verschlungenen braunen Lederbändern, auf die mehrere ausgebleichte Korallenstücke gezogen worden waren. »Und was machen wir, wenn er stirbt?«

Marie runzelte die Stirn. »Keine Ahnung.«

»Vielleicht ist alles halb so wild. Wenn ich ihn richtig verstanden habe, hatte er bis heute nicht mal einen Herzschlag.«

»Er war also lebendig, ohne ein schlagendes Herz zu besitzen? So wie ein Zombie?«

»Keine Ahnung«, seufzte ich. »Vermutlich schon.«

»Du willst also darauf hinaus, dass William nicht wirklich lebt? Dass er, weil er sowieso schon seit dreihundert Jahren tot ist, nicht noch einmal sterben kann, obwohl sein Herz neuerdings wieder schlägt und er wie ein normaler Mensch fiebert?«

»Keine Ahnung.«

Marie grinste leidend. »Wir haben eine Menge von *keine Ahnung*, was?«

Ich zuckte mit den Schultern, schnupperte an dem Armband und glaubte, den Geruch von Sonne, verschwitzter Männerhaut und Salzwasser wahrzunehmen. »Tatsache ist anscheinend, dass er alle einhundert Jahre für die Dauer eines Mondzyklus zum Leben erwacht. In vier Wochen ist der ganze Spuk so oder so vorbei.«

»Er stirbt also hundertprozentig. Egal, was wir anstellen.«

»So ist es wohl.«

»Tragisch.« Marie blinzelte. »Ich meine, er ist ein Arschloch und ein Chauvinist, aber trotzdem … irgendwie tragisch, findest du nicht? Vermutlich verbringt er den Rest der Ewigkeit in dieser Höhle und ist für immer und ewig allein.«

»Bis die Welt, das Meer und alles andere mit ihm gemeinsam untergeht«, führte ich ihre Gedanken weiter. »Noch dazu ist seine Höhle nicht mehr unerreichbar. Wahrscheinlich erwacht er beim nächsten Mal in der Vitrine eines Museums oder in irgendeinem staubigen Keller.«

»Denkst du, wir sollten seine Knochen irgendwo verstecken?«

»Das ist makaber.«

»Das ist es, aber wir können seine Gebeine nicht einfach ihrem Schicksal überlassen. Nicht, dass ich ihn mag. Ganz im Gegenteil. Immerhin besitzt er den Charme eines Mordor-Orks. Aber es würde mein Gewissen beruhigen. Irgendwo tief in ihm drin steckt vermutlich ein guter Kerl. Nur die damaligen Umstände haben ihn versaut.«

»Die Sache mit der Hexe macht mir Sorgen«, warf ich ein. »Anscheinend hat sie William und mich absichtlich zusammengeführt.«

»Vielleicht bist du diejenige, die ihn erlösen kann.« Marie zwinkerte mir zu. »Das könnte doch sein, oder nicht? Eine reizende Unschuld wie du ist vermutlich genau das Richtige, um seinen verdorbenen Kopf geradezurücken.«

Marie reckte das Kinn und straffte ihre Schultern. Nach einem Augenblick des Zögerns ging meine Schwester schließlich auf die Schlafzimmertür zu, warf einen Blick in das Zimmer hinein und stieß einen überraschten Laut aus. »Ähm, Hannah?«

»Ja?«

»Komm schnell her. Dein Treibgut ist wach.«

William

Die beiden Dirnen standen in der Tür, klappten ihre Münder auf und hielten Maulaffen feil. Hätte meine Zunge nicht ihren Dienst versagt und wäre da nicht dieser Säbel gewesen, der sich bei jedem Atemzug durch meinen Kopf bohrte, hätte ich sie davongejagt. Stattdessen blieb ich reglos und still, denn jede Bewegung, selbst das kleinste Blinzeln, zermarterte mir das Hirn. Nur einmal hatte ich mich so gefühlt. Damals, in Marifas Hütte, als mich das schwarze Fieber fast dahingerafft hätte. Zahllose Tage und Nächte waren in heißer, zäher Schwärze versunken, unterbrochen von Wahnvorstellungen, rasenden Schmerzen und dem Verlust jeglichen Denkvermögens.

Zweifellos hatte ich meine Besinnungslosigkeit Marifa zu verdanken. Sie musste es gewesen sein, die mir die plötzliche Schwäche in die Glieder gehaucht hatte. Nicht nur, dass sie meine Vergangenheit zerstört hatte, meinen einzigen Halt in der eintönigen Endlosigkeit des Fluches, nein, sie hatte auch noch dafür gesorgt, dass ich wie eine Lady in einem zu engen Korsett vor den Augen der Weiber in Ohnmacht gefallen war. Bis zu diesem Moment hatte ich niemals für möglich gehalten, Marifa noch mehr hassen zu können, als ich es bereits tat.

Warum hast du das getan?, schrie ich sie im Geiste an. *Hast du noch immer nicht genug?*

Ihre Stimme erklang unmittelbar, doch sie klang weder hämisch noch wütend, sondern ungewohnt matt: *Gekritzelte Wörter auf Papier. Ein Ding aus Leder und Pergament. Weiter war es nichts. Du musst aufhören, der Vergangenheit nachzujammern. Vergiss, was gewesen ist. Lebe im Hier und Jetzt. Du wirst all deine Kräfte brauchen, William. Vergeude sie nicht länger an Dinge, die ohnehin geschehen und nicht mehr änderbar sind.*

In der Hitze meines Zorns verrauchten all die Worte, die ich mir gerade noch zurechtgelegt hatte. Mühsam kämpfte ich um jeden Atemzug und wünschte mir, wieder zurück in das Nichts treiben zu können.

»Wie fühlst du dich?« Die rothaarige Frau setzte sich auf die Bettkante, legte eine Hand auf meine Stirn und beugte sich über mich. Das andere Weib in der absurden Kleidung hielt sich im Hintergrund und gaffte. Nie zuvor hatte ich eine seltsamere Haartracht gesehen als jene, die dieses närrische Mädchen zur Schau trug. Das, was auf ihrem Kopf thronte, ähnelte den Zotteln eines räudigen Straßenköters.

Noch immer lag die Hand der Rothaarigen auf meiner Stirn. Noch immer blickten dunkle Augen forschend auf mich hinab. Sie waren haselnussbraun, nicht schwarz wie die der Hexe, und doch erschien es mir, als würde Marifa selbst auf mich hinunterblicken. Ein jämmerliches Brummen drang aus meiner Kehle, was die Frau zwar nicht von der Bettkante vertrieb, sie aber wenigstens dazu brachte, ihre Hand zurückzuziehen.

»Dein Fieber ist gesunken«, schmeichelte sie mit süßer Stimme. »Es geht dir tatsächlich besser. Das ist wunderbar!«

Diese Dirne schien sich aufrichtig darüber zu freuen. Warum? Erhoffte sie sich ein gutes Geschäft und eine klingende Geldkatze?

»Wir haben deine Sachen aus der Höhle geholt«, fuhr sie aufgeregt fort. »Marie, holst du sie bitte her?«

Die irrsinnige Zigeunerin huschte davon und kehrte alsbald mit einem Stoffbündel zurück. Als ich meine alte, von Gestank und Fäulnis befreite Kleidung erblickte, fuhr eine Klinge in meine Eingeweide. Was nützte mir dieser Tand? Es gab kein Schiff mehr. Keine Mannschaft mehr. Keine sich im Wind blähenden Segel und keine Träume, denen ich nachjagen konnte. Von der *Scowerer* und meinen Männern war nichts mehr übrig. So lange hatte ich danach gelechzt, endlich dieser verdammten Höhle zu entkommen. Und jetzt? Jetzt musste ich erkennen, dass außerhalb meines Gefängnisses nichts besser war.

Die Rothaarige räusperte sich. »Möchtest du eine Dusche nehmen?«

Verständnislos blinzelte ich zu ihr auf.

»Ich verstehe.« Ihr verlegenes Kichern war wohltuend zurückhaltend und weit entfernt von dem schrillen Gegacker, das die Hafenhuren von sich gegeben hatten. »Am besten zeige ich dir, was ich meine.«

Mit einer fließenden Bewegung stand sie auf, wobei ihr schimmernder Lockenwust hin und her schwang, öffnete den Schrank und holte einen dünnen schwarzen Mantel hervor. »Hier, zieh den an. Wir lassen dich solange allein. Komm einfach raus, wenn du fertig bist, in Ordnung?«

Überrumpelt sah ich zu, wie die beiden Frauen verschwanden. Befand ich mich in einer Art Bordell? Aber ich hörte weder andere

Frauen noch Männer, und wenn ich es recht betrachtete, passten mancherlei Gegebenheiten nicht zu einem solchen Ort. Es gab kein Kommen und Gehen, keinen Lärm, keinen lächerlichen Tand. Womöglich war es in dieser fremdartigen Zeit normal, dass die Weiber in dünnen Dirnenfetzen herumliefen. Ganz ähnlich wie auf den Südseeinseln oder auf den verstreuten Eilanden in der Karibischen See.

Als die Tür hinter den Frauen zufiel, schloss ich die Augen und lauschte dem fremdartigen Pochen in meiner Brust. Ich spürte die Wärme, die mein Körper verströmte. Ich spürte das Fließen meines Blutes, die Weichheit des Lakens, die Steifheit meiner Glieder. Das Leben war in mich zurückgekehrt, und doch wurde ich das Gefühl nicht los, unverändert tot zu sein.

Langsam schob ich meine Beine zur Seite, richtete mich auf und hocke eine Zeit lang blödsinnig auf der Bettkante, die Arme zitternd und kraftlos, der Körper klebrig vom Fieberschweiß.

Mein Herz, das jahrhundertelang geschwiegen hatte, begann zu rasen. Es klopfte und hüpfte, stolperte und überschlug sich, überrumpelte mich mit einer glühenden Hitze und pumpte das Leben durch meine Adern.

Dreihundert Jahre waren vergangen.

Diese Welt war nicht mehr meine Welt.

Aber manche Dinge änderten sich anscheinend niemals. Der Wind rauschte in den Baumkronen. Wellen rollten in der Ferne an den Strand. Spatzen tschilpten, eine Taube gurrte, die Sonne stach ihre Strahlen durch die kostbar geschnitzten Fensterläden.

Du hast zu keiner Zeit aufgegeben, raunte Marifa in meinem dröhnenden Schädel. *Und jetzt, da ich dir dein Leben zurückgegeben habe, wirst du nicht damit anfangen.*

Aufbrausender Zorn verlieh mir die nötige Kraft, mich auf die Beine zu stemmen. Nein, aufgeben würde ich nicht. Niemals. Und wenn die Hexe entschieden hatte, mich bis an das Ende aller Tage zu quälen, würde ich ihr im Gegenzug bis zu jenem fernen Augenblick meine Wut zu Füßen legen.

Angenehm floss der Stoff des Mantels über meine Haut. Er bestand weder aus Samt noch aus Seide und war dennoch so weich, dass er sich fast wie Luft anfühlte. Neugierig schnupperte ich am Ärmel des Kleidungsstückes. An irgendetwas erinnerte mich das Aroma, das dem Stoff entströmte. War das etwa Vanille? Dieses unbezahlbar teure Gewürz, das zu meiner Zeit mit Gold aufgewogen worden war? Und heutzutage parfümierte man sich damit die Gewänder?

Du glaubst mir nicht, flüsterte die Hexe. *Du traust mir nicht zu, dass ich dir vergeben könnte.*

»Da hast du ganz recht, Lügnerin. Ich glaube dir kein Wort.«

Und wer hat zuerst gelogen, Pirat? Wer hat seine Versprechen gebrochen? Wer hat unzählige Herzen verführt und wie Unrat fallen lassen? Liebe das Mädchen, William. Und werde von ihr geliebt. Dann gebe ich dich frei.

Regungslos verharrte ich in der Dunkelheit, bis Marifas Nähe verblasste. Erst als ich wieder allein war, ging ich zur Tür hinüber. Dort draußen wartete eine neue Welt. Ein Abenteuer, dem ich mich stellen würde. So, wie ich mich bisher allem gestellt hatte.

Kapitel 11

*Ein Augenblick
kann eine Ewigkeit sein.*

Hannah

Weder sein hochmütiger Blick noch seine stattliche Erscheinung bewahrten ihn davor, verloren auszusehen. Mit verständnislosem Blick verharrte William in der Schlafzimmertür und musterte die Küchengeräte, den halb aufgeklappten Geschirrspüler, die Uhr an der Wand und den Fernseher, der glücklicherweise ausgeschaltet war. Ich bezweifelte, dass ein frisch erwachter Untoter aus der ersten Hälfte des achtzehnten Jahrhunderts mit dem Anblick einer modernen Fernsehsendung zurechtgekommen wäre.

Marie stieß ein leises Seufzen aus. So, wie der Untote die fremden Gerätschaften des einundzwanzigsten Jahrhunderts musterte, beglotzten wir Williams unwirkliche Erscheinung: die muskulösen Waden, die der zu kurz geratene Morgenmantel frei ließ, den über der Brust spannenden schwarzen Stoff, seine Körpermitte und schließlich den zerzausten Haarschopf, der aussah, als hätte William sein Schiff gerade durch einen Sturm gelenkt. Inzwischen hatte seine Haut jegliche Blässe abgelegt und war wieder so sonnengebräunt, wie man es von einem Mann erwarten konnte, der viele Jahre auf See verbracht hatte.

»Wenn ich bitten dürfte?« Aus dem Augenwinkel sah ich, wie Marie die Kinnlade herunterklappte, als ich kurz entschlossen auf den Untoten zuging, eine Hand leicht auf seine Taille legte und ihn in Richtung des großen Schlafzimmers schob. William ließ sich ohne Murren von mir führen, während sein Blick mit zunehmender Verwirrung hin und her flog. Die gemauerten Wände vermittelten möglicherweise ein vertrautes Gefühl, ebenso der wurmstichige Tisch aus altem Holz und die rustikalen Stühle. Aber der Rest? Vermutlich lagen gerade unzählige Fragen auf seiner Zunge, doch statt sie mir zu stellen, schritt er stumm und würdevoll neben mir her.

»So, da wären wir.« Ich schaltete das Licht an, schob ihn vor die offene Dusche, drehte an den Wasserhähnen und hielt eine Hand unter den rauschenden Strahl, bis er eine angenehme Temperatur erreicht hatte. »Wenn du es ausstellen willst, bewegst du den Hahn einfach in die entgegengesetzte Richtung. Alles, was du brauchst, steht auf dem Vorsprung hier. Seife dürftest du ja wohl kennen. Shampoo vermutlich weniger. Es ist ungefähr dasselbe, wird allerdings nur für die Haare benutzt. Denkst du, du kommst zurecht?«

William starrte stumm auf den dampfenden Wasserstrahl.

»Ist alles in Ordnung?«

»Nein«, antwortete er leise.

»Ich verstehe. Lass dir Zeit, in Ordnung? Immerhin sind dreihundert Jahre vergangen, seit du das letzte Mal unter Menschen warst. Und wenn ich eine Sache anmerken dürfte: Hör bitte auf, uns Dirne oder Weib zu nennen. Ich meine es ernst.«

»Ihr seid keine Dirnen?«, brummte William. »Und das hier ist kein Bordell?«

»Genau so ist es.« Ich kam nicht gegen ein Grinsen an. »Siehst du? Wir sind schon auf dem richtigen Weg.«

»Es ist demzufolge normal, dass sich Frauen so kleiden, wie ihr es tut?«, tastete er sich weiter voran.

»Ja«, antwortete ich. »Es ist normal. Heutzutage kann jeder tragen, was er möchte. Und nackte Haut bedeutet keinesfalls, dass wir für jeden frei verfügbar sind. Viele Dinge haben sich geändert. Für jemanden wie dich wird es vermutlich schwer zu verdauen sein, aber das Frauenbild hat sich in den letzten drei Jahrhunderten dramatisch verändert.«

»Meine Männer und ich haben mehrere Monate in der Südsee verbracht«, erwiderte er kühl. »Derlei Gesellschaften sind mir nicht unbekannt.«

»Dann sollte dir die Umstellung ja nicht allzu schwerfallen.«

Erneut stieg mir die Unvorstellbarkeit seiner Existenz zu Kopf. Ich begann zu schwanken, griff nach der Wand und spürte plötzlich, wie sich zwei Hände um meine Schultern schlossen.

Stumm sah William auf mich hinab, durchbohrte mich mit dem Blick seiner stechend blauen Augen und schien nach irgendeiner Erkenntnis zu suchen. Glaubte er nach wie vor, ich würde mit Marifa unter einer Decke stecken? Hielt er mich für eine Hexe, die nur darauf lauerte, ihn in eine weitere Falle zu locken? Noch immer roch er nach dem Moder der Höhle und nach den Knochen, aus deren Materie er entstanden war, doch darunter lag das sinnliche Aroma moschuswarmer, sonnengebräunter Haut.

Wie hypnotisiert starrte ich auf seine Lippen. In einer fernen Traumwelt hatte ich diesen Mann schon einmal geküsst. Wir hatten uns aneinandergepresst, uns berührt und unseren Atem miteinander vermischt. Ich erinnerte mich so deutlich an seinen Geschmack. An den Druck der weichen, seidigen Haut auf meinem Mund und die feuchte Berührung unserer Zungenspitzen.

Williams Finger wurden wärmer, immer wärmer, bis es sich anfühlte, als würden sie sich durch den dünnen Stoff hindurch brennen. Langsam rutschte seine rechte Hand tiefer, hin zu der Stelle, an der mein Hemd während der nächtlichen Kletterpartie aufgerissen worden war. Als seine Fingerspitzen meine nackte Haut berührten, keuchte ich unwillkürlich auf.

»Marifa hat uns diesen Traum geschickt«, flüsterte er heiser. »Sie wollte, dass wir zueinander finden.«

»Aber warum?«, hauchte ich.

»Weil sie mit uns spielen will. Das ist der einzige Grund.« Abrupt zog William seine Hände zurück, drehte sich um und griff nach dem Gürtel des Morgenmantels. Als wäre ihm jegliche Scham fremd, ließ er das Kleidungsstück zu Boden gleiten, hielt eine Hand unter den Wasserstrahl und tat, als wäre ich aus seiner Wahrnehmung verschwunden.

Einen Moment lang war ich unfähig, meinen Blick abzuwenden. Feine goldene Härchen wuchsen auf seinen Armen, doch seine Brust war vollkommen glatt. Es gab kaum einen blassen Fleck an seinem Körper, die tropische Sonne längst vergangener Tage hatte nahezu jeden Winkel seines Leibes gebräunt.

Im Traum hatte ich all das bereits berührt. Meine Finger waren über die Wölbungen der Muskeln gestrichen, hatten den Rippenbogen, die Narben und die straffe Haut seiner Schenkel gestreichelt.

Und doch stand ein Fremder vor mir.

Ein Mann, der vor drei Jahrhunderten gestorben war.

»Ich denke, du kommst zurecht.« Abrupt wandte ich mich ab, verließ das Zimmer und zog die Tür ins Schloss.

»Was in aller Welt tust du da?«

Meine Schwester rührte sich nicht. Bewegungslos wie eine Statue stand sie vor dem matt erleuchteten Schlafzimmerfenster, durch das man einen ungehinderten Blick auf die offene Dusche erhielt, sofern das Rollo nicht heruntergelassen worden war.

»Begreifen«, antwortete Marie, als ich mich neben sie stellte. »Das ist alles. Ich versuche nur, zu verstehen.«

»Indem du ihm beim Duschen zusiehst? Schon klar.«

Eine seltsame Mischung aus Gefühlen wechselte sich in der Miene meiner Schwester ab. Auf Verzweiflung folgte Neugier, auf Neugier Fassungslosigkeit, gefolgt von Faszination, Wut und einer Spur von Melancholie. Immer wieder schüttelte sie den Kopf und öffnete den Mund, als wollte sie etwas sagen, doch jedes Mal klappte sie ihn unverrichteter Dinge wieder zu.

»Wir sollten das nicht tun, Marie.« Entgegen meiner Worte blieb ich an Ort und Stelle und starrte auf das dampfende Wasser, das über Williams Körper strömte, aus seinen Haaren tropfte und sich in den Händen sammelte, die er zu einer Schale geformt hatte.

Meine Schwester warf mir einen Seitenblick zu. »Denkst du, er hätte Gewissensbisse, uns beim Duschen zuzusehen?«

»Vermutlich nicht.«

»Warum sollten wir dann welche haben?«

»Ja.« Ich warf ihr ein Lächeln zu. Meine Schwester und ich, vereint in dem Wissen um ein fantastisches Geheimnis. »Warum sollten wir?«

Gemeinsam standen wir da, Schulter an Schulter, und beobachteten William dabei, wie er ungläubig auf das Wasser in seinen Händen starrte. Irgendwann öffnete er seine Finger wieder, ließ die Arme sinken und legte den Kopf in den Nacken. Mal verzog sich seine Miene zu einer finsteren Grimasse, mal schüttelte er lachend den Kopf, als wüsste er nicht, ob er diese unbekannte Erfindung für Teufelszeug oder ein Geschenk des Himmels halten sollte.

»Er hat noch nie unter einer heißen Dusche gestanden.« Marie sah aus, als würde sie erst jetzt wirklich begreifen, was geschehen war. »Er erlebt das zum ersten Mal.«

»Stell dir vor, du erwachst in einer vollkommen fremden Welt. Alles ist anders, als du es kennst. Und du hast nur vier Wochen Zeit, mit all dem klarzukommen.«

Meine Schwester seufzte. »Denkst du, wir sollten ihn bei uns wohnen lassen?«

»Wir können wohl kaum zulassen, dass er wochenlang in irgendeiner finsteren Höhle hockt und auf seinen Tod wartet.« Meine Kehle zog sich zusammen, als sich mir die ganze Tragik seines Schicksals eröffnete. »Es wird nicht einfach sein, aber er hat nur diese vier Wochen. Denkst du nicht, dass wir uns um ihn kümmern sollten?«

»Das wird schwierig werden«, prophezeite Marie. »Aber du hast recht. Ich könnte nicht mit dem Wissen leben, dass er die wenige Zeit, die ihm bleibt, schon wieder allein verbringt.«

Meine Augen brannten. William war ein Fremder, ein Gespinst aus Legenden, und doch traf mich sein Unglück bis ins Mark. Dieser Mann war zweifellos alles andere als unschuldig. Wer wusste schon, was er Marifa damals angetan hatte? Aber welche Abscheulichkeit rechtfertigte eine solch grausame Strafe?

»Zweimal ist er schon zurückgekommen«, sprach ich meine Gedanken laut aus. »Zweimal hat er einen ganzen Monat lang in seiner Höhle gehockt und Möwen gezählt. 1817 und 1917.«

»Einsamer kann ein Mensch wohl nicht sein.«

»Was hat er dieser Marifa bloß angetan, um so eine Strafe zu verdienen?«

Marie runzelte die Stirn, ohne William aus den Augen zu lassen. Hitze schoss mir in die Wangen, als mir klar wurde, wie diese Szene wirken mochte. Zwei Frauen standen vor einem erleuchteten Fenster und begafften einen splitterfasernackten Mann beim Duschen.

»Vermutlich hat er sie betrogen«, antwortete meine Schwester irgendwann. »Piraten sind nun mal Piraten. Wahrscheinlich wurde unser Gast bei jeder sich bietenden Gelegenheit zum waschechten Halunken und hat ahnungslosen Frauen den Kopf verdreht. Ich denke, es ist eine dieser Geschichten, die täglich überall passieren, nur hatte William das Pech, an eine mächtige und nachtragende Hexe zu geraten.«

»Sie muss wirklich sehr nachtragend sein, wenn sie drei Jahrhunderte lang nichts Besseres zu tun hat, als ihn immer weiter und weiter zu quälen.«

»Denkst du, sie lebt noch?«

»Ja. Immerhin können William und ich sie hören.«

Marie schüttelte sich. »Eine unsterbliche, betrogene und immer noch stinkwütende Hexe, die es auf dich und den Piraten abgesehen hat. Das gefällt mir nicht, Hannah.«

»Da wären wir schon mal zwei.«

»Wie soll ich das Johan erklären, zum Teufel? Wie sollen wir das überhaupt jemandem erklären?«

»Keine Ahnung.«

»Keine Ahnung«, echote Marie. »Was auch sonst.«

»Als Erstes bringen wir ihm bei, nicht aufzufallen.«

»Das ist vermutlich eine der Sachen, die leicht klingen und schwer umzusetzen sind.«

»Ja«, erwiderte ich. »Aber vermutlich hast du recht.«

»Womit?«

»In ihm steckt ein guter Kerl. Er muss nur lernen, ein paar Dinge in seinem Kopf geradezurücken. Immerhin konnte ich ihn schon mal davon überzeugen, dass wir keine Dirnen sind und das hier kein Bordell ist.«

»Was für ein Fortschritt«, murmelte Marie.

»Denke einfach daran, dass in vier Wochen alles vorbei ist. Danach sind die Dinge wieder so, wie sie sein sollten.«

Meine Schwester lachte. »Oh nein, Hannah. Die Dinge werden nie wieder so sein, wie sie sein sollten. Und jetzt lassen wir ihn besser allein.«

Gemeinsam kehrten wir in meine Wohnung zurück, setzten uns auf die Küchenbank und warteten darauf, dass William aus dem Schlafzimmer kam. Fast eine Stunde verging, ehe das Rauschen der Dusche endete, und eine weitere halbe verstrich, bis sich endlich die Tür öffnete.

Der Morgenmantel war nachlässig um seinen Körper geschlungen, das Haar hing ihm nass ins Gesicht. Mit erhobenem Haupt schritt er an uns vorbei und verschwand wortlos im kleinen Schlafzimmer.

Marie sah mich an, ich erwiderte ihren Blick. Keine von uns sagte ein Wort, die nächtliche Stille summte in meinen Ohren. Selbst das sonst allgegenwärtige Zirpen der Grillen war verklungen, als spürte jedes Geschöpf dort draußen, dass etwas Unnatürliches geschah.

»Er hat gerade mal vier Wochen zu leben«, raunte Marie. »Nur vier Wochen. Und jede einzelne Sekunde dieser Zeit verbringt er nicht nur mit dem Wissen, dass er bald zu einem Haufen Knochen zerfällt, sondern auch noch mit dem Gedanken daran, dass all das vielleicht niemals endet.«

Kälte krampfte sich um mein Herz zusammen. Der Gedanke war zu grausam, um ihn an mich heranzulassen. »Er ist die ganze Zeit bei Bewusstsein. Selbst als Geist. In seinem Tagebuch hat er beschrieben, wie er jede Sekunde seines Daseins spürt. Jeden Augenblick.«

»Dann ist es eine Strafe, die nicht einmal der schlimmste aller Verbrecher verdient.« Marie schüttelte gedankenverloren den Kopf. »Versuche nur mal, es dir vorzustellen. Dreihundert Jahre lang sitzt du in dieser Höhle fest. Siehst tagein, tagaus dasselbe. Alles wiederholt sich. Und ich drehe schon an einem verregneten Wochenende durch. Grundgütiger, wo sind wir da nur hineingeraten?«

»Ich weiß es nicht.« Erschöpft presste ich Daumen und Zeigefinger gegen meine Nasenwurzel und wünschte mir, aufzuwachen. In der Welt, die ich kannte. In der vertrauten, wunderbaren Wirklichkeit.

»Ich will ihm helfen, Marie. Ich will irgendetwas tun.«

»Nun, die klassischen Flüche werden durch wahre Liebe gebrochen.«

»Vier Wochen sind ein bisschen wenig Zeit, um wahre Liebe wachsen zu lassen.«

»Oh nein«, erwiderte sie schnippisch. »Wahre Liebe kann schon an einem Tag entstehen. Glaube mir, ich spreche aus Erfahrung. Für Johan und mich war ein einziger Abend ausreichend, um uns beide begreifen zu lassen, dass wir zueinander gehören. Spürst du etwas, wenn du William ansiehst? Fühlst du dich zu ihm hingezogen?«

»Es … ich …«

»Also kein klares *Nein.*« Marie schmiegte ihren Kopf an meine Schulter. »Das sind gute Voraussetzungen, Schwesterherz. Sehr gute Voraussetzungen.«

William blieb für den Rest der Nacht im kleinen Schlafzimmer, während Marie und ich unser Quartier auf dem Ecksofa in der Küche bezogen. Schlaflos starrten wir zu dem rechteckigen Ausschnitt in der Decke hinauf, in dem eine Glasscheibe den Blick auf die Sterne frei ließ. Meine Gedanken kamen keine Minute lang zur Ruhe. Ich wollte zu William gehen und ihm all die Fragen stellen, die in meinem Kopf umherschwirrten. Ich wollte irgendetwas für ihn tun, doch die Gewissheit, dass er allein sein wollte, zwang mich zur Tatenlosigkeit. Irgendwann im Morgengrauen schlief ich dennoch ein und wurde, als die Sonne bereits hell und warm durch die Fenster schien, vom Blubbern der Kaffeemaschine geweckt. Marie hatte den Frühstückstisch bereits gedeckt, gerade war sie dabei, ein paar Orangen auszupressen. Und am Tisch, vor sich einen Teller mit Früchten und einem halben Marmeladenbrötchen, saß William.

Als wäre diese Tatsache alleine nicht schon erstaunlich genug, trug er auch noch seine alte Piratenkleidung. Jene uralten, zu neuem Leben erwachten Stoffe, die an jedem anderen wie ein Kostüm gewirkt hätten. Doch er trug sie mit einer solch gleichmütigen Selbstverständlichkeit, dass es war, als wäre ein Stück verstaubter Geschichte zu neuem Leben erwacht. Und genauso war es. William war lebendige Geschichte. Er war ein fleischgewordener Riss in der Zeit. Ein Trugbild aus ferner Vergangenheit, das in meine Welt geschleudert worden war.

Offenbar musste ich ein reichlich dämliches Gesicht abgeliefert haben, denn Marie brach in schallendes Gelächter aus. Selbst Williams Mundwinkel zuckten, als ich mich schlaftrunken aufsetzte, mir die Augen rieb und versuchte, seinen Anblick zu verarbeiten.

»Setz dich.« Einladend deutete meine Schwester auf den Platz neben dem Piraten. »Die Brötchen sind noch warm.«

Schweigend gehorchte ich. Williams Blick glitt über meinen Körper, als ich neben ihm Platz nahm, doch falls er meinen moosgrünen Schlafanzug seltsam fand, ließ er es sich nicht anmerken.

Aus dem Augenwinkel sah ich, wie die Sonne seinen kostbaren Uniformrock zum Schimmern brachte. Korallen und Muscheln wanden sich um seine Handgelenke, an den Fingern blitzten die Silberringe. Sogar den Ledergürtel mit den Messern und der Pistole hatte er sich um seine Taille geschlungen. Was hatte er vor? Ein Schiff entern und kapern?

Irritiert sah ich zu, wie er einen Schluck aus seiner Kaffeetasse nahm.

»Dieses arabische Gebräu ist köstlich«, befand er mit einem anerkennenden Heben seiner Augenbrauen. »Ich habe davon gehört, aber niemals selbst Kaffee gekostet.«

»Nur zu.« Marie schien ihre Sorgen und Ängste irgendwann im Laufe der Nacht abgeworfen zu haben. Ihr Lächeln war so gewinnend und strahlend wie eh und je, während mir alles Blut aus dem Gericht sackte, weil mir plötzlich klar wurde, dass William mich beim Schlafen beobachtet haben musste. »Wir haben einen fast unerschöpflichen Vorrat davon.«

»Dann müsst ihr äußerst wohlhabend sein«, schlussfolgerte er.

»Nun ja. Es reicht aus.«

»Lebt ihr allein in diesem Haus?«

»Nein.« Marie stellte die inzwischen gefüllte Kanne mit Orangensaft auf den Tisch und setzte sich auf den Stuhl mir gegenüber. »Mein Mann ist geschäftlich auf Reisen, während Hannahs Mann … nun ja … ich schätze, es liegt allein bei ihr, ob sie darüber reden möchte.«

»Ich möchte nicht«, brummte ich in meine Kaffeetasse.

»Dann bist du verheiratet?«, hakte William nach.

»Nein«, knurrte ich.

»Warst du jemals verheiratet?«

»Nein.«

»Aber wenn ihr allein hier lebt, wer beschützt euch dann?« Der Pirat biss in das Marmeladenbrötchen, kaute darauf herum und stieß genüssliche Seufzer aus. »Wer sorgt für … bei des toten Mannes Kiste, dieses Gebäck ist das Beste, das ich jemals gegessen habe! … Verzeiht, wer sorgt für euch?«

»Wir sorgen selbst für uns«, antwortete ich. »Und wir brauchen niemanden, der uns beschützt. Die Zeiten sind um einiges sicherer geworden als damals.«

»Offensichtlich«, nuschelte William mit vollem Mund und schob, noch ehe er den ersten Bissen heruntergeschluckt hatte, gleich den zweiten und dritten hinterher. »Mir scheint, ich habe noch viel zu lernen.«

»Das stimmt«, pflichtete Marie ihm bei. »Sehr viel sogar.«

»Dann zeigt mir eure Welt«, verlangte William. »Ich will sie sehen. Zeigt mir alles, was euch wichtig erscheint.«

»Bist du dir sicher?«, hakte Marie nach.

»Ja, ich bin mir sicher. Ich will sehen, was sich verändert hat.«

»Dann zieh dich besser um«, warf ich ein. »Kleidung dieser Art wird seit dreihundert Jahren nicht mehr getragen.«

William zog ein abfälliges Gesicht. »Deine Schwester hat mir schon ein Bündel von dem gebracht, was ihr als *angebrachte Kleidung* betrachtet.«

»Und?«

»Das sind die Lumpen eines Bauern!«, knurrte William. »Verlangt ihr Weibsbilder … ihr Frauen allen Ernstes, dass ich derart zerrissenen Zwirn trage?«

»Ja«, erwiderte Marie kurzerhand. »Jeans mit Löchern sind modern. Und wenn du ungehindert und unauffällig unsere Zeit kennenlernen willst, solltest du auf uns hören.«

»Nein!« William lehnte sich im Stuhl zurück, legte beide Hände flach auf die Tischplatte und funkelte Marie mit einem Blick an, der zu seiner Zeit vermutlich selbst dem faulsten Seemann Beine gemacht hatte. »Das werde ich nicht.«

»Und ob du das wirst.« Meine Schwester ließ sich nicht im Geringsten einschüchtern. »Hör auf, mit uns zu streiten.«

»Ich werde diese Lumpen nicht tragen!«

»Und wie du das wirst!«

»Sei gewarnt, Zigeunerweib.« Williams Kiefer mahlten. »Ich bin kein Mann, dem man auf der Nase herumtanzen kann.«

Maries Arm schoss vor, bis sich ihr ausgestreckter Zeigefinger in Williams Brust bohrte. »Erstens bin ich kein Zigeunerweib, du respektloser Zombie-Pirat, zweitens habe ich recht und drittens solltest du dich damit abfinden, dass du auf uns angewiesen bist.«

»Was in aller Welt ist ein Zombie-Pirat?«, verlangte William zu wissen. »Rede gefälligst in Worten, die ich verstehe.«

»Das ist vollkommen unerheblich«, mischte ich mich ein, tunkte einen Keks in meinen Kaffee und warf dem Piraten ein herausforderndes Lächeln zu. »Meine Schwester hat recht. Das hier ist unsere Zeit. Unsere Wirklichkeit. Und glaube mir, wenn ich dir sage, dass sich in dreihundert Jahren verdammt viel geändert hat.«

»Habt ihr Dirnen … «, William räusperte sich, »ihr Wei … ich meine, ihr Frauenzimmer heutzutage alle ein derart loses Mundwerk?«

»Ja.« Ich steckte mir den Keks in den Mund und kaute darauf herum. »Haben wir.«

»Dann habt ihr also all eure Tugenden verloren.«

»Tugenden?«, brummte Marie.

»Gehorsamkeit, Demut, Sanftheit und Liebreiz.«

»Gehorsamkeit? Demut?« Maries Nasenlöcher bebten, als würde jeden Augenblick Rauch aus ihnen hervorquellen. »Mach so weiter, mein Lieber, und gebe dir eins hinter die ungezogenen Löffel. Natürlich mit aller nötigen Demut.«

Williams Lippen hoben sich zu einem süffisanten Lächeln. »Versuch es. Das dürfte amüsant werden.«

»Du legst es darauf an?«

»Das tue ich.«

In dem Wissen, was kommen würde, versenkte ich meine Nase tief in der Kaffeetasse. Marie hatte in ihren wilden Jahren vieles ausprobiert. Klettern, Surfen, Origami und mehrere Arten von Selbstverteidigung waren nur vier Dinge von vielen.

Wie ernst es meine Schwester mit ihrer Drohung meinte, wurde William erst bewusst, als sie aufstand, sich in der Mitte des Raumes platzierte und eine Kampfpose einnahm, die vielmehr lächerlich als bedrohlich wirkte.

»Bitte, Marie«, versuchte ich die Wogen zu glätten. »Mach es nicht noch schlimmer, als es ist.«

»Er hält mich für schwach«, gab sie kampflustig zurück. »Ich möchte ihm lediglich das Gegenteil beweisen.«

»Deine närrische Schwester ist nicht zu Scherzen aufgelegt?« William hob eine Augenbraue. »Sie will sich allen Ernstes mit mir messen?«

Statt einer Antwort zuckte ich nur mit den Schultern und versenkte mein Gesicht wieder in die Tasse.

»Also gut.« Gemächlich erhob er sich, nahm vor meiner Schwester Aufstellung und wartete darauf, dass sie den ersten Schritt tat. Lange ließ Marie sich nicht bitten. Mit beiden Armen packte sie zu und vollführte zwei komplizierte Drehungen, deren Hebelwirkung jeden Ungeübten auf den Boden befördert hätte. Doch William drehte den Spieß mit einer beiläufigen Bewegung einfach um. Marie segelte über seine Schulter, vorwärts geschleudert von ihrer eigenen Angriffswucht, verfehlte den Küchentisch nur knapp und wurde, ehe sie auf dem Boden aufschlagen konnte, von Williams Armen aufgefangen. Keuchend hing sie in seinem Griff und errötete, als er sie sanft auf dem Boden ablegte.

»Du weißt einiges über unfaire Kämpfe«, hörte ich ihn leise sagen. »Aber ich weiß noch weitaus mehr darüber.«

Kapitel 12

Unser Leben ist das Ufer,
unsere Sehnsucht das Meer.

»Bist du dir sicher?« Mein Blick wanderte zwischen dem dreckstarrenden Jeep und Williams konfuser Miene hin und her. »Ganz sicher?«

Marie grinste und zuckte mit den Schultern. Eine widersprüchlich lässige Geste, die im Gegensatz zu ihrem Blick stand. »Der Herr möchte eine Tour, der Herr bekommt eine Tour.«

Ihr Lächeln wurde herausfordernd, als sie sich an William wandte. Der hatte sich durch nichts und niemanden von der Unangemessenheit seiner Kleidung überzeugen lassen und stand wie der Held eines farbenprächtigen Seeräuberabenteuers neben dem schrottreifen Wagen. Dass ihn der Anblick des Gefährts erschütterte, war lediglich dem Zucken seiner Kiefermuskeln zu entnehmen.

»Rein mit dir.« Marie deutete auf die Rückbank. »Na los doch.«

William rümpfte die Nase. »Was soll ich in dieser metallenen Kiste?«

»Das wirst du schon sehen.« Ohne sich weiter um ihn zu scheren, marschierte Marie auf die Fahrerseite, stieg ein und startete den Motor. Ein triumphierendes Grinsen hob ihre Mundwinkel, als William erschrocken zurücksprang und instinktiv eine Kampfpose einnahm.

»Du bist unmöglich!« Mein strafender Blick bewirkte nur eines: Marie wirkte noch eine Spur selbstzufriedener. Genüsslich trat sie das Gaspedal durch und ließ den Wagen ohrenbetäubend röhren.

»Schon gut.« Ich wandte mich dem Piraten zu, der bereits die Hand auf den Griff seiner Pistole legte und drauf und dran war, auf den

Wagen zu schießen. »Das ist nur … nun ja, eine Art Kutsche. Nur ohne Pferde. Und verflucht laut.«

»Eine Kutsche ohne Pferde?« Williams Körper bebte vor Anspannung, doch als er sah, dass weder Marie noch mir etwas zustieß, kehrte seine straffe Haltung zurück. Trotz seiner Überraschung ging eine Selbstsicherheit und Stärke von ihm aus, die ich niemals zuvor an einem Menschen beobachtet hatte. Vermutlich hatte damals ein Blick genügt, um Macht über seine Männer auszuüben. Wie tief musste es ihn erschüttern, dass ausgerechnet ein Mädchen wie meine Schwester sich nicht von seiner herrischen Art beeindrucken ließ?

Williams Bestürzung verwandelte sich in Entschlossenheit und der Anflug von Angst in Angriffslust. Mit raumgreifenden Schritten ging er auf den Wagen zu, nahm den ihm zugewiesenen Platz ein und zuckte mit keiner Wimper, als ich ihm den Gurt umlegte. Erst als ich die Wagentür schloss und ihn damit in der metallenen Kiste einsperrte, kehrte ein Anflug von Furcht in seinen Blick zurück.

»Du bist vollkommen sicher.« Ich lächelte – er starrte mich mit einem Blick an, der eine Wüste mit Eis hätte überziehen können. »Vertrau mir.«

»Wie kann diese Kutsche fahren, wenn es keine Pferde gibt, die sie ziehen?«

»Mithilfe eines Motors«, rief ich ihm vom Vordersitz aus zu. »Mechanik treibt die Räder an. Stelle es dir wie eine Uhr vor, die von ineinandergreifenden Rädchen angetrieben wird.«

William schnaubte. »Das zierliche Räderwerk einer Uhr treibt diese Kiste mitsamt den in ihr sitzenden Menschen an?«

»Zierlich ist daran nichts«, antwortete ich. »Aber ja, so ähnlich funktioniert es.«

Marie warf mir einen teuflischen Blick zu, trat die Kupplung durch, rammte den Gang hinein und ließ das Auto wie eine Kanonenkugel davonschießen. Scheppernd flog es über einen Hügel, bog mit durchdrehenden Reifen auf die Sandpiste ein und raste, eine Wolke aus Staub hinter sich herziehend, auf das Dorf zu.

William rührte sich nicht. Mit aller Kraft umfasste er den Haltegriff der Tür, doch über seine Lippen kam kein Ton. Marie schien seine Selbstbeherrschung als Herausforderung zu verstehen, packte das Lenkrad mit beiden Händen und legte noch einmal an Geschwindigkeit zu.

»Wohin willst du?«, schrie ich über das Scheppern und Dröhnen hinweg.

»Strandpromenade«, brüllte Marie zurück.

»Nein. Besser nicht. Fahr zu den Lagunen.«

»Zu den Lagunen?«

»Wir sollten es langsam angehen lassen. Er ist gerade erst von den Toten auferstanden.«

Meine Schwester warf einen Blick über ihre Schulter. William starrte nach wie vor ins Leere, sein Brustkorb hob und senkte sich unter schnellen Atemzügen. Eines musste man ihm lassen: Er bestand aus purer Selbstbeherrschung.

»Wenn du mich fragst, verfügt er über eine robuste Psyche.«

»Fahr zu den Lagunen«, beharrte ich. »Bitte.«

»Also gut. Wie du willst.«

Kaum ging die Schotterpiste in Asphalt über, trat Marie derart ruppig auf die Bremse, dass ich nach vorne geschleudert wurde. Hinter mir knallte William gegen meinen Sitz, wurde vom Gurt wieder zurückgeworfen und wischte sich mit einem wüsten Knurren das zerzauste Haar aus dem Gesicht.

»Ist dieses Weib verrückt geworden?«, polterte er los. »Was für ein rückgratloses Mannsbild erlaubt es ihr, dieses teuflische Gefährt zu steuern?«

Marie blieb still, offenbar entschlossen, nicht auf seine Provokation einzugehen. Im Seitenspiegel des Autos sah ich, wie William mit gerunzelter Stirn und zusammengepressten Lippen aus dem Fenster blickte, hoffnungslos überfordert von der Situation und doch zu stolz, um sich diese Tatsache einzugestehen. Mal weiteten sich seine Augen, wenn er etwas erblickte, das er nicht verstand. Mal schüttelte er den Kopf oder verzog leidend das Gesicht, als würde ihm jedes laute Geräusch und jede grelle Farbe Schmerzen bereiten. Cotillo war ein beschaulicher Ort, doch für einen Mann, der dreihundert Jahre in der Einsamkeit einer Meereshöhle verbracht hatte, bedeutete vermutlich jeder Sinneseindruck einen Schock.

Sekündlich passierten wir Surfer mit bunten Brettern, Dreadlock-Mädchen, Luftmatratzen tragende Touristen und Rollerfahrer.

Immer wieder legte William eine Hand flach auf die Fensterscheibe und schloss einen Moment lang die Augen, ehe er noch verwirrter und erschütterter die Welt dort draußen betrachte.

Als wir den Ort hinter uns ließen, war seine Erleichterung unübersehbar. Ein erlöstes Lächeln lag auf seinen Lippen, als der Wagen an weißen Dünen und dürrem Gestrüpp vorüberzog. Das Meer war immer noch dasselbe, der Sand hatte sich in all den Jahrhunderten nicht verändert. Vermutlich war es Balsam für seine überreizten Sinne, endlich etwas Vertrautes zu sehen. Williams angespannte Muskeln lockerten sich, die Sehnen seiner Arme drückten sich nicht mehr wie straff gespannte Seile durch die Haut.

War das ein feuchtes Schimmern in seinen Augen? Pressten sich seine Lippen so fest aufeinander, weil er kurz davor war, die Beherrschung zu verlieren?

Ich wollte etwas tun, das ihm half. Aber was? Wie sollte man jemandem beistehen, dem gerade einmal vier Wochen blieben, um eine vollkommen fremde Welt zu begreifen? Und das nur, um von dieser Welt nach viel zu kurzer Zeit wieder Abschied nehmen zu müssen? Auf William warteten weitere hundert Jahre Eintönigkeit, sich endlos wiederholende Tage und Nächte ohne Hoffnung darauf, diesem Kreislauf jemals zu entkommen. Warum war er nicht längst wahnsinnig geworden? Wie bewahrte man sich als Gefangener eines solchen Schicksals seinen gesunden Verstand?

Als Marie vor der Mauer parkte, hinter der sich die leuchtenden Farben meines Lieblingsortes erstreckten, presste sich eine Faust um mein Herz zusammen. Ich stürzte förmlich in ein Loch aus Kälte und Einsamkeit, und mein nächster Atemzug fühlte sich an, als müsste ich gegen das Gewicht eines Felsens ankämpfen, der auf meine Brust drückte.

»Hannah?« Marie hatte inzwischen meine Tür geöffnet und musterte mich mit schief gelegtem Kopf. »Was ist los?«

»Nichts.« Meine Augen brannten. Verschämt blinzelte ich dagegen an und stieg aus dem Wagen. »Ich war nur …«

»Überfordert?« Meine Schwester seufzte. Sie öffnete die hintere Tür, löste Williams Gurt und wandte sich wortlos von ihm ab. „Nun ja, das ist wohl mehr als verständlich.«

Schweigend musterte der Pirat den vor uns liegenden Strand. In seinen Augen spiegelte sich der blaue Himmel, und plötzlich trat eine solche Sehnsucht in seinen Blick, dass es war, als würde sein Elend auf mich überspringen. Ich wusste, wie es sich anfühlte, von der Brandung gegen die Felsen geschmettert zu werden. Ich wusste, wie es war, unter einer unerbittlichen Sonne zu verbluten. Auf irgendeine magische Weise hatten sich die Fäden unserer Existenzen miteinander verflochten, offenbar, weil Marifa es so wollte. Denn wer in der Lage war, uns im Schlaf zueinanderzubringen, der schaffte es auch, mich Williams Schmerzen fühlen zu lassen.

Aber warum?

Hatte meine Schwester vielleicht recht? War ich in der Lage, ihn zu retten? Oder trieb Marifa nur ein grausames Spiel?

Zögernd stieg er aus dem Wagen, blieb neben mir stehen und blickte auf das Meer. Seine gerade noch zusammengepressten Lippen öffneten sich, als wollte er etwas sagen, doch ehe die Worte über seine Zunge kommen konnten, entschied er sich zum Schweigen.

»Komm.« Beinahe hätte ich eine Hand nach ihm ausgestreckt, als wäre es selbstverständlich, meine Finger mit seinen zu verflechten. »Lass uns zum Wasser gehen.«

»Moment. Ihr habt da was vergessen.« Maries Stimme drang schrill und falsch durch den Wind. William Mundwinkel hoben sich, vermutlich, weil wir im gleichen Augenblick zusammengezuckt waren und dasselbe erschrockene Gesicht gezogen hatten.

»Wo seid ihr mit euren Gedanken, hm?« Meine Schwester öffnete den Kofferraum und wartete, bis ich die Decke, den Schirm und die Wasserflasche herausgenommen hatte. Dann verschloss sie den Wagen, sprang über die Mauer und stapfte zum Strand hinunter, als könnte sie es kaum erwarten, unserer Gesellschaft zu entkommen.

»Ein Schirm?« William betrachtete das kunterbunte Bündel, das ich vor meiner Brust zusammenraffte. »Eine Decke?«

»Nun ja, auf die Decke können wir uns setzen. Und der Schirm schützt uns vor der Sonne.«

Überwältigt strich er mit dem Zeigefinger über das komplexe Muster der Baumwolle: ein schwarzes indisches Mandala auf regenbogenfarbenem Grund mit einem Elefanten in der Mitte. Ähnlich farbenfroh war der gestreifte Schirm, den meine Schwester stets im Kofferraum verwahrte.

»Das muss das Werk eines meisterhaften Färbers sein.« William nahm mir das Bündel ab, begutachtete es noch ein paar Momente lang und klemmte es sich schließlich unter den Arm. »Wie viele Guinea haben euch diese Stücke gekostet?«

»Wir bezahlen nicht mehr mit Guinea, sondern mit Euro. Und was den Preis betrifft, musst du Marie fragen. Heutzutage kosten solche Stoffe kein Vermögen mehr. Sie werden mithilfe von Maschinen gefärbt. Es ist schnell, einfach und billig.«

William nickte nur und beschränkte sich auf ein Lächeln. Kaum überwand er mit einem anmutigen Sprung die Mauer, zog seine extravagante Erscheinung die erste Aufmerksamkeit auf sich. Mehrere Surfer in der Nähe deuteten auf ihn, während eine Gruppe junger Frauen ihre Smartphones zückten und begannen, den Mann im vermeintlichen Kostüm zu fotografieren.

»Womit verdient ihr euer Geld?« Verblüfft starrte ich auf Williams Hand, die er mir entgegenhielt, während er seine Frage stellte. Die Silberringe an seinen wohlgeformten Fingern blitzten, eines der Schmuckstücke umschloss ein Stück ausgebleichte rote Koralle. Wollte er mir ernsthaft über die Mauer helfen? Er, der von den Toten auferstandene Pirat, der uns bisher nicht den leisesten Respekt entgegengebracht hatte?

»Ich studiere.« Meine Wangen brannten, als ich nach seiner Hand griff. Die Behutsamkeit, mit der er mir Halt gab, erschütterte mich tiefer als alles, was er bisher getan oder gesagt hatte. »Englisch und Geschichte auf Lehramt.«

»Du studierst?« Kaum berührten meine Füße den Sand auf der anderen Seite der Mauer, zog William seine Hand zurück. »Es ist Frauen erlaubt, eine Universität zu besuchen?«

»Wir schreiben das Jahr 2017.« Nervös zupfte ich an meinem zerknitterten grünen Shirt, während William mich aufmerksam musterte. Zweifellos wusste er, weshalb meine Wangen glühten. Vielleicht hörte er sogar meinen rasenden Herzschlag oder roch die Verwirrung, die aus jeder meiner Poren strömte. »Heutzutage ist es normal, dass Frauen studieren. Wir ergreifen dieselben Berufe wie deinesgleichen. Anwältin, Ärztin, Wissenschaftlerin. Alles ist möglich.«

»Dann steht ihr also nicht mehr unter den Männern?« Williams Miene war verwirrt, aber nicht abfällig. Irgendetwas war in der vergangenen Nacht mit ihm geschehen und hatte ihn in einen völlig anderen Mann verwandelt. Fast wünschte ich mir seine distanzierte Respektlosigkeit herbei. Sie hatte es leicht gemacht, ihn nicht zu mögen. »Euch stehen dieselben Freiheiten zu, wie sie meinem Geschlecht zustehen?«

»So ist es.« Noch immer spürte ich die Hitze seiner Finger, die sich um meine Hand geschlossen hatten. Ich wollte nach ihm greifen, als wir nebeneinanderher zum Wasser liefen, doch meine Vernunft war stärker als diese launische Anwandlung, ihm nahe sein zu wollen. »Du wirst dich wohl daran gewöhnen müssen.«

Und wozu?, ging es mir durch den Kopf. *In vier Wochen zerfällt er wieder zu einem Haufen Knochen, und alles war umsonst.*

Ich kannte diesen Mann nicht. Er war ein Fremder. Ein Geist, mit dem ich einen kurzen, unwirklichen Moment meines Lebens teilte, ehe er wieder fortgeweht wurde. Doch sobald ich an Williams bevorstehendes Ende dachte, sträubte sich alles in mir dagegen, diese Tatsache zu akzeptieren. Amüsierte sich Marifa aus der Ferne über meine Verwirrung und Williams Qual? Wollte sie, dass er das Leben genoss und seine Sehnsüchte stillte, nur um während der nächsten hundert Jahre umso mehr zu leiden?

Schweigend gingen wir nebeneinanderher, bis wir zu einer menschenleeren kleinen Lagune gelangten. Die neugierigen Frauen mit den Smartphones hatten inzwischen ihre Decken zusammengerafft und waren uns gefolgt, vielleicht in dem Glauben, dass irgendwo Dreharbeiten für den neuesten Piratenfilm stattfanden.

»Was tun diese Menschen?«, fragte William, als ich den Schirm unter seinem Arm hervorzog und in den Sand steckte. »Hat das Spiel irgendeinen Sinn?«

Ich folgte seinem Blick und entdeckte zwei Kitesurfer, die auf ihren Brettern über das Wasser der größten Lagune zischten und funkelnde Fontänen aufspritzen ließen.

»Nein«, antwortete ich. »Es hat keinen Zweck. Sie haben einfach nur Spaß daran.«

William nickte und hing schweigend seinen Gedanken nach, während ich den Schirm aufspannte, gegen die Sonne ausrichtete und schließlich die Decke ausbreitete. Eine der fotografierenden Frauen kicherte laut und vernehmlich, was William ein abfälliges Schnaufen entlockte. Mit gerunzelter Stirn musterte er seine Verehrerinnen.

»Und was tun diese Weiber?«, grollte er mit der vertrauten Abfälligkeit. »Warum halten sie ständig kleine Holzstücke hoch und deuten auf mich?«

Fast hätte ich aufgelacht. In letzter Sekunde versteckte ich meine Belustigung hinter einem Räuspern. Wie sollte ich ihm das Wunder des Fotografierens erklären? Ich suchte nach Worten, fand nichts Taugliches und beschloss, die Einführung in die moderne Technik auf ein anderes Mal zu vertagen.

»Wir haben dich gewarnt«, erwiderte ich stattdessen. »Kleidung wie deine findet man heutzutage nur noch in Museen. Vermutlich denken diese Frauen, dass du ein Schauspieler bist.«

»Ein Schauspieler?« William schüttelte missbilligend den Kopf, wandte sich wieder mir zu und beobachtete, wie ich die bunte Decke zurechtzupfte. Offenbar geblendet von den Farben, die im Licht der Sonne noch greller leuchteten, kniff er die Augen zusammen.

»Ich hätte auf euch hören sollen«, brummte er unwillig. »Das Gegacker und Gekicher dieser Weibsbilder schmerzt in meinen Ohren.«

»Es freut mich, dass du zu dieser Einsicht gekommen bist.«

»Welche Einsicht? Dass ich auf euch hätte hören sollen?«

»Genau die.« Ich warf ihm ein Grinsen zu, er blinzelte mich an und grinste zurück. Augenblicklich flatterte ein warmes Kitzeln durch meinen Bauch und beschleunigte meinen Herzschlag. Verdammt, ich durfte mich nicht auf ihn einlassen. Nicht auf einen Mann, der mich in vier Wochen verlassen würde. Und zwar für immer. Denn bei seinem nächsten Erwachen würde ich schon längst in meinem Grab liegen.

»Seltsam«, murmelte ich. »Ich höre die Frauen nur ganz leise.«

»Dreihundert Jahre lang waren meine Sinne die einzige Gesellschaft, derer ich mich bedienen konnte. Zumindest jene, die die Hexe mir gelassen hatte.« William hielt das Gesicht in den Wind und schloss erneut die Augen. Ich wusste, dass er dem Gefühl des Windes auf seiner Haut nachspürte, dem Zerren der Böen in seinem Haar und der Wärme der Sonne, die langsam bis in seine Knochen sickerte.

»Das heißt, sie sind schärfer geworden?«, hakte ich nach.

»Ja. Sehr viel schärfer. Als ich glaubte, vor Langeweile verrückt zu werden, habe ich damit angefangen, Geräusche zu verfolgen. Fühlen konnte ich nichts mehr, auch nicht in den Wochen, in denen ich lebendig war. Also konzentrierte ich mich auf Ohren und Augen.«

Wieder wusste ich nicht, was ich erwidern sollte. Die Art, wie William seine Arme herabhängen ließ, wirkte müde und kraftlos. Als hätte er schon vor Langem jegliche Hoffnung verloren. Ob er wohl gerade in die Vergangenheit zurückreiste? Hin zu irgendeinem glücklichen Augenblick seines früheren Lebens, in dem er an der Reling seines Schiffes gestanden und auf das Meer längst verlorener Zeiten hinabgeblickt hatte?

Irgendwo kreischte eine Kinderstimme das Wort »Pirat«. Die Frauen hatten offenbar beschlossen, genügend Fotos geschossen zu haben, breiteten ihre Decken aus und nahmen ganz in unserer Nähe Platz. Immer mehr Menschen wurden auf meinen seltsamen Begleiter aufmerksam, reckten ihre Hälse und rückten unauffällig näher. Doch niemand von ihnen wagte sich näher heran. Es war, als spürten selbst die neugierigsten Gemüter, dass William weder zu Scherzen noch zu Spielereien aufgelegt war.

Heiß brannte die Sonne vom Himmel herab, ließ das Shirt an meinem Rücken kleben und verwandelte die Lust, mich zu entkleiden, in ein unwiderstehliches Bedürfnis. Argwöhnisch warf ich einen Blick auf den Piraten. Noch immer hielt er die Augen geschlossen und schien in Gedanken weit fort zu sein. Den leicht bekleideten Frauen hatte er kaum Aufmerksamkeit geschenkt, was vermutlich bedeutete, dass er nicht zwingend Anstoß an Freizügigkeit nahm. Immerhin hatte er monatelang in der Südsee gelebt, wo die Vertreter meines Geschlechts vermutlich auch zu Williams Zeiten nichts anderes als Blütenkränze am Leib getragen hatten.

Kurz entschlossen zog ich Shirt, Jeans und Latschen aus, warf beides unter den Schirm und streckte mich im warmen Sonnenschein. Wohltuend strich der Wind über meine Haut, griff in mein Haar und gab mir das Gefühl, als wäre dies der Vormittag eines vollkommen gewöhnlichen Tages.

Noch immer nahm William keine Notiz von mir. Ich setzte mich auf die Decke, zupfte an dem Oberteil des dunkelgrünen gehäkelten

Bikinis, den Marie mir vermacht hatte, und wartete auf die Reaktion meines Begleiters. Noch vor zwölf Tagen hätte mich niemand dazu überreden können, ein solches Nichts von Stoff zu tragen. Doch hier, wo viele Menschen kurzerhand nackt ins Wasser hüpften, war ein Großteil meiner Scheu verschwunden. Zumindest bis jetzt. Denn kaum warf ich einen Blick auf William, verschränkte ich verschämt die Arme vor der Brust und zog die Beine an meinen Körper.

Eine ganze Weile verging, ehe er in das Hier und Jetzt zurückkehrte. Und als er es schließlich tat, geschah genau das, was ich befürchtet hatte. Ihm fielen bei meinem Anblick förmlich die Augen aus dem Kopf.

»Ist es … « Er räusperte sich mehrmals. »Ist es in deiner Zeit wirklich schicklich, sich derart zu entblößen?«

»Sieh dich um. Was glaubst du?« Irgendein Teufel ergriff von mir Besitz. Ich nahm die Arme von meinem Bauch, lehnte mich zurück und präsentierte mich ihm in meiner ganzen notdürftig bedeckten Nacktheit. Williams Blick wurde glasig.

»Ja«, murmelte er. »Anscheinend ist es üblich.«

»Viele baden sogar nackt«, fügte ich hinzu.

Seine Stirn legte sich in Falten. »Ganz nackt?«

»Oh ja. Ich dachte, dass du so etwas kennst. Warst du nicht eine Zeit lang in der Südsee?«

»Ja. Doch das war … anders.«

»Warum?«

»Die Frauen waren anders.«

»Tut mir leid, aber das verstehe ich nicht.«

William schwieg. Je länger er mich anstarrte, umso knapper erschienen mir die Stoffstückchen, die meine Blöße bedeckten. In den letzten Jahren war ich runder geworden, hier und da saß für meinen Geschmack zu viel Speck auf meinen Knochen. Doch dieser Mann sah mich an, als hätte er nie zuvor eine schönere Frau erblickt. Sein Atem stockte, für kurze, ins Endlose gedehnte Momente schien er alles um sich herum zu vergessen. Sein Blick brannte auf meiner Haut, auf meinen Brüsten und meinen Schenkeln, bis ich glaubte, das Dröhnen meines Herzens müsste bis zum entferntesten Winkel der Lagunen zu hören sein.

Plötzlich ging ein Ruck durch Williams Körper. Er ballte die Hände zu Fäusten, nahm einen tiefen Atemzug und marschierte davon. Mit hastigen Schritten erklomm er die Lavafelsen und balancierte darüber hinweg, zuerst unsicher, doch bald mit kraftvollen, anmutigen Sprüngen, die ihn mühelos über das Labyrinth aus scharfkantigen schwarzen Felsen trugen.

Seine weltfremde Erscheinung vor der Szenerie aus Wellen, Wind und Himmel glich einem alten Gemälde. Die Frauen sprangen auf und schossen noch mehr Fotos, einer der Touristen nahm gar ein Fernglas in die Hand. Hatte ich gerade noch geglaubt, das Wissen um Williams Existenz verarbeitet zu haben, erschien er mir plötzlich wieder wie ein Geist. Ein Geschöpf, das unmöglich real sein konnte. Niemand würde mir glauben, wenn ich seine Geschichte erzählte. Wie auch? Mein Gast war ein Pirat, dazu verflucht, von den Toten wiederaufzuerstehen. So etwas gab es nur in Märchen.

Und doch stand er dort. So dicht am Rand der Felsen, dass ihn die Gischt der schäumenden Wellen durchnässte. Der Mann, der vor dreihundert Jahren den Tod gefunden hatte.

Und dennoch lebte.

Kapitel 13

In mir schlägt
das wilde Herz des Meeres.

William

Der Rausch des Lebens riss mich wie eine Flutwelle mit sich fort. Es gab nichts, das ich dagegen tun konnte. So lange hatte ich den Wind nicht mehr gespürt. Nicht mehr das Brennen des Salzes auf meiner Haut, wenn die heiße Sonne das Meerwasser trocknete. Nicht mehr das Kitzeln, das über den gesamten Körper läuft, wenn sich die Härchen auf den Armen unter einer kühlen Brise aufstellen. Nicht mehr das Drücken scharfer Felsen in meinen Fußsohlen oder den süßen Schmerz, der mich von den Haarspitzen bis zu den Zehen durchströmte, wenn ich glaubte, vor Begehren zu zerspringen.

Einerseits blickte mich diese Frau mit den Augen eines unschuldigen Mädchens an, andererseits räkelte sie sich fast nackt in der Sonne und lächelte wie die sündhafteste aller Dirnen. Falls dieses Gehabe tatsächlich ein geduldetes und normales Verhalten war, hatte mich das Schicksal ebenso in die Hölle wie in den Himmel geschickt. Irgendwann einmal war meine Selbstbeherrschung legendär gewesen, doch hier und heute hatte ich sie gänzlich verloren. Wie ein halbstarker Junge war ich vor Hannahs Anblick geflohen. Weil ich kurz davor gewesen war, den Verstand zu verlieren. Weil das Leben durch meine Adern geschossen war und meine Gedanken sich in ein fiebriges, lüsternes Chaos verwandelt hatten.

Kein Auge hatte ich der letzten Nacht zugetan, getrieben von endlosen Grübeleien. War diese Frau in der Lage, mich zu retten? Würde

Marifa mich wirklich freigeben? War ihr Rachedurst gestillt oder hatte sie nur die Lust auf ein neues Spiel gepackt?

Ich erkannte weder Wahrheit noch Lüge. Ich wusste nicht, was richtig oder falsch war. Spielte ich der Hexe in die Hände? Tat ich genau das, was sie wollte, oder lag meine Freiheit zum Greifen nahe?

Nur eines war mir klar geworden, während ich Stunde um Stunde wach gelegen hatte: Ich musste mein Glück versuchen. Ich musste alles tun, was in meiner Macht lag, um nicht die Ewigkeit mit dem Wissen verbringen zu müssen, zu feige gewesen zu sein.

Möglicherweise tappte ich nur in eine Falle. Doch vielleicht ... ja, vielleicht war Marifa der Lügen überdrüssig geworden. Selbst eine Hexe musste irgendwann vom Hass übersättigt sein. Möglicherweise war sie ebenso verflucht wie ich und dazu verdammt, ewig und unveränderlich durch die Zeit zu wandern. Wollte sie meine Erlösung, weil auch sie nach Frieden dürstete? Hingen mein Schicksal und das ihre zusammen wie die Fäden im Netz einer Spinne?

Lange stand ich am Rand der Felsen und versuchte, zu einer Erkenntnis zu gelangen. Die aufspritzende Gischt kühlte mein überhitztes Fleisch und kam doch nicht gegen das Fieber an, das in meinen Gliedern pochte und spannte und mich bis zum Bersten mit einer Sehnsucht füllte, die alles bisher Empfundene übertraf.

Zwei weiche grüne Stofffetzen geisterten in meinem Kopf herum, beide viel zu klein, um Hannahs Brüste ganz zu bedecken. Es wäre ein Leichtes gewesen, sie ihr vom Körper zu reißen. Ich wollte diese Frau packen und ihr meinen Willen aufzwingen, so, wie ich es zahllose Male getan hatte. Damals, in einem längst verblassten Leben. Ich wollte den Traum zurückholen, ihre weiche Haut schmecken, ihre Schenkel auseinanderdrücken und spüren, wie sich ihr Leib unter mir wand. Doch jetzt, nachdem ich eine Ewigkeit lang Zeit gehabt hatte, über mich und meine Taten nachzudenken, verabscheute ich den Mann, der ich einst gewesen war. Und ich verabscheute die Tatsache, dass er noch immer nicht tot war. Nach wie vor hauste er in mir, gierig und rücksichtslos. Dieser Mensch, den man niemals lieben, sondern nur verabscheuen konnte. Der Mensch, der es verdient hatte, die schlimmste aller Strafen zu ertragen.

Müde setzte ich mich auf den Felsen, ließ die Schultern hängen und starrte auf den fernen Horizont. Irgendwo dort draußen lag mein Schiff.

Ein uraltes, zerschmettertes Wrack am Grund des Meeres. Was hätte ich dafür gegeben, noch einmal unter den stolz aufragenden Masten zu stehen und zu den im Wind geblähten Segeln hinaufzublicken.

Gewinne ihre Liebe, hauchte die Hexe in meinem Kopf. *Dann wirst du frei sein. Es ist deine Entscheidung. Beweise mir, dass du deine Zeit gut genutzt hast.*

Ich antwortete nichts. Stumm und reglos beobachtete ich die heranrollenden Wellen und den Schaum, den der Wind von ihren Kämmen riss.

Ich weiß, wonach du dich sehnst, wisperte Marifa in das Rauschen des Atlantiks hinein. *Aber die Scowerer ist nur ein aus Holz zusammengezimmertes Schiff. Ein totes Ding.*

»Dieses tote Ding, wie du es nennst, war mein Leben.«

Das weiß ich.

»Nein, du weißt gar nichts. Du hast niemals gespürt, wie …«

Das ist wahr!, zischte ihre Stimme wie eine Peitsche durch meinen Kopf. *Ich weiß nicht, wie es sich anfühlt, als freier Mensch auf einem Schiff zu reisen. Als ich das Meer überquerte, verrottete ich zusammen mit dreihundert anderen Sklaven im Bauch eines Schiffes und hörte dabei zu, wie die Ratten die Leichen meiner Gefährten fraßen.*

Müde senkte ich den Kopf. Ja, ich hatte Zeit genug gehabt, über mein Leben nachzudenken. Über das Böse und das Gute, das Warum und das Woher. Ich hatte jeden Augenblick meines Daseins durchdacht, während die Jahre und Jahrzehnte an mir vorübergezogen waren. Die Last meiner Schuld war irgendwann unerträglich geworden. Mir war in dieser Höhle so vieles klar geworden. Das meiste drehte sich um die Erkenntnis, dass ich ein schlechter Mensch gewesen war.

»Es tut mir leid«, flüsterte ich in den Wind.

Endlich. In der Stimme der Hexe spürte ich ihr Lächeln. *Zum ersten Mal meinst du diese Worte wirklich und wahrhaftig ernst.*

»Ich habe sie zahllose Male gesagt.«

Oh ja. Als du um Gnade gewinselt hast. Als du dir selbst leidgetan hast. Als du dachtest, du könntest mich um den Finger wickeln. Dir ist klar geworden, dass du Schlechtes getan hast, aber du hast niemals ernsthaft bereut.

»Das ist nicht wahr. Ich habe mir tausend Mal gewünscht, alles ungeschehen machen zu können.«

Um deiner selbst willen, widersprach Marifa. *Weil du deinem Schicksal entkommen wolltest. Aber die Erkenntnis, dass du deine Strafe verdient hast, wuchs erst jetzt in dir heran. Als du dem Mädchen über die Mauer geholfen hast, warst du auf dem richtigen Weg. Sie ist dein Heilmittel, William. Ihretwegen erinnerst du dich an den Menschen, der du einst gewesen warst. Der Mensch, der für Gwendolyn sein Leben gegeben hat.*

Dieses eine Wort, dieser längst verblasste Name stach wie ein Dolch in mein Herz. »Sprich nicht über sie! Niemals! Hast du das verstanden?«

Doch Marifa lachte nur. *Haben drei Jahrhunderte in der Höhle nicht genügt, um dir klarzumachen, dass du deine Schwester niemals vergessen wirst? Sie gehört zu dir. Ihr teilt euch dasselbe Blut und dieselbe Wiege.*

»Schweig, Weib!«

Erinnere dich an den Mann, den du aufgegeben hast. Du hast zahllose Nächte durchwacht, um auf sie achtzugeben. Du hast alles für sie getan. Du warst der große Bruder, den sich jedes Mädchen sehnlichst wünscht. Wenn Gwendolyn dumme Dinge getan hat, hast du ihre Vergehen auf dich genommen, um die Prügel an ihrer statt einzustecken. Du warst alles für sie, und sie war alles für dich. Das ist das Geheimnis der Liebe, William. Deine Seele ist nicht schwarz. Finster ist nur die Mauer, die du um sie herum aufgebaut hast. Liebe das Mädchen, und du wirst frei sein.

Die Stimme der Hexe verwehte. Sanft und liebevoll, ohne jene Häme, die sie mir sonst entgegengebracht hatte. Lange vermochte ich mich nicht zu regen, kauerte nur da und starrte in das Meer, das in weiß schäumenden Strudeln um die Felsen strömte. Meinte Marifa es wirklich einmal gut mit mir? War sie tatsächlich bereit, mich freizugeben?

»Gwendolyn«, flüsterte ich den Namen meiner Schwester und spürte, wie der Wind ihn von meinen Lippen riss. Er verwehte, so wie sie verweht war. Ob ihr Grabstein noch immer stand? Vermutlich war er vor langer Zeit schon entfernt worden, um Platz für neue Ruhestätten zu schaffen.

»Wer war Gwendolyn?« Eine zarte Stimme riss mich aus meinen Gedanken. Ich musste nicht den Kopf wenden, um zu wissen, dass Hannah neben mir stand.

»Niemand«, antwortete ich.

»Das glaube ich dir nicht.«

Stur, wie es die Frauen heutzutage offenbar waren, ließ sie sich neben mir nieder, zog die Beine an und schlang ihre Arme um die Knie. Wenigstens hatte sie wieder ihre Kleidung übergestreift und quälte mich nicht länger mit dem Anblick ihres entblößten Körpers. Allein ihre nackten Waden und Unterarme genügten, um mich spüren zu lassen, wie gierig und wild das Herz in meiner Brust schlug. Und wie sehr mein ausgehungerter Körper sich danach sehnte, hier und jetzt über diese Frau herzufallen. Ich stellte mir vor, sie hinter einen der Felsen zu zerren, auf den Sand zu werfen und alles um mich herum zu vergessen.

»Ist Gwendolyn eine Frau aus deinem alten Leben?«, legte Hannah treffsicher ihren Finger in meine Wunde. »Hast du versucht, sie zu vergessen?«

»Gwendolyn war meine Schwester.« Warum brach ich ausgerechnet jetzt mein Schweigen? Mit niemandem hatte ich jemals über sie geredet. Nicht einmal mit Ruben, meinem engsten Vertrauten auf der *Scowerer*, der sonst jedes meiner Geheimnisse kannte. Auch Marifa hatte nur von ihr erfahren, weil ich damals im Fieberwahn geredet hatte, weder Herr über meinen Körper noch über meine Sinne. Und jetzt saß ich hier, in einer fremden Zeit mit einem fremden Mädchen, und brach ein vor langer Zeit verschlossenes Siegel.

»Möchtest du mir von ihr erzählen?«, fragte sie sanft.

Ein Beben lief durch meinen Körper. Ich presste die Lippen aufeinander und schüttelte den Kopf, während ich spürte, wie etwas in mir zerbrach. Was war nur aus mir geworden? Der einst so gefürchtete Kapitän der *Scowerer*, der gnadenlose Freibeuter, an dessen Händen das Blut unzähliger Seelen klebte; der, dessen Name in jedem Hafen und in jeder Spelunke zu zweifelhafter Berühmtheit gelangt war und der Angst in die Herzen unzähliger Seefahrer gesät hatte … dieser Mann saß zitternd neben einem Mädchen und spürte, wie ihm die Tränen in die Augen stiegen.

»Nein«, presste ich hervor. »Ich will nicht von ihr erzählen.«

Hannah nickte. Ich erwartete, dass sie aufstehen und mich allein lassen würde, enttäuscht von meiner Antwort. Stattdessen blieb sie neben mir sitzen. Schweigend, den melancholischen Blick auf das Meer hinaus gerichtet.

Warum tat sie das?

Zu meiner Zeit hatte es nur drei Arten von Frauen gegeben. Auf der einen Seite standen die rechtschaffenen und züchtigen Weiber, die bereits einen sündigen Gedanken zum Anlass nahmen, sich selbst zu geißeln und mehrere Rosenkränze herunterzubeten. Auf der anderen standen die Dirnen. Heimtückische Schlangen, die sich den Männern gurrend an den Hals warfen, um sich ein paar klappernde Münzen oder sonst einen Vorteil zu verschaffen. Oft genug war ich mit dröhnendem Schädel und abgeschnittener Geldkatze aufgewacht, um mich eines reichen Erfahrungsschatzes mit solchen Weibern rühmen zu dürfen. Und dann waren da noch jene, deren Existenz ich damals ignoriert hatte. Die Verzweifelten. Die verlorenen, vom Schicksal gebeutelten Seelen, die aus purer Not stahlen und betrogen. Erst Marifa und der Fluch hatten mir vor Augen geführt, dass nicht alle, die Verdorbenes taten, auch tatsächlich verdorben waren.

Doch zu welcher Art gehörte dieses Mädchen? Warum suchte sie meine Nähe, ohne den Versuch zu unternehmen, mich um den Finger zu wickeln? Zweifellos war ihr klar, dass ich nichts zu bieten hatte. Über mein Gold konnte sie ohnehin verfügen. Wenn es ihr darum ging, musste sie nur warten, bis ich im Licht des kommenden Vollmonds zu einem Knochenhaufen zerfiel.

»Warum tust du das?«, fragte ich leise.

Das Mädchen drehte den Kopf und sah mich an. Keine Arglist lag in ihren schönen, dunklen Augen. Die Unschuld ihres Lächelns erinnerte mich so sehr an meine Schwester, dass es war, als würde Marifa nach meinem Herz greifen und es aus meiner Brust reißen.

»Weil ich dir helfen will«, antwortete sie.

»Warum?« Stur blickte ich auf den Horizont, über den die Sonne einen funkelnden Schleier legte. Es hatte eine Zeit gegeben, in der ich es keinen Monat lang ausgehalten hatte, nicht darauf zuzusteuern. »In vier Wochen bin ich tot. Wenn ich das nächste Mal lebendig werde, liegst du längst in deinem kalten Grab.«

Das Mädchen seufzte. »William Hunter! So wie du daherredest, muss dein Leben schon vor dem Fluch traurig gewesen sein.«

Hannah

Er sah mich an, als hätte ich ihm einen Schlag verpasst. Für die Dauer eines Blinzelns flackerte Zorn in seinen Augen auf, ungezügelt wie eine Naturgewalt, doch als sich seine Lider ein zweites Mal hoben, war da nur noch stumpfe Verzweiflung. Eine Weile sah er mich an, als würde er nach Worten suchen, dann stand er auf, seufzte und marschierte davon.

Als William die Stelle erreicht hatte, an der unsere Decke lag, zog er seinen Rock aus, ließ Hemd, Hose, Gürtel und Stiefel folgen und stieg splitterfasernackt in das Wasser der Lagune.

Die Frauen mit den Smartphones johlten.

Der Pirat störte sich nicht daran, schwamm ein Stück mit kräftigen Zügen und drehte sich schließlich auf den Rücken. Mit geschlossenen Augen und ausgebreiteten Armen ließ er sich treiben, unübersehbar hungrig nach Leben und zugleich wie ein Gefangener, der nichts mit seiner flüchtigen Freiheit anzufangen wusste. Selbst sein Lächeln, als er wie ein übermütiger Junge mit den Füßen das Wasser aufwühlte, wirkte verzweifelt. Kaum erhellte Freude sein Gesicht, glitt auch schon wieder ein Schatten darüber, vermutlich weil ihm bewusst wurde, dass er all das in kurzer Zeit wieder verlieren würde. War William deshalb vor mir geflohen? Weil er es vermeiden wollte, mir nahezukommen?

Zumindest ein kleines Stück weit hatte sich seine Austernschale geöffnet. Ich wusste nun, dass er eine Schwester gehabt und sie offensichtlich geliebt hatte. Dann war etwas geschehen. Etwas Furchtbares.

Ob vier Wochen genügen würden, um sein Vertrauen zu gewinnen? Vielleicht konnte ich ihn nicht retten, aber ich konnte es ihm leichter machen. Zumindest ein wenig.

Nutzt die Zeit, die euch gegeben ist, hätte ein Optimist wohl gesagt. Doch mein Wasserglas war halb leer. Vermutlich würde ich mein Herz verlieren, wenn ich mich kopfüber in dieses Abenteuer stürzte. Die Chance, dass ich William erlösen konnte, bewegte sich wahrscheinlich am Rand der Unmöglichkeit.

Vermutlich.

Wahrscheinlich.

Vielleicht.

»Drauf geschissen!« Kurz entschlossen stand ich auf, zog an Ort und Stelle meine Kleidung bis auf den Bikini aus, balancierte zum Rand der Felsen und sprang kopfüber in die Lagune. Kälte biss in meine aufgeheizte Haut, Blasen perlten über meinen Bauch. Ich öffnete die Augen, spürte das Brennen des Salzes und sah verschwommen, wie ein Schwarm Fische auseinanderstob.

Gemächlich tauchte ich bis in die Mitte der Lagune, tauchte auf und strich mir die tropfenden Haare aus dem Gesicht. William konnte ich nirgendwo entdecken, vermutlich war er gerade unter Wasser oder hinter einem der vielen Felsen verschwunden.

Ich warf einen finsteren Blick in Richtung der Frauen, die albern kicherten, sich gegenseitig anrempelten und angeregt über die Fotos auf ihren Smartphones diskutierten.

Sie scherten sich nicht um mich. Natürlich.

Eine Zeit lang trieb ich auf dem Rücken, ließ meine Hände durch das türkishelle Wasser gleiten und versuchte, an nichts zu denken. Diese Augenblicke gehörten mir. Nicht dem *Vielleicht,* nicht dem *Vermutlich* oder dem *Wahrscheinlich.*

Nein. Nur mir.

Nach und nach driftete ich in Richtung der Felsen ab, die die Lagune vom aufgewühlten, tintenblauen Atlantik abschirmten. Mit ein paar Schwimmzügen legte ich die restlichen Meter zurück, setzte mich auf einen unter Wasser liegenden Vorsprung und ließ meinen Blick schweifen. William war noch immer verschwunden. Seine Kleidung lag nach wie vor dort, wo er sie zurückgelassen hatte, was vermutlich bedeutete, dass er in der Nähe war. Es sei denn, er hatte sich am Gepäck eines Surfers bedient.

Sorgen ballten sich in meinem Bauch zusammen. Würde er einfach so verschwinden? War er ein Mann, der Probleme löste, indem er vor ihnen davonlief?

Plötzlich glitt ein Schatten vor mir durch das Wasser. Ich schaffte es gerade noch, erschrocken zusammenzuzucken, als William unmittelbar vor mir die Oberfläche durchstieß.

»Machst du dir Sorgen um mich?« Sein Lächeln war pure Provokation. Mit beiden Händen strich er sich das Haar zurück, funkelte mich aus seinen blauen Augen an und wirkte wie ein Jäger, der gerade seine begehrteste Beute erlegt hatte.

»Sorgen?« Ich schnaubte. »Habe ich denn Grund dazu?«

William starrte mich an, noch immer lächelnd, doch mit einem Blick, unter dem sich meine Nackenhaare sträubten. Langsam legte er seine Hände rechts und links neben meinen Hüften auf den Riffvorsprung, rückte näher an mich heran und neigte den Kopf, als wollte er mich küssen. Der Vorsprung befand sich gerade so tief, dass meine Brüste knapp über dem Wasser lagen, und genau diese Stelle war es, die William ins Auge fasste.

»Hast du auch nur die geringste Ahnung, was du mit mir anstellst?«, raunte er heiser, während Wassertropfen über seinen Rücken perlten und in der Sonne funkelten. »Kannst du dir vorstellen, wie ausgehungert ein Mann ist, der seit dreihundert Jahren keine Frau mehr berührt hat? Ist dir nicht klar, wie schwer es mir fällt, dich nicht anzurühren?«

Er beugte sich noch tiefer über mich, bis seine Lippen den Ansatz meiner Brust berührten. Fordernd drückte sich sein Körper gegen meine Knie, und ich konnte nichts dagegen tun, dass sich meine Beine für ihn öffneten.

»Nein!«, krächzte ich, viel zu leise und viel zu matt. »Bist du verrückt? Jemand könnte uns ...«

»Willst du die Wahrheit wissen, Hannah?« William hauchte einen zarten, kitzelnden Kuss auf die Wölbung meiner Brust, ehe er wieder zu mir aufblickte. Sein Blick war dunkel vor Hunger. Einem Hunger, wie ich ihn nie zuvor an einem Mann gesehen hatte. »Ich will dich so sehr, dass ich glaube, verrückt zu werden. Seit diesem verdammten Traum wünsche ich mir jeden Tag, dass er Wirklichkeit wird. Nein, wünschen ist ein viel zu schwaches Wort. Ich giere danach.« Er kam näher, und noch näher, bis seine Lippen fast meinen Mund berührten. Dort, wo sich sein nackter Körper gegen meinen presste, glühte und pochte meine Haut. Nirgendwo waren Menschen zu sehen. Die Frauen, die uns vorhin noch beobachtet hatten, waren offenbar verschwunden. War ich erleichtert? Erschrocken? Wollte ich William anschreien, ihm einen Schlag verpassen und flüchten? Oder wollte ich ... etwas ganz anderes?

»Ich male mir aus, wie ich über dich herfalle.« Er stemmte sich hoch und stützte sich rechts und links neben meinen Schultern am Felsen ab, sodass seine Arme mich förmlich gefangen nahmen. »Ich stelle es mir in jedem Augenblick vor, in dem du mir nahe bist. Du hast keine Ahnung, wie sehr ich dich will, Hannah. Sind die Frauen eurer Zeit so unschuldig, dass sie sich fast nackt vor uns Männern räkeln und dann erstaunt sind, wenn wir die Beherrschung verlieren?«

»Ich …« Mein Atem stockte. »Ich denke, du solltest …«

»Was?« William drückte sich noch fester gegen mich, zitternd am ganzen Leib. Direkt vor meinen Augen hob und senkte sich sein Brustkorb, immer schwerer und schneller, als hinge seine Beherrschung an weniger als an einem seidenen Faden. »Verschwinden?«, knurrte er. »Dich in Ruhe lassen? Es irgendwie schaffen, mich zurückzuhalten?«

»Ja!«

»Und du glaubst, dass ich das jetzt noch kann?«

»Marifa …« Ich keuchte auf, als sein Atem meine Lippen streifte. In einem jämmerlichen Versuch, ihn von mir zu schieben, presste ich beide Hände auf seine Brust, doch es war, als würde ich gegen einen der Felsen drücken. William bewegte sich kein Stück. »Was ist, wenn sie genau das will? Was ist, wenn wir das hier nur fühlen, weil sie uns verhext? Weil sie uns mit einem Bann belegt hat und irgendeinen Plan mit uns hat?«

William schnaufte. »Was ich fühle, ist nur das Begehren eines Mannes. Dafür braucht es keinen Hexenzauber.«

»Bitte …«, krächzte ich.

»Was?«, raunte er. »Worum bittest du?«

»Dass du …« Ich starrte auf die Ketten an seinem Hals. Auf das abgewetzte Lederband. Den Korallenanhänger. Die Muschel. Tropfen fielen aus Williams Haaren und rannen über meine Brust, während sein Bart ganz sacht über meine Lippen kratzte. In dieser einen atemlosen Sekunde kurz vor dem Kuss. Und dann, als ich in einem letzten Aufbegehren den Kopf zur Seite drehte, spürte ich zwischen meinen Beinen seine harte Erektion. »Dass du …« Meine Stimme versagte. »Dass …«

»Ja?« Es wäre für ihn ein Leichtes, mir den Bikini vom Leib zu reißen. Ich war gefangen, konnte weder vor noch zurück. Ein Blick auf seine muskulösen Arme machte mir bewusst, dass ich nichts gegen ihn ausrichten konnte. Nicht einmal dann, wenn ich wie Marie ein gutes Dutzend Selbstverteidigungskurse besucht hätte.

»Du hast noch immer keine Angst.« Eine Sekunde lang berührten Williams Lippen die meinen, doch mehr tat er nicht. »Vertraust du so sehr auf meine Selbstbeherrschung? Ich bin ein Pirat. Ein Mann, der sich immer genommen hat, was er wollte. Und der sich einen Dreck um Rücksicht und Höflichkeit geschert hat.«

»So bist du nicht.« Obwohl ich flach atmete, benebelte mich der Moschusgeruch seiner nassen Haut. »Nicht mehr.«

»Glaubst du das?«, flüsterte er an meinen Lippen.

»Ja«, wollte ich hervorpressen, doch das Gefühl seiner Nähe schnürte mir die Kehle zu. Und plötzlich verschlang er meinen Mund mit einem harten, leidenschaftlichen Kuss, der alle Luft aus meinen Lungen presste. Mein Körper geriet außer Kontrolle. Ich grub meine Hände in Williams tropfnasse Haare und wusste nicht, ob ich ihn vor mir stoßen oder ihn an mich ziehen wollte. Ich zappelte unter seinem Gewicht, wand mich hin und her und spürte, wie jede meiner Bewegungen und jedes erstickte Seufzen, das ich von mir gab, seine Lust steigerten.

Tom war niemals so gewesen. Niemals wild. Niemals hemmungslos. Niemals überwältigt von Begehren. Doch der Mann, der sich zitternd über mich schob, der ungeduldig mein Bikini-Oberteil hochschob und meine Brüste mit beiden Händen umfasste, verlor vor Gier nach mir den Verstand.

Ein Teil von mir stand lichterloh in Flammen und wollte alle Bedenken in den Wind schlagen. Doch der andere sträubte sich mit aller Macht dagegen.

»Hier sind Menschen!«, keuchte ich zwischen zwei Küssen. »Es ist mitten am Tag! Und wir …«

William knurrte irgendetwas und erstickte meinen Protest mit seinen Lippen und seinen Händen. Im Traum waren unsere Berührungen rauschhaft gewesen. Doch die Ausgeburt unserer Fantasie war nichts gegen die Realität. Ich schnappte nach Luft, als er meine Handgelenke packte, so fest, dass es schmerzte. Und ich zitterte vor Furcht und Sehnsucht, als er von mir abließ, den Kopf senkte und keuchend nach Atem rang. Der Griff seiner Finger wurde noch grober. Fast glaubte ich, das Knirschen meiner Knochen zu hören. Mit glasigem Blick starrte William auf meine Brüste, die vom hochgerutschten Oberteil des Bikinis entblößt wurden.

»He«, japste ich. »Du tust mir weh!«

Augenblicklich lockerte sich sein Griff. Er sah mich an, einen Ausdruck der Verwirrung in den Augen, und dann tat er etwas, das ich nicht erwartete. Er begann zu lachen. Mit beiden Händen griff er sich in die Haare, schüttelte den Kopf und lachte noch hemmungsloser.

»Was ist los?« Verschämt rückte ich meinen Bikini wieder zurecht. Meine Lippen brannten vom Kratzen seiner Barthaare und der harten Gier unserer Küsse. »Was soll das?«

»Nichts.« Wieder lachte er auf, wieder schüttelte er den Kopf. »Es ist nur … ich … Ach verdammt, es tut mir leid, Hannah. Ich weiß nicht, was in mich gefahren ist. Vielleicht hast du recht.«

Überraschend sanft schloss er mich in seine Arme und zog mich zurück in das Wasser. Ein gutes Stück größer als ich, konnte er an dieser Stelle der Lagune noch immer stehen, und so trug er mich langsam umher, presste seine Stirn gegen meine und hielt mich einfach nur fest.

»Vielleicht zwingt Marifa dich dazu, mich zu wollen«, murmelte er nachdenklich. »Vielleicht ist alles, was du fühlst, nicht echt.«

»Ja«, brummte ich. »Vielleicht.«

»Und was fühlst du gerade?«

Verwirrt lauschte ich in mich hinein. Falls ich Angst hatte, dann hatte irgendein Zauber sie betäubt.

»Ich weiß es nicht«, sagte ich leise, doch die Wahrheit war, dass es sich gut anfühlte, seinen Körper an meinem zu spüren, meine Beine und Arme um ihn zu schlingen und die Finger in seinem nassen Haar zu vergraben. Meine Vernunft protestierte gegen das, was hier geschah. Sie warf mir vor, mich nicht genug gewehrt zu haben. Sie führte mir vor Augen, was William war, was uns erwartete und was unsichtbar im Hintergrund lauerte: eine Hexe, die unsere Träume lenkte. Und womöglich auch unsere Gefühle.

»Vertraust du mir?«, fragte William und schmiegte seine Wange an meine. Das Kratzen seiner Barthaare jagte ein Kribbeln durch meinen Körper, und dieses Kribbeln verwandelte sich in ein pochendes Ziehen, als es meinen Unterleib erreichte.

»Nein«, flüsterte ich. »Natürlich nicht.«

»Warum wehrst du dich dann nicht gegen mich? Du könntest schreien und um dich schlagen. Dort hinten sind Menschen. Sie würden dir mit Sicherheit zu Hilfe kommen.«

»Ja«, seufzte ich, küsste seine nackte Schulter und atmete den benebelnden Duft nach Salzwasser und Moschus ein. »Das würden sie bestimmt.«

»Warum tust du es dann nicht?«

»Keine Ahnung.«

William lachte. »Gerade bist du wie ein Vogel. Ein zerbrechliches kleines Ding, das in der Hand eines Mannes schläft, der es mit einem einzigen Griff zerquetschen könnte.«

»Ich bin weder klein noch zerbrechlich. Und so leicht zerquetscht man mich nicht.«

»Du weißt, was ich meine.«

»Ja.« In einem Anfall fatalistischer Neugier zog ich seinen Kopf zurück und küsste ihn, während ich in mich hineinlauschte. Spürte ich Marifa? War da irgendein Zauber? Ein Zwang, der mich an den Piraten band? »Aber ich habe keine Angst vor dir.«

»Warum nicht?« Williams Augen waren groß vor Verwirrung. »Warum fürchtest du dich nicht, obwohl du es tun solltest? Wenn schon nicht vor mir, dann wenigstens vor Marifa.«

»Vor ihr habe ich Angst«, gab ich zurück. »Aber nicht vor dir.«

»Warum? Du weißt, was ich bin.«

»Ja. Und meine Antwort lautet: Ich weiß es nicht.«

»Aber ich weiß es.« Bitterkeit schwang in seiner Stimme mit. »Sie hat dich verhext. Sie will, dass du mir nahekommst. Sie will, dass du mein Herz stiehlst und es aus meiner Brust reißt, so, wie ich ihres herausgerissen habe.«

»Dann solltest du wohl vor mir Angst haben«, erwiderte ich kühl. »Du solltest Fersengeld geben und zusehen, dass du mir für den Rest des Monats nicht mehr über den Weg läufst.«

William lachte, presste mich an sich und drehte sich langsam im Wasser. »Das sollte ich wohl.«

»Und warum tust du es dann nicht?«

»Warum?« Er legte seinen Kopf in den Nacken und blickte in den Himmel hinauf. Ein Möwenschwarm segelte über uns hinweg. Schneeweiße Tupfen auf leuchtendem Blau. »Weil ich dreihundert Jahre lang tot war und zum ersten Mal wieder lebe. Weil ich meinen Herzschlag spüre, das Blut in meinen Adern, die Welt um mich herum. Den Wind, das Wasser und das Fleisch dieses Körpers. Nach einer endlosen Zeit der Leere kann ich endlich wieder riechen, schmecken und fühlen. Und jetzt?« Er lachte rau. »Jetzt bin ich wie ein Süchtiger, der zu schwach ist, um auf seine Droge zu verzichten.«

Ich umfing sein Gesicht mit beiden Händen und sah ihn an, wie er mich ansah. Schweigend. Nachdenklich. Lauschend auf das, was in uns geschah. Bis eine Stimme uns herumfahren ließ.

»Ahoi, Wasserratten! Seid ihr hungrig?«

Unbemerkt waren wir wieder den Felsen nahe gekommen, und auf einem davon stand Marie, leuchtend wie ein Regenbogen. Wie lange hatte sie uns schon beobachtet? Warum hatten wir sie nicht bemerkt? Das Klappern der Perlen in ihren Dreadlocks war unüberhörbar.

»Ich bin gespannt, ob du Gefallen an einem modernen Abendessen findest.« Sie räusperte sich und warf mir einen Blick zu, der unmissverständlich klarmachte, dass sie an meinem Verstand zweifelte. »Und darauf, wie dein Körper mit der ungewohnten Nahrungsaufnahme klarkommt. Deine Verdauung muss doch hoffnungslos eingerostet sein, oder nicht?«

William zog die Augenbrauen zusammen, ohne mich loszulassen oder auch nur ein Stück von mir wegzurücken. »Von Verdauung weiß ich nichts. Aber ich hoffe, dass du bei diesem Abendessen an eine Taverne im Hafen denkst?«

»Ja. An das *La Capitana*.«

»Ist deren Lager gefüllt mit gutem Rum?«

»Natürlich«, erwiderte meine Schwester mit einem schiefen, säuerlichen Grinsen. »Was wäre ein Pirat ohne Rum?«

»Ich muss zuerst mein Gold holen. Eine Münze sollte für uns alle reichen.«

Marie grinste noch giftiger. »Mit Goldmünzen kommst du heutzutage nicht mehr weit, fürchte ich.«

»Da hat sie recht«, warf ich ein. »Statt eines guten Essens und einer Buddel voll Rum würdest du vermutlich auf der nächsten Polizeistation landen.«

»Polizeistation?« Wieder zogen sich Williams Brauen zusammen. Seine Hand auf meinem Rücken glitt ein Stück tiefer und umfasste mit festem Griff meine Pobacke. Um ein Haar hätte ich laut aufgeseufzt. »Was meinst du damit?«

»Polizisten nennen wir die Vollstrecker gültigen Rechts«, erklärte Marie. »Und wenn du versuchst, mit alten Goldmünzen zu bezahlen, würde dich das teuer zu stehen kommen.«

»Man würde mich bestrafen, weil ich mit Gold bezahle? In welch eine seltsame Zeit bin ich da hineingeraten?«

»Du hast ja keine Ahnung.« Meine Schwester wandte sich ab, warf mir noch einen strengen Schulterblick zu und verschwand hinter den Felsen.

Kapitel 14

»Wenn Du ein Schiff bauen willst,
dann trommle nicht Männer zusammen, um Holz zu beschaffen,
Aufgaben zu vergeben und die Arbeit einzuteilen,
sondern lehre die Männer die Sehnsucht
nach dem weiten, endlosen Meer.«
(Antoine de Saint-Exupery)

Abwesend starrte William auf das Meer hinaus. Wenige Schritte von der Terrasse des Restaurants entfernt brandete es gegen den dunklen Kieselstrand und leckte an der Hafenmauer. Zur linken Seite eingefasst von schroffen Klippen, zur rechten begrenzt von Steinen und Strand, schien die Bucht die leuchtenden Farben des Sonnenuntergangs förmlich zu umarmen. Etwas Melancholisches lag im lauen Abendwind, der Horizont hüllte sich in dunstiges Licht und ließ die Grenze zwischen Himmel und Meer verschwimmen.

Es gab nicht viel Modernes in diesem Hafen. Die weiß getünchten, verschachtelten Häuschen hatten vielleicht schon vor dreihundert Jahren so ausgesehen, ebenso die alten Laternen und die Holzläden vor den Fenstern. Die Vergangenheit war zum Greifen nah und gleichzeitig unerreichbar fern.

Niemand von uns sagte ein Wort. Marie wischte auf ihrem Smartphone herum und William starrte regungslos auf das Meer, während ich versuchte, in seiner abweisenden Miene zu lesen.

Was meine Schwester von unserer neuen Zweisamkeit hielt, war unübersehbar. Sporadisch blickte sie auf und warf mir einen vorwurfsvollen Blick zu, ehe sie sich wieder ihrem Spielzeug widmete. Ausgerechnet Marie, die Hals über Kopf mit Johan durchgebrannt war, strafte mich mit Verständnislosigkeit? Vielleicht war es mehr Überraschung als Entsetzen gewesen, die sie bei unserem Anblick gepackt hatte. Ich war kein Mensch, der irgendetwas überstürzte. Tom war mein erster und einziger Freund gewesen, niemals hatte ich mich bis über beide Ohren in jemanden verliebt. Nicht einmal in den Mann, mit dem ich mehrere Jahre meines Lebens geteilt hatte. Doch sobald William mich anblickte oder berührte, geschah etwas Unkontrollierbares. Selbst jetzt, da wir uns nur gegenübersaßen, ohne einander anzublicken, kroch seine Nähe in jede Faser meines Körpers und weckte in mir den unwiderstehlichen Wunsch, ihn zu berühren. Es war, als wären wir zwei Magneten, die von den Naturgesetzen dazu gezwungen wurden, einander anzuziehen. Im Gegensatz zu jeder Vernunft und dem Wissen, dass möglicherweise nichts hiervon echt, sondern nur das Werk einer Hexe war.

Ich zweifelte nicht daran, dass auch Williams Gedanken darum kreisten. Waren es unsere eigenen Gefühle, die uns den Kopf verdrehten? War es das, was tagtäglich vielen Menschen widerfuhr, die einander begegneten, von der ersten Berührung an in Flammen standen und eine Sehnsucht nach dem jeweils anderen empfanden, die über jeden vernünftigen Gedanken siegte?

Oder war all das Marifas Werk?

Falls ja, dann triumphierte sie vermutlich gerade, weil wir uns so rettungslos in ihrem Netz verfangen hatten.

Als der Kellner unser bestelltes Essen auftrug, widmete William seinem Teller keinen Blick. Geistesabwesend beobachtete er die Wellen und schien gemeinsam mit der untergehenden Sonne zu verlöschen. Was immer sich auf seine Seele gelegt hatte, es wurde mit jedem Augenblick schwerer und dunkler. Wut kochte in mir hoch, als erneut ein Grüppchen Touristen vor dem Restaurant stehen blieb und begann, Fotos von William zu knipsen.

»Könnten Sie bitte damit aufhören?«, fauchte ich die Gaffer an. »Wir würden gerne in Ruhe Abendessen. Und nein, hier wird kein Film gedreht. Er ist kein Schauspieler und kein Straßenkünstler, und Cotillo ist nicht Hollywood.«

»Warum hat er sich dann so angezogen, wenn er nicht auffallen will?«, erwiderte eine ältere Frau. »Man kann nicht wie Jack Sparrow durch einen Touristenort marschieren und erwarten, dass sich keiner darum schert.«

»Genau das habe ich ihm auch gesagt«, brummte ich in mich hinein. »Aber der Sturkopf wollte ja nicht hören.«

William zuckte zusammen, als wäre er aus einem Traum erwacht, sah mich an und lächelte schief. *Tut mir leid*, schien sein Blick zu sagen, und ich antwortete, indem ich mit den Schultern zuckte.

»Wie auch immer, nichts für ungut.« Die Frau ließ den Fotoapparat sinken, vollführte eine beschwichtigende Geste und ging ihrer Wege. Der Rest des Grüppchens folgte ihr Gott sei Dank, jedoch nicht, ohne uns mehrere Schulterblicke hinterherzuwerfen.

Noch immer sah William mich an. Der auffrischende Wind fuhr ihm durch das Haar und weckte die Erinnerung daran, wie es sich angefühlt hatte.

Sehnsucht krampfte mein Herz zusammen.

Sie war viel zu heftig.

Viel zu unbeherrscht.

Lachte Marifa gerade über uns? Oder war ich einfach nur dabei, mich zu verlieben? So, wie es Menschen nun mal taten? Nur dass es in meinem Fall einen untoten Piraten betraf und über uns der Fluch einer Hexe hing?

Meine Furcht spiegelte sich in Williams Blick. Ich ertrug es nicht länger, ihn anzusehen, wandte mich ab und starrte auf das Wasser hinaus. In diesem Augenblick tauchte ein altertümliches kleines Schiff hinter den Klippen auf, pflügte durch die Wellen und schwenkte in den Hafen hinein. Ein rotes Wappen war auf sein Segel gemalt, und über dem Ruder hing ein merkwürdig gekleideter Mann mit Schlapphut und langem blondem Haar. Am Heck des Schiffes befanden sich weitere drei Seemänner, jeder von ihnen trug alte, zerschlissene Lumpen und bunte Kopftücher, unter denen zerzauste Haarschöpfe hervorlugten. Einer von ihnen schien sogar einen Säbel an seinem Gürtel zu tragen.

Obwohl das eigenartige Gefährt im Licht des Sonnenuntergangs einen beeindruckenden Anblick bot, nahm niemand Notiz davon. Nicht einmal William, der ebenso wie ich auf das Meer hinaussah.

»Was ist los mit euch? Seid ihr blind?«

Marie blinzelte mich an. »Was meinst du?«

»Seht ihr das Schiff nicht?«

»Welches Schiff?«, fragte William.

Verwirrt starrte ich ihn an. »Welches Schiff? Natürlich das, was gerade in den Hafen einfährt. Es ist unübersehbar.«

Marie reckte den Hals, blickte von links nach rechts und schüttelte schließlich den Kopf. »Da ist nichts.«

»Hört auf, mich zu veralbern.«

In diesem Moment vollführte das Gefährt eine sanfte Drehung und glitt auf den Strand zu, bis das unverkennbare Scharren von Holz auf Stein erklang. Der Mann am Ruder sprang auf, schnappte sich ein Seil und hüpfte in das Wasser, wo er nach zwei Schritten hinter der Mauer und damit aus meinem Blickfeld verschwand. Die restlichen Männer griffen nach den Kisten, die sich am Heck stapelten, wuchteten eine nach der anderen über Bord und reichten sie fünf Jungen an, die von irgendwoher herbeigeeilt waren. Seltsamerweise trugen auch diese Kinder altertümliche, verdreckte Lumpen, die nicht zu diesem Ort und nicht in diese Zeit passen wollten.

Und dann, innerhalb eines Blinzelns, verschwand der sonderbare Anblick. Er zerplatzte wie ein Traum im Augenblick des Aufwachens, und dort, wo gerade noch das Schiff gelegen hatte, schäumten nur noch die Wellen über den Kieselstrand.

Ungläubig kniff ich die Augen zusammen und öffnete sie wieder. Nichts hatte sich verändert. Das Schiff war verschwunden, und mit ihm seine Besatzung. Auch die Jungen waren fort. Jeder einzelne. Als hätten sie allesamt niemals existiert.

»Das gibt's doch nicht!«

»He, was ist los mit dir?« Maries Hand auf meiner Schulter fühlte sich falsch an. Der Plastikstuhl fühlte sich falsch an, der Teller und der duftende Fisch, das Besteck und die klimpernde Musik. Alles wirkte fremd. Wie eine Illusion, die jeden Moment in sich zusammenfallen würde.

Erst als ich in Williams Augen blickte, endete mein Sturz. Er wusste, was geschehen war. Er war das einzige Detail in diesem Bild, das sich echt anfühlte. Überrascht hob er eine Augenbraue, als ich meine Hand auf seinen Unterarm legte, nur um zu spüren, dass er aus Fleisch und Blut bestand. Dass er sich nicht in Luft auflöste wie das Schiff und die Seemänner.

»Siehst du etwa Gespenster?«, kicherte Marie. »Wundern würde es mich nicht, nach allem, was wir …«

»Da war ein Schiff«, fauchte ich sie an. »Ein altes Segelschiff mit drei Männern. Und diese Jungen … sie alle waren …«

»… gekleidet, als würden sie nicht in diese Zeit gehören?«, beendete William meinen Satz.

»Ja.« Ein kalter Hauch glitt über meinen Rücken. »Aber sie sind fort. Sie sind verschwunden.«

Mit unergründlichem Blick musterte er mich. Aus der Ferne hörte ich die Stimme meiner Schwester, aber sie war zu leise, um auch nur ein Wort davon zu verstehen. Nebel kroch über den Tisch, sickerte in meine Haut und löschte meine Sinne aus, nur für einen Augenblick, doch als ich zusammenzuckte und wieder in die Wirklichkeit zurückkehrte, war es, als hätte ich eine Ewigkeit lang geschlafen. Die Luft war klar, der Nebel verschwunden. Marie rüttelte an meiner Schulter und redete auf mich ein, doch alles, was ich wahrnahm, waren die Symbole auf meiner Serviette. Dicht an dicht drängten sich die Zeichen, antiken Runen ähnlich, und doch anders als alles, was ich jemals erblickt hatte. In meiner rechten Hand hielt ich einen Stift. Den Stift, den Marie stets in ihrer Tasche mit sich herumtrug, falls ihr unverhofft eine Idee in den Sinn kam.

»Ich kenne diese Male!« William griff nach der Serviette, fuhr mein Gekritzel mit seinem Zeigefinger nach und wirkte, als hätte ihm jemand ein Messer in die Brust gerammt. »Marifa hat sie gezeichnet. Immer dann, wenn sie einen Zauber gewirkt hat.«

»Ich bin keine Hexe.« Alles Blut sackte aus meinem Kopf. Ich hielt mich an der Tischkante fest, schloss die Augen und atmete tief durch. »Ich weiß nicht, was diese Dinger bedeuten. Ich … ich will das alles nicht! Was passiert hier?«

Marie murmelte etwas, bückte sich und hob ihren Stift auf. Mir war nicht einmal bewusst, dass ich ihn fallen lassen hatte.

»In dir fließt Hexenblut.« Williams Stimme klang gepresst, als würde er die Worte unter Schmerzen hervorpressen. Und als ich die

Augen öffnete, erkannte ich, was er fühlte. Es war blankes Entsetzen. »Ich wusste es von Anfang an. Du trägst den Geruch von Magie. In dir ruht dieselbe Macht, die auch Marifa benutzt hat.«

»Nein.« Ich schüttelte den Kopf. »Nein!«

»Dir ist nicht klar, was du tust. Vielleicht tust du es auch nur, weil Marifa dich beeinflusst. Aber du trägst den Zauber in dir.«

»Willst du sagen, dass ich möglicherweise …«, mein Hals zog sich zusammen, »dass ich eine ihrer Nachfahrinnen bin?«

Er nickte langsam. »Ich bin mir sogar sicher, dass du ihrer Familie entstammst. Damals lebte ihr Volk auf dieser Insel.«

»Auf Fuerteventura?« Maries ungläubiger Blick huschte zwischen William und mir hin und her. »In den Geschichten wurde sie als Voodoo-Hexe beschrieben.«

»Nein. Was das anbelangt, haben die Geschichten unrecht. Die Wurzeln ihres Volkes liegen in Marokko, aber schon vor Tausenden von Jahren fanden ihre Vorfahren eine Heimat auf dieser Insel. Deshalb sorgte sie damals dafür, dass der Sturm uns hierher trieb. Sie wollte, dass ich an jener Küste sterbe, die sie niemals wiedersehen würde.«

»Du willst mir also sagen, dass meine Schwester von einer Hexe abstammt?« Marie legte eine Hand auf ihre Stirn und lachte trocken. »Und nicht nur das. Sie verfügt auch noch über magische Kräfte?«

»Ja«, antwortete er geradeheraus. »Wir alle sind Figuren in einem Spiel, das wir nicht beeinflussen können.«

Marie schüttelte den Kopf und kicherte wie eine Irre. »Das ist zu viel. Tut mir leid, aber … nein! Ich gehe! Lasst mich einfach in Ruhe mit diesem Mist, okay?«

Damit stand sie auf, fischte einen Geldschein aus ihrer Hosentasche, knallte ihn auf den Tisch und marschierte davon.

William

Ich wollte sie hassen, so wie ich Marifa gehasst hatte. Ich wollte Abscheu vor der Magie empfinden, die für die Dauer weniger Augenblicke aus jeder Pore ihrer Haut gesickert war und den Schleier zwischen Gegenwart und Vergangenheit durchsichtig gemacht hatte. Aber gegen die Angst in ihren Augen war ich machtlos. Noch immer konnte ich nichts

Böses in diesem Mädchen erkennen, nicht einmal jetzt, da ich Zeuge ihrer Abstammung geworden war. Marifas Blick war so anders gewesen. Durchtränkt von Zorn und Verzweiflung, Hass und Blindheit. Hannah dagegen teilte meine Furcht, meine Zweifel und meine Wut. Sie war ein hilfloses Blatt im Sturm, das nicht wusste, wohin es getrieben wurde.

Genauso wie ich.

Keiner von uns wusste, was er sagen sollte, also nahmen wir das Besteck in die Hand und begannen, unser inzwischen kaltes Mahl zu essen. Dass die Zigeunerin geflohen war, hatte nicht nur mich erleichtert. Auch, wenn es mir für Hannah leidtat, dass dieses Frauenzimmer ihre eigene Schwester im Stich ließ, hoffte ich dennoch, dass wir sie so schnell nicht wiedersahen.

Wie ein närrisches Kind suchte ich Zuflucht im Geschmack des Fisches. Zahllose Aromen explodierten auf meiner Zunge, kaum dass ich den ersten Bissen nahm. Exotische Gewürze übermannten meine Sinne, das zarte Fleisch schmolz förmlich in meinem Mund. Und für die Dauer weniger Herzschläge erfüllte sich mein Wunsch: es gab nur mich und dieses köstliche Mahl. Gierig stopfte ich die Speisen in mich hinein, spülte sie mit dem sagenhaft guten Wein hinunter und zerrupfte das mit Kräutern bestreute, geröstete Brot, das alles in den Schatten stellte, was ich bisher gekostet hatte.

Doch irgendwann spürte ich, wie die Wirklichkeit mich einholte.

Hannah besaß magische Kräfte.

Die Frau, die mir den Kopf verdrehte, war eine Hexe.

Eine gottverdammte Hexe!

Meine Beherrschung fiel in sich zusammen wie ein Kartenhaus. Beschämt musste ich mit ansehen, wie meine Hände zu zucken anfingen und bald derart heftig zitterten, dass ich die Gabel nicht mehr halten konnte. Klappend landete sie auf dem fast leeren Teller. Irgendjemand spielte auf einer Gitarre. Menschen schwatzten, lachten und ließen Gläser aneinanderklirren. Hannah starrte mich an, der Kellner tauchte auf und goss eine Aneinanderreihung unverständlicher Worte über mich aus. Immer wieder kamen Menschen, die diese seltsamen schwarzen Dinger hochhielten, damit auf mich deuteten und irgendetwas anstellten, das sich meinem Begreifen entzog. Ein Paar schlenderte Arm in Arm vorbei, irgendwo kicherte hysterisch eine Frau. Kinder hatten sich kleine Räder unter die Schuhe geschnallt und jagten unter wildem Geratter und Gepolter über das Pflaster. Irgendetwas Grelles flackerte im Inneren der Taverne, aus einer anderen Ecke ertönte hektisches Schnarren und Rauschen.

»William?« Hannahs Hand legte sich sanft auf meine Schulter. Fast hätte ich sie beiseitegestoßen, weil diese Berührung wie ein Blitzschlag durch meinen Körper zuckte. »Geht es dir gut?«

»Nein.« Ein unsichtbarer Säbel bohrte sich in meinen Kopf. Die ganze Welt begann zu wogen wie die Wellen auf dem Ozean. »Ich denke, wir sollten ...«

» ... nach Hause gehen?«

»Ja«, presste ich hervor. »Bitte.«

»Okay, lass mich noch eben zahlen.«

»Das geht nicht«, brachte ich lallend hervor. »Du bist eine Frau.«

»Ja und?«

»Frauen zahlen nicht die Zeche der Männer.«

»Willkommen im einundzwanzigsten Jahrhundert.« Hannah zwinkerte mir zu, stand auf und verschwand im Inneren der Taverne.

Selbst während der kurzen Zeit, in der sie mir fern war, hungerte ich wie ein Opiumsüchtiger nach ihrer Nähe. Nicht einmal die Erkenntnis, dass sie Marifas Magie in ihren Adern trug, änderte etwas an der Tatsache. Und als Hannah endlich wieder bei mir war, überwältigte mich die Güte in ihren Augen. Nichts als Sanftheit strahlte von dieser Frau aus. Unschuldige, liebliche Reinheit, in deren Licht ich ausruhen und deren Wärme ich um mich legen wollte wie eine Decke.

Ja, Hannah entstammte Marifas Blutlinie. Aber der Unterschied zwischen ihr und dieser Hexe hätte nicht größer sein können. Wie lange würde das noch so bleiben? Wann würde die Magie anfangen, sie zu vergiften?

Ihre Wangen röteten sich, scheu wie ein kleines Mädchen wich sie meinem Blick aus und umfasste mit zartem Griff meine Hand.

Bei des toten Mannes Kiste, wie sehr ich sie wollte! Trotz allem. Ganz gleich, ob sie nun die Nachfahrin einer Hexe war oder nicht. Ob in ihr der Keim des Teufels heranwuchs oder nicht. Ob es gut war oder nicht.

Es war mir verdammt noch mal egal.

Ich wollte sie an mich pressen. Ich wollte ihr schüchternes Zittern an meinem Körper spüren und sie küssen. Wieder und wieder küssen, bis unsere Lippen wund waren und wir den Verstand verloren.

Wer musste hier wen retten?

Ich sie?

Sie mich?

Wir uns gegenseitig?

Hand in Hand wanderten wir durch die Gassen, in denen die Zeit stillzustehen schien. Alte Laternen gossen ihr weiches Licht in eine warme, fast tropisch anmutende Nacht. Nur noch ein grüner Streifen über dem Meer, das hin und wieder zwischen den Häusern auftauchte, war vom Tag übrig geblieben.

Marifas letzte Worte geisterten in meinem Kopf herum. Ich dachte über die Vergebung nach, die darin mitgeklungen war. Über das Mitgefühl, das ich zum ersten Mal in ihrer Stimme wahrgenommen hatte. Doch nach dreihundert Jahren Hass und Abscheu fiel es mir schwer, irgendetwas anderes für die Hexe zu empfinden. Ich wollte ihr glauben. Vor allem wegen Hannah. Aber ich konnte es nicht.

Als wir den dunklen, alten Wehrturm passierten, der vor Jahrhunderten erbaut worden war, um Piraten wie mich von diesem Ort fernzuhalten, brach ich unser Schweigen. »Lass dich nicht von der Magie beschmutzen. Sie verführt selbst reine Seelen zum Bösen. Sie zieht dich in einen Abgrund, aus dem du niemals wieder entkommen wirst.«

Hannah blickte mit einem solch hilflosen, ängstlichen Blick zu mir auf, dass mir das Herz überquoll.

»Wie soll ich gegen etwas kämpfen, an das ich mich nicht einmal erinnere? Ich weiß nicht, was ich getan habe. Oder wie ich es getan habe.«

»Hast du einen Sog gespürt? Eine Stimme gehört?«

»Nein. Nur …«

»Ja?«

»Etwas wie … ich weiß nicht.« Sie seufzte, schmiegte sich an mich und zog mich nach rechts. Eine Treppe führte hinunter zum Strand, zu schmal, um nebeneinanderher zu gehen. Also ging ich voraus und ließ Hannah folgen. Eine Gruppe Menschen hatte sich um mehrere flackernde Sturmlaternen versammelt, neben sich die bunten Bretter, auf denen sie über die Wellen ritten. Doch jenseits von ihnen lag nichts als einsame Dunkelheit.

Schließlich, als der Schein der Laternen von der Nacht verschluckt wurde und es nur noch uns, den Strand und das Meer gab, ergriff Hannah wieder das Wort.

»Als ich auf das Wasser hinausgesehen habe, da fühlte ich etwas. Etwas wie …«

»Sehnsucht?«, fragte ich leise.

»Ja. Aber es war noch stärker. Es war, als hätte mir jemand die Hälfte meines Herzens herausgerissen und sie irgendwo hinter dem Horizont versteckt. An einem fernen Ort, den ich finden will. Nein, den ich finden muss.«

Abrupt blieb ich stehen.

»Was ist?«, fragte sie mich leise. »Ist alles in Ordnung?«

Sprachlos starrte ich sie an. Diese Frau hatte mein tiefstes Verlangen mit einer Handvoll Worte so treffend umschrieben, dass ich spürte, wie mir die Fassung entglitt. Unvermittelt fiel der Schmerz über mich her. Er durchstieß mein Herz mit seinen spitzen Klauen und hätte mich fast in die Knie gezwungen, doch ich hielt ihm stand. So, wie ich ihm unzählige Male zuvor standgehalten hatte.

Und während ich dort stand, unter einem Sternenhimmel, der genauso aussah wie damals, als ich noch die Ozeane dieser Welt bereist hatte, glaubte ich zu zerspringen vor Sehnsucht.

Sehnsucht nach der Weite des Meeres, nach den lauen Nächten unter dem Kreuz des Südens[6], nach der salzigen Gischt, die meine Kleidung durchnässte und mir das Gesicht besprengte. Aber vor allem sehnte ich mich nach dem herrlichen, ja gottgleichen Gefühl, das mich immer dann überwältigt hatte, wenn die *Scowerer* nach einem Hafenaufenthalt zurück in das endlose Blau geglitten war. Hin zur fernen Linie des Horizonts, wo irgendwo die fehlende Hälfte meines Herzens lag. Seit jenem Tag, an dem ich zum ersten Mal das Meer erblickt hatte, war ich dazu verdammt gewesen, nach diesem verlorenen Teil meines Selbst zu suchen. Immerfort ruhelos. Getrieben von etwas, das wie ein Raubtier an meiner Seele fraß.

»William! Rede mit mir!« Hannahs winzige Hände packten meine Arme. Sie blickte mich an, wie meine Schwester mich angesehen hatte,

---

[6] Sternbild der südlichen Hemisphäre

wenn sie sich um mich gesorgt hatte. Damals hatte ich Kraft aus meiner Liebe zu Gwendolyn geschöpft. Ich war darin aufgegangen, sie zu beschützen, alle Gefahren des Lebens von ihr abzuwenden und der große Bruder für sie zu sein, den sie sich wünschte. Doch gleichzeitig hatte es sich angefühlt, als würde Tag und Nacht eine Klinge an meiner Kehle liegen. Gwendolyn hatte mich verwundbar gemacht. Meine Liebe zu ihr hatte das Unglück heraufbeschworen und mich zu dem gemacht, was ich letztlich geworden war: ein Monster, das ohne mit der Wimper zu zucken alle beseitigte, die sich mir und meinen Zielen in den Weg gestellt hatten.

Ich wollte Hannah die Wahrheit sagen. Ich wollte ihr sagen, wie viel Blut an meinen Händen klebte. Zweifellos würde sie mich zum Teufel jagen, wenn sie wüsste, wer ich wirklich war. Wenn sie die Schreie jener gehört hätte, denen ich Salz in die offenen Wunden gestreut hatte, damit sie mir die Routen spanischer Schatzgaleeren verrieten. Oder das Winseln jener, deren Rücken von meiner Peitsche zerfetzt worden waren.

Doch statt ehrlich zu sein, beugte ich mich vor und küsste ihren Hals, atmete den zarten Duft nach Orangen und Lavendel ein und strich ihr eine Locke aus dem Gesicht.

»Ich habe Angst«, flüsterte sie.

»Die habe ich auch.« Überrascht hielt ich inne. Was hatte ich da gerade gesagt?

»Will sie, dass ich dich erlöse?« Hannah scherte sich nicht um mein beschämendes Geständnis. »Oder plant sie etwas Furchtbares? Gibt es eine Rettung? Oder gibt es keine?«

»Ich weiß es nicht.« Mühsam riss ich mich von ihr los, nahm ihre Hand und zog sie weiter. Der Wind frischte auf, peitschte das Meer gegen den Strand und ließ die Wellen zu schäumenden Ungetümen heranwachsen. »Aber bald werden wir es wissen.«

»William! Ich will nicht, dass du stirbst.«

Mir entkam ein Lachen. Gleichzeitig schnürte mir ein Anfall von Selbsthass die Kehle zu. »Das will ich auch nicht.«

»Und was tun wir jetzt?«

»Der Angst nicht nachgeben«, antwortete ich, ohne über meine Worte nachzudenken. »Uns bleibt nichts anderes übrig, als auf die Wege des Schicksals zu vertrauen.«

Hannah senkte den Kopf. Ich spürte zahllose Gedanken, die in ihr umherwirbelten. Tausend Sorgen, Ängste und Zweifel. So viele Fragen standen zwischen uns, auf die ich keine Antwort wusste.

Den Rest des Weges legten wir schweigend zurück. Nie zuvor war ich mit einer Frau auf diese Weise zusammen gewesen. Nicht einmal mit Gwendolyn, die so zart wie eine Krokusblüte gewesen war und nichts mit dem Wind, dem Meer und der Nacht hatte anfangen können. Doch in Hannahs Brust schlug ein wildes Herz. Ein Herz, das sich nach dem Unbekannten sehnte. Das von Angst nicht gelähmt, sondern aufgeweckt wurde.

Sie fürchtete sich so sehr, dass sie am ganzen Leib zitterte. Doch ihre Augen waren wach und neugierig, und ihre Seele bereit, über den Rand der bekannten Welt zu stürzen.

Während wir liefen und liefen, immer tiefer hinein in die Nacht, ging der Mond über dem Meer auf und zog einen tanzenden Streifen über das Wasser. Gierig trank ich die kalte Luft, zog meine Stiefel aus und schritt durch den Schaum der auslaufenden Wellen. Hannah tat es mir gleich, erfüllt von einer lebenshungrigen Wut, die sie noch schöner machte.

Viel zu schnell erreichten wir das Ende des Strandes, stiegen einen sandigen Trampelpfad hinauf und marschierten, immer noch schweigend, barfuß über die Sandpiste. Irgendwann bogen wir nach links ab, wanderten noch ein kleines Stück und standen schließlich vor dem Haus, von dem ich gehofft hatte, dass wir es niemals erreichen würden. Hinter keinem der Fenster brannte Licht. Entweder schlief die Zigeunerin bereits oder sie war in ihrem teuflischen Gefährt nicht nach Hause, sondern zu einem anderen Ziel gefahren.

»Du kannst diesmal hier schlafen.« Hannah schob die Tür auf und führte mich in das große Schlafzimmer mit der offenen Dusche. »Das Bett ist frisch bezogen. Alles, was du brauchst, steht auf dem Tisch hier.«

Ratlos starrte ich auf besagte Dinge, bei denen es sich teils um vertraute, teils um gänzlich fremde Dinge handelte. Tücher zum Trockenreiben, Seife und einige Bücher. Eine Schale mit Obst, eine weitere mit Nüssen und Trockenfrüchten, mehrere Flaschen mit Wasser und bunt bemalte Packungen, die offenbar den Saft exotischer Früchte enthielten, denn ebensolche waren kunstfertig auf ihr Äußeres gemalt.

Wann hatte Hannah all das hierhergeschafft? Und vor allem: Hatte sie all das nur für mich getan?

Ich pickte ein seltsames Ding aus dem Haufen heraus, das in einem weißen Becher gestanden hatte. »Wozu ist das gut?«

»Das ist ein Nassrasierer.«

Unwillkürlich strich ich über meinen Bart. Zum ersten Mal seit dreihundert Jahren begann er wieder zu wachsen. Zumindest glaubte ich zu spüren, dass er langsam aus den Fugen geriet.

»Wie benutze ich ihn? Auf die gleiche Weise wie eine gewöhnliche Klinge?«

»Im Grunde schon. Du willst ihn also wirklich abrasieren?« Hannahs Verlegenheit fachte das halbwegs abgekühlte Feuer in meinen Lenden erneut an. »Komplett?«

»Warum nicht? Ich trage dieses Gestrüpp seit dreihundertzweiundzwanzig Jahren.«

Ihre großen braunen Augen blinzelten vertrauensvoll zu mir auf. Obwohl Hannah nichts von Gwendolyns Zartheit besaß, erschien sie mir ebenso verletzlich und beschützenswert.

»Wie alt bist du?«, fragte sie mich.

Eine Weile starrte ich nachdenklich ins Leere, ehe ich antwortete: »Mit sechzehn wurde ich auf die *Nightingale* verschleppt, mit zweiundzwanzig wurde ich der Kapitän der *Scowerer.* Als ich gestorben bin, muss ich vierunddreißig Jahre gezählt haben.«

»Du wurdest verschleppt?« Hannah sog die Unterlippe zwischen ihre Zähne und sah mit ihrem zerzausten Schopf und den geröteten Wangen derart verführerisch aus, dass ich kaum wusste, wo mir die Sinne standen.

»Das ist eine lange Geschichte«, erwiderte ich ausweichend. »Ich erzähle sie dir ein anderes Mal.«

»So wie die Geschichte über deine Schwester?«

»Ja.«

»Hm«, machte sie. »Und ich habe gedacht, dass du aus freien Stücken zur See gefahren wärst.«

»Nun ja, zumindest in den Anfängen war es nicht freiwillig.«

»Hat man dich schanghait?[7]«

---

[7] Gewaltsames Rekrutieren (Entführen) von Seeleuten, um sie auf Kriegs- und Handelsschiffen einzusetzen.

»Nein.«

»Sondern?«

»Nicht heute.« Hannah atmete erschrocken ein, als ich einen Finger auf ihre Lippen legte. »Wir haben noch viele gemeinsame Abende.«

Sie nickte, schluckte schwer und wich einen Schritt zurück, um meiner Berührung zu entgehen. »Wenn du möchtest, zeige ich es dir. Ich meine die Sache mit dem Rasierer.«

»Du willst mich rasieren?«

»Ja. Ich habe Tom oft dabei geholfen.« Sie zog einen Stuhl heran, drehte ihn herum und klopfte auf die Sitzfläche. »Setz dich und vertrau mir. Ich … ich muss mich irgendwie ablenken. Normale Dinge tun, verstehst du?«

»Einen von den Toten auferstandenen Piraten zu rasieren, gehört für dich also zu den normalen Dingen?«

»Nein.« Hannah kicherte ratlos. »Es ist … ich will einfach nur … ach, verdammt.«

»Er heißt also Tom?«, kam ich ihr zu Hilfe. »Der Idiot, der so dumm war, dich zu verlassen?«

»Woher willst du wissen, dass er mich verlassen hat?«

»Nun ja, er ist nicht hier. Und als du seinen Namen ausgesprochen hast, verzog sich dein Gesicht, als hättest du gerade eine Ration Sauerkraut heruntergewürgt.«

»Hm.« Eine heftige Röte stieg in ihr Gesicht. »Wenn wir dann jetzt anfangen könnten? Es ist schon reichlich spät.«

Gehorsam ließ ich mich nieder und schloss die Augen. Einerseits, weil mich ihr Anblick mit jedem verstreichenden Moment mehr aus der Fassung brachte. Andererseits, weil es sich gut anfühlte, mich ihr mit Haut und Haaren auszuliefern. Vielleicht war es falsch, was ich hier tat. Vielleicht war es sogar das Falscheste, das ich tun konnte.

Und doch gab ich mich ihr hin.

Ihr, die aus Marifas Blutlinie stammte.

Ihr, die den alten Fluch brechen und einen neuen spinnen konnte.

Hannah breitete ein Tuch über meine Brust. Wasser plätscherte. Klappernd wurde eine Schüssel auf dem Tisch abgestellt, kurz darauf hörte ich ein seltsames Zischen und Schäumen. Die Neugier siegte über meine Benommenheit, ich öffnete die Augen und sah, wie Hannah einen Bausch aus weißem Schaum in der rechten Hand hielt. Mit der linken stellte sie ein dunkelblaues Gefäß mit weißer Aufschrift auf den Tisch zurück.

»Bereit?«, fragte sie leise.

Nein, wollte ich antworten. Doch mein Kopf löste sich von jeglichem Verstand und ich nickte.

Mit scheuem Lächeln beugte Hannah sich vor, trug den Schaum auf meinem Gesicht auf und verteilte ihn mit sanften, zaghaften Bewegungen. Der herbe Duft nach Sandelholz stieg in meine Nase, während sich die flüchtigen Berührungen ihrer Fingerspitzen durch meine Haut brannten.

Ich wagte nicht zu atmen, als sie die Klinge an meinem Kiefer ansetzte, knapp unter dem Ohr, und sie in einem sanften Bogen nach unten zog.

War ich verrückt geworden? Tappte ich ein zweites Mal in das verführerische Netz, das eine Hexe für mich auslegte? Hannah errötete, spülte den abgetragenen Schaum in der mit Wasser gefüllten Schüssel ab und legte die Klinge erneut auf meine Haut.

Jeder Muskel in meinem Körper wurde zu Stein. Ihr schüchternes Lächeln und die Art, wie sie mit der freien Hand sanft meinen Kiefer umfasste, brachten mich um den Verstand. Fast hoffte ich darauf, dass das Messer meine Haut zerschnitt. Der Schmerz hätte mich abgelenkt. Er war mir vertraut wie ein alter Gefährte.

Mein zu lange angehaltener Atem entwich mit einem Zischen, als ihr Haar verführerisch über meinen Hals kitzelte. Zum dritten Mal schmiegte sich die Klinge gegen meine Haut und glitt behutsam über meine Wange. Jedes Mal, wenn unsere Blicke sich trafen, wurde Hannahs Gesicht noch eine Spur röter.

Es war unmöglich, ihr zu widerstehen.

Vollkommen unmöglich.

Kapitel 15

*Mein Schiff ist ein Wanderer
im grenzenlosen Ozean.*

Hannah

Ich genoss die Wärme seiner Haut. Seinen Atem, der mein Gesicht streifte, wenn ich mich über ihn beugte, und das wilde Aroma nach Meer, nasser Männerhaut und Sandelholz. Die Tatsache, dass er sich mir bedingungslos auslieferte, obwohl ich in seinen Augen nicht weniger gefährlich und unberechenbar war als die Hexe, die ihn einst verflucht hatte, besaß etwas herrlich Erregendes.

Würde all diese Lebendigkeit bald zerfallen? Jede Minute, jede Sekunde brachte ihn dem Tod näher, oder einem anderen Ziel, das Marifa für uns vorgesehen hatte. Warum ließ ich zu, dass ich ihm nahekam? Warum ließ er es zu? Warum waren wir beide so dumm, uns in die Tiefe zu stürzen, obwohl wir nicht wussten, was dort unten auf uns wartete?

Bei jedem Streichen der Klinge über seine Haut wuchs die Anspannung in mir. Mit der rechten Hand hielt ich seinen Kiefer umfangen, verwirrt darüber, wie verletzlich sich der Knochen unter meinen Fingern anfühlte. Viel zu verführerisch vermischte sich der frische Duft des Rasierschaums mit dem Aroma seines Körpers, sodass ich immer wieder innehielt, um genüsslich zu schnuppern. Immer mehr glatte Haut kam zum Vorschein, zuerst an den Wangen, dann am Kinn. Als Letztes zog ich den Rasierer vorsichtig über die Stelle zwischen Oberlippe und Nase.

Schließlich, als ich ein weiches Tuch nahm und sein Gesicht abtrocknete, wurde die Spannung zwischen uns unerträglich. Mit verschleiertem Blick sah William zu mir auf, so benommen, dass sein Kopf ein paar Mal hin und her kippte.

»Und?«, krächzte er schläfrig. »Wie sehe ich aus?«

Ich grinste dümmlich. Wie eine Betrunkene tauchte ich in das klare Blau seiner Augen ein. Es glich einem Kampf gegen eine unwiderstehliche Strömung, die mich tiefer und tiefer in das Dunkel zog. Fast glaubte ich, Marifa aus der Ferne lachen zu hören. »Gut, würde ich sagen. Es macht dich jünger.«

»Jünger?« William zog eine verächtliche Miene. »Ich wusste, dass es ein Fehler war.«

»Nein. Es war kein Fehler. Es war alles andere als das.«

Ein träges Lächeln hob seine Lippen. »Dann gefällt es dir also?«

»Oh ... ähm ... ja.« Mit einem verlegenen Räuspern legte ich das Tuch auf den Tisch und fragte mich, wie es weitergehen sollte. Ratlos stand ich vor ihm, mit klopfendem Herzen und vor der Brust verschränkten Armen. Sein glatt rasiertes Gesicht verlieh ihm eine verwirrende Verletzlichkeit und ließ ihn beinahe sanft wirken. Wie er da vor mir saß, auf gewisse Weise ebenso hilflos wie ich, berührte er einen wunden Punkt in mir.

»Vergiss nicht, was geschehen wird, Hannah«, sagte William leise. »Bald sind nur noch Knochen von mir übrig.«

»Hm«, machte ich nur, starrte auf den weichen Schwung seiner Lippen und dachte daran, wie gut sie sich angefühlt hatten. Jetzt, in diesem Moment, teilten wir einen gemeinsamen Gedanken. Einen gemeinsamen Hunger. Nur noch eine Handbreit trennte uns voneinander. Mein Körper fühlte sich leer an, ausgehöhlt von unerfülltem Begehren. Bald würde alles vorbei sein. Die Zeit, die uns blieb, war kostbar.

Jeder Moment.

Jede Sekunde.

»Ach, versenk mich doch!« William fuhr hoch, packte meine Schultern und küsste mich. Weiche, glatte Haut schmiegte sich an meine, duftend nach Wasser und Sandelholz. Alle Kraft wich aus meinen Gliedern, ich sank gegen ihn und ließ mich von ihm rückwärts drängen, hin zum Bett, auf das er mich kurzerhand niederstieß.

»Das muss Besessenheit sein«, knurrte er an meinen Lippen, drückte mich mit seinem Gewicht in die Matratze und schob mit einem Knie meine Beine auseinander. »Ja, ich bin besessen. Und ich kann nichts dagegen tun. Gar nichts.« Wieder küsste er mich, kämmte mit den Fingern durch mein Haar und gab ein verzweifeltes Stöhnen von sich. »Wenn du mich nicht willst, Hannah, dann verhexe mich. Verwandele mich in einen Haufen Knochen. Oder in eine Qualle. Irgendetwas. Nur halte mich auf, ehe ich dich …«

»Nein!«, keuchte ich. »Ich halte dich nicht auf.«

»Dann willst du es?« Ungläubig blickte er auf mich nieder. »Obwohl du weißt, was …«

»Ja!«, unterbrach ich ihn, krallte meine Finger mit aller Kraft in seinen Rücken und drückte mein Becken gegen seinen Unterleib. »In eine Qualle kann ich dich auch später noch verwandeln.«

William lachte.

Besessenheit. Ja, er hatte das einzig passende Wort gefunden.

Gierig stürzte er sich auf mich, zerrte an meinem Shirt und an meiner Hose, als wollte er mir alles gleichzeitig herunterreißen, und dann … hielt er inne.

Seine Miene verzog sich, er blinzelte ein paar Mal, schwankte und kippte wie ein gefällter Baum zur Seite.

Im ersten Moment lag ich regungslos da, überrumpelt von etwas völlig Unerwartetem. Dann hörte ich ein tiefes Rumpeln und Gurgeln. Doch es kam nicht aus Williams Kehle, sondern aus seinen Eingeweiden.

»Was zum Teufel ist los?« Ich rollte mich auf die Seite, stützte mich mit dem Ellbogen ab und legte eine Hand auf seinen Bauch. »Ist es das, was ich denke?«

»Ich vermute, dass ich mit allen schönen und weniger schönen Konsequenzen lebendig geworden bin.« Ein Lachen schüttelte ihn durch und brachte das Bett zum Beben. »Manchmal erhören die Meeresgötter unsere Gebete. Und erfüllen sie auf ihre ganz eigene Weise.«

Kaum waren die Worte ausgesprochen, erklang ein gewaltiges Rumoren aus den Tiefen seiner Eingeweide. Vergessen war unsere Besessenheit, und vergessen waren die Ängste vor alten Flüchen und wütenden Hexen. Innerhalb eines Wimpernschlags holte uns das banale Leben ein und verdrängte alles andere.

»Komm.« Ich nahm Williams Hand, zerrte ihn vom Bett und bugsierte ihn in Richtung Toilette. Als ich die Tür öffnete, starrte er verständnislos auf die Einrichtungen moderner Hygiene. »Keine Ahnung, wie die Klos auf deinem Schiff ausgesehen haben, aber heutzutage kommt alles, was nach draußen will, hier hinein.« Ich deutete auf das WC und betätigte zur Demonstration den Hebel an der Seite des Spülkastens. »Hiermit und der Bürste dort unten beseitigst du alle Spuren. Die Hähne am Waschbecken funktionieren genauso wie die in der Dusche. Irgendwelche Fragen?«

William schüttelte den Kopf. Seine Eingeweide klangen, als würden sie sich wie wilde Tiere bekämpfen.

»Gut, dann lasse ich dich jetzt alleine. Viel Glück.«

»Viel Glück?«, wiederholte er irritiert.

»Du hast seit dreihundert Jahren nicht mehr … ich meine, vermutlich wird … ach, egal. Ich bin draußen, wenn irgendetwas ist.«

»Gib mir die Bauernkleidung, von der ihr behauptet, dass sie sich für edle Männer der heutigen Zeit ziemt.« Leidend rieb er sich mit einer Hand über den Bauch. »Ich werde fortan tun, was ihr für richtig haltet.«

»Eine weise Entscheidung.« Ich lief in das kleine Schlafzimmer, raffte die unangetastete Kleidung zusammen, die Marie für ihn zusammengesucht hatte, und reichte sie William durch die Tür. »Bis gleich.«

Er nickte, schüttelte in einer wortlosen Geste der Verzweiflung den Kopf und drückte die Tür ins Schloss.

Weil ich nicht hören wollte, wie sich eine dreihundert Jahre lang verstaubte Verdauung entlud, zog ich eine dünne Strickjacke über, ging hinaus und wanderte ein Stück in Richtung Berge. Der Nachtwind pfiff und säuselte in den Mauern aus Lavasteinen, die um die kleinen Felder herum errichtet worden waren. Keine Blätter reckten sich aus der Erde, ich sah nicht einmal Setzlinge. Ein paar Holzkisten verrotteten am Rand der Felder, und die Schubkarre, die an einer der Mauern lehnte, bestand nur noch aus löchrigem Rost. Falls Marie und Johan hier jemals etwas angebaut hatten, musste seitdem viel Zeit vergangen sein.

Der Mond hatte sich in Schleierwolken gehüllt, fern am Horizont funkelten die Lichter des Dorfes. Etwas Urtümliches ging von den Vulkanbergen aus, wie sie still in der Dunkelheit thronten und ihre

weichen, wie mit Samt bezogenen Hänge vom bleichen Licht beschei-
nen ließen.

In mir floss also Hexenblut.

Hätte mich diese Tatsache nicht vollkommen aus der Bahn werfen müssen? Ich hatte in die Vergangenheit geblickt. Ich hatte Dinge gesehen, die vor Jahrhunderten geschehen waren, und ich hatte magische Runen gezeichnet, ohne dass ich mich daran erinnerte. Aber als ich meine Hände hochhob und ins Mondlicht hielt, wirkte nichts an ihnen verändert. Ich besaß gewöhnliche Finger, gewöhnliche Füße, einen ganz gewöhnlichen Körper. Nichts fühlte sich anders an.

Und doch floss in mir dieselbe Magie, die Marifa dazu benutzt hatte, William zu verfluchen.

Was mochte der Auslöser gewesen sein? Hatte die Hexe mich aus der Ferne beeinflusst? War ich ebenso wie der Pirat ihr Spielzeug? Und hatte sie mich – bei diesem Gedanken floss ein kaltes Rinnsal aus Angst mein Rückgrat hinab – aus Millionen von Menschen herausgepickt, weil ich ihre Nachfahrin war?

Natürlich. Das musste der Grund sein. Wie viele Menschen mit der passenden Abstammung und den magischen Fähigkeiten ihrer Familie mochten sich bis in die heutige Zeit erhalten haben? Wie viele von meiner Art gab es noch?

Und warum hatte Marifa so lange gewartet? Nachfahren ihres Geschlechts musste es auch in früheren Zeiten gegeben haben. War sie vielleicht erst jetzt bereit dazu, William loszulassen? Hatte sie mich auserwählt, um ihn zu befreien? Oder war meine Aufgabe eine ganz andere?

Fröstelnd blieb ich stehen, zog die Strickjacke fester um meinen Körper und starrte in den sternengesprenkelten Himmel hinauf.

So viele Fragen.

Zu wenige Antworten.

Unaufhaltsam veränderte der Mond seine Form, in weniger als vier Wochen würde sich zeigen, von welcher Art Marifas Pläne waren.

Ich schloss die Augen und sog die kalte, glasklare Luft in mich auf. Nach mehreren tiefen Atemzügen kehrte Ruhe in meine Gedanken ein, beinahe fühlte ich einen Hauch von Entschlossenheit und Kraft. Doch als ich mich zum Haus umwandte und die sanft erleuchteten

Fenster meines Anbaus sah, kehrte die Angst zurück. Ich fühlte mich wie ein Schiffer in finsterer Nacht, der keine Ahnung hatte, wohin die Strömung sein Gefährt trieb. Ob ein sicherer Strand auf ihn wartete, oder ein Abgrund. Ob der Himmel am Morgen hell und klar sein würde, oder ob er dazu verdammt war, ewig in der Nacht herumzuirren.

Langsamen Schrittes ging ich wieder zurück, schob die Tür auf und holte ein Buch aus dem kleinen Schlafzimmer. William war offenbar noch immer mit den Komplikationen seiner neu gewonnenen Lebendigkeit beschäftigt. Einem Instinkt folgend, setzte ich eine Kanne mit Fencheltee auf, platzierte mich auf der Küchenbank und versuchte, meine ruhelosen Gedanken mit dem Studium des Buches zu besänftigen. Es war ein Band über das Zeitalter der Segelkriegsschiffe, und während ich die alten Skizzen und Aufzeichnungen studierte, fragte ich mich, ob so etwas wie Zufall überhaupt existierte.

Konnte es denn Zufall sein, dass meine Schwester vor Jahren ausgerechnet hierher ausgewandert war? War es zufällig geschehen, dass meine Wege mich hierhergeführt hatten? Und war es nur einem merkwürdigen Umstand zu verdanken, dass Marie dieses Buch in mein Regal gestellt hatte? So viele kleine Dinge fügten sich nahtlos ineinander. Als wären sie erschaffen worden, um aufeinander zuzutreiben und sich zu verbinden.

Gedankenverloren starrte ich auf die Zeichnung einer Fregatte. Das stolze Schiff besaß drei hoch aufragende Masten und zahllose Segel, von denen jedes einzelne einen besonderen Namen trug. Auch andere Details des Aufbaus waren mit einer Nummer und einer Beschriftung versehen.

»Royalsegel«, murmelte ich vor mich hin, während ich mit dem Zeigefinger die Formen der Fregatte nachzog. »Kreuzmast, Toppsegel, Klüvernetz, Bugspriet[8]. Und das dort? Ah ja, der Klüverbaum[9].«

Ob Williams *Scowerer* ein solches Schiff gewesen war? Ich prägte mir die Begriffe ein und wiederholte sie so lange, bis ich jedes Teil der Fregatte benennen konnte. Dann blätterte ich weiter und gelangte zu wunderschönen alten Ölgemälden, die auf mehreren Doppelsei-

---

8 Über den Bug hinausragendes Rundholz.

9 Rundholz, das über den Bugspriet hinausragt. An ihm werden Klüvernetz und Vorsegel befestigt.

ten abgedruckt worden waren. Mächtige Dreimaster pflügten durch petrolgrüne Wellen, weiße Segel leuchteten vor finster drohenden Wolkenbergen. Eine Galeere, vom Sturm zerschmettert, trieb hilflos auf eine Küste aus schroffen Felsen zu, und eine Pinasse verschwand fast in haushohen Wellenbergen, die sie zu verschlingen drohten.

»Du fragst dich, wie es war.« Williams Stimme schreckte mich auf. »Damals, auf dem Schiff.«

Ich sah ihn mitten im Raum stehen, vertraut und zugleich so fremd, als würde ich ihn zum ersten Mal erblicken. Die Jeans und das weiße Hemd passten wie angegossen, zusammen mit dem altertümlichen Schmuck, den er nicht abgelegt hatte, und den nackten Füßen wirkte er wie ein junger alternativer Draufgänger, der perfekt zum Lebensstil dieses Ortes passte. Alles Magische und Gespenstische war von ihm abgefallen, plötzlich war er nur noch ein junger, beängstigend attraktiver Mann mit zerzaustem Haar, der nicht so recht wusste, was er mit sich und seiner Situation anfangen sollte.

»Wow«, platzte es aus mir heraus.

William hob eine Augenbraue. »Was bedeutet das?«

»Dass dir dieses Zeug ausgesprochen gut steht.«

»Hm.« Wenig überzeugt zupfte er an dem Hemd herum. »Der Stoff würde eher einem armen Sardinenfischer zur Ehre gereichen.«

»Ach, Unsinn.« Genüsslich nahm ich seinen Anblick in mich auf, ehe mir auffiel, wie farblos sein Gesicht geworden war. »Wie geht es deinen Eingeweiden?«

»Nicht gut«, murmelte er nur.

»Dann solltest du dich hinlegen und einen Tee trinken.« Ich stand auf, deutete auf das Ecksofa und ging zum Küchentresen. Während William sich unter leisem Stöhnen und Seufzen auf den Polstern ausstreckte, füllte ich eine Tasse mit Fencheltee, gab einen Löffel Honig dazu und stellte sie ihm auf den Tisch. »Hier. Versuch das mal.«

»Was ist das?«

»Tee solltest du ja wohl kennen. Genauso wie Fenchel und Honig.«

William richtete sich auf, verzog leidend das Gesicht und nahm die Tasse in beide Hände. »Danke.«

»Nichts zu danken. Ruhe dich ein bisschen aus, ich bin da drüben und lese, wenn du irgendetwas brauchst.«

Er nickte, lehnte sich gegen das Rückenteil des Sofas und schloss die Augen, während er kleine, genüssliche Schlucke nahm. »Morgen erzähle ich dir alles«, versprach er mir. »Keine deiner Fragen soll unbeantwortet bleiben.«

»Uuuh!«, säuselte ich. »Dann erfahre ich also endlich deine dunklen Geheimnisse?«

Williams Blick verdüsterte sich so abrupt, dass ich zurückzuckte. Finster starrte er mich über den Rand seiner Teetasse hinweg an. »Wenn du das willst. Aber bevor du deine Fragen stellst, überlege dir gut, ob du die Antwort wissen willst.«

»Ach, komm schon.« Ich seufzte, holte ein Feuerzeug und zündete ein paar Kerzen an. »Denkst du wirklich, ich erwarte von einem Seeräuber wie dir ein rechtschaffenes Leben und eine weiße Weste? Natürlich bist du ein Schurke und ein Unhold. Etwas anderes habe ich mir niemals ausgemalt.«

»Du verwirrst mich, Weib!«

»Sind wir Frauen nicht dafür geschaffen, euch zu verwirren?« Ich warf ihm ein Zwinkern zu, das er mit einem ungläubigen Blick erwiderte. In mich hineingrinsend befüllte ich auch mir eine Tasse mit Tee, kehrte zu meinem Buch zurück und machte es mir auf der Küchenbank gemütlich.

Hin und wieder bedachte mich William mit einem nachdenklichen Blick, als würde er darüber nachgrübeln, welche Vorzüge und Nachteile die modernen Frauen gegenüber den hörigen Mauerblümchen seiner Zeit boten. Doch bald tat die Erschöpfung ihre Wirkung. Zuerst fielen ihm die Augen zu, dann kippte er zur Seite, grunzte noch einmal protestierend auf und begann schließlich, leise vor sich hin zu schnarchen.

Friedvoll zog die Nacht an mir vorbei, während ich mich durch das Buch schmökerte, meine Fantasie auf Reisen schickte und zwischendurch meinen schlummernden Gast betrachtete, dessen Äußeres plötzlich so verändert wirkte. Mit diesem friedvollen, fast unschuldig wirkenden Gesicht und dem der Zeit angepassten Aussehen erschien es mir unvorstellbar, dass in ihm ein Mann steckte, der gemordet, getötet und geplündert hatte. Zweifellos war das Gewicht seiner Schuld erdrückend. Als Kapitän eines Piratenschiffes musste er zahllose Gräueltaten gesehen und selbst begangen haben. Und doch fiel es mir schwer, ihn zu verurteilen. Es waren andere Zeiten gewesen. Andere Welten mit anderen Moralvorstellungen. Welche Zukunft hatte wohl einem Jungen offen gestanden, der mit sechzehn auf ein Schiff verschleppt und zum Dienst auf hoher See gezwungen worden war?

Geistesabwesend stützte ich mich mit dem Ellbogen auf dem Tisch ab und legte das Kinn auf meine Hand. Was für ein Mensch war William gewesen? Was hatte ihn angetrieben, wonach hatte er sich gesehnt? Was war damals zwischen ihm und Marifa geschehen, und welches Schicksal hatte Gwendolyn ereilt?

Morgen würde ich die Antworten auf all diese Fragen erfahren. Und was dann? Würde die Wahrheit irgendetwas verändern?

Eine eigenartige Behaglichkeit begann mich einzulullen. Beruhigt vom Kerzenschein, der tiefen Nacht und dem Anblick des leise schnarchenden Seeräubers auf meinem Sofa, wurden meine Augenlider schwerer und schwerer.

Bis ein eigentümliches Kribbeln in meinen Fingern erwachte. Es fühlte sich an wie elektrischer Strom, der meine Nervenenden kitzelte, doch kaum hob ich die Hände und konzentrierte mich auf dieses Gefühl, verschwand es spurlos.

Blinzelnd sah ich mich um. Die Uhr an der Wand tickte monoton, William wälzte sich auf die Seite und schnaufte leise im Schlaf. Vermutlich waren meine Hände einfach nur schlecht durchblutet. Ich lehnte mich zurück, wackelte ein paar Mal mit den Fingern und überlegte, ob ich schlafen gehen sollte.

Als mein Blick auf die Schale mit den Äpfeln fiel, packte mich plötzlich die Lust auf etwas Fruchtiges. Ich stand auf und griff nach einer Frucht, doch kaum berührten meine Finger die glatte Haut des Apfels, fuhr erneut das Prickeln durch mein Fleisch. Es war stärker diesmal, steigerte sich schnell zu einem schmerzhaften Brennen und sickerte aus meinen Händen in den Apfel hinein. Vor meinen Augen verwandelte sich das saftige Grün in schrumpeliges Braun. Die Frucht verdorrte innerhalb von Sekunden. Hitze brannte in meinen Wangen, Worte vibrierten in meiner Kehle.

Einem Moment des Schwindels folgte absolute Klarheit. Die gerade noch frische, grüne Frucht rieselte als Staub durch meine Finger.

»Nein!« Ich griff nach einem zweiten Apfel. Auch er verwelkte innerhalb weniger Augenblicke, schrumpelte ein, vertrocknete und zerfiel zu Asche. »Nein! Nein, nein, nein!«

Ich taumelte mit erhobenen Händen zurück, prallte gegen den Tresen und hörte ein fernes Scheppern. Im Augenwinkel sah ich, dass William vom Sofa hochfuhr und mir irgendetwas zurief, doch ich verstand kein Wort. Alles, was ich wahrnahm, war die Asche auf dem Boden.

Ich hatte das getan.

Ich hatte ein lebendiges Ding in einen Haufen Staub verwandelt.

»Hannah! Was ist los?«

Plötzlich war William bei mir. Ich stieß ihn fort, als er nach mir griff, doch er packte erneut zu und hielt mich unerbittlich fest.

»Nein!«, schrie ich ihn an. »Geh weg von mir!«

»Das werde ich nicht.« Seine Augen leuchteten wie zwei Splitter eines klaren Himmels. »Was ist passiert? Warum hast du geschrien?«

Ich wollte ihn nicht berühren, doch meine Hände zuckten vor und schlossen sich mit festem Griff um seine Oberarme. Das Brennen in meinen Fingern wurde zu weißer Glut. Es fraß sich förmlich durch sein Hemd und stach wie glühendes Metall durch seine Haut.

Mit einem heiseren Keuchen zuckte William zurück.

Tentakel aus weißer Asche krochen über seine Haut, schlängelten sich seinen Hals hinauf, mäanderten über sein Gesicht und ließen sein Fleisch austrocknen wie das einer Mumie, während er langsam in die Knie sackte. Obwohl er die Lippen zusammenpresste und keinen Ton von sich gab, wusste ich, dass er unsagbare Schmerzen litt.

Mein Körper rührte sich nicht. Ich konnte nichts tun. Gar nichts, außer dabei zuzusehen, wie sich der Tod durch Williams Körper fraß.

Ein Tod, der aus meinen Fingern gekommen war.

Innerlich schrie ich so laut, dass ich glaubte, davon taub zu werden. Doch meine Hülle blieb kalt. Mein Gesicht fühlte sich fremd an, das Lächeln auf meinen Lippen gehörte nicht zu mir.

Und dann, so schnell wie ein Zwinkern, endete der Spuk.

William sank mit einem Ächzen in sich zusammen, totes Fleisch wurde wieder lebendig, verschrumpelte Mumienhaut wieder glatt. Das Brennen in meinen Fingern verebbte, ich war wieder Herr über meinen

Körper. Alles kehrte in seinen natürlichen Zustand zurück. Und doch war nichts mehr so, wie es sein sollte.

»Es tut mir leid«, kam es flüsternd über meine Lippen. »Es tut mir so leid.«

Ich wollte nach ihm greifen, aber was würde geschehen, wenn der Zauber zurückkehrte? Vielleicht war er nicht verschwunden, sondern wartete darauf, sich erneut über meinen Willen hinwegsetzen zu können.

Um diesmal sein Werk zu vollenden.

Mühsam kam William auf die Beine. Einen Moment lang stand er noch mit gesenktem Kopf da, schwer atmend und seine gerade noch ausgedörrten Hände betrachtend, die plötzlich wieder so lebendig und makellos aussahen wie zuvor.

Doch dann blickte er auf.

Und durchbohrte mich mit seinem Hass.

»Ich wollte das nicht«, kam es jämmerlich schwach über meine Lippen. »Ich weiß nicht, was geschehen ist.«

»Doch«, erwiderte er kalt. »Du weißt es.«

»Nein! Das schwöre ich dir.«

William schnaubte, schleuderte mir mit einem einzigen Blick all seine Abscheu entgegen und ging ins Bad. Hilflos stand ich im Raum. Wusste weder was ich tun noch was ich sagen sollte. Die Stille schrie in meinen Ohren. Und als sich die Tür wieder öffnete, sah ich das, was ich erwartet hatte: Er trug seine alte Kleidung. Er war wieder zu dem geworden, der er war.

Ein Mann, der nicht in diese Welt gehörte.

»Ich gehe«, sagte er nur.

»Nein.« Ungläubig schüttelte ich den Kopf. »Bitte nicht.«

»Was immer du auch sagst, Weib, ich glaube dir kein Wort mehr.«

»Ich lüge nicht!«, entlud sich meine Verzweiflung in einem wütenden Schrei. »Ich weiß nicht einmal, was ich getan habe. Glaubst du, das war meine Absicht?«

»Du bist nicht die, die du vorgibst zu sein«, zischte er mit zusammengebissenen Zähnen. »Ebenso wenig wie ich der bin, den du in mir siehst.«

»Wen sehe ich denn in dir?«

»Einen Mann, den man lieben kann. Einen Mann, der es wert ist, gerettet zu werden.«

»Aber genau das bist du.« Wieder schüttelte ich den Kopf, unfähig zu begreifen, was gerade geschah. »Du bist es wert, gerettet zu werden.«

William schoss förmlich auf mich zu, bleckte seine Zähne und legte eine Hand um meinen Hals. Er drückte nicht zu, schmiegte seine Finger nur ganz behutsam um meine Kehle, und doch lag in dieser so trügerisch sanften Berührung all sein aufgestauter Zorn. »Du bist eine Hexe!«, spie er mir entgegen. »Ein Weib des Teufels. Und ich bin ein Mann, der in Blut gewatet ist. Der gefoltert, gemordet und vergewaltigt hat. Marifa wusste das. Sie konnte in meine Seele blicken und sehen, was ich getan habe. Zu schade, dass du diese Fähigkeit nicht besitzt. Denn dann wüsstest du, dass ich niemandes Vergebung verdient habe. Ich habe zahllose Mannschaften in den Tod geschickt. Ich habe sie ausgeraubt und jede Seele, die ich nicht sofort getötet habe, zum Sterben auf den sinkenden Schiffen zurückgelassen. Ich habe Kehlen durchgeschnitten, die Haie mit meinen Widersachern gefüttert und Unschuldige tagelang gefoltert, um sie zum Reden zu bringen. Ich habe die Rücken meiner eigenen Männer mit der Peitsche zerfetzt und Schiffsjungen über die Planke gehen lassen, wenn sie mir zu aufmüpfig waren. Ich habe mich durch zahllose Häfen gesoffen und gehurt, und wenn eine Frau sich mir nicht freiwillig hingab, dann habe ich sie dazu gezwungen.« Das Blau seiner Augen glomm auf wie die Glut einer eiskalten Flamme. »Ich habe es nicht verdient, Frieden zu finden. Du gehörst dem Teufel, und ich ebenso.«

Das schlafende Ungeheuer in meinem Inneren erwachte mit einem wilden Schrei. Ich hörte Williams Worte, doch sie verhallten wie ein fernes Echo. Im nächsten Moment war es meine Hand, die sich um seine Kehle schloss. Ich labte mich an seinem überraschtem Aufstöhnen, und ich genoss die Tatsache, dass er hilflos mit ansehen musste, wie ich ihn rückwärts drängte. Weiter und weiter, bis er mit dem Rücken gegen eine Wand stieß.

»Du denkst, du bist gefährlich für mich?« Obwohl ich nichts anderes tat, als eine Hand flach auf seine Brust zu legen, konnte er sich kaum mehr rühren. Zufrieden spürte ich, wie verzweifelt er sich gegen mich wehrte. Wie er gegen meine unsichtbaren Fesseln ankämpfte, sich unter mir wand und zuckte.

»Du willst mich wegstoßen? Du entscheidest, den Kampf aufzugeben? Du hältst mich für schwach und dich für stark?« Ein hässlicher Triumph brannte in meinem Herzen, als ich sein Hemd packte und ihm so nahe kam, dass meine Lippen beim Sprechen die seinen berührten. »Ich weiß, dass du deine Strafe verdient hast. Ich weiß, dass du schreckliche Dinge getan hast. All deine Taten waren Entscheidungen, William. Du hast dich dazu entschieden, ein Ungeheuer zu sein. Aber genauso gut kannst du dich dazu entscheiden, wieder der Mann zu sein, der du einmal gewesen bist. Aufgeben ist leicht, nicht wahr? Mich eine Hexe zu nennen, ist leicht. Die Schuld bei anderen zu suchen, ist leicht. Vergrabe dich nur weiter in deinem Leid und rede dir ein, dass du deine ach so finstere Verdammnis verdient hast. Gehe in deine Höhle und verbringe die nächsten hundert Jahre mit Gejammer und Selbstmitleid. Denn all das ist viel leichter als kämpfen.«

Mit einem wütenden Ruck riss ich sein Hemd auf, ließ meine Hand unter die Stofffetzen gleiten und streichelte über glatte, vom Zorn erhitzte Haut. Erregung pochte zwischen meinen Beinen und vibrierte tief in meinem Bauch. Ich fühlte mich stark. Wütend. Mächtig. Williams Herz schlug gegen meine Hand und heizte dieses Feuer noch weiter an, bis es mich wie eine Naturgewalt durchströmte.

Meine Nägel kratzten über seine Haut und gruben feine Striemen hinein. Ich rieb mich an seinem zitternden Körper, presste ihn mit aller Kraft gegen die Wand und ergötzte mich an dem Hass, der mir entgegenschlug.

»Wie fühlt es sich an, hilflos zu sein?«, hauchte ich zwischen meinen erzwungenen Küssen. »Macht es dich wütend? Verabscheust du deine Schwäche? Fühlst du dich gedemütigt und erniedrigt? Sehr gut. Damit bist du schon mal einen großen Schritt weiter.«

Mit einer Hand umfasste ich seinen schweißnassen Nacken, mit der anderen glitt ich tiefer, über seinen Bauch hinab zu jener Stelle, die losgelöst von aller Abscheu auf meine Nähe reagierte. Ein gequältes Zischen erklang, als ich mit festem Griff die Beule in seinem Schritt umfasste.

»Ich habe keine Angst vor dir.« Langsam ließ ich meine Zunge über seinen Hals gleiten, genoss den salzigen Geschmack seines Schweißes und verstärkte meinen Griff, bis ein erstickter Schmerzenslaut erklang. »Aber ich spüre, dass du dich vor mir fürchtest. Und es gefällt mir. So wie es dir gefällt, Macht über andere auszuüben. Gib mir mehr davon. Na komm schon. Drehen wir den Spieß einmal um.«

Wieder stieg mir dieses Gefühl zu Kopf. Dieser berauschende Triumph, der sich wie ein Parasit in mir ausbreitete. Ich erfreute mich an Williams sinnloser Gegenwehr, an seinem Zorn und an seiner Hilflosigkeit.

Und ich wollte mehr.

Ich wollte alles.

Doch dann war es, als würde mich etwas am Nacken packen und zurückzerren. Plötzlich stand ich mitten im Raum, zitternd und nach Atem ringend, taumelte zur Seite und schaffte es im letzten Augenblick, mich an der Tischkante festzuhalten. Das Dunkle in mir protestierte. Es ballte sich in meinem Inneren zusammen, tobte und fauchte und tanzte als grelle Fratzen auf meinen zusammengekniffenen Augenlidern.

»Nein!« Mit aller Wut, die ich aufbieten konnte, kämpfte ich dagegen an. »Verschwinde! Geh! Lass mich in Ruhe!«

Das Dunkle lachte höhnisch, ballte sich ein weiteres Mal zusammen und kratzte an der Innenseite meines Schädels. Die Beine gaben unter mir nach, ich sackte zu Boden und presste meine Stirn gegen das Tischbein. So fest, dass der Schmerz mir die Tränen in die Augen trieb. Und je größer die Qual wurde, umso schwächer wurde der Parasit in meinen Gedanken. Verzweifelt presste ich meinen Kopf gegen die harte Kante, bis meine Sinne sich endlich klärten.

Zurück blieb ein lähmendes Entsetzen. Was immer ich getan hatte, was auch immer in mich gefahren war … ich hatte es genossen. Mit jeder einzelnen Faser meiner Existenz.

Das Holz unter meinen Fingern verfaulte. Der Tisch stürzte in sich zusammen, zerbröselte und verwandelte sich in einen Haufen weißer Asche.

Und noch ehe ich den Kopf wandte, wusste ich, dass William verschwunden war.

Kapitel 16

Ich weiß nicht mehr,
woran ich mich einst müde kämpfte.

William

Mich nicht noch einmal zum Haus umzudrehen, glich einem Gewaltakt. Doch hätte ich es getan, wäre selbst mein Zorn nicht stark genug gewesen, um mich weitergehen zu lassen.

Gebe Gott, dass diese Hexe nicht noch einmal in meine Nähe kam und dass die Höhle über mir einstürzte, um mich auf ewig zu begraben.

Noch immer krallte sich die Lebendigkeit in mir fest. Ich spürte den kalten Wind auf meiner überhitzten Haut und das Schlagen dieses verfluchten Herzens in meiner Brust, das unablässig brennendes Blut durch meine Adern pumpte. Niemals hätte ich es für möglich gehalten, dass ich irgendwann einmal die Gefühllosigkeit des Todes herbeisehnen würde. Doch jetzt, da mich die Lebendigkeit förmlich in Stücke riss, erschien mir das sanfte Nichts unendlich verlockend.

Dreihundert Jahre lang hatte ich es irgendwie geschafft, das Unerträgliche zu ertragen. Und dann kam dieses Weib daher und hauchte mir neues Leben ein. Sie spielte mit meinen Hoffnungen, pflanzte mir ein schlagendes Herz in die Brust und riss es mit größtem Genuss wieder heraus.

Lächelnd hatte Hannah zugesehen, wie ihr Zauber mich ausgedörrt hatte. Ihr Blick war kalt und grausam gewesen. Wie der einer Schlange, die zufrieden dabei zusieht, wie die Wirkung ihres Giftes einsetzt.

Mein Begehren musste mir das Hirn verschmort haben. Wieder einmal. Ich war in dieselbe Falle getappt, die Marifa mir damals gestellt hatte.

Meine Hand glitt zu einem der Dolche im Ledergürtel. Der Drang, ihn mir ins Herz zu stoßen, wurde unwiderstehlich. Zumindest eine Weile würde ich meine Ruhe haben. Vielleicht konnte dieser kleine Tod sogar dafür sorgen, dass diese verdammte Lebendigkeit endlich ein Ende fand. Doch ich tat es nicht. Schritt für Schritt ging ich weiter, bis das Land steil in das Meer abbrach und die Gischt der Brandung den Nachtwind tränkte.

Vergrabe dich nur weiter in deinem Leid und rede dir ein, dass du deine ach so finstere Verdammnis verdient hast. Gehe in deine Höhle und verbringe die nächsten hundert Jahre mit Gejammer und Selbstmitleid. Denn all das ist viel leichter als kämpfen.

Hannahs Worte vergifteten noch immer meine Gedanken. Ein Teil von mir wollte ihr recht geben und zurück in das Netz ihrer Zauberkunst kriechen, nur, um ihr nahe zu sein. Doch die Magie hatte das Konstrukt aus Lügen zerstört. Heute Nacht hatte ich begriffen, was ich in meiner Vernarrtheit viel zu lange ignoriert hatte: Auch dieses Mädchen mit den unschuldigen Augen und dem scheuen Lächeln war nichts anderes als eine Hexe. Ein Weib mit Gift in der Stimme, das es liebte, seine Opfer in die Falle zu locken.

Benommen von meinem Zorn schloss ich die Augen. Das Rauschen des Atlantiks kroch in mich hinein, tiefer und tiefer, bis es sich anfühlte, als würde ich mich im Tosen des Wassers auflösen.

Ich hatte das Spiel dieser Frauen so satt!

Ich hatte meine eigene Schwäche satt!

Wie oft würden meine Lenden noch über meinen Verstand siegen? War ich wirklich ein solcher Dummkopf, dass ich nichts aus meinen Fehlern lernte?

Verflucht, ich begehrte Hannah noch immer! Ich verzehrte mich nach ihr und zersprang fast vor Sehnsucht, während ich wie ein betrunkener Idiot auf das ewig gleiche Heranrollen der Wellen starrte. Seit wann hatte ich nicht mehr gebetet? Wenn mich meine Erinnerung nicht täuschte, hatte ich am Tag vor meiner Hinrichtung das letzte Mal einen Pfaffen erblickt, und jener Tag war es auch gewesen, an dem ich mein letztes Gebet gen Himmel gerichtet hatte.

Jetzt ertappte ich mich erneut dabei. Ich beschwor alle sichtbaren und unsichtbaren Mächte, diese Frau von mir fernzuhalten. Ich betete dafür, dass mein Zorn endlich heiß genug sein würde, um diese verdammte Sehnsucht zu verbrennen.

Hannah

Ein unerträglicher Druck baute sich in meinem Schädel auf. Ich taumelte zwei Schritte, sank wieder in die Knie und sah, wie sich ein schwarzer Schleier vor meine Augen schob. Die Schmerzen wuchsen. Sie pochten hinter meiner Stirn, in meinen Fingern und entlang des Rückgrats. Dort, wo meine Finger die Terrakotta-Fliesen berührten, zogen sich Risse durch den Stein. Ganze Stücke zerfielen unter meinen Händen, brachen knisternd auseinander und wurden zu Asche, als wären sie seit Tausenden von Jahren den Gezeiten ausgesetzt gewesen.

Aus meinen Fingern sickerte der Tod.

Und je mehr ich mich wehrte, umso größer wurde der Druck in meinem Inneren. Als wäre ich ein Damm und das Ding, das in mir heranwuchs, eine unaufhaltsam steigende Flut.

Verzweifelt rollte ich mich auf dem Boden zusammen, steckte die Hände unter meine Achseln und versuchte, nicht den Verstand zu verlieren. Stimmen säuselten in meinem Kopf. Oder war es nur der Wind? Mein Körper zitterte, Ströme knisternder Energie durchflossen mich vom Scheitel bis zu den Zehenspitzen.

Lass mich dir helfen, erhob sich eine sanfte Stimme aus dem anschwellenden Raunen und Wispern. Marifas Stimme. *Ich bin nicht böse. Das musst du mir glauben.*

»Helfen?« Meine Angst vor mir selbst war zu groß, um mich länger als einen Augenblick vor der Stimme in meinem Kopf zu fürchten. »Wie willst du mir helfen? Wo bist du?«

In der Ferne, antwortete sie. *Der Fluch ist mein Band zu William. Und mein Band zu dir. Deine Magie ist stark. Stärker, als ich sie je in einem menschlichen Wesen gespürt habe. Sie wird dich zerreißen, wenn ich dir nicht einen Teil davon abnehme.*

Mühsam richtete ich mich auf, ohne die Hände unter meinen Armen hervorzuziehen. Augenblicklich verwandelte sich das Pochen in meinem Kopf in ein infernalisches Reißen. »Du willst mir helfen? Du, die mir das alles eingebrockt hat?«

Nicht ich habe dich zu William geführt, sondern das Schicksal.

»Ach, komm schon! Verschwinde und lass mich Ruhe. Lasst mich alle einfach in Ruhe!«

Es ist die Wahrheit, flüsterte Marifa, und das weiche Raunen ihrer Stimme legte sich wie ein wohltuender Balsam um meine Schmerzen. *Ich kann dir alle Qualen nehmen. Aber nur, wenn du es zulässt. Meine Magie ist längst nicht so stark wie deine, du bist ein Flammenmeer und ich ein matter Funke. Doch im Gegensatz zu dir habe ich gelernt, die Kräfte der Erde und des Himmels zu lenken. Lass mich dir helfen, sonst wird es schlimm enden. Du hast gesehen, was geschieht, wenn die Magie unkontrolliert nach außen drängt.*

Ein Schluchzen schüttelte meinen Körper. Ich rollte mich noch fester zusammen, grub mir die eigenen Nägel in die Rippen und presste meine Augen zusammen, als könnte ich die Wirklichkeit einfach aussperren.

Deine Kräfte sind zu stark, Hannah, drängte Marifa weiter auf mich ein. *Du hast nie gelernt, damit umzugehen. William mag anders denken, aber jede Magie ist nur so gut oder so böse wie der Mensch, der sie lenkt. Gib mir einen Teil deiner Kraft, und ich schwöre dir, dass ich dir helfen werde. Lass mich die Last an deiner Stelle tragen, bis du genug gelernt hast, um sie wieder auf dich zu laden.*

Ich zog die Hände unter meinen Armen hervor und starrte auf meine Finger. Die Spitzen brannten, als lechzten sie nach etwas Lebendigem, dem sie die Kraft aussaugen konnten. Beinahe wäre William unter meiner Berührung zu Asche zerfallen. So wie die Äpfel und das Holz des Tisches. Um ein Haar hätte ich sein Fleisch und seine Knochen vernichtet, vielleicht sogar seine Seele. Viel zu deutlich stand mir sein Gesicht vor Augen, blass und verkrampft unter den Schmerzen, die ich ihm zugefügt hatte.

»Warum sollte ich dir vertrauen?« Müdigkeit zerrte an meinen Sinnen. Jetzt, da die Schmerzen endlich abflauten, wollte ich nichts weiter als schlafen. Ich wollte die Augen schließen und vergessen. »Du hast William und all seine Männer getötet.«

Er hat mir das Herz gebrochen. Ein Seufzen wehte durch die Stille. *Er hat all meine Hoffnungen zerstört, mich bestohlen und in den Sümpfen zurückgelassen. In meinem Zorn ließ ich mich mit Kräften ein, die zu stark für mich waren. Ich grub zu tief in den Abgründen der Magie und fand Dinge, die für immer im Dunkeln hätten bleiben sollen. Nun bin ich ebenso verflucht wie er.*

»Du bist verflucht? Was meinst du damit?«

Nicht nur William ist zum Leben verdammt, obwohl er sich den Tod herbeisehnt, antwortete Marifa. Dreihundert Jahre lang habe ich auf ein Wesen gewartet, das stark genug ist, um uns beide zu befreien. So ist das Wesen der Liebe, nicht wahr? Sie kann uns erlösen oder ins Verderben stürzen. Mein Herz war dumm genug, sich selbst zu verlieren. Einst liebte ich William so sehr, dass ich ihm sogar meine Seele zu Füßen legte. Aber er war ein Mann, der beschlossen hatte, ein Monster zu sein.

»Dieses Wesen, von dem du sprichst …«, ich schluckte mühsam, »meinst du damit mich?«

Ja, wisperte Marifa so leise wie ein Windhauch. *Aus meiner Familie entsprangen viele Nachfahren. Aber du bist die Erste, die das Geschenk wahrer Magie empfangen hat.*

»Ich will diese Magie nicht! Ich will das alles nicht! Ich bin hierhergekommen, um Urlaub zu machen, verdammt noch mal.«

Du hast keine Wahl, Hannah. Noch immer blieb ihre Stimme sanft und geduldig. *Auch wenn die Kräfte erst jetzt erwacht sind, bist du doch mit ihnen auf die Welt gekommen. Sie gehören zu dir. Daran kann nichts und niemand etwas ändern. Und den Tod bringst du nur, weil du noch nicht weißt, wie du deine Gabe lenken kannst. Niemand hat dir je gezeigt, wie du sie beherrschst. Lass mich dir helfen, damit du uns helfen kannst. Ich weiß, dass du William liebst. Ich weiß, dass du dir aus tiefstem Herzen wünschst, ihn zu erlösen.*

»Lieben?«, knurrte ich. »Wie soll das möglich sein? Ich kenne ihn kaum.«

Manchmal reicht eine Berührung, um sich an jemandem zu vergiften. Marifa seufzte. *Er hat etwas an sich, das mit Worten nicht zu erklären ist.*

»Unsinn! Du hast mich beeinflusst. Du hast dafür gesorgt, dass ich ihm mit Haut und Haar verfalle!«

Das habe ich nicht.

»Hör auf, mich anzulügen! Ich bin kein Mensch, der sich auf den ersten Blick verliebt. Ich hätte niemals …«

Oh doch, unterbrach sie mich. *Das hast du. Williams Gift hat dich ebenso verführt wie mich. Er flößt dir einen Hunger ein, der niemals gestillt werden kann. Ein Kuss ist niemals genug. Du willst mehr, immer mehr. Und ehe du dichs versiehst, bist du rettungslos verloren. Das ist es, was Männer wie er mit uns Frauen anstellen. Und wir lassen uns darauf ein. Wieder und wieder.*

Fast hätte ich gelacht. Stattdessen flammte eine heiße Wut in mir auf. »Nimm dir meine Magie!«, schrie ich die Dunkelheit an. »Du kannst sie haben. Nimm sie dir, erledige deinen Kram selbst und lasst mich endlich in Ruhe!«

Eine sanfte Berührung schien über mein Haar zu streichen. *Ich kann die Magie nicht aus dir herausreißen. Niemand kann das. Aber ich kann sie mildern.*

»Dann nimm so viel, wie du kannst. Aber mach, das es aufhört!«

Das werde ich, wenn du mich hineinlässt.

»Wie?«

Du wirst es wissen.

Etwas Kühles berührte meinen Geist. Wie eine Liebkosung, die ich nicht auf der Haut, sondern tief in meiner Seele spürte. Marifa kam zu mir wie ein dunkler Gedanke. Wie eine Traumgestalt, die nach dem Aufwachen nur langsam verblasst. Instinktiv wollte ich mich gegen das Fremde in mir wehren, doch in Erinnerung an ihre Worte schloss ich die Augen, nahm einen tiefen Atemzug und versuchte, es zuzulassen. Behutsam kroch der fremde Gedanke tiefer, breitete sich wie ein sanfter Windhauch in mir aus und löschte das Feuer, das mich von innen her verbrannte, endlich aus.

Wohlige Seufzer hallten in mir nach. Hatte ich sie ausgestoßen? War es Marifa gewesen? Ein zärtliches Streicheln zwang meine Lider nieder. Unendlich müde sank ich zu Boden, rollte mich zusammen und versank im tiefen, erlösenden Nichts.

William

Etwas an der Nacht veränderte sich.

Der fauchende Wind legte sich, die hohen Wellen verloren ihre Kraft. Das Meer, gerade noch aufgewühlt und überzogen mit

Schaumkronen, lag plötzlich still unter dem safrangelben Licht des sinkenden Mondes. Unter seiner Oberfläche regte sich etwas. Unsichtbar, aber ebenso spürbar wie der kalte Hauch, der über meinen Nacken strich.

Diese Stille besaß nichts Natürliches. Sie kam zu plötzlich, als würde sich eine erstickende Last auf die Welt hinabsenken und jedem lebendigen Wesen den Atem und die Stimme rauben.

Nebel kroch über den Horizont. Tentakel aus waberndem Silber, die zu Dutzenden über den ruhigen Spiegel des Meeres tasteten. Schnell kamen sie näher, wanden sich wie weiße Aale und verdichteten sich zu einer wogenden Masse, die gleich einer brechenden Welle auf den Strand zurollte.

Und mit dem Nebel kam noch etwas anderes. Zuerst war es nur ein blasser, kaum wahrnehmbarer Schatten, der sich im wabernden Grau abzeichnete. Doch dann wurde die Gestalt deutlicher. Wie der Geist einer verlorenen Zeit schälte sie sich aus dem Dunst, entblößte hoch aufragende Masten und schlaff herabhängende Segel, von denen Wasser und Nebelfetzen troffen.

Lautlos, geisterhaft wie eine Erinnerung aus weiter Ferne, trieb meine *Scowerer* in diesem verzauberten Dunst. Träumte ich? Gaukelten mir die Hexen eine neuerliche Lüge vor?

Schatten huschten auf dem Deck umher, ein Beiboot wurde zu Wasser gelassen und prallte mit einem vernehmlichen Platschen auf der Wasseroberfläche auf. Ohne der Küste weiter näher zu kommen, verharrte der Nebel an Ort und Stelle, als würde ihn ein Bann mit jenem Schiff verbinden, das tief auf dem Meeresgrund verrotten sollte.

Wenn dies eine Lüge war, so war sie die grausamste von allen. Jedes Knarzen und Knirschen der Planken, das in der bleiernen Stille meilenweit getragen wurde, zerriss mir das Herz. Die *Scowerer* war gesunken. Sie war verloren, vernichtet und verfault. Nur ein mächtiger Zauber konnte sie vom Grund des Meeres heraufholen. Ein Zauber, der entweder Marifas oder Hannahs Magie entstammte.

Langsam rückte das Beiboot näher. Vier Gestalten hockten darin, zwei von ihnen legten sich kräftig in die Riemen, während eine dritte über dem Ruder hing.

Kaltes Entsetzen lähmte meine Glieder. Die Männer, die auf den Strand zuruderten, waren mir ebenso vertraut wie das Schiff. Und wie die *Scowerer* hätten sie als Gerippe in der Tiefe des Meeres liegen sollen.

Im nächsten Augenblick rannte ich. Hin zu den fernen Lichtern des Dorfes und zu jener Stelle, an der ein Pfad zum Strand hinunterführte. Und während ich keuchend durch die Nacht hetzte, bewegte sich das Boot näher und näher auf die Küste zu.

Die beiden Ruderer legten sich ins Zeug, als wäre der Teufel hinter ihnen her.

Bald hörte ich den Kiel über Sand schrammen, die Männer sprangen ins Wasser und zogen ihr Gefährt mithilfe eines Seils auf festes Land. Noch immer trieb die *Scowerer* auf dem ruhigen Meer, eine Geistererscheinung im schimmernden Nebel, so stolz und prachtvoll, als wären ihre Segel niemals zerrissen und ihr Bauch niemals von Felsen aufgeschlitzt worden.

Da erblickte ich Ferris' hünenhafte Gestalt, die kraftlos in den Sand sackte, vornüberkippte und ein hustendes Lachen von sich gab. Robert, Timothy und Ruben stürzten neben dem Maori zu Boden, stimmten in das Gelächter mit ein und hielten immer wieder inne, um hingebungsvoll den Sand zu küssen.

Endlich tauchte vor mir der Pfad auf, ich rannte darauf zu und stürzte förmlich in die Tiefe. Noch immer verschwanden die Männer nicht. Auch das Schiff verharrte unbehelligt auf dem Meer.

»Hoooay!«, begrüßte mich ein vierstimmiges Gebrüll, als ich auf die im Sand kauernden Gestalten zustürmte.

Und dann war ich bei ihnen.

Keuchend. Atemlos. Erfüllt von der lähmenden Angst, dass nichts hiervon echt war.

»Bei Neptuns verschimmeltem Schwanz!« Ferris erhob sich als Erster. Seine braune, mit Tätowierungen übersäte Haut glänzte im Mondlicht wie poliertes Ebenholz. Er trug die Kleidung, die er am Tag des Untergangs getragen hatte: eine grobe schwarze Leinenhose und darüber den mit Muscheln und Paradiesvogelfedern verzierten Lendenschurz, den er niemals, nicht einmal während des Schlafens, abgelegt hatte. An seinem Gürtel hing die Furcht einflößende Wahaika[10], und selbst der Fischknochen, den er sich zwei Tage vor unserem Tod

[10] Keule in Form eines stumpfen Hakens, aus Holz, Walknochen oder Jade hergestellt.

durch das Ohr gestochen hatte, glänzte so frisch, als wäre er gestern erst poliert worden. »Dann weilt also auch unser Käpt'n wieder unter den Lebenden.«

Niemand von uns wagte es, einen Schritt zu vollführen. Offenbar war ich nicht der Einzige, der damit rechnete, einem Trugbild aufzusitzen.

»Falls du wissen willst, was passiert ist, frag am besten Ruben.« Ferris nahm seine Wahaika vom Gürtel, strich mit dem Daumen über die scharfe Außenkante und lachte schallend, als die Waffe in sein Fleisch schnitt. »Ha! Seht euch das an! Ich blute! Bei den Seepocken auf Poseidons Hintern, ich blute!«

Ungläubig hielt er seine Hand hoch und verfolgte mit der Begeisterung eines Kindes die Tropfen, die von seinen Fingern in den Sand fielen.

Hinter dem Maori kam Ruben auf die Beine, streckte sich im Mondlicht und sah so müde aus, als hätte er drei Jahrhunderte lang kein Auge zugetan. Wie es der Natur meines Steuermanns entsprach, sagte er zunächst nichts, blickte mich nur an und dachte über Dinge nach, die auf immer und ewig im Dunkeln bleiben würden.

Damals hätte ich seine Zunge gelockert, notfalls mit Gewalt, doch jetzt standen wir da wie übertölpelte Dummköpfe, glotzten einander an und versuchten das Unmögliche zu begreifen.

»Wo zum Teufel is'n dein Bart?« Der kleine, verwachsene Timothy tauchte neben Ruben auf und deutete mit schockierter Miene auf mein Kinn. »Da ist man mal kurz tot, und schon rasiert sich dieser Kerl! Ist das zu fassen?«

»Sind das deine ersten Worte?« Als Letztes rappelte sich Robert auf, trat neben den immer noch schweigenden Ruben und taumelte, als wäre er gerade aus einem Hafenbordell geworfen worden. »Nachdem du drei Jahrhunderte lang auf dem Meeresgrund herumgegeistert bist und Krabben und Knurrhähne erschreckt hast, fragst du deinen Käpt'n nach seinem Bart?«

»Jawohl«, brummte Timothy. »Das is' mir nun mal als Erstes aufgefallen. Sieh ihn dir doch mal an! Glatt wie ein Babypopo.«

»Du solltest ihn kielholen«, schlug Robert vor. »Oder mit den Füßen nach oben an der Rah[11] aufknüpfen.«

---

[11] Querbalken in der Takelage.

»Macht nur«, grollte der Zwerg. »Nach allem, was ich da unten erlebt habe, kann mich nichts mehr schrecken. Also, erzähl mal, Käpt'n. Was hast du in den letzten dreihundert Jahren so getrieben, während wir uns mit Seegurken und Kraken vergnügt haben?«

Ungläubig blickte ich von einem zum anderen. »Ihr steigt vom Meeresgrund auf, kehrt von den Toten zurück und reißt Witze? Ist das euer Ernst?«

Ferris lachte noch immer, während er sich die Schneide seiner Wahaika in den Oberschenkel trieb und begeistert die Finger in das Blut tauchte. Robert seufzte und Timothy zuckte mit den Schultern.

»Der Tod scheint euch nicht allzu hart mitgenommen zu haben.« Wieder und wieder schüttelte ich den Kopf, unfähig, den Anblick meiner putzmunteren Gefährten zu begreifen. »Anscheinend hattet ihr mehr Glück als ich.«

»Stimmt.« Timothy grunzte. »Wir haben noch unsere Bärte.«

Ruben schüttelte den Kopf, murmelte etwas Unverständliches und trat an meine Seite. »Es wird enden, William«, flüsterte er mir zu. »Marifa gibt uns frei.«

»Was macht dich da so sicher?«

»Wir sind hier.« Er wandte den Kopf und betrachtete das Schiff, das träge auf dem ruhigen Ozean schaukelte. »Wir leben. Und wir werden Frieden finden, wenn wir tun, was sie von uns verlangt.«

Meine Gedanken überschlugen sich. Nach und nach sickerte die Erkenntnis in mein Bewusstsein, dass ich nicht träumte. Dass die Männer, die mit mir gemeinsam in den Tod und darüber hinaus gegangen waren, atmend und lebendig vor mir standen.

Ließ Marifa am Ende doch noch Gnade walten?

Ich wagte nicht, daran zu glauben.

»Was ist geschehen, Ruben?« Ich packte mit beiden Händen seine Schultern, während Ferris, Robert und Timothy erneut in die Knie sackten, wie irrsinnig kicherten und sich mit Sand bewarfen.

»Sie hat uns das Leben zurückgegeben«, antwortete mein Steuermann. Seine Stimme, einst dunkel und samtweich, kratzte nach dem langen Tod wie eine Säbelklinge auf Kieselsteinen. »Sie erlöste die *Scowerer* mitsamt ihrer Mannschaft von der ewigen Dunkelheit.«

»Und was will sie dafür?«

Ruben zögerte einen Moment lang, ehe er antwortete: »Wir müssen dich und das Mädchen über das Meer bringen.«

»Das Mädchen?«, wiederholte ich.

»Ja. Die Frau, die deine Knochen aus der Höhle getragen hat. Marifa hat sie mir gezeigt.«

»Sprich längere Sätze, Mann.« Selbst zu meiner grausamen Zeit hatte ich Ruben selten hart angepackt, aber diesmal schüttelte ich ihn durch wie einen Hasen. »Was ist geschehen? Wiederhole jedes einzelne Wort, das sie zu euch gesprochen hat!«

»Es waren keine Worte«, erwiderte er sanft. »Und sie sprach nicht zu uns, sondern nur zu mir. Vermutlich, weil niemand sonst ihre Gedanken hören und ihre Bilder sehen konnte. Sie zeigte mir, wo wir dich finden und welchen Weg wir nehmen müssen. Es gibt einen bestimmten Strand, an dem wir anlanden müssen, sobald das Schiff den Atlantik überquert hat. Danach müssen wir in die Sümpfe, bis Marifa uns erlaubt, sie zu finden. Dann, und nur dann, werden wir frei sein.«

Ich rollte mit den Augen. Hinter uns schnappte sich Ferris den kreischenden Zwerg und steckte ihn kopfüber in einen Sandhaufen. »Aber was will Marifa von mir und dem Mädchen? Was ist ihre Bedingung? Sie muss doch mehr gesagt haben! Raus mit der Sprache!«

»Mehr zu verraten, war sie nicht gewillt.« Mein Steuermann lächelte, legte den Kopf in den Nacken und schloss mit einem genießerischen Seufzen die Augen. »Vielleicht will sie einfach nur, dass du ein altes Versprechen einlöst. Mir macht allerdings Sorgen, wie wir den Männern erklären sollen, dass wir eine Frau über den Atlantik schaffen sollen. Noch dazu eine mit magischen Talenten.«

»Warum braucht sie uns beide?« Mein Blick glitt hinaus auf das Meer. Hin zu dem Schiff, das einst mein Leben gewesen war. Seine herrlichen Segel schimmerten im ersten Hauch von Licht, den die beginnende Morgendämmerung über den Himmel zog, und in meinem Herzen erwachte der altbekannte Hunger nach der Ferne. »Wenn die Hexe nur nach Hause will, braucht sie nichts weiter als ein Schiff mitsamt Mannschaft.«

»Ich weiß es nicht.« Ruben wischte sich eine Haarsträhne aus dem Gesicht. Sein Antlitz war damals schon außergewöhnlich gewesen, doch jetzt wirkte es noch weitaus geheimnisvoller. Feine Fältchen zogen sich über seine bartlose Haut, doch war er weit davon entfernt, alt zu wirken. »Wir werden es erfahren. Gegen die Strömungen des Schicksals kann der Mensch nichts ausrichten. Er kann nur die Segel setzen und versuchen, den Felsen auszuweichen.«

»Ja«, brummte ich. »Ganz zu schweigen davon, dass es schwierig werden wird, Hannah zu verschleppen. Vermutlich verwandelt sie uns in Austern, sobald wir Hand an sie legen.«

»Sind ihre Kräfte denn so stark?«

»Ich weiß es nicht. Sie … es ist …« Vergeblich suchte ich nach Worten. Schließlich resignierte ich mit einem Seufzen.

»Sie verwirrt dich?«, half Ruben nach.

»Ja«, gab ich zu. »Das tut sie.«

»Nun, wenn Marifa will, dass wir diese Frau namens Hannah über das Meer schaffen, wird sie wohl ihre allmächtige Hand über uns halten und dafür sorgen, dass das Mädchen auch mit uns kommt. Als Austern können wir schwerlich ein Schiff lenken, nicht wahr?«

»Hm«, knurrte ich nur.

Der Blick meines Steuermanns wurde bohrend. »Du hast Angst um das Mädchen«, erkannte er treffsicher. »Du sorgst dich um sie. Mehr, als du dich jemals um irgendeinen Menschen gesorgt hast.«

»Sei still!«

»Du bist nicht wütend auf sie, sondern auf dich selbst. Weil du sie liebst. Und weil du nichts dagegen tun kannst.«

»Ich sagte, sei still!«

Ruben lächelte unbeeindruckt und neigte den Kopf. Silbrig wie das Mondlicht schimmerten die grauen Strähnen in seinem Haar. »Uns wird also eine letzte gemeinsame Reise geschenkt«, raunte er nachdenklich. »Wer von uns hätte sich das träumen lassen?«

Kapitel 17

»Nach dem Sternenhimmel ist das Größte und Herrlichste, das Gott erschaffen hat, das Meer.«
(Adalbert Stifter)

Hannah

Es war noch immer dunkel, als ich erwachte. Mein Bewusstsein kehrte nicht gänzlich zurück, zumindest nicht genug, um Gefühle wie Angst oder Verwirrung an mich heranzulassen. Irgendwie gelang es mir, in das kleine Schlafzimmer zu stolpern, meine durchgeschwitzte Kleidung loszuwerden und sie gegen den grünen Schlafanzug auszutauschen. Einen Moment lang war ich versucht, an Ort und Stelle auf das Bett zu fallen, doch mit dem Gedanken an das, was in diesem Raum geschehen war, würde ich niemals ein Auge zutun. Also kroch ich zurück in die Küche und rollte mich auf dem Ecksofa zusammen. Einen Augenblick lang starrte ich noch zu den Sternen hinauf, die hinter dem Glasrechteck in der Decke funkelten, dann übermannte mich auch schon der Schlaf.

Nur Sekunden, wie mir schien.

Denn kaum war mein Bewusstsein in die Schwärze gedriftet, wurde es von einem seltsamen dunklen Brummen wieder in die Wirklichkeit gezerrt. Zuerst vermischte sich das Geräusch auf eigenartige Weise mit meinem Traum und klang, als würde es aus den Tiefen des Meeres dringen. Doch dann wurde es deutlicher und verwandelte sich in raue Männerstimmen, die verstohlen durcheinandertuschelten. Ich glaubte, meinen Namen zu hören, dann ertönte ein ohrenbetäubendes Scheppern.

Wie ein Kastenteufel sprang ich vom Sofa hoch, wurde von einem heftigen Schwindel übermannt und kippte zurück in die Kissen.

»Was zum … ?«

Stöhnend rieb ich mir die Augen. Ein Hauch von Morgendämmerung kroch durch die Wohnung und enthüllte eine Szenerie, die unmöglich Wirklichkeit sein konnte. Eine der Messingschalen war von der Wand gefallen. Und neben dem noch immer vibrierenden Metallding stand ein riesenhafter, tätowierter Maori mit schwellenden Muskelbergen und einer Knochenkeule in der Hand.

»Nun guck sich das einer an!«, grollte das Ungeheuer von einem Mann. »Was haben wir denn da? Einen kleinen rothaarigen Laubfrosch?«

Vier weitere Männer standen am Fußende des Sofas und grunzten amüsiert. Da war ein blondes zwergenhaftes Kerlchen mit einer gewaltigen Nase und krumm gewachsenen Gliedern. Neben ihm thronte ein schwarz gekleideter Fremder mit würdevoller Miene und lang herabfallendem, von grauen Strähnen durchzogenem Haar, wiederum flankiert von einem bärtigen Glatzkopf, der auf seiner rechten Gesichtshälfte eine gewaltige Narbe und auf seinem kahlen Schädel schwarze Maori-Tätowierungen trug.

Nur der vierte Mann war mir vertraut.

»William!«, krächzte ich. »Was soll das hier? Wer sind diese Kerle? Und was machen sie in meiner Wohnung?«

Seine Miene wechselte in schneller Abfolge zwischen widersprüchlichen Gefühlen. Ich erkannte Wehmut und Sehnsucht, unmittelbar gefolgt von Zorn, Abscheu und Verwirrung.

»William!« Unter den Blicken der Kerle kroch ich in die letzte Ecke des Sofas, zog die Beine an und schlang meine Arme um die Knie. »Rede mit mir!«

»Wir sind hier«, sagte er endlich, »um dich mitzunehmen.«

»Mitzunehmen?«

»Ja. Auf das Schiff. Ich weiß, dass dir das nicht gefällt, aber es ist der einzige Weg zu unserer Erlösung.«

»Das Schiff? Erlösung? Was ist hier los?«

Angst klumpte sich in meinem Bauch zusammen, gefolgt von einem Gefühl aufkeimender Panik. Keiner dieser Männer gehörte in meine

Zeit. Jeder von ihnen war das Relikt einer längst vergangenen Ära. Die Kleidung, die sie trugen. Der archaische Schmuck an ihren Ohren, Fingern und Hälsen. Die Dolche, Steinschlosspistolen und Säbel an ihren Ledergürteln.

»Du meinst …« Ich wagte kaum, es auszusprechen. »Du meinst *das* Schiff? *Dein* Schiff?«

»Ja«, antwortete William. »Ich meine die *Scowerer*. Marifa will, dass wir zu ihr kommen. Wir beide.«

Ich blinzelte nur ungläubig. Der Glatzkopf mit dem wuchernden Bart und dem tätowierten Schädel entblößte in einem breiten Grinsen eine Reihe brauner Zahnstümpfe. War das Ding in seinem Hosenbund tatsächlich ein Knochen? Der Oberschenkelknochen eines Menschen?

Wie eine wabernde Wolke breitete sich der Gestank ungewaschener Männer in meiner Wohnung aus und gab der surrealen Situation ein Stück mehr Wirklichkeit.

»Na los doch, Käpt'n«, grunzte der Glatzkopf. »Jetzt wirf dir die Dirne schon über die Schultern. Oder soll ich das für dich übernehmen?« In lüsterner Erwartung streckte der Kerl beide Pranken nach mir aus, doch Williams scharfe Stimme ließ ihn mitten in der Bewegung innehalten.

»Schweig! Diese Frau steht unter meinem Schutz. Ihr werdet sie mit allem nötigen Respekt behandeln.«

»Warum?«, brummte der Maori. »Sie ist eine Dirne, und Dirnen sind dazu da, um …«

»Ich bin keine Dirne, verdammt noch mal.« In einem verrückten Anfall von Zorn funkelte ich den Riesen herausfordernd an. »Und ihr seid hier in meiner Wohnung und in meiner Zeit. Also schert euch zum Teufel und lasst mich in Ruhe, oder ich sorge dafür, dass ihr es bitter bereut.«

Der schwarz gekleidete Fremde und William tauschten unsichere Blicke aus, während die restlichen drei Männer in spöttisches Gelächter ausbrachen.

»Na schau mal einer an«, brummte der Maori. »Da hat unser Käpt'n sich aber ein hübsches Wildkätzchen angelacht. Bei dem Temperament und dem prallen Vorbau hat sie dich sicher eine ordentliche Stange Geld gekostet, was?«

»Halt dein Schandmaul, Ferris!«, knurrte William. »Oder ich stopfe es dir höchstpersönlich.«

»Wie war das gerade?«, platzte es aus mir heraus. »Hat er gerade den Verdacht geäußert, dass du mich gekauft hast? Wie eine Sklavin?«

»Was?« Der Maori wirkte ernsthaft verwirrt. »Du hast sie nicht von einem Händler? Und sie ist auch keine Dirne?«

»Was ist sie dann?«, grübelte der Glatzkopf.

»Gibt es für euch nur zwei Arten von Frauen?«, fauchte ich die glotzenden Idioten an. »Sklavinnen und Dirnen?«

Der Glatzkopf runzelte nachdenklich die Stirn. »Wenn man nur alle paar Monate in einem Hafen vor Anker geht und sich die Nächte in den Spelunken und Bordellen um die Ohren schlägt, wie es sich für einen vernünftigen Seemann gehört, dann gibt es nur diese beiden Sorten.«

»Robert! Auch du hältst dich gefälligst zurück.« Williams Stimme hatte all ihre Schärfe verloren. Plötzlich klang er nur noch müde und erschöpft. »Wie sieht es aus, Hannah? Kommst du freiwillig mit?«

»Nein!«, erwiderte ich kalt.

»Du hast die Wahl. Entweder du läufst auf deinen eigenen Füßen oder wir tragen dich.«

»Was auch immer ihr tut, ich komme nicht mit!«

William seufzte. Ich spürte seine Furcht, doch er kämpfte sie erfolgreich nieder. »Nun«, sagte er langsam. »Wenn du nicht willens bist, uns zu folgen, wirst du uns jetzt aufhalten müssen.«

In düsterer Erwartung kniff er die Augen zusammen. Ich wusste, dass er mit irgendeinem Zauber rechnete. Mit einem Hexenfluch, einer Verwünschung oder der Verwandlung in eine Qualle.

»Was ist?«, hakte er nach. »Hast du dich umentschieden?«

»Nein.« Verzweifelt lauschte ich in mich hinein, doch da war nicht einmal der leiseste Funke irgendeiner Kraft. »Ich komme nicht mit. Ich kann nicht. Wie stellst du dir das vor?«

»Robert?« William wandte sich zu dem Glatzkopf um. »Ich habe mich anders entschieden. Du darfst sie tragen. Aber behalte deine Finger bei dir, hast du verstanden?«

»Aye«, brummte der Kerl.

»Gut. Dann haben wir uns verstanden.« Damit wandte er sich ab, verschwand durch die offene Schiebetür und ließ mich mit vier von den Toten auferstandenen Seeräubern alleine.

»Schnapp dir das Laubfröschlein«, rief der Maori. »Aber pass auf. Bei dem Mundwerk ist es bestimmt gehörig giftig.«

»Das lass mal meine Sorge sein.« Der Kerl namens Robert rieb sich voller Vorfreude die Hände, stürzte sich auf mich und grunzte überrascht, als mein Fuß auf sein Kinn traf. Mit Genugtuung sah ich, wie er einen Zahnstumpf auf den Boden spuckte.

»Ich hab dich gewarnt«, grollte der Maori, während der Zwerg in grölendes Gelächter ausbrach. »Lass mich mal ran. Ein Schlag mit meiner Wahaika, und sie schlummert brav wie ein Kätzchen.«

»So weit kommt's noch.« Robert bleckte seine blutverschmierten Zahnüberreste, stieß ein tierhaftes Knurren aus und stürzte sich ein zweites Mal auf mich. Ich entwischte seinem Zugriff mit knapper Not, huschte am Tisch vorbei und …

Ein brutaler Schlag gegen den Rücken warf mich zu Boden. Der Aufprall raubte mir sekundenlang die Sinne, und als ich wieder zu mir kam, baumelte ich wie ein Sack über Roberts Schulter. Infernalischer Gestank biss in meiner Nase. Vermutlich wusste diese räudige Kreatur nicht einmal, dass Seife existierte.

»Lass mich runter!« Mit jämmerlichen Schlägen hämmerte ich gegen seine Beine, ohne mehr als ein amüsiertes Schnaufen zu ernten. »Das könnt ihr nicht tun! Bringt mich zurück! Bringt mich sofort zurück!«

»Geht nicht«, brummte Robert. »Befehl vom Käpt'n.«

»Lass mich runter!«

»Auf gar keinen Fall.« Eine grobe Hand tätschelte mein Gesäß. »Schätze dich lieber glücklich, dass du in den Genuss kommen wirst, die wunderschöne, von den Toten auferstandene *Scowerer* zu erblicken.«

Alle verbliebene Kraft verließ mich auf einen Schlag. Wie war das nur möglich? Wie waren diese Männer zurückgekehrt? Wie war ein ganzes vor Jahrhunderten gesunkenes Schiff in die Welt der Lebenden gelangt?

Ich wollte schreien, kreischen, fluchen und mich aus Leibeskräften wehren, aber mein Körper versagte mir den Dienst. Alle Magie war verschwunden, und Marifa kam mir kein zweites Mal zu Hilfe. Ganz im Gegenteil. Ich glaubte aus der Ferne ihre Zufriedenheit zu spüren, als würde das, was geschah, ganz nach ihrem Willen sein.

Hatte ich alles falsch gemacht? Hätte ich ihr niemals erlauben dürfen, meine Macht in sich aufzunehmen? Aber was wäre geschehen, wenn sie diese verfluchten Kräfte nicht aus mir herausgesaugt hätte? Wäre das gesamte Haus zu Asche zerfallen? Hätte der Tod, der aus meinen Fingern gesickert war, nach allem Leben in meiner Umgebung gegriffen?

Benommen hing ich über der Schulter des Piraten und konnte nichts dagegen tun, immer weiter in Richtung Meer geschleppt zu werden. Als ich den Kopf drehte, sah ich zu unserer Rechten den Keule schwingenden Maori daherstapfen, und zu unserer Linken den drahtigen Zwerg, der mit seinen krummen Beinchen gehörig Mühe hatte, mit der Geschwindigkeit seiner Gefährten mitzuhalten. Sonst waren nirgendwo Menschen zu sehen. Vermutlich waren zu dieser frühen Stunde nur die Fischer wach, die sich im Hafen um ihren nächtlichen Fang kümmerten. Aber wenn tatsächlich ein Dreimaster vor dieser Küste ankerte, mussten sie ihn doch sehen?

Ja, erwiderte eine zynische Stimme in mir, *und ihn für ein originelles Touristen-Ausflugsschiff halten.*

»So ist's brav.« Wieder tätschelte Robert meinen Hintern, grunzte wohlig und schob seine Finger zwischen meine Beine. »Immer schön stillha... autsch!«

Mit aller Kraft umklammerte ich seine Hüften und grub meine Zähne in seine Hinterbacke. Zwar schaffte ich es nicht, den dicken Stoff der Kniebundhose zu durchdringen, aber zumindest entlockte ich ihm ein schmerzerfülltes Keuchen.

»Bei Neptuns wollüstiger Seegurke«, gackerte der Zwerg, »die Kleine hat wirklich Pfeffer in ihrem süßen Arsch.«

Robert tat ein paar japsende Atemzüge, als hätte er am liebsten seinen Schmerz in die Welt hinausgebrüllt. »Ferris!«, hörte ich ihn knurren. »Zieh ihr eins über den Schädel!«

»Wagt es ja nicht!«, grollte von weiter vorne Williams Stimme. »Ich werde euch an der höchsten Rah aufknüpfen, wenn ihr dem Mädchen auch nur ein Haar krümmt!«

»Hast du was mit ihr vor?«, zischte Robert. »Willst du sie gewinnbringend verkaufen, oder was?«

»Schweig, Mann! Und für den Rest des Weges behältst du deine Finger bei dir, sonst schneide ich dir jeden einzelnen ab und füttere die Fische damit.«

»Aye, Käpt'n!«, knirschte Robert, rückte mich zurecht und stapfte weiter. Fast war ich erleichtert, als sich ein schwarzer Schleier über meine Sinne legte. Vielleicht musste ich einfach nur aufwachen. Vielleicht war das alles nur ein Traum.

William

Jeden Augenblick rechnete ich damit, dass der Traum zerplatzte. Dass das nasse Holz unter meinen Fingern zu Schlamm zerfiel, die Masten zerbrachen und jedes Segel als Asche vom Wind fortgetragen wurde.

Doch die *Scowerer* verschwand nicht.

Ebenso wenig wie die Männer verschwanden.

Der Lärm der Mannschaft überrollte mich wie eine Flut. Hände klatschten auf meine Schultern, Gelächter marterte meine Ohren, unablässig zerrten und zogen sie an mir und überrumpelten mich mit kindischen Umarmungen, während ihre Fragen wie ein Hagelschlag auf mich einprasselten. Die kichernde, japsende, schreiende und jubelnde Menge wurde zu einem Orkan, der mich mit sich riss.

Bis ich mit meiner schärfsten Befehlsstimme Ruhe einforderte. Der Lärm wurde nur geringfügig weniger, doch die Männer wichen mit dem alten Respekt vor mir zurück und begannen, sich um andere Dinge zu scheren.

Hamish, der Schiffsarzt, rang wie ein Irrsinniger die Hände gen Himmel und stammelte Gebete. Peter, der blonde Koch, küsste das Holz des Schanzkleides. Ich erkannte inmitten der wimmelnden Menge den Steuermannsmaat[12], den Bootsmannsmaat[13] und den Lehrling des Arztes. Dort in den Wanten turnte Marlon, der älteste Schiffsjunge, und Tucker, mein Bootsmann[14], führte mit dem Rudergänger einen verrückten Tanz auf, der bald so heftig ausartete, dass nicht wenige Umstehende zu Boden gestoßen wurden. Der Büchsenmeister[15] streichelte eine seiner geliebten Kanonen, die hinter den geschlossenen Stückpforten[16] standen, als würden sie sich nach einem Kampf sehnen, und auf jedem freien Platz

12 Gehilfe des Steuermanns.
13 Gehilfe des Bootsmanns.
14 Verantwortlich für die technische Ausrüstung des Schiffes.
15 Für die Bewaffnung verantwortlich.
16 Öffnung in der Schiffswand für die Kanonen.

der Decks tummelten sich ungezählte namenlose Seeleute, um deren Geschichte ich mich zu Lebzeiten nicht geschert hatte. Sie umarmten einander, plapperten und beteten, fielen auf die Knie, bekreuzigten sich und liebkosten das Schiff, als wäre es eine verlorene Geliebte.

Und genau das war sie.

Meine *Scowerer.* Jenes Schiff, das mir die Bedeutung wahrer Freiheit gezeigt hatte.

Die Euphorie der ins Leben Zurückgekehrten war so überschwänglich, dass kaum jemand Notiz von Ferris nahm, der mit Hannah auf der Schulter in Richtung Achterdeck verschwand. Noch immer war das Mädchen bewusstlos. Offensichtlich war der Schreck zu viel für sie gewesen, oder Marifa hatte eingegriffen, um ihre Gegenwehr lahmzulegen. Unwillkürlich empfand ich einen Anflug von Respekt. So schwach und zart Hannah auch wirkte, hatte sie sich wie eine Wildkatze gegen meine Männer gewehrt. Ohne Magie, nur mithilfe ihrer Hände und Füße. Furchtlos war sie gewesen, ausgestattet mit dem Mut einer geborenen Kämpferin. Als Mann hätte sie zweifellos einen ausgezeichneten Piraten abgegeben.

»Hamish!« Ich rief den rothaarigen Iren zu mir, der gerade versunken eine der Wanten durch seine Finger hatte gleiten lassen. Erschrocken fuhr der Schiffsarzt zusammen, entdeckte mich und kam eilfertig auf mich zugetrabt.

»Aye, Käpt'n?«

»Kümmere dich um das Mädchen.« Ich nickte zu Ferris hinüber, der mitsamt seiner schlaffen Fracht gerade die enge Stiege zu meiner Kajüte hinunterstieg und das Schott mit der Schulter aufdrückte. »Sie hat einen gehörigen Schrecken abbekommen.«

Hamishs Augen, ebenso grün wie die Schlafkleidung des Mädchens, weiteten sich vor Verblüffung. »Ein Weib? Auf dem Schiff? Ich verstehe nicht.«

»Sie ist der Grund, weshalb wir ins Leben zurückgekehrt sind.«

»Was?« Hamishs Augen wurden noch größer. »Ich dachte … Ruben sagte, dass … wie ist das möglich?«

»Das erkläre ich euch später. Solange verliere kein Wort über unseren Gast. Das ist ein Befehl, verstanden? Und sieh mich nicht so an, als würde ich dich kielholen wollen.«

»Aye, Käpt'n.«

»Wir sind gemeinsam durch den Tod gegangen, und wir sind gemeinsam ins Leben zurückgekehrt. Vermutlich gibt es auf dem Angesicht dieser Erde kein engeres Band als jenes, das uns verbindet.«

»Aye!« Hamishs Augen glänzten. »Ich kümmere mich um die Kleine. Ist sie eine Dirne? Hast du sie im Hafen aufgegabelt?«

Ein Grinsen hob meine Mundwinkel. »Sie würde dir die Augen auskratzen, wenn sie hören könnte, dass du sie als Dirne bezeichnest.«

»Dann ist sie also keine?«

»Nein. Und jetzt hör auf zu fragen und spute dich. Wenn wir dieses Mädchen nicht wohlbehalten an das andere Ende des Atlantiks bringen, werden wir erneut unser nasses Grab beziehen müssen. Und diesmal wird es kein Entrinnen geben.«

»Aye, Käpt'n.« Hamish rannte davon, verschwand in einer der Stiegen, die zu den Mannschaftsunterkünften führte, und kehrte nur wenige Momente später mit seiner abgewetzten Ledertasche zurück.

»Es ist alles so, wie wir es zurückgelassen haben!«, rief er mir noch zu, ehe er in Richtung Achterdeck verschwand. »Sogar die Schnapskammer ist voll bis zur Decke.«

»Schnapskammer?«, brüllte irgendjemand in der Menge. »Hat hier einer Schnapskammer gesagt?«

»Voll bis zur Decke, hat er gesagt!«, grölte ein anderer.

»Das will ich mir genauer anschauen!« Tucker, der Bootsmann, stolperte unter Deck. Gefolgt von einer durcheinanderpurzelnden Traube verrücktgewordener Seemänner.

»Heda!« Meine Stimme donnerte über das Deck und ließ jeden Mann zusammenzucken. Nichts an ihrer Kraft hatte sie eingebüßt. Selbst Tucker, der größte aller Sturschädel, verharrte mitten im Lauf. »Ich werde euch Beine machen, ihr versoffenen Bilgenratten. An die Arbeit mit euch! Marlon, rauf mit dir in das Krähennest. Alle anderen in die Wanten aufentern und Segel setzen! Kurs West-Süd-West!«

Die Gesichter der Männer leuchteten förmlich auf. Einige brachen in Tränen aus, andere stimmten einen solch wilden Jubel an, dass vermutlich sämtliche Einwohner des nahen Dorfes aus den Betten fielen.

Früher hätte ich solche Entgleisungen niemals erlaubt und jeden Schreihals höchstpersönlich einer Tracht Prügel unterzogen. Aber an diesem Morgen besaßen sie mein vollstes Verständnis. Nach einer Ewigkeit in der Dunkelheit und in der Leere des Todes plötzlich wieder die vertrauten Befehle zu hören und den Wind im Gesicht zu spüren, brachte selbst die unerschütterlichsten Mitglieder meiner Besatzung aus der Fassung. Eine Handvoll ging ohne jedes Zögern ihrer Arbeit nach, doch die meisten standen da wie erstarrt, unfähig zu begreifen, dass sie dem Meeresgrund entkommen waren. Erst nach und nach fanden sie zu ihrer alten Form zurück, schüttelten die Benommenheit ab und gingen an jene Plätze, die ihnen bestimmt waren.

Allmählich lichtete sich auch der Nebel. Ein glasklarer Himmel erstreckte sich über den Masten und wurde schnell heller, während mit dem herannahenden Sonnenaufgang der Wind zurückkehrte und an den gerefften Segeln zupfte.

Abenteuerlust lag in der Luft. Die Vorfreude Dutzender Männer vibrierte förmlich in den von der Zeit geschwärzten Planken. Noch immer waren sie glitschig, durchtränkt vom Wasser der Tiefe, in der die *Scowerer* so lange gelegen hatte.

»Du da, Schiffsjunge!« Ich winkte einen der umherflitzenden Burschen zu mir. Bei meinem Anblick wich ihm die gerade erst zurückgewonnene Farbe schlagartig aus dem Gesicht.

»A-a-a-aye, Käpt'n?« stammelte der Knabe.

»Nimm dir einen Eimer und streue Sand auf die Planken. Und sage dem Quartiermeister, er soll die Vorratsräume überprüfen. Ich will eine Liste mit allem, was ausreichend vorhanden ist und was aufgefüllt werden muss.«

»Aye!« Der Junge salutierte, grinste und rannte von dannen, offenbar überglücklich darüber, ohne Strafe und Schläge davongekommen zu sein.

»Uuuund hol!«, hallte ein Stimmenchor im gleichmäßigen Rhythmus über das Deck. »Uuuund hol .... und hol ... und hol!«

Die Segel öffneten sich, der auffrischende Wind fuhr hinein und blähte sie mit lautem Knattern. Flink wie ein Affe sprang der junge Marlon in die Wanten hinauf und kletterte sogar über das Krähennest hinaus, um seinen Ausguck auf der höchsten Rah[17] einzunehmen. Eine Weile ließ er die Beine baumeln und schien sich in dem lang vermiss-

[17] Querbalken in der Takelage.

ten Anblick des Meeres zu verlieren, dann erinnerte er sich wieder an seine Aufgabe, zog das Fernrohr aus seinem Hosenbund und suchte den Horizont ab.

Schwerfällig sackte die *Scowerer* zur Seite, als würde sie sich wie ein lebendiges Wesen nach einem langen Schlaf strecken und seufzen, dann ging ein Ruck durch die Eichenplanken. Taue knarzten, Flaschenzüge klapperten, das Holz des Schiffkörpers knackte an allen Ecken und Enden. Ruben hatte seinen Platz am Steuerrad eingenommen und streichelte versunken die Holzstreben, während die ersten Männer nach getaner Arbeit an den Pardunen[18] abwärtskletterten.

»Hooooay!«, schrie es aus Dutzenden von Kehlen, als das Schiff einen Satz vollführte, sich in den Wind drehte und begann, das Wasser zu durchpflügen. Mit prall gefüllten Segeln und surrenden Wanten glitt sie auf den Horizont zu, während hinter uns über den Vulkanbergen die Sonne aufging. Wärme berührte mein Gesicht. Und während ich dabei zusah, wie die Insel und mit ihr der Ort meiner Gefangenschaft in der Ferne verschwand, verwandelte sich das Meer in eine gleißende und funkelnde Fläche aus Licht. Gischt spritzte an der Bordwand hoch und tränkte meinen Uniformrock, der Geschmack längst vergangener Tage lag wieder auf meiner Zunge.

Konnten Glück und Schmerz so nah beieinanderliegen? Konnte das eine das andere verstärken, bis es sich anfühlte, als würde ich von innen her unter dem Druck meiner Empfindungen zerspringen? Ohne darüber nachzudenken, stimmte ich in das Lachen und Johlen meiner Männer mit ein, während gleichzeitig eine überwältigende Wehmut meinen Brustkorb zusammenpresste.

Die *Scowerer* war für eine letzte Fahrt zurückgekehrt.

Danach würde es vorbei sein. Für immer.

Ich würde Frieden finden, ebenso wie die ruhelosen Seelen meiner Mannschaft. Mit diesem Wissen schmeckte der Wind nach Abschied. In jedem Knarren und Knacken, in jedem Knattern der Segel, jedem warmen Sonnenstrahl und jeder Welle, die gegen die Bordwand meines Schiffes schlug, mischte sich das Raunen des Schicksals.

Ein letztes Mal.

Und dann niemals wieder.

---

[18] Tau, das Masten oder Stangen hält.

Was würde hinter dem Horizont auf uns warten? Wie würde dieses Abenteuer enden?

Sanft ließ ich meine Hand über das Schanzkleid gleiten, während der Wind kräftiger wurde und an meinen Haaren zerrte. Wie stark musste ein Zauber sein, um all diese toten Seelen und dieses Schiff zurück an die Oberfläche zu holen? Wenn Marifa solche Wunder vollbringen konnte, warum hatte sie dann so lange gewartet? Lag es etwa an Hannah? Mussten sich erst die Kräfte zweier Hexen vereinen, um solch starke Magie zu erschaffen? Hatte sie all die Zeit nach einer Frau gesucht, die stark genug war, um sich mit ihr zu verbünden, oder war sie erst jetzt meiner Bestrafung überdrüssig geworden?

Nun, ich würde es erfahren.

Während die Besatzung ein zotiges Seemannslied anstimmte und mit der Begeisterung kleiner Jungen in den Wind grölte, ging ich über das Deck zu der Stiege, die in meine Kajüte führte.

Instinktiv fand mein Körper den Ausgleich zum schwankenden Tanz des Schiffes. Drei Jahrhunderte schienen innerhalb weniger Schritte zu Nichts zusammenzuschrumpfen. Das breitbeinige Balancieren auf den Planken war mir so vertraut, als hätte ich es niemals vermisst. Die tiefen Stimmen der Männer, der treibende Rhythmus ihres Gesanges und das Schlagen der Wellen gegen den Schiffsrumpf ließen alle verstrichene Zeit bedeutungslos werden.

Dreihundert Jahre lang war ich nicht mehr diese knarrende Stiege hinabgegangen. Dreihundert Jahre lang hatte ich den Raum hinter dem Schott nicht mehr erblickt.

Doch als ich eintrat, war es, als hätte ich die Kajüte erst gestern verlassen. Der vertraute Geruch eines vergangenen Lebens trieb mir die Tränen in die Augen: ein wenig Moder aus den unteren Decks, Holz, Waschlauge und Meerwasser. Die Aufhängung der hin und her schaukelnden Hängematte knarzte, die kostbaren Karten in ihrer Wandhalterung klackerten leise im Wellengang.

Und auf meiner Koje, so trügerisch unschuldig wie ein kleines Mädchen, lag Hannah.

»Wie geht es ihr?«

Hamish hockte auf der Bettkante und war im Anblick der bewusstlosen Hexe versunken. »Bestens, würde ich sagen. Ich habe noch nie eine Frau in ihrem Alter gesehen, die in solch guter Verfassung war. Sie ist jung, gesund und kräftig, besitzt noch all ihre Zähne, hat weder Flöhe noch Läuse und auch sonst keine Gebrechen. Und wie sie duftet! Bei meiner Treu, so einen Wohlgeruch habe ich das letzte Mal …« Hamish runzelte die Stirn. »Nein, so einen Duft habe ich noch nie gerochen. Wo hast du sie aufgelesen?«

»In Cotillo. Aber sie stammt nicht von dort.«

»Zweifellos muss sie einer reichen Familie entsprungen sein. Zudem hat Gott dieses Weib mit einer gesegneten Robustheit ausgestattet.«

»Dann fehlt ihr also nichts?«

»Nicht das Geringste. Vermutlich war die Entführung einfach zu viel für ihren zarten Verstand. Die Kleine dürfte sehr bald wieder zur Besinnung kommen.« Hamish stand auf, nahm seine Tasche und wandte sich zum Gehen. Den Riegel des Schotts bereits in der Hand, drehte er sich noch einmal zu mir um: »Bleibt nur zu hoffen, dass die Männer während der nächsten Wochen ihre Gelüste in den Griff kriegen. Nicht umsonst heißt es, dass eine Frau auf einem Schiff Unglück bringt. Noch dazu so ein Prachtweib wie dieses. Vielleicht sollte ich den lüsternen Eseln heimlich Mönchspfeffer in den Rum schütten, damit sie nicht auf dumme Ideen kommen.«

»Ich kümmere mich darum«, erwiderte ich ausweichend. »Jetzt lass mich allein. Oh … und danke für deine Hilfe.«

Hamish blinzelte, irritiert von der Tatsache, dass ich mich bei ihm bedankte. Dann tat er einen Seufzer, warf noch einen sehnsüchtigen Blick auf das schlafende Mädchen und ging seiner Wege. Kaum hatte der Ire das Schott hinter sich geschlossen, wurde es erneut geöffnet.

Ruben trat ein, gesellte sich wie ein lautloses Gespenst an meine Seite und blickte mit ernster Miene auf die Hexe hinab.

»Was ist los?«, zog ich ihn auf. »Du hast kaum eine Glase[19] lang das Steuerrad in der Hand gehalten, und schon bist du deiner Aufgabe überdrüssig?«

»Harry brannte darauf, meinen Platz einzunehmen. Sein junges Leben wird allzu bald enden, ihm bleibt nicht mehr viel Zeit, das zu tun, was er liebt.« Rubens Gesicht veränderte sich. An die Stelle seiner

---

[19] Durch das Schlagen einer Glocke (»glasen«) wird auf dem Schiff die Uhrzeit angezeigt. Alle vier Stunden (die Dauer einer Wache) wiederholt sich die Schlagfolge.

üblichen Düsternis und Verschlossenheit trat ein beinahe gerührter Ausdruck.

»Du liebst sie«, stellte er fest. »Der Mann mit dem Herzen aus Eis ist endlich tot.«

Fassungslos lachte ich auf. »Du weißt viel, Steuermann, aber längst nicht alles über mich.«

»Ich weiß genug.« Ruben lächelte. Etwas Schelmisches blitzte in seinen schwarzen Augen auf. »Und es ist immer die Liebe, die den Fluch löst.«

»Sie ist eine Hexe«, spuckte ich aus. »Eine Buhle des Teufels. Und du, Mann, solltest besser deine Zunge im Zaum halten.«

»Sollte ich das?«, erwiderte er nur. »Wer, wenn nicht ich, sagt dir auf diesem Schiff die Wahrheit? Und wen, wenn nicht mich, würdest du für diese Frechheit weder aufknüpfen noch den Haien vorwerfen?«

Wütend schüttelte ich den Kopf. »Hör auf damit. Der Kapitän, der seine eigenen Männer getötet hat, existiert nicht mehr.«

»Dann willst du also wissen, was ich denke?« Rubens Blick durchbohrte mich, als wäre er ein Säbel und meine Seele ein Sack aus weichem Fleisch. »Du stellst dich den Dingen, auch wenn sie dir nicht gefallen?«

In diesem Augenblick kam ein Seufzen über Hannahs Lippen. Warum sah sie nur derart verletzlich aus? Warum rührte die Art, wie sie bewusstlos in meiner Koje lag, nur derart an mein Herz? Unter der trügerisch sanften Oberfläche dieser Frau spürte ich eine Stärke, die jeder Beschreibung spottete. In dieser zarten Hülle verbarg sich eine Naturgewalt. Etwas, das so groß und gewaltig war wie das Meer und so schwarz wie seine finstersten Tiefen. Warum heilte sie sich nicht? Warum lag sie schwach und ausgeliefert in meiner Koje, anstatt ihre Kräfte einzusetzen? Golden fiel das Morgenlicht durch die Bleiglasfenster am Heck und brachte die Flut roter Locken zum schimmern, die sich auf die Decke und das Kissen ergossen. In meinen Fingern brannte das Bedürfnis, sie zu berühren. Sie zu küssen. Ihren Duft einzuatmen. Ach, versenk mich doch der Sturm!

»Spürst du es auch?«, fragte Ruben.

»Was?«, knurrte ich.

»Wir reisen in die Zeit zurück. Nicht nur die Seemeilen verstreichen, sondern auch die Jahre. Ich spüre es, William. Ich kann die Zeit fühlen, während wir tiefer und tiefer in den Nebel gleiten.«

»Nebel? Da draußen ist kein Nebel.«

»Ich meine auch den Nebel der Vergangenheit. Den Dunst des Vergangenen. Ist dir nicht aufgefallen, dass sich die Insel verändert hat, als wir uns von ihr entfernt haben?«

»Nein.«

»Das Dorf verwandelte sich. Die Zahl der Häuser nahm ab. Ich glaube, dass der Nebel uns zurückgebracht hat.«

»Zurück in die Zeit?«

»Ja. Und bald werden wir auf eine weitere Nebelbank stoßen.«

»Marifa«, flüsterte ich nur.

Ruben nickte, setzte sich auf den Rand der Koje und legte eine Hand auf Hannahs Stirn. »Sie ruft uns. Sie lenkt den Wind, die Zeit und das Meer. Und das Einzige, das Marifa fürchtet, ist dieses Mädchen hier.«

»Sie fürchtet dieses Mädchen?« Wut und Spott ballte sich in meinen Eingeweiden zusammen. Ich ging zum Schreibtisch, betrachtete die Federkiele, das Tintenfässchen in seiner Vertiefung und den Sextanten, der die Ecke einer ausgebreiteten Karte beschwerte. Der Kurs einer längst vergangenen Zeit war darin eingezeichnet und die Linien noch so frisch, als hätte ich sie erst in der vergangenen Stunde verewigt. Anfangs führte er geradlinig über den Atlantik, doch dort, wo uns die von der Hexe gesandten Stürme überfallen hatten, vollführte er wilde Strudel und Schleifen. »Wie kommst du auf diesen Gedanken?«

»Gott hat zu mir gesprochen«, antwortete Ruben mit jener unerschütterlichen Selbstsicherheit in seiner Stimme, die schon viele wankelmütige Seelen überzeugt hatte. »Dreihundert Jahre lang habe ich das Zwiegespräch mit ihm geübt und Buße getan. So, wie du es getan hast.«

»Gott?«, schnaubte ich. »Erzähle mir nichts von Gott. Seit wann glaubst du an das Geschwätz der Pfaffen?«

»Ich glaube nicht an den Mann, der übermächtig und allwissend auf seiner Wolke sitzt«, erwiderte Ruben. »Ich glaube an die Macht dahinter. An das, was die Menschen im Ursprung verehrt haben, ehe die Kirche alles verdreht und für ihre eigenen Zwecke benutzt hat. Deine Schuld ist beglichen, William. Du hast die Wahrheit erkannt und dich selbst gefunden. Deshalb, und nur deshalb, sandte Gott dir die Frau, die uns alle erlösen wird. An diesem Mädchen ist nichts Böses.

Es ist unsere einzige Hoffnung auf Erlösung. Es wird Zeit, dass du das begreifst. Denn so, wie du Hannah brauchst, braucht sie auch dich. Gerade jetzt, wo sie in deiner Welt gestrandet ist.«

»Du glaubst ...« Ich ballte die Hände zu Fäusten und weigerte mich, auch nur einen Blick auf die Dirne zu werfen. »Nein! Das ist unmöglich! Ich habe gesehen, welche Mächte in ihr leben. Sie hat mich verhext. Sie hat meine Haut verdorren lassen und wie ein Reptil gelächelt, als ich mich vor ihr am Boden gewälzt habe. Mein Schmerz bereitete ihr Freude. In ihren Augen brannte dasselbe Feuer, das ich in Marifa gesehen habe. Das Feuer der Hölle.«

Ruben lächelte so geduldig wie eh und je. »Kam dir nie der Gedanke, dass Marifa mit diesem Mädchen ebenso spielt wie mit dir? Dass ihr beide von ihr benutzt werdet? Dass ihr keine Feinde, sondern Verbündete mit dem gleichen Ziel seid? Sieh sie dir an, William! Na los doch! Setz dich zu mir und sage mir, was du bei ihrem Anblick fühlst.«

»Nein!«

»Was hast du gefühlt, als Marifa dich berührt hat?«

»Abscheu«, zischte ich. »Kälte. Zorn.«

»Und was fühltest du bei ihr?«

Ich legte eine Hand flach auf die Karte und schloss meine Augen. *Zuneigung,* wollte ich antworten. *Wärme. Und Sanftheit.*

Doch ich brachte kein Wort hervor.

Stattdessen stand Ruben auf, kam zu mir und legte eine Hand auf meine Schulter. In Momenten wie diesen kam er mir uralt vor. Es war, als würde seine Erinnerung Jahrtausende durchdringen, und als wären gewöhnliche Menschen nichts weiter als dumme Kinder, zu deren Lehrer er berufen worden war. »Nun, du wirst es schon noch begreifen«, sagte er leise. »Denn nur ein Wesen, das von Gott gesandt wurde, kann einen Mann wie dich erweichen und den Eisklumpen in seiner Brust in ein schlagendes Herz verwandeln. Denke darüber nach. Aber denke schnell, denn wenn die Männer da draußen erfahren, was für einen Gast du mit an Bord gebracht hast, wird es gefährlich.«

Kapitel 18

Long time ago …

Hannah

Ein gleichmäßiges, beruhigendes Knarzen begleitete mein Erwachen. Offenbar war ich auf dem Boden eingeschlafen, denn der Untergrund, auf dem ich lag, war hart wie Stein. Langsam tasteten sich meine Sinne voran. Es roch nach Holz und Meer, nach einem Hauch von Teer und – meine Nase kräuselte sich – nach ungewaschenen Männern.

Hatte ich getrunken? Offenbar, denn meine Wohnung schwankte gemächlich hin und her. Schläfrig rollte ich mich auf den Rücken, öffnete blinzelnd die Lider und starrte auf eine hin und her kippende, mit dunklem Holz vertäfelte Decke. In jede einzelne Tafel waren aufwändige Schnitzereien von Schiffen, Landkarten, Sternbildern, Kompassrosen und Seeungeheuern eingefügt worden.

Moment! Was war das hier?

Die Erinnerung war wie ein Schlag ins Gesicht. Ich fuhr hoch, fiel von einem niedrigen Bett und kniete im nächsten Augenblick auf dunklen, fast schwarzen Holzbohlen.

Im gleichen Moment vollführte der Raum eine Wellenbewegung, die eine dunkelrote Hängematte zum Schaukeln brachte und mich nach vorne warf.

Ich war auf einem verdammten Schiff!

Die Seeräuber … der Glatzkopf … ein von Kopf bis Fuß tätowierter Maori, der mich einen Laubfrosch genannt hatte.

Oh Himmel!

»Nein!« Hektisch rieb ich mir über die Augen. »Das kann nicht sein. Das kann nicht sein! Nein! Nein!«

Wasser klatschte gegen drei Bleiglasfenster am Heck, hinter denen ich eine tintenblaue Fläche erahnte.

Wie weit war das Schiff bereits gefahren?

Wie lange war ich bewusstlos gewesen?

Schwankend rappelte ich mich auf, streckte die Arme aus und versuchte, die walzende Bewegung meiner Umgebung auszugleichen. Direkt neben mir über einem Stuhl hing Williams dunkelroter Uniformrock, davor stand ein antiker, mit dem Boden verschraubter Schreibtisch, auf dem eine Seekarte ausgebreitet lag. Ein Teil von mir staunte über den kostbaren Sextanten, die Schreibfedern und das reich verzierte Tintenfässchen in seiner Vertiefung. All das hier war Geschichte. Lebendige, atmende Vergangenheit, in der ich gestrandet war.

Wie war das nur möglich?

Andererseits … hatte ich nicht die letzten beiden Tage mit einem untoten Piraten verbracht und versucht, so zu tun, als wäre irgendetwas an dieser Situation normal?

Dutzende zusammengerollte Karten befüllten eine Halterung an der Wand. Es gab einen Schrank, den Schreibtisch, einen Stuhl, drei Truhen, eine Hängematte und eine Koje. Sonst nichts. Von der Pracht, die man von einer Kapitänskajüte üblicherweise erwartete, war dieser Raum weit entfernt.

Bei schnellen Schiffen, erinnerte sich mein überreiztes Gehirn an das Buch, das ich vor meiner Entführung gelesen hatte, *wird an allen überflüssigen Aufbauten gespart, um es windschnittiger zu machen. Darunter fällt auch jeder unnötige Prunk.*

Grundgütiger, dachte ich ernsthaft an solche Dinge, während ich mich an Deck eines vor dreihundert Jahren gesunkenen Piratenschiffes befand? Wieder krängte es zur Seite, warf mich gegen den Tisch und stieß ein fast menschliches Ächzen aus, als es zurück in die Waagerechte kippte. Irgendwo dort draußen erschollen gebellte Rufe, gefolgt von einem gewaltigen Knirschen und Knattern. Das Schiff neigte sich zur Seite, schlug offenbar einen anderen Kurs ein und rollte nun nicht mehr von einer Seite auf die andere, sondern glitt Kiel voran durch die Wellen.

Diese Form der Bewegung machte es leichter, das Schwanken auszugleichen. Fassungslos tasteten meine Finger über das Holz des Schreibtisches. Ich befand mich auf einem Piratenschiff! Auf einem Schiff, das am Grund des Meeres verrotten sollte!

Mit jedem Atemzug wurde das Unmögliche greifbarer. Mein Kopf dröhnte, meine Augen brannten. Noch immer trug ich den grünen Schlafanzug, und meine Kehle fühlte sich an wie Sandpapier.

War ich in der Zeit zurückgereist? Oder befanden wir uns noch immer in der Gegenwart?

Raue Männerstimmen lachten. Irgendjemand sang ein schräges Lied. Vermutlich tummelten sich dort draußen Dutzende, wenn nicht gar Hunderte von Männern. Eine großes Segelschiff des achtzehnten Jahrhunderts konnte durchaus zwei- oder dreihundert Seeleute beherbergen.

Wie groß war die *Scowerer?*

Und wie umfangreich Williams Mannschaft?

Marifa will, dass wir zu ihr kommen, hallte seine Stimme in meinem Kopf wider. *Es ist der einzige Weg zu unserer Erlösung.*

Ich musste ihn finden! Ich musste mit ihm reden. Jetzt! Sofort!

Aber ich konnte mich unmöglich in einem kurzen froschgrünen Schlafanzug unter eine Horde Seeräuber wagen. Panisch sah ich mich um. Ein Stapel Kleidung lag vor der Koje, offenbar für mich bereitgelegt. Daneben stand ein Holzeimer mit geschlossenem Deckel und zwei Griffen. In einem davon steckte eine Kelle. Kurz entschlossen schöpfte ich damit etwas Wasser aus dem Behälter, stillte meinen Durst und schmeckte einen Hauch von Rum auf meiner Zunge. Natürlich. Indem man dieses Zeug in das so kostbare Süßwasser mischte, wurde es haltbarer und verwandelte sich nicht schon nach wenigen Tagen in eine faulige Brühe.

Hastig griff ich nach den bereitgelegten Lumpen, zerrte mir den Schlafanzug vom Leib und zog so schnell, wie es bei dem Schwanken des Schiffes möglich war, eine braune Hose aus grobem Leinen über, dazu ein sackartiges Hemd, das vor langer Zeit einmal weiß gewesen war, und einen breiten Gürtel aus dunkelrotem Stoff, der das unförmige Ding an meiner Hüfte zusammenschnürte. Meine Füße waren nackt, doch neben dem Eimer entdeckte ich unförmige Lederschuhe, die mich an Maries orientalische Latschen erinnerten.

Zorn kochte in mir hoch und steigerte sich in demselben Maße, wie meine Kopfschmerzen anschwollen. Torkelnd wie eine Betrunkene stolperte ich zur Tür, drückte sie auf und …

»Haaaa«, brüllte der Maori, riss die Augen auf und streckte eine absurd lange Zunge heraus. Sein tätowiertes Gesicht verzog sich zu einer lächerlichen Grimasse, ehe er stutzte, mich ungläubig begaffte und schließlich in sich zusammenfiel.

»Du hast keine Angst«, bemerkte er enttäuscht.

»Nein«, knurrte ich ihn an. »Wo ist William?«

»Ich werde ihn holen.« Unsanft schubste mich Ferris zurück in die Kajüte, grinste und knallte mir die Tür vor der Nase zu. »Besser, du bleibst dort drinnen, Laubfrosch. Es sei denn, du bist so ausgehungert, dass du es mit vier Dutzend Männern aufnehmen willst.«

Vier Dutzend Männer. Nicht zweihundert. Nicht dreihundert. Nur vier Dutzend. Und einen verschwindend kurzen Moment lang hatte ich es gesehen.

Das wilde, von Schaumkronen bedeckte Meer.

Wasser. Nichts als Wasser. Dunkelblau wie Tinte.

So weit das Auge blickte.

Zitternd vor Wut stand ich da, die Hände zu Fäusten geballt, die Augen brennend vor Tränen. Immer wieder warf mich das Auf und Ab des Schiffes gegen die Wand, bis ich das daran befestigte Tau um meinen Arm wand und, halb stehend und halb hängend, dort verharrte.

Nach einer gefühlten Ewigkeit öffnete sich die Tür der Kajüte.

Ein barfüßiger Mann trat ein, gekleidet in eine schwarze Kniebundhose und in ein weich fallendes schwarzes Hemd. Um seinen Kopf wand sich nach klassischer Piratenart ein grau-braun gestreiftes Tuch, an den Handgelenken trug er Bänder aus Muscheln und Korallen.

Im ersten Augenblick erkannte ich ihn nicht. Doch nach einem Moment der Verwirrung wurde mir klar, wen ich vor mir hatte.

»Du!« Mit all meiner aufgestauten Wut stürzte ich mich auf ihn, holte zum Schlag aus und schmetterte meine Faust gegen sein Kinn. Ich sah noch, wie er überrascht die Augen weitete, dann erklang das Krachen einer gewaltigen Welle, die gegen die Bordwand klatschte. Das Schiff bockte wie ein wildes Pferd, riss mich von den Füßen und kugelte mich wie ein Fass über den Boden.

Williams Lachen ließ mich rotsehen. Als er sich bückte und nach mir griff, schlug ich seine Hand weg und verpasste ihm einen kräftigen Tritt vor das Schienbein.

»Hannah!«, stöhnte er schmerzerfüllt. »Bitte hör auf damit.«

»Nein!« Die aufgestauten Tränen brachen sich Bahn, rannen über mein Gesicht und brannten auf meiner Zunge. »Bring mich zurück! Sofort!«

»Das kann ich nicht.«

»Was soll das heißen?«

»Das heißt, dass wir nicht mehr zurückkönnen. Marifa hat dieses Schiff mitsamt seiner Mannschaft vom Meeresgrund heraufgeholt, weil sie will, dass wir zu ihr kommen.«

»Wir?« Wütend über meine eigene Schwäche, wischte ich die Tränen von meinen Wangen, versuchte aufzustehen und wurde von der nächsten Welle wieder zu Boden geworfen. »Verflucht noch mal!«

»Lass mich dir helfen!«

»Nein!«

»Gut.« William verschränkte die Arme vor der Brust und glich das Bocken des Schiffes mit einer Geschicklichkeit aus, die mich noch wütender machte. »Dann rolle eben weiter wie eine betrunkene Robbe in meiner Kajüte herum.«

»Du Bastard!«, schrie ich ihn an.

»Ich will dir nur helfen.« Offenbar unempfindlich gegen meinen Zorn, streckte William mir erneut seine Hand entgegen. Diesmal ergriff ich sie, ließ mich von ihm auf die Füße ziehen und nutzte die Gelegenheit, um ihm eine schallende Ohrfeige zu verpassen.

»Nur zu«, sagte er gleichmütig. »Die habe ich ohne jeden Zweifel verdient.«

»Allerdings!« Um nicht erneut von den Füßen geworfen zu werden, klammerte ich mich notgedrungen an seinen Schultern fest. »Wie konntest du nur? Was soll das alles?«

»Ich habe dich auf mein Schiff gebracht, weil Marifa es so will. Sie kontrolliert nicht nur uns und die *Scowerer*, sondern auch das Meer, auf dem wir reisen. Es gibt nichts, das ich dagegen tun kann.« Ein Grinsen hob seine Mundwinkel. »Ach übrigens, die Kleidung eines Schiffsjungen steht dir ausgezeichnet.«

»Halt den Mund!«

»Das war ein Kompliment.«

»Das kannst du dir bis zum Anschlag in deinen Piratenhintern schieben. Erst siehst du mich an, als hätte ich dir das Herz aus der Brust gerissen, dann beleidigst und beschimpfst du mich. Und zu guter Letzt verschleppst du mich auf ein Schiff voller untoter Seeräuber?«

»Hannah!« Die plötzliche Sanftheit seiner Stimme fachte meine Wut nur umso mehr an. »Ich wünschte, ich könnte dir das hier ersparen. Aber das kann ich nicht.«

»Bring mich zurück! Auf der Stelle!« Eine neuerliche Bewegung des Schiffes drückte mich gegen Williams Brust. Ich schluchzte und fluchte, hieb meine Fäuste gegen diese harte, verhasste Mauer aus Muskeln und wünschte ihm Tod und Teufel an den Hals, bis mich die Kraft verließ. Japsend hing ich in seinen Armen und spürte die brodelnde Hitze seines Körpers an meiner Wange.

»Du musst mir erzählen, was passiert ist«, sagte er leise. »Hat Marifa etwas zu dir gesagt?«

»*Ich* soll *dir* erzählen, was passiert ist?« Fassungslos riss ich mich von ihm los und versuchte zu ignorieren, wie er vor mir stand. Ein verwegenes, fatalistisches Lächeln auf den Lippen, ganz in Schwarz gekleidet, mit funkelnden blauen Augen und offen stehendem Hemd, das viel zu viel von seiner glatten Brust entblößte. »Wie wäre es umgekehrt? Erzähle du *mir*, wie das hier möglich ist.« Mit einer ausholenden Geste umschrieb ich die Kajüte. »Wie ich hier gelandet bin und warum.«

»Hat Marifa etwas zu dir gesagt?«, beharrte er.

»Ja!«, fauchte ich. »Sie hat mir geholfen, als ich dachte, verrückt zu werden. Sie hat diese … diese abscheulichen Gefühle aus mir herausgerissen. Sie hat mich davon befreit.«

William runzelte die Stirn, verschränkte die Hände auf seinem Rücken und glich eine weitere Wellenbewegung geschickt aus, indem er ihr einfach folgte. Und während er mit dem launischen Schwanken und Kippen seiner *Scowerer* förmlich verschmolz, torkelte ich mit rudernden Armen von einer Wand zur anderen.

»Sie hat die Gefühle aus dir herausgerissen?«, hakte er nach. »Meinst du deine Kräfte?«

»Keine Ahnung. Ich habe sie zum ersten Mal gespürt. Woher soll ich wissen, woher sie kamen und was sie bedeuteten. Ich wollte sie nicht, und Marifa hat mir angeboten, sie mir abzunehmen.«

»Hat sie dich beeinflusst?«, bohrte er weiter nach. »War es deine Stimme, die am letzten Abend mit mir gesprochen hat, oder war es ihre?«

Ich wusste, was er meinte. Das kalte Lächeln auf meinen Lippen. Die zornigen Worte. Der Genuss an seinem Schmerz. All dieser dunkle, wilde Triumph.

»Ich weiß es nicht«, schluchzte ich wütend, wurde gegen die Wand geschleudert und hakte mich kurzerhand im Tau ein. »Ich weiß gar nichts mehr.«

»Du kannst dich jederzeit an mir festhalten«, bot er mit einem diebischen Grinsen an. »Nur zu. Ich beiße nicht.«

»Vergiss es«, zischte ich. »Eher springe ich in das Maul eines Hais oder lasse mich kielholen.«

»Willst du eine Flasche Rum?«

»Ich brauche keinen Rum, verdammt noch mal! Ich will nach Hause und Urlaub machen. So, wie ich es von Anfang an wollte, ehe diese verfluchte Hexe anfing, mit mir zu spielen.«

William neigte nachdenklich den Kopf. Schließlich kam er auf mich zu, packte meinen Arm und wand ihn aus dem Tau. Ungeachtet meines Zappelns und Fluchens drückte er mich an seine Brust und glich das Schwanken und Kippen des Schiffes aus, während er mich mit festem Griff umklammert hielt. »Ich weiß nicht, was Marifa will«, sagte er verwirrend sanft. »Und ich weiß immer noch nicht, ob ihr beide gemeinsame Sache macht.«

»Ich habe nichts mit ihr zu schaffen!« Vergeblich versuchte ich, mich von ihm zu befreien. Ebenso gut hätte ich gegen einen Felsen ankämpfen können. »Würde ich sonst schreien und fluchen und dir eine verpassen, weil du mich auf dieses Schiff geschleppt hast?«

»Hm«, machte er nur.

»Ach, weißt du was? Wenn du mir nicht glaubst, dann ist es eben so. Ich habe es satt, mich zu rechtfertigen.«

»Ich versuche, dir zu glauben«, erwiderte er ruhig. »Mehr kann ich nicht tun. Geschöpfe wie Marifa sind wahre Meisterinnen der List und der Verwirrung. Wie könnte ich mir sicher sein, dass du nicht zu ihr gehörst? Wie könntest du mir beweisen, dass du nichts mit der Hexe zu schaffen hast? Vor allem nach dem, was du mir gestern Abend gezeigt hast?«

Unwillkürlich erschlaffte ich. Viel zu gut erinnerte ich mich an das berauschende Gefühl der Macht, das durch meine Adern gerauscht war. An die Stärke, die mich erfüllt hatte, als ich William so mühelos meinen Willen aufgezwungen hatte. Ein paar unwirkliche Herzschläge lang war das Blut einer Hexe durch meinen Körper geströmt. Ich war wie Marifa gewesen. Wie ein fremdartiges, dunkles Geschöpf, das sich an seiner Überlegenheit berauscht hatte.

»Ich kann es nicht beweisen.« Überwältigt von Verzweiflung, drückte ich meine Stirn gegen seine Brust und gab es auf, mich länger zu wehren. »Ich weiß nicht, was mit mir passiert. Ob es Magie war oder nicht, ob ich von Marifa besessen war oder nicht. Ob ich böse bin oder nicht. Ich weiß überhaupt nichts! Ich weiß nur, dass du kein Recht hattest, mich auf dieses Schiff zu entführen.«

»Das stimmt.« Sein Atem strich kitzelnd über meinen Scheitel. Ohne es zu wollen, empfand ich das Schwanken des Schiffes, das er mit mir gemeinsam ausglich, plötzlich als überaus angenehm. Zumindest besänftigte das gleichförmige Wiegen meine Panik. »Und ich werde alles tun, damit du wieder zurück nach Hause kannst. Mir ist nicht klar, warum sie uns beide zu sich holt. Ich weiß nicht, was sie will. Ich kenne ihre Absichten nicht und bin ebenso ratlos wie du. Aber ich verspreche dir, dich zurückzubringen, sofern es mir irgendwie möglich ist.«

»Warum tust du das?«, nuschelte ich in den Stoff seines Hemdes.

»Was?«, fragte er zurück.

»Freundlich zu mir sein. Mich ansehen, als würde ich dir etwas bedeuten. Und dann …«

»Dann was? Plötzlich verändere ich mich? Ich sehe dich an, als wäre ich nicht mehr ich selbst? Die Zuneigung in meinem Blick wird zu Hass, Zorn und Abscheu?«

»Ja«, fauchte ich ihn an. »Genau das meine ich.«

»Dann weißt du ja, wie es mir ergeht.«

Überrumpelt blickte ich zu ihm auf. Natürlich. So wie er sich verwandelt hatte, war auch ich zu einem anderen Wesen geworden. Zu etwas, das in meinem Körper steckte und meine Gedanken teilte, und doch nicht ich war.

»Eine Hexe und ein Pirat.« Williams Mundwinkel hoben sich zu einem gequälten Lächeln. »Wie sollte so eine Geschichte jemals gut ausgehen?«

»Hasst du mich?«, fragte ich geradeheraus.

»Nein«, antwortete er.

»Fühlst du Abscheu?«

»Sieht das für dich so aus?« Sein Atem streifte über mein Gesicht. Er beugte sich vor, seufzte und hauchte ein geflüstertes »Nein!« gegen meine Lippen.

»Denkst du, sie will uns töten?« Angst vermischte sich mit unfreiwilliger Lust, als ich das hauchfeine Streicheln eines Kusses spürte, der endete, noch bevor er begonnen hatte.

»Ich weiß es nicht«, sagte er. »Was denkst du?«

»Ich glaube nicht, dass das ihre Absicht ist.«

»Warum?«

»Weil ich sie für verzweifelt, aber nicht für böse halte. Andererseits ... wenn sie eine Meisterin der List und der Verwirrung ist ...«

»... dann ist alles möglich.« William löste sich von mir, ohne meine Schultern loszulassen. »Fühlst du dich bereit, meine Mannschaft kennenzulernen?«

»Deine ... Mannschaft?«

»Ja. Die ersten Gerüchte kochen schon hoch. Ich möchte ungern, dass sie sich verselbstständigen.«

»Aber ...«

»Keine Angst. Du stehst unter meinem Schutz. Und jeder einzelne Mann dort draußen würde alles tun, um niemals wieder am Grund des Meeres zu verrotten. Gib ihnen ein Stück Hoffnung, selbst wenn es nur eine Prise ist, und sie werden alles für dich tun.«

»Du stellst mich als ihre Retterin hin?«

»Genauer gesagt hat Ruben das getan. Er glaubt, dass Marifa dich fürchtet.«

Um ein Haar hätte ich laut aufgelacht. »Warum sollte sie das?«

»Ich weiß es nicht. Ich weiß nur, dass Ruben in dir etwas sieht, das uns alle erlösen könnte. Vielleicht hat Marifa deshalb versucht, dich zu kontrollieren.«

»Ruben? Du meinst den Mann mit den langen schwarzen Haaren?«

»Ja. In meinem alten Leben war er mein treuester Gefährte und ist es immer noch.«

»Er ist seltsam.«

William lachte. »Damit teilst du die Meinung eines jeden, der ihm jemals begegnet ist. Ruben ist wie ein alter Pottwal. Er kennt jeden Winkel des Meeres, er sieht Dinge, die kein anderes lebendes Wesen sieht, und trägt unzählige Geheimnisse mit sich herum.«

»Woher stammt er?«

»Das hat er mir niemals erzählt. Weder kenne ich seinen wahren Namen noch seine Herkunft. Wir trafen uns auf St. Martin. Er heuerte auf meinem Schiff an, begann als Kartoffelschäler und endete als mein Obersteuermann und meine rechte Hand.«

»Und er glaubt, dass Marifa mich fürchtet?«

»Das tut er.«

»Das ist absurd.«

»Nun, wir werden es erfahren. Von diesem Tag an führt kein Weg daran vorbei, Marifa zu begegnen. Es tut mir leid, dass ich dich in diese Geschichte mit hineingezogen habe.«

»Und mir tut es leid, dass ich so dämlich war, deine Knochen einzusammeln und sie unter mein Bett zu legen.«

»Marifa hat dich dazu gezwungen«, erinnerte er mich. »Wir beide sind zwei Blätter auf einer reißenden Strömung.«

Ich stieß ihn von mir, ahmte seine breitbeinige Haltung nach und nickte zur Tür hinüber. »Hör auf, poetisch herumzufaseln, und zeig mir dieses verdammte Schiff.«

Die noch immer feuchten, mit Sand bestreuten Planken dampften im warmen Sonnenschein. Kurzerhand zog ich die Schuhe aus und schritt barfuß über das salzwassergetränkte Holz. Hier und jetzt, mit der gewaltigen Weite des Ozeans um mich herum und den Blicken Dutzender Männer im Nacken, wusste ich endgültig, dass dies hier kein Traum war. Auf eine unvorstellbare, magische Weise war ich auf einem Schiff gelandet, das vor Jahrhunderten gesunken war.

Verrückter hätte mein Leben wohl kaum noch werden können.

Seite an Seite, mit gebührendem Abstand zueinander, stellten wir uns an das Schanzkleid unmittelbar neben dem Bugspriet und hielten unsere Gesichter in den Wind. Zum ersten Mal sah ich den wahren William. Den Mann, der sich nicht falsch und verloren fühlte, sondern genau den Platz ausfüllte, der für ihn bestimmt war.

»Du schlägst dich ausgezeichnet«, sagte er irgendwann. »Keine Spur von Seekrankheit, und den Gang eines waschechten Piraten hast du innerhalb von fünf Schritten gelernt.«

»Ich bin nur eine gute Nachahmerin.«

»Nein. Es ist Geschick. Nichts anderes. An dir geht ein begnadeter Seemann verloren.«

»Hör auf, mir zu schmeicheln. Das ändert rein gar nichts. Gerade eben hast du mich noch mit einer betrunkenen Robbe verglichen.«

»Weil ich dich provozieren wollte.«

»Warum?«

»Der Grund wird dir nicht gefallen.« William lächelte, schloss die Augen und seufzte genüsslich, während er jeden Atemzug mit einer unersättlichen Gier in sich hineinsog. Es war, als wollte er den Himmel und das Meer inhalieren, während er wieder und wieder das Holz des Schanzkleids streichelte und die Lippen aufeinanderpresste, als würde er gegen Tränen ankämpfen.

Ich wurde aus diesem Mann einfach nicht schlau. Hasste er mich? Liebte er mich? Zog er mich an sich oder stieß er mich fort? War er ein Ungeheuer oder ein Mann, der ehrlich und bitter bereute, was er getan hatte?

Fast hätte ich gelacht, als mir klar wurde, dass ihn vermutlich ganz ähnliche Fragen mich betreffend umtrieben.

Verwirrt blickte ich auf die weite Fläche des Meeres hinaus, als mir eine Bewegung auf der vordersten Spitze des Klüverbaumes auffiel. Dort hockte, mit baumelnden Beinen und seligem Grinsen, ein kaum zwölfjähriger Junge und scherte sich nicht darum, dass direkt unter ihm das Meer toste und schäumte.

»Ist er denn verrückt geworden?«, platzte es aus mir heraus.

William öffnete die Augen und betrachtete das lebensmüde Kerlchen. »Das ist Neville. Einer meiner geschicktesten Kletterer und flinksten Pulveraffen. Ich glaube nicht, dass ihm Gefahr droht.«

»Was sind Pulveraffen?«

»Im Falle eines Seegefechts tragen sie die Pulversäcke aus dem Schiffsbauch hoch zu den Kanonen. Alles muss schnell gehen. Daher sollten sie wie kleine Äffchen rennen und springen können.«

Kinder, die mit Pulver und Kanonen herumhantierten? Bei Gott, Williams Zeit war in jeglicher Hinsicht nicht mit der meinen zu vergleichen.

»Was ist mit deinen Männern?« Ich warf einen Blick über meine Schulter und entdeckte eine gute Handvoll, die in ihrer Arbeit innegehalten hatte und uns musterte. Einige schienen neugierig, andere misstrauisch. Offene Feindseligkeit hatte ich bisher bei niemandem gesehen, doch war ich weit davon entfernt, mich in Sicherheit zu wiegen. »Erinnern sie sich an ihren Tod?«

»Ja«, antwortete William. »Sie alle wissen, dass ihre Knochen auf dem Meeresgrund vermodert sind. Ihre Seelen irrten in der Schwärze umher, aber sie erinnern sich daran, als wäre es ein Traum gewesen. Ein langer, grausamer Traum, aber es erscheint mir doch um einiges besser, als dreihundert Jahre bei vollem Bewusstsein zu verbringen.«

»Hat auch sie der Fluch getroffen?«

»Ja. Ich bekam seine volle Wucht zu spüren und musste selbst im Tod lebendig bleiben. Meine Mannschaft dagegen starb, wie es Seemännern bestimmt ist. Sie versanken und fanden ihr Grab auf dem Meeresgrund. Doch anstatt Frieden zu finden, band der Fluch ihre Seelen an den Ozean. Sie konnten nicht den Weg gehen, den Tote gehen sollten. Marifa fesselte uns alle. Jeder meiner Männer trachtet danach, den Fluch zu brechen. Diese Begierde ist stärker als alles andere, deshalb hat Ruben das einzig Richtige getan.«

»Sie davon überzeugt, dass ich ihre Retterin bin?«

»Ja.«

Aufgebracht schlug ich auf das von der Sonne erwärmte Holz. Auf seinem wackeligen Sitzplatz zuckte Neville zusammen und wäre um ein Haar in das Meer gestürzt, doch wie ein Äffchen es tut, fand er mithilfe eines schnellen Griffs sein Gleichgewicht wieder.

»Tut mir leid!«, rief ich ihm zu, doch der Junge lachte nur und winkte mir grinsend zu.

Erleichtert fuhr ich wieder zu William herum. »Ich weiß nicht, wie ich euch retten soll. Ich weiß nicht, was mit mir geschieht. Ich weiß überhaupt nichts.«

William drehte sich um, lehnte sich mit dem Rücken gegen das Schanzkleid und warf mir ein verwirrendes Lächeln zu. Warum zum Teufel sah er aus wie das Sinnbild eines verwegenen Freibeuters? Und warum setzte sich mein Körper über meinen Verstand hinweg und sehnte sich danach, diesen Mann noch einmal so zu spüren wie in der Lagune?

»Zunächst einmal«, sagte er langsam, »rettet dich Rubens Einfall vor ihren Gelüsten. Nur der Tatsache, dass jeder hier nach seiner Erlösung trachtet, und dem Fakt, dass du unter meinem Schutz stehst, hast du es zu verdanken, dass du frei an Deck herumlaufen kannst.«

»Oh, wie gnädig.«

»Unterschätze niemals die Gier eines Mannes, der jahrhundertelang keine Frau mehr gespürt hat.« Williams Blick wurde fordernd und streng. Vermutlich sah er so seine Feinde an, ehe er sie über die Planke gehen ließ. »Wandere auf keinen Fall alleine herum. Bleibe in meiner Kajüte, wenn ich nicht bei dir bin, und vertraue niemandem. Niemandem, hast du verstanden? Abgesehen von Ruben und mir.«

»Deinen Worten entnehme ich, dass du deinen eigenen Männern nicht traust.«

»Ich traue ihrer Natur nicht. Sie haben eine Ewigkeit lang auf dem Meeresgrund gelegen. Zu Lebzeiten hat der Anblick einer Frau ihr Hirn verschmort, jetzt wird es nicht viel anders sein. Auch wenn ich das Gefühl habe, dass der Tod das Feuer in ihren Lenden abgekühlt hat.«

Stöhnend rollte ich mit den Augen. »Wenn du dich schon erdreistet hast, mich auf dein Schiff zu verschleppen, solltest du mir etwas dafür zurückgeben.«

»Wovon genau sprichst du?«

»Erzähle mir, was geschehen ist. Zwischen dir und Marifa.«

William blickte an mir vorbei zum Horizont und schien mit einer Entscheidung zu ringen. Gischt spritzte auf, als die *Scowerer* durch eine mächtige Welle pflügte. Ihr Bug hob sich empor, schien einen Moment lang den Himmel berühren zu wollen und stürzte in einer Kaskade aus weißem Schaum zurück in die Fluten. Williams Körper erzitterte. Das war es, wonach er sich gesehnt, wonach er sich in jeder Sekunde seiner untoten Existenz verzehrt hatte. Und ich begann ihn zu verstehen. Es war schwer, an der Angst festzuhalten, wenn einem der salzige Wind das Haar zerzauste und man an Bord eines mächtigen Segelschiffes über die Wellen flog.

»Komm mit«, sagte William schließlich, legte eine Hand auf meinen Rücken und schob mich vorwärts. Wir gingen zu einem Aufbau, in dessen Schatten sich aufgerollte Taue und Kisten befanden. Auf einer der festgebundenen Seilrollen nahm William Platz, klopfte mit der Hand auf eine zweite und wartete, bis ich mich neben ihn gesetzt hatte.

Im Schutz des Aufbaus flaute der heulende Wind zu einer herrlich kühlen Brise ab, fächelte über mein Gesicht und besänftigte meine wirbelnden Gedanken.

»Ich bin auf einem Piratenschiff.« Unwillkürlich lachte ich auf. »Auf einem verfluchten, echten Piratenschiff. Denkst du, ich werde jemals wieder nach Hause kommen?«

»Ich hoffe es für dich.«

»Und deine Männer werden keinen Scheiterhaufen für mich errichten, sobald sie erfahren, dass … nun ja, dass ich …«

Was wollte ich sagen? Dass ich eine Hexe bin? Dass ich mit einer Berührung den Tod bringen konnte? Nein, das war vorbei. Was immer in mir gewesen war, Marifa hatte es herausgerissen. Vielleicht waren all meine Kräfte ohnehin nur eine Täuschung gewesen. Ein Spiel jener Hexe, die am anderen Ende des Meeres auf uns wartete.

»Ein Scheiterhaufen auf einem Holzschiff?« William grinste. »Wohl kaum. Und was deine Kräfte anbelangt, hat Ruben ihnen ein paar Flöhe in die Ohren gesetzt.«

»Was für Flöhe?«

»Dinge von Gott und seinen gesandten Engeln. Weiße Mächte gegen schwarze Mächte. Gut gegen Böse. Seine Zunge bewirkt wahre Magie.« Ihm entkam ein Prusten. »Das dachten sich auch die Hafenhuren, als er …«

»Schweig!« Ich rammte ihm meinen Ellbogen in die Rippen und deutete auf Ferris, der unweit unseres geschützten Platzes auf einer Kiste Platz genommen hatte. Zuerst glaubte ich, meine Augen würden mir einen Streich spielen, doch dann erkannte ich, dass er tatsächlich eine Möwe auf seinem Schoß hielt und sich die Augen aus dem Kopf heulte, während er das Tier unaufhörlich streichelte und küsste.

»Was in aller Welt treibt er da?«

William lehnte den Kopf gegen die Wand des Aufbaus und lächelte. »Ferris sieht aus wie ein grobschlächtiges Ungetüm, aber sein Herz ist weich wie eine Seegurke. Der Vogel dort ist vor langer Zeit mit einem gebrochenen Flügel auf unser Schiff gestürzt. Peter, unser Smutje, hatte ihn schon beim Wickel und wollte ihm den Kopf abreißen, aber Ferris ist dazwischengegangen. Unter dem Gelächter aller Männer hat er fortan seine Rationen mit der Möwe geteilt und sie wieder aufgepäppelt. Seitdem sind die beiden so unzertrennlich, dass Ferris jedem, der Hand an Akona legen wollte, ein paar Zähne ausgeschlagen hat.«

»Fliegt sie nicht fort?«

»Hin und wieder. Aber sie kehrt jedes Mal zurück.«

»Warum ist sie noch immer lebendig?«

»Marifas Zauber hat das Schiff in genau dem Zustand zurückgeholt, in dem es sich kurz vor dem Untergang befunden hat. Das heißt, unsere Vorratskammern sind prall gefüllt, die Rumfässer voll und Akona bei bester Gesundheit. Offenbar hat der Fluch sie als Bestandteil der *Scowerer* betrachtet, so wie jeden Mann und jede Ratte.«

Ungläubig beobachtete ich, wie der riesenhafte, bullige Mann seine Möwe herzte und vor lauter Wiedersehensfreude schluchzte, während das Tier ihm zärtlich an den Haaren zupfte.

»Warum heißt er Ferris?«, fragte ich weiter. »Das ist wohl kaum ein passender Name für einen Maori.«

»Sein wahrer Name war Marama, was so viel heißt wie Mondlicht.«

»Mondlicht? Dieses Ungeheuer hieß allen Ernstes Mondlicht?«

William schmunzelte. »Als halbwüchsiger Junge dürfte er weniger Furcht einflößend ausgesehen haben. Mit dreizehn Jahren erlebte er mit, wie sein Dorf niedergebrannt wurde. Seine Eltern starben, er und seine Geschwister wurden an einen Sklavenhändler verkauft. Ferris konnte fliehen, schnitt dem Kapitän des Schiffes des Nachts die Kehle durch, trennte ihm Arme und Beine ab und nahm fortan seinen Namen an.«

»Er nahm den Namen des Mannes an, den er ermordet hat?«

»Auf diese Weise triumphierte über seinen Feind, rächte seine Familie und verhöhnte sein Opfer, indem er dessen Namen stahl. Den

Oberschenkelknochen des Kapitäns hat er behalten, aber inzwischen ist das Ding in Roberts Besitz übergangen. Seit er Ferris in einer heruntergekommenen Spelunke davor bewahrt hat, bei lebendigem Leib mit Glasscherben gehäutet zu werden, sieht man den einen nur noch selten ohne den anderen. Zum Dank für seine Rettung schenkte Ferris ihm den Oberschenkelknochen des Kapitäns.«

»Mit Glasscherben gehäutet? Wer in aller Welt tut so etwas?«

»In diesem Fall war es ein frustrierter spanischer Offizier, der die Meinung vertrat, eine Kreatur wie Ferris hätte nicht das Recht, dieselbe Luft wie seinesgleichen zu atmen. Also hat er seinen Männern befohlen, sich etwas Hübsches auszudenken. Aber wolltest du nicht eigentlich eine andere Geschichte hören?«

»Ja. Das wollte ich. Aber zuerst muss ich … nun ja …« Vielsagend kniff ich die Beine zusammen, was William mit einem wissenden Grinsen kommentierte.

»Solch wundersamen Erfindungen wie in deinem Haus gibt es hier leider nicht.« Er stand auf, half mir auf die Füße und führte mich zurück in seine Kajüte. »Du musst leider damit vorlieb nehmen.«

Aus irgendeiner Ecke holte er einen Eimer hervor und hielt ihn mir entgegen. Etwa eine Handbreit Wasser befand sich darin – dem salzigen Geruch nach zu urteilen, offenbar aus dem Meer geholt.

»Er ist nur für dich.«

»Aha.« Ich nahm das Ding entgegen und seufzte ergeben. »Wie erledigt ihr denn eure Notdurft?«

»Wir erleichtern uns über das Schanzkleid. Direkt in das Meer hinein. Und das Erste, was ein Schiffsjunge lernt, ist die Tatsache, dass man niemals gegen den Wind pinkelt. Ansonsten gibt es auch noch eine Art Sammelgefäß. Aber das möchte ich dir nicht zumuten.«

»Danke. Ich vermute nicht, dass es irgendwo auf diesem Schiff eine Rolle Toilettenpapier gibt?«

»Nein«, zerschlug William meine Hoffnung. »Andere Annehmlichkeiten als Eimer und Meerwasser gibt es nicht.«

»Gut. Würdest du mich dann bitte alleine lassen?«

Er nickte überraschen diskret, verließ die Kajüte und zog die Tür hinter sich zu. Nachdem ich das notwendige Übel hinter mich gebracht hatte, schlich ich auf leisen Sohlen nach draußen, entdeckte Gott sei

Dank keinen der Männer in unmittelbarer Nähe und kippte den Inhalt des Eimers verstohlen in das Meer.

Ebenso schnell huschte ich wieder zurück, stellte das Gefäß zurück in die Ecke und begab mich wieder an Deck. Was Hygiene anging, musste ich meine Ansprüche deutlich zurückschrauben. Wie funktionierte hier eigentlich das Waschen? Kippte man sich einfach einen Eimer Meerwasser über den Kopf? Falls ja, musste ich dringend Ausschau nach einem diskreten Plätzchen halten.

»Du kannst loslegen.« William blickte mir aufmerksam entgegen, als ich mit nackten Füßen auf ihn zugetapst kam und wieder auf der Taurolle Platz nahm. »Erzähle mir von dir und Marifa.«

»Gut«, antwortete er bereitwillig. »Aber ich werde nichts beschönigen.«

»Das würde ich auch nicht wollen.«

»Wie du willst. An jenem Tag, an dem wir uns begegneten, kam ein Hurrikan über dieses Schiff. Er entstand aus dem Nichts. Es gab keines der üblichen Zeichen, die solch einem Sturm normalerweise vorausgehen. Erst viel später wurde mir klar, dass Marifa diesen Hurrikan geschickt hatte.«

»Warum wollte sie euch töten?«

»Sie wollte uns nicht töten«, widersprach William. »Nicht in erster Linie. Natürlich gingen einige Männer über Bord, aber als sie mich dort hatte, wo sie mich haben wollte, verschonte sie mein Schiff und den Rest der Männer. Schließlich war es die *Scowerer* und ihre Besatzung, die sie nach Hause bringen sollten.«

»Wo wollte sie dich denn haben?«

»Im Meer. Sie sorgte dafür, dass ich über Bord gespült wurde, die Besinnung verlor und erst wieder auf einer Planke treibend aufwachte, als ich außer Sichtweite der *Scowerer* war. In dem Moment glaubte ich, alles verloren zu haben. Ich wollte sterben, aber Marifa ließ es nicht zu. Mehrmals habe ich versucht, mich zu ertränken, doch das Meer hielt mich an der Oberfläche, trieb mich auf das Land zu und spuckte mich schlussendlich in die Sümpfe, wo Marifa schon auf mich wartete. Vom ersten Moment an wusste ich, dass sie keine gewöhnliche Frau war. Dass sie mit etwas Bösem und Dunklem im Bunde war. Ich wollte mich wehren, aber mein Körper gehorchte mir nicht. Entweder war es ein Zauber, der meinen Willen aushöhlte, oder aber das Fieber, das mich an die Schwelle zum Tod brachte. In jenen heißen Tagen und Nächten, in denen ich viele Male die Besinnung verloren habe, muss sie etwas mit meinen Sinnen getan haben. Denn als ich aus meinen Fieberträumen aufwachte, erschien mir Marifa wie die herrlichste aller Frauen. Ich begehrte ihren Körper, ihre kohlschwarzen Augen, ihre sanfte Stimme und diese unwirklichen, schlangenhaften Bewegungen. Die Hexe verstand es, mich um den Verstand zu bringen. Während sie Dinge mit mir anstellte, die selbst eine tausendjährige Mumie wieder zum Leben erweckt hätten, murmelte sie ihre Zaubersprüche und machte das Netz, mit dem sie mich gefangen hatte, noch fester und stärker. Ein Teil von mir wusste, dass es falsch ist. Dass ich mich am Gift einer Natter berauschte und von einer Dämonin verführen ließ. Aber Marifa wusste, wie sie den Verstand eines Mannes betäuben konnte. Willenlos trank ich ihren Tee, der vermutlich aus Krötenaugen und Krokodilgalle bestand, aß ihre gespenstischen Eintöpfe und schluckte, was immer sie mir auf die Zunge legte.

›Bring mich fort‹, sagte sie eines Abends zu mir, als wir wieder einmal nackt und verschwitzt aufeinanderlagen und ich ihre wundervollen, großen … « William räusperte sich, als er bemerkte, dass er mit beiden Händen die Luft massiert hatte. »Nun, wie auch immer. Sie wollte, dass ich sie in ihre Heimat zurückbringe. Ihr sehnlichster Wunsch war es, Frieden in der Erde ihrer Ahnen zu finden. Sie erzählte mir von ihrem Glauben, der es erforderte, dass ihr Körper in dem Land ihres Volkes bestattet werden musste. Anderenfalls würde ihre Seele sich verirren und niemals mehr den Ort finden, an den sie gehörte. Ich wurde wütend, und zum ersten Mal, seit sie mich in ihren Zauber eingewickelt hatte, lachte ich über ihre Worte.

›Wie soll ich das tun?‹, fragte ich sie. ›Mein Schiff ist gesunken und meine Männer tot.‹

Und da verriet sie mir, dass die *Scowerer* in einem kleinen Hafen am Rande der Sümpfe vor Anker lag. Und dass meine Mannschaft seit Wochen damit beschäftigt war, das Schiff wieder seetüchtig zu machen.

Ohne es zu wissen, hatte Marifa meine Fesseln eigenhändig zerschnitten. Denn es waren diese Worte, die das Netz um meinen Verstand zerrissen. Der Gedanke, dass mein Schiff und meine Männer wohlauf waren, dass sie ganz in der Nähe auf mich warteten, besaß eine weit größere Kraft als jeder schwarze Zauber. Ich begriff, was geschehen war. Ich sah die Hexe, die sich nackt an meiner Seite räkelte, plötzlich mit wachem Verstand. Wie gerne würde ich behaupten, dass ich mich vor ihr geekelt hätte. Dass sie durch und durch böse und durchtrieben war. Aber dem war nicht so. Marifa war noch immer schön. Und tief in meiner Seele spürte ich, wie sehr sie litt. Es waren keine Schätze und keine Macht, nach denen sie strebte. Sie wollte nur nach Hause. Einfach nur nach Hause, um nicht in der Fremde zu sterben.«

William stieß einen Laut aus, der beinahe verzweifelt klang. Mit einer ruppigen Bewegung riss er sich das Tuch vom Kopf, warf es beiseite und fuhr sich mit beiden Händen durch das Haar. Im Licht der Mittagssonne schimmerten die Strähnen wie vielfarbiger Bernstein.

»Vielleicht hat Marifa geahnt«, fuhr er schließlich fort, »dass sie dabei war, mich zu verlieren. Denn sie begann, mich auf andere Weise zu umgarnen. 'Ich bin die Tochter des Dorfältesten', eröffnete sie mir. 'Wenn ihr mich gesund und unversehrt in meine Heimat bringt, wird man euch königlich belohnen. Aus dem Lande unserer Vorfahren haben wir Edelsteine mitgebracht, Brocken aus purem Gold und kostbare Elfenbeinschnitzereien.'

Ich wusste damals, dass sie log. Es war eine List aus purer Verzweiflung, doch damals scherte ich mich nicht um die Ängste anderer Menschen. Alles, was ich fühlte, war Zorn. Sie hatte mich in ihrer Hütte festgehalten und mich mit ihren teuflischen Zaubereien beschmutzt. Sie hatte mir Lügen ins Ohr geflüstert und mich von meinem Schiff ferngehalten. Die ganze Nacht lang erzählte Marifa mir von ihrem Leben, von der Schönheit ihrer Insel, der Grausamkeit der Sklavenhändler und dem Untergang ihres Dorfes. Sie schilderte mir, wie man sie zusammen mit Hunderten anderer Gefangenen in den Bauch eines Schiffes gestopft und wochenlang über das Meer geschickt hatte. Am Ende lebte nicht einmal mehr die Hälfte aller Sklaven. Marifa wurde auf einem Markt in New Orleans verkauft und landete dank ihrer Schönheit nicht wie die meisten der anderen Frauen in heruntergekommenen Bordellen oder auf dem Feld, sondern im Bett eines reichen Großgrundbesitzers.«

»Aber sie doch eine Hexe«, warf ich ein. »Warum hat sie ihr Dorf nicht gerettet? Warum konnte man sie einfach verschleppen und verkaufen?«

»Weil sie damals genauso war wie du. Sie wusste nichts von ihren Kräften, geschweige denn wie man sie sie einsetzte.«

»Fällt dir etwas auf?«, sagte ich mit einem Lächeln.

»Nein. Was?«

»Du redest ohne Hass über sie. Du fängst an, sie als Menschen zu sehen. Als jemanden, der nicht böse, sondern nur verzweifelt ist.«

William sagte eine Weile nichts. Die Sonne wanderte weiter, saugte den Schatten auf, in dem wir saßen, und brannte mit voller Wucht auf unsere Schädel nieder. »Komm«, sagte er schließlich. »Suchen wir uns ein kühleres Plätzchen.«

Ich folgte ihm zum nächsten Schatten. William setzte sich mit unterschlagenen Beinen auf eine festgezurrte Kiste. Ich fand meinen Platz erneut auf einem zusammengerollten Tau. Von diesem Platz aus hatten wir freie Sicht auf das Steuerrad. Ein schmächtiger schwarzhaariger Knabe hielt die Streben fest in der Hand, während Ruben, still und dunkel wie ein Geist, neben ihm thronte.

»Manchmal frage ich mich, ob dieser Mann«, William deutete zu seinem Steuermann hinauf, »ebenfalls Hexenkräfte besitzt. Genauso wie Marifa und du. Ihr drei ...« Er lachte, fuhr sich erneut durch das Haar und schüttelte den Kopf. »Ihr drei seid entweder meine Rettung oder mein Untergang.«

»Deine Rettung«, entschied ich.

»Ist das so?«

»Wenn ich die Wahl zwischen Rettung und Untergang habe, nehme ich die Rettung. Jetzt erzähle weiter.«

»Wo waren wir? Ah ja, Marifa wurde von einem Großgrundbesitzer gekauft und musste ihm fortan jede Nacht zu Willen sein. Eines Nachts, nachdem er sie wieder einmal stundenlang vergewaltigt hatte, erwachte zum ersten Mal ihre Magie. Sie schlich sich aus dem Zimmer, stahl ein Messer aus der Küche und stach es ihrem Peiniger ins Herz. Danach floh sie in die Sümpfe. Dorthin, wo kein Mensch bei klarem Verstand seinen Fuß setzen würde.«

»Sie hat dir all das erzählt?«

»Ja.«

»Und trotzdem hast du sie im Stich gelassen?«

»Ja«, wiederholte William. »Damals war mein Herz aus Stein. Ich heuchelte Mitgefühl, doch in Wahrheit trachtete ich nur danach, zu meinem Schiff und zu meinen Männern zurückzukehren. Niemals zog ich auch nur in Betracht, Marifas Wunsch zu erfüllen. Nicht einmal dann, als sie mich vor den Konsequenzen warnte.«

»Sie hat dich gewarnt, dass sie dich verfluchen würde?«

»Sie sagte, dass sie mich zu ewigem Leben und zu ewigem Tod verdammen würde. Sie drohte mir damit, alles zu zerstören, was ich tief in meinem schwarzen Herzen liebte, und dann zwang sie mich dazu, einen Schwur zu leisten. Bei meinem Blut habe ich den Eid geleistet, sie nach Hause zu bringen. Während ich in Wahrheit nur darauf gewartet habe, dass sie endlich einschläft.«

»Damit du verschwinden konntest.«

William nickte. »Als es irgendwann so weit war, stahl ich ihre Goldkiste und ein paar Vorräte, schlich mich aus der Hütte und schaffte es irgendwie, halbwegs unversehrt die Sümpfe zu verlassen. In dem Moment, in dem ich mein Schiff im Hafen liegen sah, so stolz und prachtvoll wie eh und je, war mir jeder Gedanke an Schuld oder an finstere Flüche gleichgültig. Noch im Hafen hauten wir die Hälfte von Marifas Gold auf den Kopf und feierten mein wundersames Überleben. Ich erlaubte es jedem meiner Männer, selbst dem geringsten Schiffsjungen, sich hemmungslos durch die Spelunken zu saufen und jede Hure zu besteigen, nach der es ihm gelüstete.«

»Und was hast du getan?«

»Was ein gewissenloser Pirat eben so tut. Ich soff wie ein Fass ohne Boden, kleidete mich von Kopf bis Fuß neu ein und vergnügte mich mit fünf Dirnen gleichzeitig.«

»Na wunderbar.« Unwillkürlich rückte ich ein Stück weiter von ihm weg. »Und du hast dich nicht im Geringsten schuldig gefühlt?«

»Nein«, antwortete er geradeheraus. »Mein Gewissen war tot. Genauso wie mein Herz. Beides hatte ich mir herausgerissen, um gewisse Dinge zu vergessen. Aber vor allem, um zu verhindern, dass sie sich irgendwann wiederholten. Zwei Jahre lang kreuzen wir über die Ozeane, umrundeten Feuerland, durchquerten den Pazifik und verbrachten eine wahrhaft berauschende Zeit auf Tahiti. Dem einzig wahren Paradies auf Erden. Als ich nach ein paar Monaten trotz aller Schönheiten und Verlockungen weitersegeln wollte, hatte ich meine liebe Mühe und Not, die Männer wieder auf das Schiff zu prügeln. Vier waren am Tag unseres Aufbruchs nicht auffindbar, weil sie mit ihren Frauen in den Dschungel der Insel geflohen waren. Ich vergaß alle Gastfreundschaft, die uns die Eingeborenen geboten hatten, und ließ kurzerhand ihren Häuptling foltern. Leider weigerte er sich standhaft, mir irgendetwas über den Verbleib meiner Männer zu verraten. Einen Deserteur konnten wir letztlich doch noch aufstöbern. Ich peitschte ihn höchstpersönlich aus, ließ ihn in Ketten legen und auf hoher See über Bord werfen. Die anderen Flüchtigen blieben verschollen. Selbst eingefleischte Seemänner verspüren nicht immer das Bedürfnis, weiter und weiter zu reisen. Ohne die Androhung drakonischer Strafen hätte ich vermutlich mit vier Männern weitersegeln müssen. Tahiti erschien uns allen als der herrlichste Ort auf Erden, aber nicht einmal die sternenübersäten Tropennächte und die schönsten blumenbekränzten Mädchen konnten meine Sehnsucht stillen. Also zogen wir weiter, segelten an der australischen Küste entlang, machten reiche Beute, reisten weiter bis nach Singapur, Indien, Arabien und Madagaskar. Wie umrundeten das Kap der guten Hoffnung, erreichten die Kapverdischen Inseln und füllten unsere Vorräte auf, um mit den Passatwinden zurück zur amerikanischen Küste zu segeln. Doch mehrere Stürme brachten uns weit vom Kurs ab. Das letzte und heftigste Unwetter zerbrach die Masten der *Scowerer* wie dünne Zweige. Es drückte mein manövrierunfähiges Schiff gegen ein Riff, ließ es zerschellen und schickte meine Männer in ihr nasses Grab. Mich hingegen spuckte das Meer in jene Höhle, in der du meine Knochen gefunden hast. Es zerschmetterte mich an den Felsen, ließ mich sterbend zurück und warf mir noch eine halb volle Kiste mit Gold hinterher.«

»Marifas Gold«, sagte ich leise.

»Oh ja.« William lachte. »Jede einzelne Münze, die wir nicht versoffen oder verhurt hatten. Es war ihre Art, mich zu verhöhnen. Von diesem Tag an hatte ich unendlich viel Zeit, um über mein Leben nachzudenken. Über all meine Taten, meine Entscheidungen und meine Schuld. Ich erkannte, wer ich war, und konnte die Fratze, die mir entgegenstarrte, nicht ertragen. All meine Fehler geschahen erneut, wieder und wieder. Jede Grausamkeit, die ich begangen hatte, wiederholte sich in einer endlosen Schleife in meinen Kopf. Ich blickte mit meinen Geisteraugen auf das Meer hinaus und wusste, dass irgendwo dort draußen meine Männer und mein Schiff verfaulten. Meinetwegen. Weil ich einen Eid gebrochen hatte. Was hätte es mir abverlangt, Marifa in ihre Heimat zu bringen? Nichts. Wir hatten kein festgelegtes Ziel. Wir segelten dorthin, wohin der Wind uns trieb. Es wäre kein Umweg gewesen, sie nach Hause zu bringen. Vielleicht wäre es schwer geworden, die Zügel meiner Männer straff zu halten, während eine schöne Frau mit uns reiste. Aber auch das hätten wir bewältigt. Damals hielt ich Marifa für das Böse und mich für den Betrogenen. Dabei verhielt es sich genau umgekehrt. Ich wollte mich niemandem unterordnen und mich durch nichts lenken lassen, schon gar nicht durch eine Frau.«

William verstummte. Ich spürte seinen Selbsthass und wusste weder was ich sagen noch was ich tun sollte. Unweit von uns schnappte Akona nach Ferris' Haaren und zerrte flügelschlagend daran, als wäre die Strähne ein fetter Beutehappen, während der Pirat es mit seligem Grinsen über sich ergehen ließ.

Noch immer weigerte sich mein Verstand, meine Lage zu begreifen. Ebenso sehr weigerte er sich, einem Mann, der all diese Dinge getan hatte, auch nur einen Funken Sympathie entgegenzubringen. Und doch berührte mich die Abscheu in Williams Miene, die er allein gegen sich selbst richtete. Nicht mehr gegen Marifa, nicht mehr gegen mich. Sondern nur noch gegen das, was er getan hatte.

»Wir leben«, sagte ich irgendwann, »um Fehler zu begehen, aus ihnen zu lernen und sie wiedergutzumachen. Wobei deine natürlich eine … nun ja, gewaltige Tragweite haben.«

»Ja. Aber du hast keine Fehler begangen, Hannah. Alles, was geschehen ist, ist meinetwegen geschehen.«

»Dann erzähle mir, was dich dazu gemacht hat. Erzähle mir den Grund, weshalb du dein Gewissen und dein Herz herausgerissen hast.«

Schweigend starrte er auf das sanfte tiefblaue Wogen des Meeres. Inzwischen war auf dem Schiff Ruhe eingekehrt. Von unserem Platz aus sah ich eine Handvoll Männer, die mit unterschlagenen Beinen auf den Planken saßen und Karten spielten. Einer flickte sein Hemd, ein anderer saß auf der steilen Stiege, die zum Halbdeck führte, und schnitzte an irgendetwas. Ferris hatte sich inzwischen ebenfalls in den Schatten geflüchtet, lag lang ausgestreckt auf den Holzbohlen und warf uns einen schläfrigen Blick zu. Seine Möwe war nirgendwo zu sehen. Vermutlich saß sie irgendwo auf einer Rah.

Ich glaubte schon, dass wir den Rest des Nachmittags schweigend verbringen würden, als Williams einen Stoßseufzer von sich gab, die Augen schloss und zu erzählen begann.

»Du erwartest wahrscheinlich, dass ich sage, es wäre eine lange Geschichte. Aber dem ist nicht so. Sie zu erzählen, dauert keinen Tag. Nicht einmal einen Nachmittag lang. Ich entstamme einer Familie, in der es eine seit Jahrhunderten gepflegte Tradition war, den erstgeborenen Sohn der harten Schule einer Militärakademie zu unterziehen und ihn als Seekadett auf ein Schiff zu schicken, damit er sich nach bestandener Prüfung zum Schiffsoffizier ernennen ließ. Auch mir war dieser Weg bestimmt. Meine Mutter war ebenso empfindsam und zart, wie mein Vater gnadenlos war. Er war selten zu Hause, wie es sich für einen Seemann gehörte, doch wenn er alle paar Jahre seinen angestammten Platz als Familienoberhaupt einnahm, litten wir alle darunter. Vor allem meine Schwester Gwendolyn strafte mein Vater im besten Fall mit Gleichgültigkeit, aber meist wurde er nicht müde, ihr zu zeigen, für wie schwach und überflüssig er sie hielt.

Das Schicksal war meiner Schwester, als es sie erschaffen hatte, ebenso wenig gewogen gewesen wie meiner Mutter. Beide waren wunderschön, aber zart und kränklich. Manchmal ertrug ich es kaum, die beiden anzusehen, so sehr traf mich der Anblick dieser beiden nebelhaften Gespenster, die niemals aus Freude, sondern allenfalls aus Höflichkeit lächelten. Damals war ich ihnen nicht unähnlich. Zwar war mein Vater stolz auf mich und empfand mich als gelungenen Spross, doch in meinem Inneren fühlte ich mich keineswegs wie der starke, unerschütterliche Nachfolger, den er in mir sah. Um nichts dem Zufall zu überlassen, stellte er für meine Ausbildung nur die besten Lehrer ein, allesamt verfügten sie über einen Hang zur Grausamkeit und eine militärische Vergangenheit. Doch nicht einmal diese sadistischen Kerle schafften es, mich innerlich abzuhärten. Dank seiner langen Abwesenheiten bemerkte mein Vater nicht, wie sehr ich Gwendolyn vergötterte. Der Drang, dieses zarte Ding zu beschützen, war stärker als alles andere. Und je brutaler mein Unterricht wurde, je mehr meine Lehrer versuchten, mich ihrem Idealbild eines Mannes anzupassen, umso tiefer wurde meine brüderliche Liebe zu Gwendolyn. Ich sehnte mich nach ihrer Sanftheit. Nach ihrer zarten Stimme. Nach den blassen Farben ihrer Kleider und nach ihrem unschuldigen Wesen, das nichts von Gewalt und Krieg verstand. Ich prügelte mich mit meinen Freunden, wenn sie es wagten, abfällig über meine Schwester zu sprechen. Ich saß nächtelang auf ihrer Bettkante, wenn sie sich vor einem Gewitter fürchtete. Ich stahl für sie, legte mich für Gwendolyn mit allem und jedem an und nahm die Dummheiten, die sie hin und wieder begangen hatte, auf meine Kappe. Was zumindest während der Anwesenheit meines Vaters bedeutete, dass ich eine gehörige Tracht Prügel einsteckte. Für meine Schwester muss ich eine Art unerreichbarer Gott gewesen sein. Zumindest sah sie mich an, als würde sie mich für ein solches Wesen halten. Immer wieder betonte sie, wie sehr sie mich beneidete. Und wie sehr sie sich wünschte, als Mann auf die Welt gekommen zu sein. Solange mein Vater abwesend war, waren wir unzertrennlich. Es war mir gleich, dass meine Freunde mich verspotteten. Dank meines Unterrichts war ich jederzeit in der Lage, ihnen gehörig die Ohren strammzuziehen, sodass sie es alsbald vermieden, sich in meiner Gegenwart über mich lustig zu machen. Kehrte unser Herr und Meister jedoch zurück, achteten wir beide darauf, dass er nichts von unserer engen Bindung mitbekam. Doch mein Vater war ebenso klug, wie er gnadenlos war, und so schöpfte er irgendwann Verdacht, dass sein gewissenhaft herangezüchteter Nachfolger unschöne Neigungen besaß.

Wie zum Beispiel weibische Gefühlsduselei.

Am Tag, bevor er wieder zur See fuhr, steckte er mich in eine zweihundert Meilen von meinem Heimatort entfernte Militärakademie, die sich eines ausgezeichneten Rufes rühmte. Was bedeutete, dass man dort besonders ausgereifte Methoden entwickelt hatte, um den Willen eines Jungen zu brechen und ihm blinden Gehorsam einzutrichtern. Eine Zeit lang blieb ich standhaft, entschlossen, die Pläne meines Vaters zu durchkreuzen und ihm einen Strich durch die Rechnung zu machen. Aber irgendwann zwangen sie auch mich in die Knie. Ich wurde gebrochen und neu geformt. Sie verwandelten mich in etwas, das mein Vater als geborene Führernatur bezeichnete. Hart wie Stahl, ein wahrer Mann vom Scheitel bis zu den Stiefelspitzen.

Nach zwei Jahren des sogenannten Unterrichts wurde es mir zum ersten Mal erlaubt, für zwei Wochen nach Hause zurückzukehren. Doch nichts war mehr so, wie ich es kannte. Meine Mutter war an Schwindsucht gestorben, meine Schwester verheiratet. Und zwar mit dem achtunddreißig Jahre älteren, engsten Freund meines Vaters. Einem stinkreichen, für sein cholerisches Temperament bekannten Fabrikbesitzer.

Noch am Tag meiner Ankunft sattelte ich ein Pferd und ritt zu meiner Schwester. Der Unterricht in der Akademie hatte einen anderen Mann aus mir gemacht, aber als ich erfuhr, dass mein Vater Gwendolyn an den Höchstbietenden verschachert hatte, um seine eigene prekäre Lage aufzubessern, übernahm etwas anderes die Kontrolle über mein Handeln. Ich ritt, bis das Pferd unter mir zusammenbrach, legte den Rest des Weges auf meinen eigenen Füßen zurück und klopfte, von Kopf bis Fuß in Schweiß und Schlamm gebadet, an die Haustür des Fabrikbesitzers.

Ich rechnete mit allem. Nur nicht damit, dass Gwendolyn mir höchstselbst die Tür öffnete. Schon immer war sie ein Gespenst gewesen, doch das Wesen, das plötzlich vor mir stand, war ein bis in seine tiefste Seele zerbrochener Mensch. Nicht einmal das geschickt aufgetragene Puder konnte die blauen und grünen Flecke verdecken, die ihren Hals und ihr Gesicht bedeckten. Ihre Qual war so offensichtlich, so unübersehbar, dass der Zorn mich wie eine Flutwelle überkam.

Und in dem Moment, in dem ihr Mann die Treppe herunterkam … diese feiste, abscheuliche Kröte, die Hand an meine zerbrechliche Schwester gelegt hatte … vermochten es nicht einmal Gwendolyns Schreie, mich aufzuhalten. Ich stürzte mich auf ihn, rammte ihm meinen Säbel bis zum Heft in den Wanst und schlitzte ihn auf wie einen erlegten Hasen. Alles, was ich spürte, war unbändige Wut und ein Hass, der sich gegen alles richtete. Gegen das Ungeheuer, dessen Blut mich besudelte. Gegen meinen Vater. Gegen meine Mutter, die zu schwach gewesen war, um etwas gegen ihr Schicksal ausrichten zu können. Gegen Gwendolyn, die angesichts der herausfallenden

Gedärme ihres Gatten vom Schlag getroffen wurde. Und gegen Gott, der so etwas zuließ.

In meiner Raserei hasste ich einfach alles. Ausnahmslos jeden Funken Existenz, den die Schöpfung hervorgebracht hatte.

Und zur Besinnung kam ich erst, als sich der Strick um meinen Hals zusammenzog.«

»Du wurdest gehängt?«, hauchte ich.

»Ja.«

»Aber irgendwer muss dich gerettet haben. Schließlich sitzt du hier.«

»Nein. Gerettet wurde ich erst, nachdem sich die Schlinge um meinen Hals zugezogen hatte. Das Gefühl war unbeschreiblich. Ich spürte, wie der Druck mir die Augen aus den Höhlen presste, wie meine Zunge anschwoll und meine Blase sich entleerte. Die Menge lachte über die Geräusche, die aus meiner Kehle gurgelten, und falls noch ein winziger Funken Stolz in mir gebrannt hatte, so wurde er in diesem Moment zerstört. Ich bin an diesem Tag gestorben, nachdem ich eine gefühlte Ewigkeit lang zappelnd, eingenässt und sabbernd einen gaffenden Mob belustigen durfte. Doch der Kapitän eines Schiffes namens *Nightingale* hatte von der Geschichte meiner Schuld erfahren und aus irgendeinem Grund einen Narren an mir gefressen. Er bestach den Henker, meine Überlebenschancen ein wenig zu erhöhen, indem er das Seil auf eine bestimmte Art knüpfte und mich vor der üblichen Zeit abschnitt. Dennoch grenzte es an ein Wunder, dass ich meine Hinrichtung ohne größere Schäden überstand. Als ich das nächste Mal erwachte, befand ich mich mitten auf dem Ärmelkanal. An Bord eines Schmugglerschiffes. Doch ich empfand es keineswegs als Gnade des Schicksals. Vielmehr bedeutete es für mich das genaue Gegenteil. Die Schiffsjungen, die mit mir an Bord der *Nightingale* dienten, beneideten mich um die besondere Stellung, die ich vom ersten Tag an einnahm. Sie nannten mich *das Äffchen des Kapitäns* und ließen keine Gelegenheit aus, mir ihren Hass zu zeigen. Niemand wagte es, mich zu verprügeln, aber es gibt viele Arten, jemandem seine Abscheu zu zeigen.«

»Warum haben sie dich nicht verprügelt?«

»Erstens verstand ich es, kräftig auszuteilen. Zweitens hätten sie damit den Zorn des Kapitäns auf sich gezogen. Er legte Wert darauf, dass ich unversehrt blieb. Mein Wohlergehen war ihm …«, William zog eine angewiderte Grimasse, »sehr wichtig.«

»Dann …« Ich schluckte. »Moment, meinst du etwa, er hat … er war dir … zugetan?«

»Wenn du es so nennen willst. Vielleicht sollte ich betonen, dass dergleichen nicht ungewöhnlich war. Schiffsjungen führten aus vielerlei Gründen ein erbärmliches Leben. Sie besaßen keinerlei Rechte, wurden von jedermann geschlagen und getreten und für kleinste Vergehen drakonisch bestraft. Und wenn einem Kapitän und seinen Offizieren langweilig wurde, weil sie monatelang keine Frau zu Gesicht bekamen, dann zerrten sie kurzerhand einen Schiffsjungen aus seiner Hängematte. In jenen Jahren auf der *Nightingale* war ich unzählige Male kurz davor, in das Meer zu springen. Allein mein Hass hielt mich am Leben. Und eine Form von Trotz, die es irgendwie geschafft hatte, nicht zerstört zu werden.«

»Hättest du nicht fliehen können?«

»Glaube mir, ich habe es versucht. Aber die Besatzung der *Nightingale* und vor allem ihr Kapitän wussten, wie man die Mannschaft zusammenhält. Und wenn du dich jetzt fragst, ob ich mich nicht hätte wehren können: Nun, das habe ich. Ungeachtet der Tatsache, dass ich als sechzehnjähriger Junge schlechte Karten gegen einen Schmugglerkapitän und drei seiner Handlanger hatte, die deutlich kampferprobter waren als ich. Wie auch immer, anschließend verbrachte ich eine Woche in einem stockfinsteren Verschlag. Ohne Nahrung. Ohne Licht. Nur mit abgestandenem Wasser und meinen ewig kreisenden Gedanken. Auf den ersten Blick erscheint diese Strafe vielleicht erträglich, doch die Wahrheit ist, dass sie mich praktisch in den Wahnsinn getrieben hat. Alles hätte ich getan, um niemals wieder in diesem Loch zu landen. Wirklich alles. Aber nach vier Jahren an Bord dieses verfluchten Schiffes kam mir endlich das Schicksal zugute. Eine Horde Piraten überfiel die *Nightingale* und tötete alle Männer, die nicht willens waren, ihrem Kapitän Gehorsam zu leisten.«

»Was du natürlich getan hast?«

»Ja. Ich war einer von fünf Männern, die in die Besatzung der *Scowerer* aufgenommen wurden. Und ich verstand es, Eindruck zu schinden. Meine Zeit als Schiffjunge dauerte keine drei Wochen. In meinem ersten Seegefecht schlug ich mich derart gut, dass dem errungenen Sieg unmittelbar meine Beförderung folgte. Und nun, da ich etwas gefunden hatte, mit dem ich mir Respekt verschaffen konnte, schlug ich einen Weg ein, an dessen Ende meine Ernennung zum Kapitän der *Scowerer* stand. Ich liebte das leere Gefühl in meiner Brust, nachdem ich mir das Herz herausgerissen hatte. Ich liebte die Kälte in meinen Gedanken, nachdem ich endlich gelernt hatte, stärker als meine Gefühle zu sein. Ich tötete und folterte, brandschatzte und plünderte. Und all das mit einer solchen Leidenschaft, dass ich zur rechten Hand des damaligen Kapitäns aufstieg. Sein Name war William Radcliffe.«

»William«, wiederholte ich. »Vermutlich hat er auch das als Zeichen gesehen.«

»Ja, vermutlich.« Er lächelte gedankenverloren. »Innerhalb kurzer Zeit wurde er zu meinem engsten Freund, falls ein Mann ohne Herz und Gewissen so etwas wie Freundschaft überhaupt empfinden konnte. In jedem Kampf standen wir Seite an Seite, und als der Tag kam, an dem ein Mast der *Scowerer* brach und William unter sich begrub, übergab er sein Amt mit seinem letzten Atemzug an mich. Und ich erfuhr ein weiteres Mal, dass ein Mann mit einem Stein in der Brust weiter kommt als jemand, der an seinen Gefühlen zugrunde geht.«

William verstummte und wich meinem Blick aus. Ich rechnete damit, dass er die Flucht ergreifen würde. Dass er seine Worte bereuen und über seinen Anfall von Redseligkeit wütend werden würde. Doch nichts dergleichen geschah. Lange saßen wir schweigend nebeneinander, starrten auf das in der Sonne glitzernde Meer und hingen unseren Gedanken nach. Mein Kopf fühlte sich leer an. Überfordert von dem, was ich gehört hatte.

Was fühlte ich?

Was sollte ich fühlen?

Beinahe war ich erleichtert, als plötzlich Tumult auf dem Kuhl[20] losbrach und mich von meinen Gedanken ablenkte. William stand auf, zog mich mit sich und folgte dem Lärm. Er entpuppte sich als eine Traube durcheinanderschwatzender Seemänner, die sich um vier auf dem Boden stehende Käfige versammelt hatte.

---

20 Mittlerer, tiefer gelegener Teil des Oberdecks.

Kapitel 17

Wenn du das Meer nicht finden kannst,
gehe dem Fluss nach.

Die Seemänner warfen ängstliche Blicke auf ihren Kapitän. Doch der nickte nur gönnerhaft und ließ den losbrechenden Jubel mit stoischer Miene an sich abprallen.

»Unser Käpt'n ist einer Meinung mit uns«, brüllte ein dürrer blonder Kerl mit klassischer Augenklappe, bei dem es sich, wie William mir zuflüsterte, um den Smutje handelte. »Wer weiß, wie viel Zeit uns geschenkt wurde. Also lasst uns das Leben genießen, so lange es dauert. Und bei allem Respekt, Käpt'n, wenn ich dafür zu einer Doppelwache verdonnert werde, ist es mir das wert.«

»Niemand wird heute verdonnert«, verkündete William mit einem Lächeln, das seltsam befreit wirkte. »Der Smutje hat recht. Wir sollten das, was uns geschenkt wurde, nicht vergeuden.«

Stürmischer Jubel brach los, Arme reckten sich in die Höhe, Dutzende Flaschen und Gefäße wurden herangeschafft und machten ihre Runde. William nahm einen dickbäuchigen Krug entgegen, setzte ihn an seine Lippen und reichte ihn nach drei Schlucken an mich weiter.

»Nein danke.«

»Ach, komm schon, Mädel!«, grölte der Zwerg, der zu meiner Entführerbande gehört hatte. »Wer mit uns reist, muss auch mit uns saufen! Übrigens, ich bin Timothy. Und vergib uns unsere Sünden, denn wir wussten dummerweise genau, was wir tun.«

»Man gewöhnt sich schnell daran«, munterte mich ein anderer auf. »Spätestens, wenn sich nach dem zweiten Schluck deine Eingeweide auflösen.«

»Dummkopf«, gackerte ein dritter. »Musst du immer die Weiber erschrecken? Na los, Kleine, wir passen schon auf, dass du uns nicht wegstirbst. Schließlich will keiner von uns wieder dorthin, wo wir hergekommen sind.«

Plötzlich ruhte die Aufmerksamkeit der gesamten Männerhorde auf mir. Abgesehen von Ruben und William schien niemand einen Hang zur Körperpflege zu besitzen. Jeder einzelne dieser zerzausten, bärtigen Seeräuber stank erbärmlich. Ihre zusammengewürfelte, löchrige Kleidung starrte vor Dreck, das zumeist lange Kopf- und Barthaar war struppig wie das Fell eines räudigen Hundes und wimmelte vermutlich vor Läusen. Sah man einmal von den bunten Tüchern ab, die sich die meisten Seemänner um die sonnenverbrannten Schädel geschlungen hatten, erfüllten sie nicht ein einziges Klischee romantischer Piratenlegenden.

»Trink«, flüsterte William mir zu. »Ruben und ich passen schon auf dich auf. Mit Piraten gemeinsam einen Rum zu trinken, ist so etwas wie … nun ja, eine Blutsbrüderschaft. Es bedeutet, dass sie dich akzeptieren.«

»Ach?« Zweifelnd warf ich einen Blick zum Steuerrad hinauf. Der schwarzhaarige Knabe war verschwunden, an seiner statt hatte Williams schweigsamer Gefährte die Stellung bezogen und ignorierte den Trubel auf dem Kuhl, während er majestätisch wie eine Sphinx den Horizont im Auge behielt.

»Also gut.« Ich seufzte schicksalsergeben. »Wenn ich schon mal auf einem Piratenschiff gestrandet bin, muss ich wohl auch den Rum probieren, was?«

Todesmutig setzte ich den Krug an meine Lippen und nahm einen winzigen Schluck, beobachtet von zahllosen neugierigen Augenpaaren. Augenblicklich brannte meine Kehle lichterloh, gefolgt von meiner Speiseröhre und Sekunden später sämtlichen Eingeweiden. Hustend und spuckend reichte ich den Krug weiter, während grölendes Gelächter losbrach und irgendjemand mir anerkennend auf den Rücken klopfte.

»Nur damit das klar ist«, donnerte Williams Stimme im schärfsten Befehlston über das Deck. »Niemand wird sich hier besaufen. Ihr wisst, was auf dem Spiel steht. Gegen ein paar Schlucke habe ich nichts einzuwenden, aber wen ich volltrunken auf diesem Schiff erwische, der landet bei den Haien. Ist das klar?«

»Klar!«, grölte es aus Dutzenden Kehlen, während der Rum weiter seine Runden machte.

»Hier, Mädel.« Durch meinen Tränenschleier erkannte ich den grinsenden Timothy. »Nimm noch einen Schluck, dann wird's besser. Hast dich wacker geschlagen. Nicht wenige Landratten kippen hintenüber und wachen erst nach drei Tagen von oben bis unten vollgekotzt wieder auf.«

William hob skeptisch eine Augenbraue, als ich den Krug an meine Lippen setzte und einen zweiten Schluck nahm. Dann einen dritten. Das Zeug schien meinen Magen zu zersetzen, aber es half. Ein gnädiger Schleier legte sich über die absurde Situation, das Schwanken des Schiffes fühlte sich plötzlich an wie eine einlullende Wiege.

»Ein wahres Prachtmädel!« Der Zwerg wand mir den Krug aus den Händen und nahm seinerseits einen Schluck. »Möchte wetten, sie reißt der Hexe den warzigen Krötenarsch bis zum Atlasknochen auf und tanzt auf ihren Eingeweiden.«

»Und wie ich das werde!« Ein Kichern purzelte aus meiner Kehle. Selbst der stärkste, von waschechten Piraten höchstselbst gebrannte Rum konnte unmöglich so schnell wirken. Oder etwa doch? »Es sei denn …« Mühsam suchte ich nach Worten. »Es sei denn … Moment, was wollte ich gerade sagen?«

»Ach, Hannah.« William zog mich an sich, sodass wir Rücken an Brust standen, und legte besitzergreifend die Arme um mich. Offenbar hatte er damit eine wichtige Tatsache klargestellt, denn jene Männer, die mir gerade noch lustvoll zugezwinkert hatten, wandten sich murrend ab. Tief in meinem brennenden Magen keimte ein kaltes Klümpchen Angst. Doch die Wirkung des Rums legte sich wie eine kuschelige Decke über all meine Gedanken.

Ich war auf einem Geisterschiff gelandet. Unter grölenden, stinkenden Piraten, die seit mehr als dreihundert Jahren keine Frau mehr erblickt, geschweige denn berührt hatten. Und William hatte mir die traurige Geschichte seines Lebens zu Füßen gelegt.

Mir! Obwohl er mich kaum kannte. Und sich vermutlich immer noch nicht sicher war, ob ich mit seiner Feindin unter einer Decke steckte.

Verrückt!

Inzwischen hatten drei Männer und der kleine, schmächtige Neville mitsamt den Käfigen die Stiege zum Achterdeck erklommen. Der Erste öffnete seinen Käfig und fischte eine fette braune Ratte heraus, um deren Hals ein blaues Band geknüpft war.

»Emma!«, brüllte er aus vollem Hals. »Zeig's ihnen, mein Mädchen.«

Der Zweite holte sein Tier hervor, das sich nur durch sein grünes Halsband von dem ersten unterschied. »Viktoria!«, schrie er über das Schiff. »Die unangefochtene Königin aller Ratten!«

Nun präsentierte Neville seinen Nager, der die beiden Vorgänger an Größe und Dicke um ein Vielfaches übertraf. Die Seeräuber grölten begeistert, weil der Kleinste die fetteste Ratte präsentierte, und ich konnte nichts dagegen tun, mit den stinkenden Kerlen gemeinsam zu lachen.

»Waschweib!«, quiekte Neville mit stolzgeschwellter Brust.

»Seegurke!«, schrie der Vierte, packte sein zappelndes Tier und reckte es in die Höhe. Dank eines weißen Flecks auf seinem Hinterteil war es auf den ersten Blick von seinen Mitstreitern zu unterscheiden. Unter den Zuschauern brach Euphorie aus. Jeder Seemann gönnte sich noch einen großzügigen Schluck Rum, und irgendein fatalistischer Teufel in mir trieb mich dazu, nach dem Krug in den Händen des Zwergs zu greifen.

»Oh nein!« Behutsam, aber bestimmt zog William meine Hand wieder zurück. »Du taumelst jetzt schon wie ein Schiffsjunge, den man mit einem Karabiner aus den Wanten geschossen hat.«

»Bitte was?« Ungläubig sah ich zu, wie er sich seinerseits den Krug schnappte und einen Schluck daraus nahm. Dann noch einen und noch einen, bis dem Zwerg die Tränen in die Augen schossen. »Und was ist mit dir?«

»Mir droht keine Gefahr, wenn ich betrunken und hilflos in der Ecke liege.« Nach dem fünften Schluck reichte William den Krug an den vor Empörung zitternden Zwerg weiter. »Dir schon.«

»Ach? Ich dachte, du würdest mich beschützen.«

»Das tue ich. Trotzdem fände ich es begrüßenswert, wenn du dein Glück und die Loyalität meiner Mannschaft nicht unnötig auf die Probe stellst.«

Ein Pfiff ertönte. Die vier Rattenherren auf dem Achterdeck setzten ihre strampelnden Tierchen auf dem Boden ab, nickten sich zu und ließen ihre Schützlinge frei.

Emma, Viktoria und Seegurke schossen los wie Kanonenkugeln, während Waschweib träge die Stufen hinabwatschelte. Die Ratte mit dem weißen Fleck überwand gar den Höhenunterschied mit einem gewagten Sprung und prallte gegen den Smutje, der sie kurzerhand beiseitetrat.

»He!«, grölte ihr Besitzer. »Was fällt dir ein? Hat dir einer in den Rum gepisst, oder was?«

Der Smutje hob entschuldigend die Arme und schien sichtlich erleichtert, als Seegurke unbeeindruckt weiterhüpfte. Jetzt rannte Emma direkt auf mich zu, streifte mein Bein und verschwand zwischen zwei Kistenstapeln. Einige Männer äfften hysterisch quiekende Frauen nach, sprangen wild umher, retteten sich auf Kisten oder in die Arme des nächstbesten Kumpanen. Die vier Eigentümer der Ratten hetzten ihren Schützlingen hinterher, und da schwante mir, dass nicht etwa die schnellste Ratte den Sieg davontrug, sondern der Seemann, der als Erster sein Haustier wieder einfing.

Gerade noch hätte ich Stein auf Bein geschworen, dass Neville sein Waschweib einfach gemütlich von der Stiege würde pflücken können, stattdessen drehte er sich suchend um die eigene Achse und rückte jedes in der Nähe stehende Fass beiseite.

»Waschweib?«

»Emma!«

»Viktoria!«

»Seegurke!«

Direkt neben William und mir prallte Timothy gegen Ferris, dem durch den Zusammenstoß die Rumflasche aus den Händen rutschte und auf den Planken zerschellte. Akona flatterte kreischend auf, und die gewaltige Faust des Maori landete krachend im Gesicht des Zwerges. Der stieß einen gellenden Wutschrei aus, spuckte einen Schwall Blut auf die Planken und rammte sein Knie in Ferris' Weichteile. Flugs waren die Ratten vergessen. Unter wildem Gejohle und Geklatsche versammelten sich die Seemänner um die beiden ungleichen Streithähne und feuerten sie mit lauten Rufen an.

»So sieht also euer Alltag aus?« Benebelt lehnte ich meinen Kopf gegen Williams Brust. Sein Griff lockerte sich, rumgeschwängerter Atem strich über meinen Scheitel. »Saufen, prügeln und ab und zu die Segel neu setzen?«

»Nein«, antwortete er. »Aber die Männer sind von den Toten auferstanden. Ein wenig Spaß wird ihre Gemüter besänftigen.«

Ferris hatte den wutschnaubenden Timothy mit einer Hand am Schlafittchen gepackt und hielt ihn mit seinen langen Armen auf Abstand, während der Zwerg wie von Sinnen zappelte und um sich schlug. Gestraft mit kurzen Gliedmaßen, blieben all seine Tritte und Hiebe wirkungslos und wirbelten allerhöchstens Luft auf.

»Du Sohn eines arschgefickten Geldeintreibers!«, kreischte der Zwerg. »Ich reiße dir die stinkenden Eier ab und verfüttere sie an die Haie.«

Die Männer schüttelten sich vor Lachen, während Ferris den Zwerg weiterhin festhielt und demonstrativ gähnte. Doch all das wurde schlagartig gleichgültig. Eine plötzliche Hitze überkam mich, meine Zunge schwoll an und der Inhalt meines Magens drückte sich meinen Hals empor.

»William«, gelang es mir noch zu flüstern, dann übermannte mich eine solche Übelkeit, dass ich mich an Ort und Stelle erbrach.

William

Hannah brachte mich zur Verzweiflung. Ich hatte schon viele Seemannsanwärter die Fische füttern sehen, aber derart schlecht wie ihr war es den wenigsten ergangen. Vermutlich gehörte sie zu den Menschen, bei denen die Seekrankheit verzögert auftrat. Oder sie hatte den Rum nicht vertragen. Oder – und bei diesem Gedanken brodelte eine heiße Wut in mir hoch – Marifa hatte ihre Finger im Spiel.

Mit dem Holzeimer in der Hand kauerte Hannah auf der Koje in meiner Kajüte, grau wie eine Leiche und mit einer solch gotterbärmlichen Leidensmiene, dass es mir das Herz zerriss. Hamish flößte ihr kleine Schlucke eines scharfen Gebräus ein, das zumindest ein wenig gegen die Übelkeit half, doch schlecht ging es ihr nach wie vor.

Irgendwann, als ihr Magen ganz und gar leer war, streckte sie sich auf der Koje aus, schloss die Augen und schlief auf der Stelle ein. Schweigend beobachtete Hamish, wie ich ihr über das Haar strich, die schweißnasse Stirn befühlte und ein paar feuchte Strähnen beiseitewischte.

»Wer hätte das gedacht«, hörte ich ihn murmeln, dann wandte er sich um und verließ meine Kajüte.

Eine Zeit lang blickte ich ratlos auf Hannah hinunter, überrumpelt von dem Druck, der sich in meiner Brust breitmachte. Das, was ich mir vor mehr als dreihundert Jahren herausgerissen hatte, begann wieder zu wachsen. Ich hatte ihr von Dingen erzählt, die nicht einmal Ruben wusste. Ich hatte ihr meine Seele vor die Füße gelegt, wohl wissend, dass sie sie ebenso gut sanft aufheben wie lachend zertreten konnte.

Hannah hatte Ersteres getan.

Trotz allem, was ich ihr angetan hatte.

Zutiefst erschüttert streckte ich mich hinter ihr aus, legte einen Arm um ihre Schulter und versuchte, aus dieser Frau schlau zu werden. Inzwischen war ich mir zumindest sicher, dass sie nicht mit Marifa im Bunde war. Hannah wusste ebenso wenig wie ich, was die Hexe plante. Sie war wie ich in eine Situation geworfen worden, über die sie keine Kontrolle besaß. Und wenn sie über Hexenkräfte verfügt hätte, würde sie wohl kaum erbärmlich zitternd vor mir liegen.

Was hatte Marifa nur mit ihr vor?

Und wie viel Wahrheit lag in Rubens Worten?

Hannah

Die Übelkeit zehrte jeden klaren Gedanken auf. Es war, als würde sie mich Bissen für Bissen, Stück für Stück verschlingen, bis nichts mehr von mir übrig war. Immer wieder wachte ich auf, würgte und hustete und spuckte Galle in den Eimer, der vor der Koje stand. Nur entfernt nahm ich wahr, dass jemand hinter mir lag. Etwas Warmes schmiegte sich an meinen Rücken und redete mit mir, doch ich verstand kein

Wort. Alles, was ich spürte, war der Schmerz in meinem Schädel und in meinen Eingeweiden. Und diese Übelkeit. Diese alles ausfüllende, endlose, immer heftiger werdende Übelkeit.

Ich wollte sie loswerden. Irgendwie. Um jeden Preis. Doch ganz gleich, wie oft ich würgend über dem Eimer hing, verschwand sie allenfalls für ein paar Sekunden und kehrte dann umso heftiger zurück.

Ich wollte sterben.

Einfach nur noch sterben.

»Schschsch ...«, raunte es beruhigend in mein Ohr. »Es wird bald besser. In ein paar Stunden lachst du darüber.«

William. Er war es, der mich hielt. Er streichelte über mein Haar und hielt mich fest, als wollte er mich von meinem Leid abschirmen. Und während ich bewegungslos dalag und darauf wartete, dass die Übelkeit endlich nachließ, lullte mich seine dunkle, weiche Stimme ein. Ich wusste nicht, wovon er sprach. Seine Worte zogen wie Wolken an mir vorbei, doch ich glaubte zu erahnen, dass er mir von fernen Ländern und eigentümlichen Sitten irgendwelcher Inselbewohner erzählte.

Mir war es gleich, wovon er redete. Solange er nur redete.

Hin und wieder hob er meinen Kopf an und flößte mir eine salzige Brühe ein, die ich in den meisten Fällen sofort wieder erbrach. Doch William war geduldig. Irgendwann, nach endlos langen Stunden, schien sich der quälende Krampf in meinem Bauch endlich aufzulösen. Weinend vor Erleichterung schmiegte ich mich an den Mann, der all die Zeit über mich gewacht hatte, griff nach seiner Hand und umschloss sie mit meinen Fingern.

Es fühlte sich gut an.

Und sogar ein wenig tröstend.

Meine wirren Gedanken nahmen etwas Fiebriges an. Durch den Schleier meiner Benommenheit spürte ich das Zittern seines Körpers und die Härte, die sich gegen meinen Oberschenkel drückte. Sein Atem wurde schwer, das gerade noch beruhigende Flüstern verwandelte sich in ein Keuchen. Ich wollte mich umdrehen, ihn küssen und an mich ziehen, doch da verlor ich erneut die Besinnung und driftete zurück in den Schlaf der Erschöpfung.

Als ich das nächste Mal erwachte, herrschte Dunkelheit hinter den Fenstern der Kajüte. William war verschwunden, der Platz hinter mir kalt. Still lag ich da und lauschte in meinen Körper hinein. Weder fand ich Übelkeit noch Schmerz, stattdessen strömte ein kraftvolles, beinahe magisches Glühen durch meinen Leib und wickelte mich in einen Kokon aus Wohlgefühl und Frieden.

Ja, ich fühlte mich wunderbar. Abgesehen von dem brennenden Durst und dem überwältigenden Bedürfnis, mich zu erleichtern. Doch zugleich war es, als würde ein Stück meiner selbst fehlen. William war in den schlimmsten Stunden meines Lebens bei mir gewesen. Er hatte über mich gewacht, hatte mir Geschichten erzählt und einen Hunger in mir geweckt, den nur er stillen konnte. Ein von den Toten auferstandener Mann, dessen Schuld erdrückend war. Er hatte gemordet. Gefoltert. Betrogen, vergewaltigt und geplündert.

Ich wollte ihn hassen.

Und scheiterte kläglich daran.

Der Gestank meiner durchgeschwitzten Lumpen war ebenso unerträglich wie mein Durst und der Druck in meiner Blase. Glücklicherweise hatte William daran gedacht, einen Stapel frischer Kleidung auf dem Stuhl zu hinterlassen. Auch der Wassereimer war frisch befüllt worden, und auf dem leer geräumten Tisch stand eine Schüssel mitsamt Lappen und eine Schale mit einem grünen Brocken darin, bei dem es sich vermutlich um eine altertümliche Version von Seife handelte.

Mit ausgestreckten Armen schwankte ich zum Schreibtisch, trank als Erstes den halben Wassereimer leer und erleichterte mich als Zweites in das übliche Gefäß, das ich – allen Meeresgöttern sei Dank – erneut von allen Männern unbeachtet ins Meer ausleeren konnte. Offenbar gab es momentan so wenig zu tun, dass fast alle Mitglieder der Besatzung entweder in irgendwelchen schattigen Ecken schnarchten oder sich unter Deck verkrochen hatten.

Zurückgekehrt in die Kajüte, zog ich als Nächstes die nassgeschwitzten Lumpen aus. Das restliche Wasser füllte ich in die Schüssel, hielt einen Moment inne und lauschte auf meine Umgebung. Es war ungewöhnlich still, ruhig glitt das Schiff über das Wasser und ließ allenfalls ein sanftes Wiegen erahnen. Genüsslich wusch ich den Schweiß von meinem Körper, kühlte mein Gesicht, tunkte beide Hände in das herrlich kalte Nass und döste benommen vor mich hin. Vermutlich kam es auf einem solchen Schiff einer großen Ehre gleich, sich mit dem kostbaren Süßwasser waschen zu dürfen. Überraschenderweise roch die Seife, die zu Williams Zeiten noch aus Tierkadavern und anderen widerwärtigen Zutaten gekocht worden war, auch noch angenehm nach Seetang.

Vermutlich eine spezielle Piratenseife, grübelte ich belustigt. *Hergestellt auf irgendeiner tropischen Insel. Viel wurde davon bestimmt nicht verkauft. So, wie die Kerle da draußen stinken.*

Halb im Stehen schlafend, drifteten meine Gedanken hierhin und dorthin. Dass die Tür nicht verschlossen war, wurde mir erst bewusst, als jemand sie mit vernehmlichem Quietschen öffnete. Noch immer benommen vom Fieber reagierte mein Körper zu spät, und so kam es, dass ich mich splitterfasernackt Williams Blicken präsentierte. Ein heiseres Ächzen drang aus seiner Kehle, als er mich entdeckte, doch weder rührte ich mich vom Fleck noch trat er den höflichen Rückzug an. Nach endlosen Momenten der Lähmung gelang es mir endlich, die Hände aus der Schüssel zu ziehen und meine Brüste zu verdecken. Wassertropfen perlten kitzelnd über meinen Bauch und verfingen sich in dem Haar zwischen meinen Beinen. Dank des Tisches sah William nichts, was unterhalb meines Bauchnabels lag, doch schien der Rest zu genügen, um seinen Verstand auszuschalten.

»Ich wasche mich gerade«, stellte ich klar.

»Das sehe ich«, brummte er, legte den Kopf schief und leckte sich über die Lippen.

»Würdest du vielleicht …« Ich nickte in Richtung der Tür, doch William rührte sich nicht. Sein Atem wurde schwerer, seine Hände ballten sich zu Fäusten. Es war unübersehbar, woran er dachte. Und was er hier und jetzt, ohne Rücksicht auf die Gefahr und die möglicherweise drohenden Folgen, mit mir tun wollte.

Langsam ließ ich meine Hände sinken. Wieder keuchte William auf, als sich meine Brustwarzen unter seinem Blick aufrichteten. Zu gut erinnerte ich mich daran, wie sich das Saugen seiner Lippen angefühlt hatte.

Die Zeit gerann bis zum Stillstand. Niemand von uns regte sich. Nur unser schwerer, keuchender Atem und die Hitze unseres Hungers schwängerte die Stille.

Bis er sich wortlos umdrehte und verschwand.

Kapitel 20

Folge dem Sturm!

William

»Nimm dich vor Cavendish in Acht«, warnte Ruben. »Er hat nach dem Abendessen in der Mannschaftsmesse versucht, die Männer gegen euch aufzustacheln. Erfolglos zwar, aber wir sollten trotzdem vorsichtig sein.«

Cavendish. Natürlich. Dieser Hundsfott hatte schon einmal gegen mich integriert und war dafür mit zwei Dutzend Peitschenhieben bestraft worden. Damals hatte ich die neunschwänzige Katze nicht den geschickten Händen Hamishs anvertraut, der so feinfühlig zuschlagen konnte, dass die Striemen zwar höllisch brannten, aber kein Tropfen Blut floss. Stattdessen war Robert damit betraut worden. Und nach vollzogener Bestrafung hatten mehrere Schiffsjungen stundenlang schrubben müssen, ehe die Planken von Cavendishs Blut befreit waren.

Der Rücken dieses unbelehrbaren Dummkopfs hatte ausgesehen wie eine frische Rinderhälfte, über die ein irrsinniger Schlachter mit Messer und Beilen hergefallen war. Dass Cavendish nicht an seinen Wunden verreckt war, grenzte an ein Wunder. Doch seit jenem abschreckenden Vorfall hatte weder er noch ein anderer Mann jemals wieder versucht, böse Saat auf dem Schiff auszustreuen. Zumindest bis zum heutigen Tage.

»Was hat er gesagt?«, verlangte ich zu wissen.

»Nun, das Übliche. Er zweifelte meine Worte an und warf Hannah vor, mit dem Teufel im Bunde zu stehen. Cavendish glaubt, dass wir direkt in eine Falle segeln.«

»Denkst du, die Männer lassen sich von ihm umstimmen?«

Ruben runzelte die Stirn und blickte auf das nächtliche, ungewöhnlich ruhige Meer hinaus. »Ich glaube, dass ihre Hoffnung auf Erlösung stärker ist als Cavendishs Gift. Keiner von uns will wieder dort unten verrotten. Gefangen im Dunkeln. Auf ewig dazu verdammt, in den lichtlosen Tiefen herumzuirren. Nur diesem Hundsfott scheint alles gleich zu sein. Ich befürchte, der Tod hat ihm den letzten Rest Verstand weggefressen.«

»Gut.« Ich nickte und lehnte mich über das Schanzkleid. Das schwarze Wasser wellte sich so sanft um den Schiffskörper, als würde es ihn voller Zuneigung liebkosen. »Ich werde ihn im Auge behalten.«

Ruben nickte, berührte mich kurz an der Schulter und verschwand.

Für gewöhnlich beruhigte mich der Anblick des Ozeans und der Sterne. Hier draußen auf hoher See funkelten sie so viel klarer und herrlicher als auf dem Land. Doch diesmal vermochte nicht einmal die schönste Nacht und das ruhigste Meer mein Fleisch zu kühlen.

Ich presste die Finger um das Holz des Schanzkleides zusammen und versuchte, die Bilder in meinem Kopf zu verbannen. Vergeblich. Sobald ich die Augen schloss, sah ich öliges Wasser, das über sahnig weiche Haut perlte. Ich sah feuchte rote Locken und üppige Brüste mit rosafarbenen Spitzen, die unter meinem Blick hart wurden, als bettelten sie förmlich darum, von meinen Lippen berührt zu werden.

Unaufhörlich stellte ich mir vor, dieses weiche Fleisch zu kneten, es mit Küssen zu bedecken und mit meiner Zunge zu kosten. Nicht einmal meine Angst vor der Zukunft konnte dieses Feuer löschen. Wir waren auf dem Weg ins Ungewisse. Unser Pfad bot zahllose Gefahren, Untiefen und Überraschungen.

Ich musste meine Gedanken beisammenhalten.

Ich musste bei klarem Verstand bleiben.

Ganz gleich, wie schwer es war. Teufel noch mal, ich hatte ganz andere Situationen gemeistert. Doch jetzt, da alles in mir wegen dieser

Frau in Aufruhr war, erschien mir selbst das gefährlichste Seegefecht wie ein Kinderspiel.

Irgendjemand winselte jämmerlich. Ich fuhr herum und entdeckte Ruben, der den heulenden Neville vor sich herschob.

»Was ist passiert?«

»Das Äffchen war offenbar in Gedanken ganz woanders, als es an seinem neuen Messergriff herumgeschnitzt hat.« Ruben packte die Hand des Jungen und hielt sie mir entgegen. Ein hässlicher klaffender Schnitt zog sich quer über die Handfläche und hatte, wie es den Anschein machte, großen Schaden angerichtet.

»Dann bringe ihn zu Hamish. Er ist der Arzt, nicht ich.«

»Ich habe da so eine Theorie«, erwiderte Ruben mit einem Zwinkern. »Und das Unglück dieses Jungen wird mir helfen, sie entweder zu widerlegen oder zu beweisen. Ist Hannah wach?«

»Ja«, erwiderte ich verwirrt.

»Geht es ihr besser?«

Ich nickte. »Was willst du von ihr?«

»Das wirst du schon sehen.« Ruben zog den wimmernden und erbärmlich schlotternden Neville über das Deck und half ihm dabei, die Stiege zu meiner Kajüte hinunterzustolpern. Zweimal klopfte mein Steuermann an die Tür, lauschte und drückte sie, als ein vernehmliches »Herein!« erklang, mit der Schulter auf.

Ich folgte den beiden und sah Hannah, die mit sittsam im Schoß verschränkten Händen in meiner Koje saß und uns sorgenvoll entgegenblickte. Die Kleidung, die ich ihr herausgelegt hatte, war unscheinbar und viel zu groß, doch selbst das schäbige Hemd und die löcherige Kniebundhose konnten nicht kaschieren, was für ein prachtvoller Körper darunter versteckt lag. Ihre Füße waren nackt, und ihre Haut verströmte den frischen Duft nach Tahiti-Seife.

Als ihr jedoch Nevilles blutende Hand auffiel, sprang sie augenblicklich auf und ging vor dem heulenden Jungen in die Knie. »Was hast du angestellt?«

»Ich ha-ha-habe mich geschnitten«, stammelte das Äffchen.

Hannah runzelte die Stirn. »Das tut mir leid, aber warum kommt ihr damit zu mir? Und … Moment mal, seid ihr Untoten nicht zu Wunderheilungen fähig?«

»Wunderheilungen?«, wiederholte Ruben. »Was meint sie damit?«

»Nun ja«, antwortete ich. »Wenn ich alle hundert Jahre lebendig geworden bin, heilte jede Wunde meines Körpers innerhalb von Augenblicken. Bei euch ist das anscheinend nicht der Fall.«

»Bei dir vermutlich auch nicht mehr«, antwortete Ruben. »Ich schätze, Marifa hat uns wieder in Menschen verwandelt. Zumindest vorläufig. Anderenfalls würdest du beim nächsten Vollmond wieder zu einem Haufen Knochen zerfallen, und ich glaube nicht, dass das in ihrer Absicht liegt.«

»Und was in aller Welt soll ich jetzt tun?«, ergriff Hannah das Wort. »Warum schleppst du den armen Jungen hierher, anstatt ihn zum Arzt zu bringen?«

»Weil ich glaube«, sagte Ruben, »dass du diese Wunde heilen kannst. Das Messer hat tief geschnitten und zu viele Sehnen durchtrennt. Wenn ein gewöhnlicher Arzt diese Hand behandelt, wird sie für immer versteifen.«

Neville riss die Augen auf und erstarrte vor Schreck zur Salzsäule. Selbst sein Schluchzen und Wimmern erstarb.

»Ich soll was?« Hannah blickte von einem zum anderen. »Ihn heilen? Wie denn?«

»Nimm seine Hand«, verlangte Ruben. »Umschließe sie mit deinen Fingern. Na los, versuche es.«

»Ich weiß nicht, was du …«, versuchte ich meine Bedenken anzumelden, doch Ruben schnitt mir mit einer ungewohnt herrischen Geste das Wort ab.

»Lass mich einfach machen, in Ordnung? Komm schon, Hannah. Tu es. Du musst mir vertrauen.«

Wütend funkelte sie meinen Steuermann an. »Hat William dir nicht erzählt, was ich angerichtet habe?«

»Nein, das hat er nicht. Wäre er geneigt, das hier und jetzt nachzuholen?«

Ich räusperte mich und blickte beiseite, um Hannah nicht ansehen zu müssen. »Dinge, die sie berührt hat, zerfielen zu Asche. Aber nicht, weil diese Frau magische Kräfte besitzt, sondern weil Marifa sie kontrolliert hat.«

»Nun, wir werden sehen.« Ruben strich sich das Haar zurück, nickte und vollführte eine auffordernde Geste. »Nimm seine Hand. Oder ich helfe nach. So oder so kommst du nicht darum herum.«

Zu meiner Überraschung gehorchte Hannah. »Wenn das hier schiefgeht«, hörte ich sie brummen, »ist es deine Schuld. Verdammtes Piratenpack.«

Ruben warf mir ein Grinsen zu. Was machte ihn so selbstsicher? Was ließ ihn, nachdem Hannah zwei Tage lang an der schlimmsten Form der Seekrankheit gelitten hatte, immer noch glauben, dass sie irgendeine Form von übernatürlichen Kräften besaß?

Neville Wangen begannen zu glühen, als zarte Frauenfinger seine Hand umfingen.

»Und jetzt konzentriere dich«, befahl Ruben. »Stelle dir vor, wie du ihn heilst. Male dir aus, wie sich seine Wunden schließen und sein Fleisch zusammenwächst. Vertraue dir selbst.«

»Ich weiß nicht, wie …«

»Tue es einfach. Schließe die Augen.«

Hannah gehorchte. »Und jetzt?«

»Was fühlst du?«

»Nasses Blut. Hitze. Schmerz.«

»Und weiter?«

Sie runzelte die Stirn, neigte den Kopf zur Seite und seufzte. »Ich weiß nicht … es … es wird wärmer.«

»Das ist gut.« Ruben warf mir einen undefinierbaren Blick zu und nickte, während Neville wie ein an Land geworfener Fisch japste. »Lass dich darauf ein. Hör auf, Angst davor zu haben.«

»Ich …«

»Lass dich darauf ein!« Rubens Stimme grollte wie das Wüten eines Gewitters. Dunkel, machtvoll und beinahe unmenschlich. »Er wird seine Hand verlieren, wenn du ihm nicht hilfst. Was fühlst du?«

»Schmerz«, wiederholte Hannah. »Angst. Und … es kitzelt.«

»Guter Anfang«, kommentierte mein Steuermann.

Nevilles Winseln verstummte. Seine gerade noch schreckgeweiteten Augen schlossen sich, er wankte hin und her und seufzte vor Wohlbehagen.

Auch Hannahs Miene veränderte sich. Ein Lächeln zuckte über ihre Lippen, erstarb wieder, wich einem Ausdruck ungläubigen Staunens und wurde zu abgrundtiefer Verwirrung.

»Ooooh!«, machte Neville. »Das fühlt sich … ohhh!«

Erschrocken zog Hannah ihre Hände zurück und blinzelte. Die Hand des Knaben war unversehrt, die Wunde verschwunden. Nur das Blut zeugte davon, dass sich gerade noch ein tiefer Schnitt durch das Fleisch gezogen hatte.

Neville begann zu weinen. Er stürzte auf Hannah zu, schlang seine dürren Ärmchen um ihren Hals und schluchzte unverständliche Dinge in ihre Haare.

»Dann ist es also wahr.« Schwankend griff ich nach der Tischkante, um mein Gleichgewicht zu wahren. »Ich habe mich geirrt.«

»Ja«, erwiderte Ruben. »Du hast dich geirrt. Diese Frau besitzt magische Kräfte. Und nein, an ihnen ist nichts Böses. Was du gesehen hast, ist die göttliche Seite des Magischen. Es ist das Leben, nicht der Tod.«

»Lass uns alleine«, befahl ich. »Und nimm den Jungen mit.«

»Du musst Hannah vertrauen«, ermahnte mich Ruben, packte den sich wehrenden Neville und zerrte ihn mit sich zum Schott. »Sie wird uns alle retten. Sie wurde von Gott gesandt, nicht vom Teufel.«

»Er hat recht«, rief der Junge im Brustton der Überzeugung. »Ich habe es gefühlt! Ich habe das Licht gefühlt. Es war so hell. So hell! Wie das Licht eines Engels. Und wenn du ihr wehtust, erdolche ich dich im Schlaf!«

Ruben stieß ein fassungsloses Schnaufen aus. »Bist du des Wahnsinns, Bursche?«

»Ich erdolche dich im Schlaf!«, beharrte Neville. »Tu ihr weh, und du bekommst es mit mir zu tun!«

Der Mann, der ich früher gewesen war, hätte dieses respektlose Äffchen kurzerhand über Bord geworfen. Doch diesmal spürte ich zu meinem eigenen Erstaunen Belustigung anstatt Wut. Und etwas, das sich wie Rührung anfühlte.

»Ich werde ihr nicht wehtun«, versprach ich dem verzweifelten Jungen. »Das verspreche ich dir.«

Ruben starrte mich an.

Neville und Hannah starrten mich an.

Dann schloss sich das Schott hinter meinem Steuermann und dem Äffchen und ließ Stille einkehren.

Einen Moment lang stand ich einfach nur da. Irritiert bis in den tiefsten Grund meiner Seele. Dann zog ich eines der Messer aus meinem Gürtel, krempelte den Ärmel meines Hemdes auf und zog die Klinge durch meine Haut. Brennender Schmerz flammte auf und lenkte mich für ein paar flüchtige Momente von allen verwirrenden Gefühlen ab.

»Bist du verrückt?« Hannahs Augen flogen auf. »Was soll das?«

Ich seufzte unwillkürlich, als ihre zarten Hände meinen Arm umfingen. »Heile es. Ich will wissen, wie es sich anfühlt.«

»Um Himmels willen.« Hektisch tastete sie über meine Haut. Anscheinend hatte ich tiefer geschnitten, als es meine Absicht gewesen war, denn der Arm begann allmählich taub zu werden. Tatsächlich schien Ruben recht zu behalten. Jegliche Wunderheilung blieb aus. Offenbar war ich ein Mensch. Durch und durch.

»Musstest du es gleich so übertreiben?«, fauchte sie mich an. »Das sieht ja furchtbar aus.«

»Tu es einfach.« Ehe ich wusste, wie mir geschah, packte ich Hannah an den Schultern, zog sie mit einem Ruck an mich heran und überrumpelte sie mit einem Kuss. Augenblicklich erschlaffte ihr Körper. Sie floss mir entgegen wie warmes Wasser, so willig und geschmeidig, dass ein überwältigendes Ziehen in meine Lenden schoss. Binnen eines einzigen groben Kusses wurde das Fleisch zwischen meinen Beinen hart wie Stein. Mein ganzer Körper begann zu zittern, und ich glaubte ein weiteres Mal, den Verstand zu verlieren.

»Tu es«, hauchte ich an ihren Lippen.

Und Hannah gehorchte.

Mit glasigem Blick legte sie eine Hand auf meine Wunde, leckte sich die Lippen und schloss ihre Augen. So benebelt, als hätte ich ein ganzes Fass Rum in einem Zug geleert, starrte ich dieses unfassbare Wesen an. Und dann geschah es. Ganz sanft. Wie eine laue Brise. Ich sah kein Licht, aber ich fühlte es. Zuerst war es ein warmer Schimmer, der in meinen Arm sickerte. Dann strömte es durch meine Adern, wurde heller und herrlicher, bis Gottes Schöpfung selbst in meinem Leib glühte. Nichts konnte schöner sein. Reiner. Unschuldiger. Eine mit Worten nicht zu beschreibende Entzückung durchströmte mich. So musste es sein. Das allumfassende göttliche Licht. Die herrliche Schöpfung, die uns gebar und unsere Seelen nach dem Tod wieder in sich aufnahm.

»William?«, flüsterte es leise durch meine Ekstase. »Hörst du mich?«

Mühsam öffnete ich die Augen. Das Strahlen verebbte, doch sein Nachhall glomm noch immer tief in meinen Knochen. Ich fühlte mich leicht und befreit. Als wäre alles Dunkle aus meiner Seele getilgt worden.

»Bei Gott ...«, stieß ich hervor.

Fassungslos starrte Hannah auf die makellose Haut meines Armes. Keine Wunde war mehr zu sehen. Nicht einmal die Spur einer Narbe. Verwirrt stolperte sie zum Schreibtisch, tauchte den Lappen in den Eimer und begann, das Blut zuerst von meiner, dann von ihrer Haut abzuwischen. Wie ein Opiumsüchtiger verfolgte ich jede ihrer Bewegungen, bis sie endlich wieder bei mir war und sich wie ein Hilfe suchendes Kätzchen an mich schmiegte.

»Ruben hat mich niemals in die Irre geführt«, sagte ich leise. »Und auch diesmal behält er recht. Seine Notlüge war gar keine. Es war die Wahrheit. Die reine, pure Wahrheit.«

Ich nahm Hannah bei den Schultern, blickte ihr tief in die Augen und wusste, dass diese Frau weiter vom Bösen entfernt war als jeder andere Mensch auf Erden. Sie war ein Geschöpf aus Licht und Herrlichkeit. Stur vielleicht, auch temperamentvoll. Aber nichts, keine Macht dieser Welt und keine noch so tiefe Finsternis konnte an ihrer Reinheit etwas ändern.

Auch nicht Marifa.

Sanft drängte ich sie gegen die nächste Wand. Jede noch so kleine Bewegung, mit der sich ihr Körper an meinem rieb, steigerte den Druck in meinen Lenden. Ein sehnsüchtiges Seufzen kam über ihre Lippen, als ich ihre Brüste mit beiden Händen umfasste. Bei allen Mächten des Meeres und des Himmels, diese Frau fühlte sich unfassbar gut an. Hatte ich jemals ein Weib so sehr begehrt? Hatte sich mein Körper jemals so sehr nach Erfüllung gesehnt?

Nein.

Niemals.

Halb verrückt vor Ungeduld massierte ich ihre Brüste, strich mit den Daumen über die steifen Warzen und erinnerte mich an den Geschmack ihrer Haut. Heute Nacht würde ich sie erneut schmecken. Nein. Ich musste es. Anderenfalls, dessen war ich mir in diesem Moment sicher, würde ich sterben.

»Du musst still sein«, flüsterte ich an ihrem Mund. »Niemand darf uns hören. Wirst du das schaffen?«

Hannah atmete schwer und befeuchtete sich die Lippen mit der Zunge. Eine Geste so erregend, dass ich aufstöhnte vor Qual. Und dann, nach einem weiteren leisen Seufzer, nickte sie.

Kapitel 21

*»Wer den Weg zum Meer nicht kennt,
sollte dem Fluss folgen.«*

Hannah

»Du musst still sein«, sagte er. »Niemand darf uns hören. Wirst du das schaffen?«

Meine Kehle war wie ausgedörrt. Ich rang nach Atem, leckte mir über die Lippen und konnte nicht fassen, dass ich nickte. William hatte mir eine letzte Wahl gelassen, und ich hatte mich entschieden.

Für ihn.

Jetzt, da der Hunger in seinem Blick ungezähmt aufloderte, der Druck seiner Finger fest und gierig wurde und sein Körper sich hart wie ein Felsen gegen mich presste, gab es kein Zurück mehr.

Für den Rest der Nacht gehörte ich ihm. Mit Haut und Haar.

Noch dazu prasselten die Geschehnisse der letzten halben Stunde auf mich ein und machten jeden klaren Gedanken unmöglich.

Was war geschehen?

Was hatte ich getan? Und vor allem – wie?

Wie betäubt sog ich seinen heißen Atem in mich hinein und spürte, wie sich seine Hand um meinen Kiefer legte. Nur einen Augenblick lang war sein Kuss sanft. Kaum erwiderte ich ihn, presste er mich mit seinem ganzen Gewicht gegen das Holz und drückte seine Lippen mit fast schmerzhaftem Druck gegen meine.

Stoff zerriss. Meine rechte Brust ragte entblößt aus dem zerfetzten Hemd. Zitternd schloss William seine Hand darum und drückte überraschend sanft zu, als müsste er sich davon überzeugen, dass dieser Moment wirklich geschah. Dass wir beide hier waren, zutiefst verwirrt und hineingeworfen in seltsame Geschehnisse.

Ich lehnte den Kopf gegen die Wand und bog meinen Rücken durch, eine Geste der Darbietung, die Williams Beherrschung gänzlich zerriss. Mit einem kehligen Grollen drückte er meine Brust hoch und umschloss die Warze mit seinen Lippen. Ein Stich fuhr in meinen Unterleib, als er fest daran saugte, verwandelte sich in verlangendes Pochen und fegte jeden klaren Gedanken beiseite.

»Still!«, flüsterte er, als ich heiser aufstöhnte.

Die Hand um meinen Kiefer rutschte höher und presste sich auf meinen Mund. Auf eine herrliche Weise fühlte ich mich hilflos, seinem Verlangen auf Gedeih und Verderb ausgeliefert, und der fatalistische Teil in mir fand eine berauschende Erregung darin, diese Gier auch noch anzustacheln.

Ich wusste, dass meine leisen Seufzer William um den Verstand brachten. Ich wusste, was ich anrichtete, als ich meine Beine öffnete, damit er sein Knie dazwischenschieben konnte. Und was es in ihm auslöste, als ich mich an seinem Oberschenkel rieb.

»Verflucht noch mal«, ächzte er an meiner Brust.

Seine Hand verschwand von meinem Mund, glitt über meine Schulter hinunter zum Bauch und zwischen meine Schenkel. Der Druck seiner Finger, eingeklemmt zwischen seinem Bein und meinem Schoß, hätte mich um ein Haar zum Schreien gebracht. Doch ehe ein verräterischer Laut aus meiner Kehle kam, presste William seine Lippen ein weiteres Mal auf meinen Mund.

Wieder riss Stoff. Diesmal der meiner Hose, die er mit einem wütenden Zerren von meinen Hüften fetzte.

»Vermaledeite Männerkleidung!«, stieß er zwischen zusammengebissenen Zähnen hervor, ließ von mir ab und packte mit beiden Händen zu. Mein Körper zitterte so heftig, dass die Beine unter mir nachgaben. Geschickt fing William mich auf, warf die Hose beiseite und trug mich zu seiner Koje.

»Schön still sein«, ermahnte er mich noch einmal, legte mich auf der Matratze ab und beugte sich über mich, um mir das zerfetzte Hemd über den Kopf zu ziehen. Kühle Luft strich über meinen nackten Körper.

William blickte auf mich hinab, staunend und ungläubig, vielleicht auch eine Spur unsicher, weil er sich tief in seiner stolzen Seele noch immer vor mir fürchtete. Schließlich stand er auf, schnallte den Gürtel mit den Messern und der Pistole ab, griff nach seinem Hemd und zog es sich über den Kopf. Als Nächstes folgte die Hose, und als er endlich ebenso nackt war wie ich und das weiche Mondlicht über seinen Körper glitt, war ich mir sicher, niemals einen schöneren Mann erblickt zu haben.

Ich liebte die Art, wie ihm das windzerzauste Haar über die Schultern fiel. Ich liebte die fein gezeichneten und doch markanten Züge, die an Kinn und Wangen vom Schatten eines nachwachsenden Bartes verdunkelt wurden. Ich wollte ihn von Kopf bis Fuß und mit Haut und Haar, obwohl ich die ganze Wahrheit über ihn kannte.

»Berühre dich«, befahl er mir leise.

»Was?« Ich glaubte, mich verhört zu haben. Doch als er seine Worte wiederholte, waren sie klar und deutlich. »Berühre dich.«

»Ich …«

»Tu es! Zeig mir, wie sehr du mich willst.«

Scham rötete mein Gesicht. Ungläubig starrte ich zu ihm auf, blieb still liegen und rührte mich nicht.

»Solange du nicht tust, was ich sage«, sagte er leise, »werde ich nicht tun, was du willst.«

Er wollte, dass ich mich selbst berührte? Vor seinen Augen? Nie zuvor hatte ich etwas getan, das auch nur ansatzweise daran heranreichte. Tom hatte sich genommen, was er wollte. Schnell und schnörkellos und viel zu oft nur beiläufig. Niemals hatte er irgendwelche Wünsche geäußert. Ebenso wenig, wie ich es getan hatte.

»Tu, was ich sage!« Williams Körper bebte. Wie sehr er mich wollte, war unübersehbar. Einen Moment lang durchzuckte mich Ehrfurcht, denn verglichen mit dem, was ich vor mir sah, war Toms Männlichkeit geradezu schmächtig gewesen.

Und dann, ehe ich überhaupt eine halbwegs klare Entscheidung fassen konnte, umfasste ich mit beiden Händen meine Brüste. William schnappte nach Luft, als ich fester zudrückte, mit den Daumen meine Spitzen reizte, daran zupfte und seufzend den Kopf zurückwarf. Erregung brandete durch meinen Körper, heftiger, als ich es je für möglich gehalten hätte.

Williams Blicke durchbohrten mich, verschlangen jede meiner Bewegungen und vertrieben den letzten Rest Angst, der mich daran hinderte, loszulassen. Und so wurde ich mutiger, begann ganz leise zu stöhnen und massierte meine Brüste noch fester, um schließlich die rechte Hand tiefer wandern zu lassen. Über meinen Rippenbogen, meinen Bauch und hinab zum Dreieck krauser Haare. William ballte die Hände zu Fäusten, schnappte hörbar nach Luft und presste die Lippen aufeinander, als könnte er keinen Augenblick länger seine Beherrschung aufrechterhalten. Die Teufelin in mir wollte mit seiner Gier spielen, wollte ihn quälen und foltern, bis er es nicht mehr ertrug. Also öffnete ich langsam meine Beine, spreizte sie weiter und weiter, bis sich ihm mein Schoß gänzlich entblößt präsentierte. Und während meine Hand zwischen meine Beine glitt, ließ ich träge das Becken kreisen.

William rührte sich nicht. Nur der schleppende Atem verriet seine wachsende Lust, und das, was groß und steif von seinem Unterleib emporragte. Ich malte mir aus, wie es sich anfühlen würde. Wie es mich ausfüllen und dehnen würde, und während ich es mir vorstellte, drang ich mit zwei Fingern in mich ein.

»Großer Gott!«, stöhnte er auf. »Mach weiter, Hannah.«

»Bist du dir sicher?« Ich hob mein Becken, stieß die beiden Finger tief in mich hinein und seufzte dabei so lustvoll, als würde mich das Begehren innerlich zerreißen.

»Mach weiter!«, ächzte er.

Und ich gehorchte.

Im Rhythmus meines kreisenden Beckens bewegte ich meine Finger, während ich mit der anderen Hand meine Brust knetete. Es gab nichts mehr, das mich zurückhielt, und doch war ich mir der Gefahr bewusst, die draußen lauerte. Was die Geräusche hemmungsloser weiblicher Erregung mit ausgehungerten Männern anzustellen vermochten, konnte ich mir nur allzu gut ausmalen. Seltsamerweise kühlte dieser Gedanke meine Lust nicht ab, sondern fachte sie noch heißer an. Das war verrückt. Das war vollkommen verrückt!

Was tat ich hier?

Steckte ein Hexenzauber dahinter?

Wollte Marifa, dass ich …

Ach, egal.

Die Anstrengung, mein Seufzen und Keuchen leise zu halten, steigerte meine Erregung bis ins Unerträgliche. Und dann, endlich, hielt William es nicht mehr aus.

Mit einem tierhaften Laut fiel er mich über mich her, presste mich mit seinem Gewicht in die Matratze und rammte sein Glied mit einem einzigen groben Stoß in mich hinein. Trotz meiner Erregung war es, als würde mich ein Pfahl durchbohren. Der Druck raubte mir den Atem, und weil ich nicht schreien durfte, grub ich meine Zähne beim zweiten, noch härteren Stoß in Williams Schulter.

»Du fühlst dich an«, stöhnte er über mir, »als wäre ich dein erster Mann. Bei Gott, sage mir, dass es nicht so ist.«

»Nein«, japste ich hervor, denn jetzt, da William still hielt und sich nicht regte, fühlte er sich noch größer an. Es war, als wäre mein ganzer Schoß, mein ganzes Sein von ihm ausgefüllt. »Aber er war … er war … deutlich kleiner als du.«

»Tue ich dir weh?«, hauchte er an meinen Lippen.

»Nein.« Sehnsüchtig hob ich mein Becken und drängte mich ihm entgegen. »Nein, tust du nicht.«

William atmete keuchend aus, beugte sich hinab und hauchte Küsse auf meine Schulter. Dann begann er, sich langsam zu bewegen. Die Reibung unserer vereinten Körper war unerträglich, doch er ignorierte mein Zucken und fuhr damit fort, mit quälender und zugleich köstlicher Trägheit aus meinem Körper hinaus- und wieder hineinzugleiten.

»Gott!«, stöhnte er an meinem Hals. »Du bist … du bist so …«

Da begann sein Körper bereits zu zittern, und beim nächsten langsamen Stoß bäumte er sich auf, warf den Kopf zurück und brach mit einem erstickten Laut über mir zusammen. Das Gewicht seines bebenden Körpers presste mich fest in die Matratze und ließ ihn so tief in mich eindringen, wie es nur möglich war. Und während er keuchend und schwitzend auf mir lag, ließ ich mein Becken kreisen, rieb mich an ihm, presste mich mit aller Kraft gegen ihn und spürte, wie sich eine berauschende Welle in mir aufbäumte.

»Hannah!«, krächzte William. »Was … zum Teufel … machst du mit mir?«

»Halt die Klappe!« Wütend vor Lust krallte ich meine Fingernägel in seine Schulter und stieß mein Becken gegen ihn, während er gänzlich regungslos blieb. Immer schneller wurden meine Kreise, immer härter drückte ich mich gegen ihn, während die Welle wuchs und wuchs, schließlich brach und mit einer gewaltigen, tosenden Flut durch meinen Körper brandete.

In dem Moment, in dem ich meinen Schrei nicht mehr zurückhalten konnte, presste William mir seine Hand auf den Mund. Dann übernahm er erneut die Kontrolle, bewegte seine Hüften vor und zurück, drückte mich tief in die Matratze und liebte mich, bis er ein zweites Mal zitternd und schweißgebadet über mir zusammensackte. Ein neuerlicher Höhepunkt rauschte durch meinen Körper, ebbte langsam ab und ließ mich zuckend und zitternd zurück.

Kaum waren wir wieder zu Atem gekommen, packte er mich, rollte sich mit mir herum und umfasste meine Hüften, während ich auf ihm saß, mein Becken in langsamen Kreisen bewegte und das Gefühl genoss, ihn tief in mir zu spüren.

Als wir schließlich erschöpft und atemlos nebeneinander fielen, graute bereits der Morgen hinter den Fenstern. William drehte mich auf die Seite, streckte sich hinter mir aus und legte eine Hand auf meine Taille.

Doch er tat nicht das, was ich erwartete. Stattdessen tupfte er mit der Zungenspitze gegen meinen feuchten Hals und zog eine brennende Spur bis zur Beuge meiner Schulter, ehe er ganz behutsam einen Arm um mich legte, seine Lippen in meinen Nacken schmiegte und regungslos liegen blieb. Zusammengefügt wie die zwei Hälften eines Ganzen rührten wir uns nicht, lauschten auf das Knarzen des Schiffes und genossen den Schmerz unserer wunden Körper, während das Schiff von den Wellen auf und ab gehoben wurde.

Für diesen Moment wollte ich nirgendwo anders sein.

An keinem anderen Ort.

Und bei keinem anderen Menschen.

»Hannah?« Nie hatte jemand meinen Namen wunderbarer ausgesprochen. Weich und sanft, ein wenig kratzig. Und dunkel wie die Nacht. »Wach auf.«

Blinzelnd öffnete ich die Augen, räkelte mich wohlig und blickte in Williams Gesicht. Sein dünnes schwarzes Hemd war aufgeknöpft, das Haar wild zerzaust.

»Du siehst aus wie der fleischgewordene Held eines romantischen Piratenromans«, säuselte ich schlaftrunken.

»Vermutlich, weil du mich zu einem solchen Mann machst.« Ein atemberaubend sinnliches Lächeln hob seine Lippen. »Wie geht es dir?«

»Gut«, schnurrte ich. »Sehr gut. Und dir?«

Er lachte, streckte mir seine Hand entgegen und riss die Augen auf, als ich mich von ihm unter der Bettdecke vorziehen ließ. Staunend musterte er meinen nackten Körper. Seltsam, dass ich keine Scham empfand. Es fühlte sich an, als wäre seine Bewunderung das Natürlichste und Wunderbarste auf Erden.

»Ähm … ich habe dir Kleidung auf den Tisch gelegt. Zieh sie an, sonst muss ich dich zurück ins Bett zerren und mich drei Tage lang an dir vergehen.«

Allein der Gedanke genügte, um die Hitze in meinem Schoß erneut anzufachen. Williams Nasenflügel weiteten sich, als könnte er meine Lust wittern, dann schloss er die Augen, seufzte gequält und wandte sich abrupt ab.

»Bitte, Hannah. Zieh dich an.«

Ich genoss das Wissen, Macht über ihn auszuüben. Sein Begehren zu wecken, war berauschend. Gefährlich. Und unglaublich erregend. Es brachte einen Teil in mir zum Singen, von dessen Existenz ich bis zur vergangenen Nacht nicht einmal etwas geahnt hatte.

Das Geräusch seines schleppenden Atems überzog meinen Körper mit Gänsehaut, während ich in die Kleidung schlüpfte, die er für mich bereitgelegt hatte: eine rüschenbesetzte lächerliche Unterhose, ein knielanges Untergewand und ein einfaches hochgeschlossenes Kleid von blassem Blau. Zuletzt legte ich einen geflochtenen, mit Muscheln besetzten Gürtel um.

»Fertig«, verkündete ich.

William wandte sich um, öffnete den Mund und tat eine Weile nichts anderes, als mich aus großen Augen anzustarren. »Du siehst aus wie … « Er schluckte schwer. »Wie eine Frau.«

»Danke.« Ich hob eine Augenbraue. »Falls das ein Kompliment war, ist es in die Hose gegangen. Welcher deiner Männer hat das Zeug hier eigentlich getragen?«

William lachte, kam auf mich zu und legte seine Hände auf meine Schultern. »Keiner. Es war Bestandteil unserer Beute.«

»Und du hast es aufgehoben?«

»Nun ja ... es gibt Dinge, die sollte man stets vorrätig haben. Zum Beispiel Kleider für wunderschöne Ladies.« Mit einem wohligen Schnurren drückte er mir einen Kuss auf die Stirn. Verflucht, er roch so unfassbar gut. Nach Meer, Sonne und Wind. »Und wegen des missglückten Kompliments: Ich meinte, dass du ... dass ich ... Grundgütiger, in deiner Gegenwart werde ich zu einem stammelnden Idioten.«

»Dem widerspreche ich nicht«, erwiderte ich mit einem frechen Grinsen. »Also, was willst du mir sagen?«

William schloss die Augen und atmete tief durch. »Ich muss dich um etwas bitten, Hannah. Vielleicht wird es dich erschrecken, aber ich fürchte, dass es sein muss.«

Abrupt löste sich mein Wohlbehagen in Luft auf. »Wovon redest du?«

»Es gibt erste Zweifler in meiner Mannschaft. Männer, die glauben, dass du mit Marifa paktierst und mit uns spielst.«

»Was?«, brauste ich auf. »Das ist nicht wahr. Haben sie etwa von dem erfahren, was gestern passiert ist?«

»Ja«, gab William zu. »Und die meisten meiner Männer hat es nur in dem Glauben bestärkt, dass du unsere Rettung bist. Ruben und Neville haben wirklich ganze Arbeit geleistet. Aber einige wenige fangen an, dumme Gedanken zu hegen. Ich will, dass diese Gedanken ausgelöscht werden, ehe sie sich verselbstständigen können und womöglich ansteckend wirken.«

»Wie soll ich es ihnen beweisen?«

»Indem du den größten aller Zweifler heilst. Cavendish ist der schwierigste meiner Männer. Ein verrohtes Wrack von einem Mann, gottesfürchtig durch und durch. Noch schenken die meisten Männer seinen Worten keinen Glauben, aber steter Tropfen höhlt den Stein. Die Fahrt über den Ozean ist lang, ich muss dafür sorgen, dass dir keine Gefahr droht. Der Tod mag die Blutgier und das Feuer meiner Männer besänftigt haben, aber beides wird zurückkehren, wenn wir nichts dagegen tun.«

»Und was genau soll ich machen?«

»Damals habe ich Cavendish auspeitschen lassen«, sagte William. »Auf die grausamste aller Weisen. Seit jenem Tag plagen ihn höllische Schmerzen. Sie treiben ihn in den Wahnsinn und machen ihn zu einem unberechenbaren Raubtier.«

Ein Hauch von Abneigung regte sich in mir. Zu viel Dunkles lag in Williams Vergangenheit. Zu viel, das ich nicht ausklammern konnte. Nicht einmal nach der letzten Nacht.

Doch dann nahm er so widersprüchlich sanft meine Hand, verflocht seine Finger mit meinen und führte mich nach draußen.

Die Mannschaft erwartete uns bereits. Auf dem Achterdeck zusammengedrängt, formten sie einen Halbmond um Ferris und Robert, die mit festem Griff jemanden umklammert hielten. Noch ehe William seinen Namen sagte, wusste ich, dass es Cavendish war, der schäumend vor Wut unter den groben Händen seiner Peiniger zuckte. Narben bedeckten seinen nackten, schmutzigen Oberkörper. Sie überzogen hervorstechende Knochen und drahtige Sehnen mit einem abscheulichen, von grausamen Schmerzen zeugenden Labyrinth. Selbst aus der Entfernung spürte ich Cavendishs Qualen. Sie fuhren mir tief in die Knochen und ließen mich instinktiv zurückzucken.

»Du musst dich nicht fürchten.« William missverstand meine Regung offenbar als Panik. »Ich lasse nicht zu, dass dir etwas zustößt.«

»Ich habe keine Angst. Ich spüre nur, dass er Schreckliches erlebt hat.«

»Ja, das hat er. Ihm ist Ähnliches widerfahren wie mir. Die Umstände verwandelten ihn in ein Monster.«

Neugierige Gesichter musterten mich. In den meisten sah ich raubeinige Zuneigung, in anderen eine fast sakrale Bewunderung. Was in aller Welt hatten Ruben und Neville diesen Kerlen erzählt? Timothy und Ferris begrüßten mich mit einem schlichten, freundlichen Lächeln, Robert nickte mir lediglich zu. Und Neville, auf und ab hüpfend wie ein verrückt gewordenes Äffchen, schien bei meinem Anblick völlig außer Rand und Band zu geraten.

»Ich weiß«, erhob sich Williams Stimme über die Mannschaft, »dass einige von euch der Frau, die zu unserer Rettung gesandt wurde, nicht vertrauen. Doch ich verurteile euch nicht dafür. Nicht nach allem, was ihr durchstehen und erleiden musstet. Ich kann ebenso verstehen, dass ihr einen Beweis braucht. Einen Beweis dafür, dass Gott selbst dieses Geschöpf gesandt hat, um den Fluch der Hexe zu brechen. Die Schmerzen dieses Mannes ...«, er deutete auf den wutschäumenden Cavendish, »haben ihn an den Rand des Wahnsinns getrieben. Er ist zerfressen von Hass und Rachsucht. Die Finsternis in seinem Herzen ist so tief, dass allein eine göttliche Berührung ihn davon befreien kann.«

Mit diesen Worten trat er zurück und nickte mir zu. »Schenke ihm das, was du mir geschenkt hast, Hannah. Dein Licht wird ihn heilen.«

»Aber ...«

»Du kannst es.« Sanft legte er eine Hand auf meine Schulter und schob mich vorwärts. Ich konnte sehen, wie tief Williams Glauben an mich war. So tief, dass er offenbar keinerlei Zweifel mehr verspürte. Doch was würde geschehen, wenn ich ihn enttäuschte?

Dutzende Blicke durchbohrten mich. Cavendish drehte mir den Kopf zu, stierte mich aus zornfunkelnden, kleinen Schweinsaugen an und spuckte mir vor die Füße.

Sofort verstärkten Ferris und Robert ihre Griffe. Der Gefangene jaulte auf, Sabberfäden tropften aus seinem Mund auf die Planken.

Jahrelange Qual hatte den Verstand aus dem Kopf dieses Mannes getilgt. Allein der Zorn hielt ihn noch am Leben, pumpte vergiftetes Blut durch seine Adern und ließ ihn nach etwas suchen, das nicht existierte.

Trotz der Grausamkeit in Cavendishs Blick empfand ich Mitleid mit ihm. Vor langer Zeit war er von irgendjemandem gebrochen worden. Das Leben hatte ihm die Unschuld geraubt, ihn sich einverleibt, verdaut und als Monster wieder ausgespuckt.

William ließ meine Schulter los, doch ich spürte ihn ganz dicht hinter mir. Warm, stark und tröstend, so überzeugt von mir und meinen Fähigkeiten, dass seine Zuversicht mir Kraft einflößte.

Ich dachte nicht weiter über die Blicke nach, die in meinem Nacken prickelten. Ich ignorierte das unverständliche Geheul, das aus Cavendishs Mund drang. Langsam ging ich um die Männer herum, bis ich hinter dem Gefangenen stand, und legte behutsam meine Hand auf den vernarbten Rücken. Einem Instinkt folgend, ließ ich meine Finger über die schrecklichen Wölbungen gleiten und versuchte, jeglichen Gedanken loszulassen. Schmerz sickerte heiß in meine Fingerspitzen. Zu viel Schmerz. Ich wollte nichts anderes, als diese Qual zu lindern, und mein Wille formte eine Energie, die tief in meinem Körper aufflackerte wie ein Flämmchen. Zuerst war sie winzig, kaum mehr als ein Funke, doch mit jedem Herzschlag gewann sie an Kraft. Weder musste ich eine Entscheidung treffen noch mich auf die Heilung konzentrieren. Der Zauber erwachte ebenso leicht und sanft wie ein Atemzug, und während ich über die Narben streichelte, floss die Energie durch meine Finger, sickerte in Cavendishs Fleisch und linderte das Brennen seines Leidens.

Fern vernahm ich Ausrufe des Staunens. Irgendjemand betete, ein anderer weinte.

»Sie sind fort«, hörte ich eine tiefe Stimme schluchzen. »Sie sind verschwunden!«

Ich taumelte zurück, benommen wie nach einem langen, tiefen Schlaf. William fing mich auf, drückte mein Gesicht an seine Brust und seufzte mir erleichtert ins Ohr.

»Du hast es geschafft, Hannah. Du hast sie alle überzeugt.«

»Habe ich das?«

»Oh ja.«

Er küsste meine Stirn, dann umklammerten plötzlich Hände meine Füße. Als ich den Kopf wandte, sah ich den wimmernden Cavendish vor mir kauern. Schluchzend wie ein Kind blickte er zu mir auf, presste seine Stirn gegen mein Knie und brabbelte unverständliche Worte.

Um uns herum bekreuzigten sich die Männer. Nicht wenige sanken auf die Knie, als wären sie Zeugen eines sagenhaften Wunders geworden. Wie war das alles nur möglich? Was lag noch in mir verborgen? Und warum fürchtete ich mich nicht, sondern empfand Erleichterung?

»Du musst einer sein«, stammelte Timothy ergriffen. »Ja, ganz sicher. Du musst ein Engel sein. Ein wahrer Engel des Herrn.«

»Sag!«, wollte der Smutje wissen, »wie wirst du sie besiegen? Besitzt du ein himmlisches Feuer? Wirst du über die Hexe kommen wie der Engel über den Drachen?«

»Wir werden frei sein!«, rief irgendjemand in der Mannschaft, und als er es wiederholte, stimmten Dutzende Männer in den Jubel mit ein.

»Wir werden frei sein! Frei!«

»Ja, frei!«

»Sag, wie wirst du sie besiegen?«

»Erzähl uns alles!«

»Sie ist unsere Erlösung«, brabbelte Cavendish, nahm meine Hand und küsste sie. »Ich habe das Licht Gottes gespürt. Ich kenne ihre Macht. Sie wird die Hexe mit der Lanze des Herrn durchbohren, und mit ihr stirbt der Fluch, den sie über uns gelegt hat. Nichts kann ihrem Licht widerstehen.« Wie von Sinnen küsste und drückte er meine Hand, bis William einschritt und ihn mit sanfter Gewalt von mir löste.

»Gehe und ruhe dich aus.« Mit einer Behutsamkeit, die seinen Männern vermutlich fremd erschien, schob William den schluchzenden Cavendish beiseite. Eine wahre Tränenflut rann über das Gesicht des geläuterten Übeltäters. Immer wieder bekreuzigte er sich und stammelte Gebete vor sich hin, bis er im Bauch des Schiffes verschwand.

»Ich habe da einen faulen Zahn!«, meldete sich schüchtern einer der Männer zu Worte.

»Meine Knie schmerzen Tag und Nacht«, hörte ich den Ruf eines anderen.

»Ja«, kam es von einem Dritten. »Und bei mir hat sich eine Wunde entzündet. Kannst du mir helfen, so, wie du ihm geholfen hast?«

»Allmächtiger!«, flüstere ich in mich hinein, blickte in die Runde und nickte. »Das darf doch alles nicht wahr sein.«

Die Freude der Mannschaft kannte keine Grenzen. Nicht nur, dass sie sich ihrer Erlösung nunmehr absolut sicher waren, ich hatte auch noch den ganzen Tag damit verbracht, kaputte Zähne, eiternde Wunden, verdrehte Knie, morsche Knochen, halb blinde Augen, Abszesse, Ausschläge und sonstige Gebrechen zu heilen. Zumindest alle, die es nicht erforderten, dass ich meine Hände auf gewisse Körperteile legte. Die

Anbetung, die mir die Männer inzwischen entgegenbrachten, vertiefte meine Verwirrung nur umso mehr.

Aus irgendeinem Grund bereitete mir das Heilen keinerlei Mühe. Es geschah so leicht und selbstverständlich wie das Atmen, als hätte meine Existenz ihre einzig wahre Aufgabe gefunden.

Hin und wieder kam mir bei einer besonders hässlichen, eitrigen Wunde der Schiffszwieback wieder hoch, doch im Großen und Ganzen verblüffte meine Härte mich selbst vermutlich am meisten.

Jetzt, da die Mannschaft vom größten Teil ihrer Schmerzen und Leiden befreit war, lechzte sie danach, die neu gewonnene Hoffnung zu feiern. Der Smutje, den ich gerade erst von einem gewaltigen Furunkel befreit hatte, stürmte in die Kombüse und verdonnerte mehrere Männer dazu, ihm zur Hand zu gehen. Andere schafften ein halbes Dutzend Fässer an Deck, verteilten Becher und Schüsseln, zündeten Laternen an und schüttelten Decken, aus denen es förmlich Dreck und Läuse regnete.

»Keine Sorge«, kommentierte William meine angeekelte Miene. »Ich besorge uns was Besseres.«

Damit verschwand er, stieg in seine Kajüte hinab und kehrte kurz darauf mit einer bunt gemusterten Indiodecke zurück. Viermal ertönte aus dem Bauch des Schiffes panisches Gegacker, das abrupt in einem Röcheln endete.

Gemeinsam mit den Männern schafften wir Kisten, noch mehr Schüsseln und allerhand Flaschen heran, nahmen alles entgegen, was der Smutje und seine Helfer uns brachten, und deponierten es kreisförmig um das Lager. William hatte keine Scheu mehr, mich vor den Augen der Männer zu berühren. Offenbar war er sich sicher, dass es nunmehr kein Seeräuber mehr wagen würde, mir ein Haar zu krümmen. Einerseits, weil die gesamte Mannschaft sehnsüchtig ihrer Rettung entgegenfieberte. Andererseits, weil man mich dank meiner neu entdeckten Kräfte vermutlich als überaus kostbar ansah. Für nicht wenige dieser Männer war es vermutlich das erste Mal seit ungezählten Jahren, dass sie von ihren kleinen und großen Krankheiten befreit waren. Nur fehlende Augen und Gliedmaßen hatte ich, sehr zum Leidwesen einiger, nicht zurückzaubern können.

Arm in Arm lehnten William und ich nach getaner Arbeit am Schanzkleid, ließen den Wind durch unser Haar kämmen und beobachteten, wie die Mannschaft ihre letzten Vorbereitungen für eine lange, von Rum geschwängerte Nacht traf.

»Denkst du, das wird gut gehen?«

William lächelte. Zumindest für den Augenblick schien er sich entschlossen zu haben, das Gestern und das Morgen zu vergessen. »Ich werde schon darauf achten, dass niemand es übertreibt. Und falls du denkst, dass unser Leben nur aus Rum saufen bestanden hätte, dann lass dir gesagt sein, dass es damals strengstens verboten war, an Bord zu trinken. Saufgelage waren ausschließlich erlaubt, wenn wir einen sicheren Hafen angelaufen hatten.«

»Und ich dachte, ihr hättet von morgens bis abends nichts anderes getan.«

»Was nützt eine betrunkene Mannschaft? Wir waren auf reiche Beute aus, und eine schwer bewaffnete Schatzgaleone zu kapern, war kein leichtes Unterfangen. Ganz zu schweigen von der Belohnung, die auf unsere Köpfe ausgesetzt war. Eine *Scowerer* voller betrunkener Piraten, die über ihre eigenen Füße stolpern, wäre gewissen Leuten sehr gelegen gekommen.«

»Droht uns denn jetzt keine Gefahr?«

William runzelte nachdenklich die Stirn. »Marifa will, dass wir zu ihr kommen. Sie bestimmt den Weg, den das Schiff nimmt, und sie wird wohl auch dafür sorgen, dass wir unbehelligt unser Ziel erreichen. Abgesehen davon hat niemand von uns mehr Lust, dem Gold hinterherzujagen.«

»Und falls uns doch jemand in die Quere kommt?«

»Dann kommst du in den zweifelhaften Genuss eines Seegefechts.«

»Danke, ich verzichte.« Sanft rempelte ich ihn an der Schulter an. »Schon seltsam, hm? Die größten Sehnsüchte und Wünsche entpuppen sich plötzlich als nutzloser Tand.«

»Was ist schon Reichtum?«, murmelte William. »Was ist Gold? Ich habe gesehen, wie meine Knochen neben einer Kiste voller Münzen vermoderten. Da erscheinst du mir doch um vieles wertvoller.«

Ich lächelte und lehnte meinen Kopf gegen Williams Schulter. Ein wohliger Schauer überlief meinen Körper, als er mir über das Haar streichelte. »Das letzte Hemd hat keine Taschen, wie man in meiner Zeit so schön sagt.«

»Nun«, lachte er, »dann hatte ich wohl die beste Gelegenheit, das zu begreifen.«

Während wir eine Weile schweigend dastanden, legte sich der Abend über das Meer. Die Sonne versank hinter violetten Wolken und überließ der Dämmerung ihren Platz. Je tiefer die Dunkelheit wurde, umso klarer leuchtete der Himmel über den nur schlaff geblähten Segeln, und als der Schiffsjunge hoch oben im Ausguck das Ende einer vierstündigen Wachschicht glaste, glitt die *Scowerer* unter dem Geflimmer Abertausender Sterne durch die Wellen.

William zog mich zu unserer Decke. Ein dampfender Kessel wurde herangeschleppt und auf einer Art Gitter abgestellt. Ein zweiter und dritter folgten unmittelbar. Rumflaschen wurden verteilt, hölzerne Schalen voller Trockenfrüchte, einem grünlichen Brei, Brot, Zwieback und etwas, das aussah wie Käsebrocken.

»Dies ist die letzte Fahrt unseres Lebens«, verkündete der Smutje, nachdem er zu guter Letzt vier gebratene Hühner herbeigetragen hatte »All unsere Schmerzen und unsere Krankheiten gehören der Vergangenheit an. Unsere Vorratskammern sind voll. Greift zu, solange ihr könnt, ehe wir ein zweites Mal die Truhe des toten Mannes besuchen. Und lasst uns auf unsere liebreizende Retterin und Erlöserin trinken!«

»Aye!«, schrie die Mannschaft aus vollem Halse, während William sich vorbeugte und mir ins Ohr flüsterte: »Ich entschuldige mich vorab schon mal für das, was du sehen und hören wirst.«

»Nur keine Sorge«, raunte ich zurück. »Damit kann ich umgehen.«

»Du bist eine wirklich außergewöhnliche Frau. In jeder nur erdenklichen Hinsicht.«

»Danke. Das muss ich wohl auch sein, wenn ich mich mit einem untoten Piratenkapitän und seiner ungehobelten Mannschaft abgebe.«

Eine gute halbe Stunde später musste ich jedoch erkennen, dass mich nichts und niemand auf diesen Haufen singender, furzender, rülpsender und vulgäre Lieder grölender Seemänner hätte vorbereiten können. Waren am Anfang noch alle darauf erpicht, mir ihren Dank mit überschwänglichen Worten und Gesten zu versichern, schien kurz darauf kaum noch jemand bei klarem Verstand zu sein. Der glatzköpfige Robert vollführte unter dem lüsternen Geschrei der Männer einen missratenen Bauchtanz, wobei er seinen Knochen für allerlei obszöne Gesten benutzte. Timothy lachte derart über die groteske Vorstellung, dass er seinen Mageninhalt in den Schoß seines Nachbarn entleerte. Und als Robert sich zu guter Letzt den Knochen zwischen die Beine steckte und ruppig mit den Hüften zuckte, stürzten sich zwei Seeräuber auf ihn und ahmten zum großen Vergnügen der restlichen Bande einen hemmungslosen Paarungsakt nach.

Als jedoch einer der rumseligen Männer auf die Idee kam, seine Hand nach mir auszustrecken, zog William seinen größten Dolch aus dem Gürtel, hielt ihn an den Hals des Piraten und deutete einen Kehlschnitt an. »Denke nicht einmal daran, wenn dir dein Leben lieb ist.«

Der Kerl grunzte erschrocken, faselte eine Entschuldigung und widmete sich wieder seiner mit Eintopf gefüllten Schale.

Die nächsten beiden Stunden schritten ohne weitere Annäherungsversuche fort, und als der Mond hinter dem Horizont verschwand, flaute der ohnehin nur schwach wehende Wind gänzlich ab.

»Seht euch das an«, lallte der sternhagelvolle Timothy. »Die Segel hängen runter wie die Titten meiner Großmutter.«

»Du?«, gackerte Ferris. »Du hast doch gar keine Großmutter. Ebenso wenig, wie du eine Mutter und einen Vater hast.«

»Ach? Und wo komme ich dann her?«

»Du wurdest geboren aus stinkendem Meerschaum«, grunzte Ferris, »und aus einem Möwenschiss.«

Wieder verfielen die Männer in wildes Gelächter, schlugen sich auf Schenkel und Schultern, soffen noch mehr Rum und faselten wild durcheinander.

Mit dem Abflauen des Windes schien die Zahl der Sterne noch zuzunehmen. Hin und wieder verstummte einer der Seeräuber, starrte in den Himmel, legte lauschend den Kopf schief und schien darüber nachzusinnen, ob die ungewöhnliche Flaute wohl das Werk einer Hexe war. Als der Glockenschlag schließlich eine neue Wachschicht ankündigte, kam Bewegung in die Menge. Während mehrere Männer verschwanden, um das Ruder, den Ausguck oder sonst irgendeinen Posten einzunehmen, stießen ein gutes Dutzend Neuankömmlinge hinzu und mischten sich unter die Männer. Unter ihnen war auch Neville, der wie ein Spatz zwischen Geiern inmitten der grobschlächtigen Kerle hockte, gierig eine Schale mit Erbsenbrei leerte und mir verliebte Blicke zuwarf. Als ich ihm zuwinkte, verschluckte er sich prompt an seinem Mahl, krümmte sich hustend zusammen und schwoll an wie ein dunkelroter Kugelfisch.

Irgendjemand lenkte die Aufmerksamkeit der Seeleute glücklicherweise recht schnell von dem Schiffsjungen ab, indem er auf einer Fidel zu spielen begann. Kurz darauf schleppte Ferris eine archaisch bemalte Trommel herbei, zückte einen Holzschlegel und begann, passend zum Lied des ersten Musikanten auf sein Instrument einzuschlagen.

Das tiefe, rhythmische Dröhnen fuhr in meinen Körper, so fremdartig und erregend, dass mein Atem schwer und meine Wangen heiß wurden.

Niemals hätte ich erwartet, dass ich mich an einem solchen Ort jemals wohlfühlen würde. Umgeben von wilden, stinkenden Männern, die durcheinanderpurzelten, schrien und rülpsten. Und doch hatte mich die Heilung all dieser Menschen, ihre Dankbarkeit und die Atmosphäre dieser Nacht in eine eigenartige Zufriedenheit gehüllt.

Ich liebte das leise knarzende, fast reglos auf dem Wasser treibende Schiff. Ich liebte den sagenhaft schönen Sternenhimmel, das Funkeln der Laternen und das schräge Lied der Fidel, das vom Dröhnen der Trommel begleitet wurde. Auf irgendeine verrückte Weise liebte ich sogar das hemmungslose Treiben der Mannschaft.

»Du lächelst ja.« William runzelte verwirrt die Stirn. »Willst du etwa behaupten, dass du dieser Horde mit Läusen verseuchter, stinkender Bilgenratten etwas abgewinnen kannst?«

»Vielleicht«, erwiderte ich nur.

»Ist das zu fassen?« Er lachte und schüttelte den Kopf. »Du überraschst mich immer wieder, Hexe.«

Zum ersten Mal klang das Wort aus seinem Mund liebevoll. Wie ein Kosename.

»Und ich werde dich noch viele Male überraschen, Pirat.« Gerade wollte ich ihm einen Kuss auf die stoppelige Wange drücken, als mich ein betrunkener Seemann anrempelte. Er entschuldigte sich flapsig, rülpste dröhnend und warf einen abgenagten Hühnerknochen quer über das Deck. Nur zwei Schritte neben mir begannen zwei Männer unter viel Applaus einen lautstarken Furzwettstreit, und der nächste Höhepunkt bahnte sich an, als Ferris und Robert ihre Hemden auszogen, vor dem Schanzkleid Aufstellung nahmen und unter wildem Gebrüll und Geschrei einen archaischen Haka[21] aufführten. Die Planken vibrierten unter dem kraftvollen Stampfen ihrer Füße, und das Jubeln der Männer nahm eine derartige Lautstärke an, dass es über den gesamten stillschweigenden Atlantik zu hallen schien.

Unweit der Haka-Tänzer ließ Hamish seine Hose herunter und pinkelte in hohem Bogen über das Schanzkleid, während zwei alte Männer neben ihm ihre Flaschen schwangen und eine zotige Ballade über eine einbeinige Hure sangen.

»Du lächelst immer noch«, rief William mir durch den Lärm zu. In meiner Trunkenheit, die nichts mit berauschenden Getränken zu tun hatte, war ich mir sicher, niemals etwas Erotischeres gesehen zu haben als dieses schelmische Zucken seiner Mundwinkel. »Die eine Hälfte der Mannschaft furzt und rülpst, die andere übergibt sich.«

»Hm«, machte ich nur, strich mit dem Zeigefinger über den Korallenanhänger, der auf seiner Brust ruhte, glitt hinüber zur Muschel und tastete über die Rillen ihrer Schale. Williams Haut schimmerte im Schein der Laternen so weich und verführerisch, dass ich kaum an mich halten konnte, sie zu küssen.

»Ich will dich«, nuschelte ich an seinem Hals, berauscht von seinem Geruch, den sich anspannenden Muskeln unter meinen tastenden Fingern und dem verlangenden Beben seines Körpers. »Ich muss dich haben. Jetzt. Sofort.«

»Deine Worte sind Musik in meinen Ohren.« Sanft schob er mich zurück, packte meine Hände und drückte sie in meinen Schoß. »Aber versuche, noch ein Weilchen sittsam zu bleiben. Ich möchte das Bild, das du heute in die Köpfe meiner Männer gepflanzt hast, ungern zerstören.«

Frustriert blickte ich in die Runde. Nicht wenige Männer schnarchten bereits dort, wo der Rum sie niedergestreckt hatte, und alle, die nicht schliefen, schwankten wie seekranke Eulen. Vermutlich wusste kein einziger Kerl mehr, wie er hieß, wo er sich befand oder was um ihn herum geschah.

[21] Kriegstanz der Maori.

Doch dann sah ich Ruben. Würdevoll schritt er über das Deck, stellte sich an das Schanzkleid und blickte in die Nacht hinaus.

»Komm.« Kurz entschlossen nahm ich Williams Hand und zog ihn auf die Beine. »Ich will das Meer sehen.«

Die Welt drehte sich in trägen Strudeln, als wir gemeinsam zum Steuermann hinübergingen. Das Blut kochte förmlich in meinen Adern. Heiß, wild und ungestüm. Erst der Anblick des nächtlichen Ozeans verschaffte mir einen Hauch von Linderung. Funkelnd spiegelte sich das Firmament im glatten Wasser, sodass es war, als würde die *Scowerer* in der endlosen Weite des Universums schweben, gehüllt in ein allumfassendes Schweigen. Selbst das leiser werdende Lallen der Seemänner störte nicht die Stille dieser seltsamen Nacht.

Schließlich ging ein Schiffsjunge herum und löschte sämtliche Laternen. Als er die letzte ausgepustet hatte, breitete sich der Himmel in seiner ganzen Pracht über uns aus, bestreut mit Millionen von Sternen. Von einem Horizont bis zum anderen spannte sich eine glasklare Milchstraße, durchzogen von farbigen Nebeln und dem Glanz ferner, fremdartiger Welten.

Lichter schimmerten in der Tiefe, tauchten durch das Funkeln der gespiegelten Sterne und stiegen langsam empor. Manche ähnelten glühenden, zusammengeklumpten Kohlen. Andere entpuppten sich als Wolken kleiner, leuchtender Wesen, die unter der Oberfläche umhertrieben.

»Geister«, murmelte Ruben.

»Nein«, gab ich zurück. »Das sind nur Tiefseelebewesen, die zum Fressen an die Oberfläche kommen. Ganz gewöhnliche Tiere. Jede Nacht begeben sie sich auf die Reise, steigen aus den Abgründen des Meeres auf und schwimmen an die Oberfläche. Es ist die größte Tierwanderung des Planeten. Ich meine der Erdkugel.«

Ruben nickte, aber er erwiderte nichts. Versunken wie zuvor fuhr er damit fort, das geisterhafte Schimmern im Wasser zu beobachten.

»Uns bleibt noch viel Zeit, um an deinem erstaunlichen Wissen teilzuhaben. Aber nicht heute Nacht.« William sah sich um, packte unvermittelt zu und hob mich auf seine Arme. Mit plötzlicher Ungeduld und raumgreifenden Schritten strebte er auf seine Kajüte zu. Vorsichtig drückte ich die Tür mit meinem Fuß auf, dann schlüpften wir auch schon in die Dunkelheit.

»Schiebe den Riegel vor«, befahl er mit rauer Stimme. »Mach schnell, sonst explodiere ich wie eine 36-Pfünder.«

Rum schwängerte seinen Atem, machte seine Bewegungen unbeholfen und seine Hände grob. Hastig trug er mich zum Schreibtisch, setzte mich darauf ab und schob den Rock meines Kleides hoch. Über die Knie, dann über die Schenkel. Schließlich, zitternd vor Hunger, raffte er ihn über meinen Hüften zusammen. Als Nächstes erlöste er mich von der lächerlichen Rüschen-Unterhose, bis sich mein Schoß nackt und schutzlos seinen gierigen Blicken präsentierte.

»Großer Gott.« Sein Atem ging nur noch japsend, während er ungeschickt an seinem Gürtel herumnestelte. »Ich brauche dich. Jetzt. Für den Rest meines Lebens.«

»Mach schneller«, flehte ich ihn an.

William fluchte, fetzte den widerspenstigen Gürtel beiseite und riss sich die Hose mit einem solch groben Ruck von den Hüften, dass der Stoff zerriss.

Ein gequälter Laut drang aus seiner Kehle, als ich sein steinhartes Glied mit meiner Hand umfasste und seine Spitze gegen meine Scham drückte. Gleichzeitig lehnte ich mich zurück, stützte mich mit meiner freien Hand auf der Tischplatte ab und legte mit einem verführerischen Seufzer den Kopf in den Nacken.

»Allmächtiger Himmel!«, stöhnte William. »Du machst mich härter als Neptuns Dreizack. Du hast keine Ahnung, wie sehr …«

Seine Worte endeten in einem Krächzen, als ich mein Becken vorschob und ihn langsam in mich eindringen ließ. Er fühlte sich gut an. So unsagbar gut.

»Hannah!«, keuchte William, und plötzlich wurde mir klar, dass ich meine Gedanken laut ausgesprochen hatte. »Sag das noch einmal!«

»Was?«, gurrte ich. »Dass du dich gut anfühlst?«

»Ja.«

Langsam ließ ich ihn tiefer in mich eindringen. Noch immer umschloss ich sein Glied mit Daumen und Mittelfinger, während ich spürte, wie wir uns Stück für Stück vereinten.

»Du fühlst dich gut an«, wiederholte ich träge. »So gut, dass ich niemals genug von dir bekommen werde. So gut, dass ich mir wünsche, du würdest mich für den Rest deines Lebens hier festhalten.«

William stieß einen Laut ungezügelten Begehrens aus, zog meine Hand beiseite und drang mit einem kräftigen Stoß so tief wie nur möglich in mich ein. Einen Moment lang verharrte er unbeweglich, als würde er sich ganz auf die Vereinigung unserer Körper konzentrieren, dann begann er, seine Hüften in langsamen Kreisen zu bewegen.

Obwohl William von Gott weiß woher genügend Selbstbeherrschung aufbrachte, um nicht wie ein Tier über mich herzufallen, überkam mich der Höhepunkt wie ein Sturm aus dem Nichts. Jede noch so kleine Berührung und Reibung unserer Körper machte mich rasend. Ich bebte unter der Wucht der Welle, die durch meinen Leib strömte, bäumte mich auf und biss mir auf die Lippe, um meine Lust nicht laut hinauszuschreien.

»Ich gebe dich nicht her«, keuchte William atemlos, gab seine Beherrschung auf und stieß so fest zu, dass das Holz des festgeschraubten Tisches erbärmlich knarzte. »Egal, was geschieht. Niemals. Du gehörst mir, Hannah. Nur mir allein!«

Kapitel 22

»Wer das Beten erlernen will,
muss hinaus auf das Meer fahren.«

William

Es war einer jener Tage, deren Vollkommenheit pures Glück verheißt, und der einem zugleich vor Augen führt, wie tief der Abgrund ist, in den man eines nahen Tages fallen wird. Unweigerlich. Ich versuchte, an nichts Dunkles zu denken. Nicht an das, was war, und nicht an das, was kommen würde. Wie damals als frisch gebackenes Besatzungsmitglied der *Scowerer* saß ich auf dem Klüverbaum, ließ die Beine seitlich herabhängen und genoss das Wogen der See und des Schiffes, das wie eine Schwalbe über die Wellen flog. Unbarmherzig brannte die Sonne von einem makellos blauen Himmel und schmolz die letzten Wolkenfetzen, die den heißen Tag bis jetzt überstanden hatten.

Starke Winde blähten die Segel der *Scowerer* und trieben uns näher und näher dem Ziel entgegen, wie ein frisch geschliffenes Messer zerschnitt der Bug unter mir die Wellen. Gischt durchnässte meine Kleidung, tropfte aus meinen Haaren und besprengte mein Gesicht. An Tagen wie diesen wirkte der Ozean noch weiter und grenzenloser als sonst. Alles atmete Freiheit. Jeder Atemzug machte den Körper leichter und jeder Gedanke flog mit dem Wind davon.

Und doch würde all das bald vorbei sein.

Die *Scowerer* würde auf den Meeresgrund zurückkehren, und jene Männer, die noch ein letztes Mal ihre Pflicht erfüllten und ihren Hunger nach der Ferne stillten, würden ihren Frieden finden.

Es war eine Ironie des Schicksals, dass uns ausgerechnet der Tod die wahre Lebendigkeit zurückgegeben hatte. Jenes überschwängliche Gefühl der Kindheit, das man als Erwachsener zu vergessen, ja geradezu zu verdammen pflegte. Jeder meiner Männer tat, was ihm gefiel, sofern es eine Drehung des Windes nicht erforderte, den Kurs und die Segel neu zu setzen. Niemand scherte sich mehr darum, was andere von ihm hielten, niemand fürchtete Strafen oder Verachtung. Ferris stand stundenlang an der Reling, streichelte seine Möwe und starrte wie ein verliebter Narr auf das Meer. Gruppen von Männern hockten beisammen und spielten Karten, nicht verstohlen, sondern fröhlich wie Lausbuben. Zwei Schiffsjungen füllten jeweils einen Eimer mit Meerwasser, übergossen sich gegenseitig damit und johlten ausgelassen. Andere Mitglieder meiner Besatzung flickten seelenruhig schadhaftes Segeltuch, schnitzten oder lagen faul auf den Planken herum und ließen sich die Sonne auf die haarigen Bäuche scheinen.

Über mir in der Takelage balancierten zwei Männer auf der Rah und lieferten sich einen spielerischen Säbelkampf, während Ruben das tat, was er am besten konnte. Bedeutungsschwanger, das Haar im Wind flatternd, stand er hinter seinem Steuer und blickte stur geradeaus. Vermutlich hätte das Schiff auch ohne jede Steuerung seinen Weg genommen, unermüdlich gelenkt vom Willen einer fremdartigen Macht, doch Ruben fand sein Glück in dem, was er tat: die *Scowerer* auf den Horizont zuzulenken, hinter dem unser letztes gemeinsames Abenteuer wartete.

Trotz des Wissens, dass jeder auf diesem Schiff nunmehr seinem eigenen Willen und nicht länger den Erwartungen anderer folgte, wagte ich es eine Zeit lang nicht, mich wie damals bäuchlings auf den Klüverbaum zu legen. Doch irgendwann, als die Gischt mich gänzlich durchweicht und die brennende Sonne meinen Verstand vernebelt hatte, tat ich es dennoch. Ein Abgrund aus Zeit schien sich zu schließen, als ich meine Wange an das sonnenwarme Holz schmiegte und die azurblauen Wellen beobachtete, die sich schäumend am Bug meines Schiffes brachen. Gedankenlos lag ich da, während mein Schiff über die Wellen flog. Frei wie ein Vogel.

Bis ich Hannahs Blick in meinem Nacken spürte.

Nur kurz regte sich verletzter Stolz, als mir klar wurde, in welcher Lage sie mich erwischt hatte: bäuchlings auf dem Klüverbaum liegend wie ein grünohriger Schiffsjunge. Doch als ich mich aufsetzte und die Beine in einer deutlich eleganteren Position seitlich herabhängen ließ, sah ich das Leuchten ihrer Augen.

Ihr gefiel, was sie sah.

So wie ich ihre Erscheinung mit Blicken verschlang, konnte sie sich nicht an mir sattsehen. Ihr Lächeln war träge vor Begehren, hinter ihren halb geschlossenen Augen glommen fiebrige Gedanken. Bei Neptuns Töchtern, sie war schön wie die Sünde selbst. Sogar in den sackförmigen Lumpen, die sie stur jedem noch so ansehnlichen Kleid aus unseren erbeuteten Truhen vorzog.

In mir erwachte der Drang, Hannah zu beeindrucken. Also brachte ich mich mit einer vor langer Zeit einstudierten Bewegung in den aufrechten Stand, kletterte leichtfüßig über den Klüverbaum und das Bugspriet und landete schließlich mit einem gewagten Sprung vor ihr auf den Planken.

Treffer!

Unübersehbar beeindruckt kaute sie auf ihrer Unterlippe herum und schmachtete mich an. Ihr Blick klebte auf meinem durchweichten weißen Hemd, schließlich streckte sie ihre Hand aus und legte ihre Finger auf meine Brust. Ganz langsam ließ sie sie in den Ausschnitt gleiten, verwischte die Salzwassertropfen auf meiner Haut und zupfte schließlich mit Daumen und Zeigefinger an dem triefend nassen Stoff.

»Ebenso gut könntest du nichts auf der Haut tragen.« Ihr Lächeln war so verschmitzt wie das eines Lausebengels. »Schade nur, dass der Rest nicht genauso durchsichtig ist.«

Laszív ruhte ihr Blick auf meinem Schoß, in dem der gerade erst besänftigte Hunger neu erwachte. Ich spürte die bohrenden Blicke meiner Männer, doch seit ich gestern ein Gespräch zwischen Hamish, Robert und Ruben belauscht hatte, war mir klar, dass jedes weitere Versteckspiel überflüssig war.

Auch Hannah hatte ich von meiner Erkenntnis berichtet, allerdings ohne den genauen Wortlaut meiner Männer zu wiederholen.

»Unser Käpt'n ist so wild auf seine kleine Nymphe«, hatte Robert gegrunzt, »dass ihm seine Seegurke bis zu den Augen steht.«

»Und wenn schon«, war Hamishs Erwiderung gewesen. »Hast du ihn dir mal angesehen? So glückselig hat er nicht mal gegrinst, als wir die größte Beute unseres armseligen Daseins ergattert und im nächstbesten Hafen versoffen haben.«

»Aye.« Robert hatte eine Hand auf seinen Schritt gelegt und mit den Hüften gezuckt. »Unsere Nymphe hat ihn gezähmt. Der ungestüme, menschenfressende Hengst wurde eingeritten, und jetzt hat er nicht mal mehr Lust, Cavendish auszupeitschen.«

»Wir alle wurden geläutert, Robert.«

»Ja, wir alle. Aber allen voran unser Käpt'n. Dank der zauberkräftigen Gesandten des Himmels, die unser lieber Herrgott an den richtigen Stellen recht saftig und prall gestaltet hat.« Bedeutungsvoll strich sich Robert über Brust und Hintern. »Was für ein Glückspilz. Meine letzten Tage würde ich hergeben, um eine Nacht mit solch einer Frau verbringen zu können.«

»Wenn dir deine Erlösung lieb ist«, mischte sich die dunkle Stimme Rubens ein, »lässt du deine Pfoten von ihr. Göttliche Mächte haben William und Hannah zusammenführt. Es ist der heilige Wille unseres Herrn, dass ihre Liebe wächst, denn sie ist das Licht, das uns erretten wird. Hannahs Kräfte müssen wachsen, und das können sie nur dank William. Zerstört ihr das Band, werden wir alle dorthin zurückkehren, wo wir hergekommen sind. Auf den Meeresgrund. Also betet dafür, dass wir die Gnade unseres Herrn nicht verlieren. Sein Auge ist wachsam, und es ist überall. Wollt ihr die Ewigkeit in Dunkelheit und Fäulnis verbringen?«

»Nein«, wisperten beide Männer ehrfurchtsvoll.

»Gut. Dann lasst sie gewähren. Und übergießt euch notfalls mit kaltem Wasser, wenn ihr meint, dass das Ding zwischen euren Beinen explodieren müsste wie eine spanische Kanone.«

Ich lächelte, so wie ich gestern auch auf meinem Lauschposten gelächelt hatte. Woher Ruben sein Wissen und seine Überzeugungskraft nahm, wusste ich bis zum heutigen Tag nicht. Niemand wusste das. Doch dank ihm wuchs die vage Hoffnung in mir, dass wir doch noch alles zum Guten wenden konnten, zumindest ein wenig an.

Dass Hannahs Kräfte wuchsen, war unübersehbar. Ich erkannte es am Leuchten ihrer Augen, an der Kraft in ihrer Stimme und an der Art, wie sie sich mit der Grazie eines höheren Wesens bewegte. Sie sah aus wie jemand, der von einer höheren Macht berührt und gesegnet worden war, und wenn ich sie nachts in meiner Koje unersättlich liebte, Stunde um Stunde um Stunde, dann ging etwas von dieser Magie in mich über und machte mein Herz noch voller, noch brennender vor Leidenschaft, noch satter von all der Liebe, die mich überrollte und mit sich riss wie eine Springflut.

»Du hast Angst«, erkannte ich.

»Natürlich«, murrte sie. »Du etwa nicht?«

Damals hätte ich vehement widersprochen, sie vermutlich sogar für eine derart dreiste Unterstellung bestraft. Doch jetzt nickte ich nur.

»Alles wird gut«, flüsterte sie.

Ich lächelte mühsam. »Wenn du das sagst, glaube ich sogar daran.«

»Lügner.« Hannah blickte zu mir auf, ebenso alt, wissend und geheimnisvoll wie Ruben. Doch so mächtig die in ihr ruhenden Kräfte auch sein mochten, konnten sie rein gar nichts gegen den Klumpen in meinen Eingeweiden ausrichten, der von Tag zu Tag größer wurde. Ganz gleich, was ich mir selbst einredete. Ganz gleich, was ich sagte. Der Gedanke, Marifa gegenübertreten zu müssen, hing wie ein Damoklesschwert über meinem Kopf.

Ja, ich fürchtete mich.

Ich fürchtete mich bis zum Grund meiner Seele, weil ich plötzlich so viel zu verlieren hatte. Was die Hexe mit mir anstellen würde, war mir gleich. Aber falls sie an Hannah den Höhepunkt ihrer Rache verübte, würde sie mich endgültig zerstören.

War das der Grund, weshalb sie uns zusammengeführt hatte? Formte sie gerade das Schwert, das sie in mein Herz stoßen wollte? Bei den stinkenden Abgründen der See, meine Unwissenheit machte mich rasend!

»Akona?« Hannah zuckte zusammen, als aus heiterem Himmel Ferris' Möwe herbeigeflattert kam. Sie hielt einen großen Knochen im Schnabel, an dem noch Fleischreste baumelten, stieß ein heiseres Krächzen aus und ließ ihre Beute auf das Deck fallen.

»Was soll das?« Mit spitzen Fingern hob Hannah den Knochen auf und musterte ihn verwirrt, während die Möwe auf dem Schanzkleid ihren Platz bezog, den Kopf schief legte und neugierig das Geschehen beobachtete. »Was soll ich … oh!«

Ihre Augen weiteten sich, als wäre ihr plötzlich eine verblüffende Erkenntnis gekommen. Versonnen drehte sie den Knochen in ihren Händen, betastete ihn, runzelte die Stirn und legte ihn schließlich zurück auf die Planken.

»Was ist?«, fragte ich.

»Das Fleisch gestern im Eintopf war kein Huhn«, murmelte sie, legte den Kopf schief und schloss die Augen, als würde sie fernen Stimmen lauschen. »Es war eine Schildkröte, nicht wahr?«

In diesem Augenblick krächzte die Möwe ein zweites Mal. Lauter diesmal, als würde sie ungeduldig auf etwas warten.

»Eine Schildkröte«, grübelte ich. »Ja, da war irgendetwas.«

Hatten wir nicht kurz vor dem Untergang ein solches Tier gefangen? Ich wühlte tiefer in der Dunkelheit meiner Erinnerung, bis ich fand, wonach ich suchte.

»Ja, natürlich. Einer der Schiffsjungen hatte sie entdeckt. Vor der Küste von El Hierro. Wir fischten sie aus dem Wasser und legten sie in den Laderaum. Für schlechte Zeiten. Marifas Zauber hat das Schiff zum Leben erweckt, genau in dem Zustand, in dem es sich vor seinem Untergang befunden hat. Das heißt, dass auch die Schildkröte wieder im Laderaum lag. Unser Smutje muss sie gestern geköpft und zu Eintopf verarbeitet haben.«

Hannah hörte mir längst nicht mehr zu. Versunken in ihrer sonderbaren Gedankenwelt, breitete sie ihre Hände über dem Knochen aus und begann, leise Worte zu murmeln. Unsichtbare Magie floss aus den Poren ihrer Haut, entströmte als kaum sichtbarer Hauch ihrem Atem, vibrierte in dem leisen, schläfrigen Flüstern ihrer Stimme, das meinen Körper mit Gänsehaut überzog. Fremde Laute kamen über ihre Zunge. Eine Sprache so alt wie die Schöpfung.

Beängstigend machtvoll und dennoch sanft.

Weil Hannah sie nicht aus Zorn, sondern aus Liebe formte.

Einige Männer hatten mitbekommen, was vor sich ging. Und die, die es nicht bemerkt hatten, wurden alsbald vom Geschrei der anderen in unsere Richtung gelockt. Innerhalb kürzester Zeit umrundete nahezu die gesamte Mannschaft das sonderbare Schauspiel.

Unter Hannahs einschläfernden Handbewegungen und dem hypnotischen Säuseln ihrer Stimme wuchs neues Fleisch, bedeckte den

Knochen, formte einen Körper und überzog ihn mit Sehnen, Muskeln und Haut. Zuletzt verfestigte sich die blasse, schwammige Masse unter ihren Fingern zu einem harten Panzer. Komplizierte Muster überzogen vielfarbig schillernde Hornplatten, während die ledrigen Flossen des Tieres matt zu zucken begannen. Zuletzt, begleitet vom ehrfürchtigen Geflüster der Männer, öffneten sich die Lider der Schildkröte und enthüllten schwarz glänzende Augen.

Aus Tod war neues Leben entstanden.

Einmal mehr hatte Hannah uns bewiesen, dass das Licht die Dunkelheit zu besiegen vermochte.

»Hilf mir«, bat sie mich, zog ihre Hände zurück und stand auf. Zu zweit packten wir das Tier, trugen es zum niedrig gelegenen Kuhl und warfen es über Bord. Die kräftigen Flossen der Schildkröte durchpflügten das Wasser, schnell und geisterhaft wie eine Traumerscheinung verschwand sie im tiefen Blau der See.

»Allmächtiger Herr im Himmelreich«, flüsterte Cavendish, während Neville jubelnd umherhüpfte und der Rest der Männer sich bekreuzigte.

Falls in irgendeinem Kopf noch der kleinste Zweifel übrig geblieben war, dass es sich bei Hannah um ein Geschenk des Himmels handelte, musste er spätestens jetzt gänzlich vernichtet worden sein.

»Versuch's mal hiermit.« Timothy riss Robert seinen geliebten Knochen aus der Hand und streckte ihn Hannah entgegen. »Ich möchte zu gern wissen, was der alte Sklaventreiber dazu sagt, dass Ferris ihm Arme und Beine abgeschnitten hat und dieser alte Zausel sein Gebein jetzt dazu benutzt, sich am Arsch und an ganz anderen Stellen zu kratzen.«

»Nein!«, bellte der Maori erschrocken. »Auf gar keinen Fall!«

»Doch!«, grölte Timothy. »Das wird ein Spaß!«

Verzweifelt fischte Ferris nach dem Knochen, doch der Zwerg war schneller, warf das Gebein auf Hannah zu und grinste triumphierend, als sie es auffing.

Einen Moment lang schloss sie die Augen, schien auf etwas zu lauschen und schüttelte schließlich den Kopf. Dann reichte sie dem verdutzten Ferris seinen Schatz zurück. »Selbst wenn noch ein Funken Leben in diesem Ding gewesen wäre, hätte ich es nicht getan.«

»Beim seepockenzerfressenen Klabauterarsch, warum denn nicht?« Timothy schnaubte enttäuscht. »Wir hätten bestimmt unsere Freude mit dem Kerl gehabt.«

»Der Sklaventreiber ist über alle Wellenberge.« Hannahs entschlossener Blick entwaffnete nicht nur Timothy. Den meisten meiner Männer war anzusehen, dass sie diese Frau schlichtweg vergötterten und – entgegen aller Piratenmanier – auf Händen getragen hätten. »Aber selbst wenn er es nicht gewesen wäre, würde ich einen Menschen nicht wiedererwecken.«

»Warum nicht?«, schmollte Timothy. »Die Schildkröte hast du ja auch aufgeweckt.«

»Eine friedliche, quallenfressende Schildkröte ist nicht mit einem gewalttätigen Sklavenhändler zu vergleichen.«

»Stimmt«, murmelte Timothy und kratzte sich am Bart. Selbst von meinem Standpunkt aus konnte ich sehen, wie die Läusekolonien darin in Aufruhr gerieten. »Wäre vielleicht doch 'ne bescheuerte Idee gewesen.«

»Da kannst du deine verschrumpelten Zwergeneier drauf verwetten!«, schnauzte Ferris, noch immer am ganzen Leib zitternd. »Wenn du welche hättest.«

»Schnauze!« Kampflustig sträubten sich Kopf- und Barthaare des Zwerges. »Mit dir treibt es doch nicht mal die Hure unterm Bugspriet.«

Ferris warf den Kopf zurück und lachte. »Pass auf, du verwachsene Heuschrecke! Ich ramme dir den Hauptmast gleich in den Arsch!«

»Mäßigt euren Ton«, rief ich meine Männer zur Räson. »Schließlich haben wir eine Dame an Bord.«

Timothy lachte herzlich und vollführte eine misslungene Verbeugung. »Bei allem Respekt, Käpt'n, aber diese Dame hat alles andere als ein zartes Gemüt.«

»Stimmt.« Robert musterte Hannah mit unverhohlener Ehrfurcht. »Schließlich nimmt sie es mit einer Teufelsbuhle auf. Sag, wie wirst du es tun? Genauso wie bei der Schildkröte, nur umgekehrt? Schmorst du ihr mit deinem göttlichen Licht das Fleisch von den verdorbenen Knochen? Kochst du ihr Gehirn? Verwandelst du sie in einen Blutegel und zerquetschst sie zwischen zwei Steinen? Ich könnte dir behilflich sein, wenn du nach Ideen suchst.«

»Mir ist es gleich, wie sie es anstellt.« Als sich Rubens Ehrfurcht gebietende Stimme erhob, zuckte jeder einzelne Kopf zu dem ernst blickenden Mann herum. »Ich weiß, dass sie uns befreien wird. Ich weiß, dass wir alle, wenn das Ende kommt, frei sein werden.«

Seine wissenden Augen sahen mich an.

Viel zu dunkel. Und viel zu traurig.

»Moment mal«, merkte irgendjemand in der Menge an. »Wenn sie gerade aus einem abgenagten Knochen eine Schildkröte gemacht hat, dann kann sie jetzt bestimmt auch Augen nachwachsen lassen.«

»Oder Beine«, frohlockte ein anderer.

Kapitel 23

Vielleicht hat das Schicksal dich auf diese Insel geführt, damit du das versteinerte Herz eines Piraten erlöst.

Hannah

Beängstigend schnell zogen die Tage an mir vorüber. Tatsächlich hatte ich zur grenzenlosen Begeisterung der Mannschaft Augen, Beine, Finger, Zehen und Ohren nachwachsen lassen. Einfach so. Innerhalb weniger Momente. Inzwischen war ich sogar müde geworden, mich darüber zu wundern.

Die Männer vergötterten mich derart, dass es mir oft zu viel wurde, und während wir uns unbarmherzig auf das Ziel unserer Reise zubewegten, sog ich jeden Augenblick in mich auf, in dem ich gemeinsam mit William auf den sonnenwarmen Planken saß. Meist übten wir das Knüpfen von Seemannsknoten, so lange, bis meine Finger schmerzten und ich den jeweiligen Knoten perfekt beherrschte.

Seine Geduld als Lehrer erschien mir unerschöpflich. Und so, wie ich mein modernes Wissen mit ihm teilte, erzählte er mir von seiner Welt, wenn wir Abend für Abend auf der höchsten Rah saßen, die Beine baumeln ließen und aus luftiger Höhe den Sonnenuntergang betrachteten.

Es gab so viele Momente, in denen ich mir wünschte, das Schiff würde niemals sein Ziel erreichen. So rau dieses Leben auch war und so wenig ich es auch liebte, meine Notdurft in Eimern zu verrichten und mit erbärmlich stinkenden Männern zusammen zu hausen, erfüllte mich doch ein Gefühl tief gehender Zufriedenheit, wenn ein Tag auf

See verstrichen war und wir müde auf Deck beisammenhockten, Erbsenbrei löffelten, Zwieback kauten und schrägen Gesangseinlagen lauschten.

Innerhalb weniger Tage kletterte ich dank Williams Unterricht ebenso mühelos in den Wanten umher wie die Schiffsjungen, übernahm hin und wieder eine der vierstündigen Wachen und lernte von Ruben, wie man ein Schiff steuerte. Ich bediente unter Anleitung das Ruder, half beim Segel setzen, probierte mich im Glasen und erfuhr, wie man aus der Form der Wolken und aus der Farbe des Meeres das Wetter vorhersagte. Wann immer wir Zeit fanden, suchten William und ich uns einen ruhigen Platz und redeten Stunde um Stunde, sofern wir nicht schweigend das Meer beobachteten, das immer häufiger von gewaltigen, viele Hundert Tiere zählenden Delfinschulen aufgewühlt wurde.

In der dritten Woche unserer Reise weihten mich William und Ruben in die Grundlagen der Navigation ein, erläuterten mir die Funktionsweise des Sextanten, das Bestimmen der Position, das Orientieren mithilfe der Sterne und all die geheimnisvollen Tricks und Kniffe, die ein erfahrener Pirat im Laufe vieler Jahre ansammelt.

Wie sehr ich es liebte, Zeit mit den beiden Männern zu verbringen und ihrem Wissen zu lauschen, sprach ich niemals laut aus. Doch ich war mir sicher, dass man es mir an der Nase ansah.

Ich wäre glücklich gewesen.

Überglücklich.

Wenn es nicht unser Ziel gegeben hätte, auf welches das Schiff Tag und Nacht so gnadenlos zuhielt.

»Aus dir wäre wahrhaft ein ausgezeichneter Seemann geworden«, eröffnete mir William zum ungezählten Mal während eines sonnigen Nachmittags, als wir auf dem Achterdeck saßen und unsere Rücken gegen das Schanzkleid lehnten. »Mit etwas mehr Zeit würde ich aus dir das fähigste und begabteste Mitglied meiner Mannschaft formen.«

»Wir haben noch Zeit«, sagte ich, lehnte meinen Kopf gegen das Holz und blinzelte in den Himmel hinauf. Die Wolken sahen aus wie der geriffelte Grund eines flachen Meeres. »Den Rest bringst du mir bei, wenn wir zusammen mit Marifa zurückkehren.«

»Ja.« Ein Schatten huschte über Williams Gesicht. Unter meinen Fingern spürte ich, wie sich die Muskeln seines Armes anspannten. »Das werde ich.«

Halb dösend, halb grübelnd verbrachten wir den Rest des Nachmittags, bis graue Wolken aufzogen und einen stetigen, kalten Nieselregen fallen ließen. In der Mannschaftsmesse stillten wir unseren Hunger mit einem faden Brei, spielten eine Runde Karten und kletterten schließlich, als die Nacht hereinbrach und die Wolkendecke einem klaren Himmel wich, in die Wanten hinauf.

Wie es unsere Angewohnheit geworden war, setzten wir uns auf die höchste Rah, lehnten uns aneinander und sogen den Anblick des gewaltigen, silberglänzenden Ozeans in uns auf. Das Schiff, das so groß und mächtig erschien, wenn man auf seinem Deck stand, war hier oben auf eine kleine dunkle Fläche zusammengeschrumpft. An diesem Ort fühlte es sich an, als würden wir fliegen. Unerreichbar hoch über der Welt thronend, über dem Meer und allem Irdischem.

Lange blickten wir stumm in diese Wüste aus Wasser hinaus, alleine mit dem Mond, der Nacht und dem Wogen und Strömen des Meeres, das sich so grenzenlos weit vor uns öffnete. Und wie immer, wenn ich mit William auf dieser Rah saß, erhaschte ich eine Ahnung von der Ewigkeit. Ein Gefühl von jener namenlosen Macht, die über allem Sterblichen stand. Ich fühlte mich gewaltig, auserwählt und verletzlich zugleich. Wie ein von Gott geliebter Engel, der die Magie der Schöpfung in sich spürt und dennoch weiß, dass er stürzen wird. Hilflos seinem Fall und dem Schicksal ausgeliefert.

»Siehst du die Nebelbank dort am Horizont?« Williams Stimme vermischte sich mit dem Brausen und Fauchen des Windes. Seine Arme schlossen sich noch fester um mich, als hätte er Angst, irgendetwas könnte uns hier oben erreichen und mich von ihm fortzerren. »Zwei haben wir bereits passiert, das ist die dritte. Ich denke, dass sie uns noch weiter in der Zeit zurückschicken wird.«

»Was macht dich so sicher, dass wir überhaupt in der Zeit zurückreisen? Wir hatten bisher keinen Beweis für diese Theorie.«

»Ja, aber die Welt, in der ich aufgewachsen bin, besaß ein ganz eigenes Gefühl. Einen bestimmten Geruch. Einen Geschmack. Ein Aroma, das … ich weiß nicht, wie ich es beschreiben soll. Jedes Mal, wenn wir eine Nebelbank passiert haben, fühlte es sich an, als kämen wir meinem Meer näher. Als würde ich Schritt für Schritt in meine angestammte Welt zurückkehren. Und ist dir nicht aufgefallen, wie viele Delfine und Wale wir in der letzten Zeit gesehen haben? Es waren Hunderte. Ach was, Tausende. Das Meer deiner Zeit war leer. Beinahe ausgestorben. Aber jetzt ist es wieder so, wie ich es kenne.«

»Ja«, antwortete ich. »Ja, du hast recht. Es ist anders. Alles ist anders.«

Ehrfürchtig starrte ich auf den fernen, im Mondlicht schimmernden Streifen. »Wie lange wird es noch dauern, bis wir die Sümpfe erreichen?«

»Wenn wir so schnell vorankommen wie bisher, sind wir in etwa zehn Tagen dort.«

Ich schloss meine Augen und spürte den Wind. Kalt, wild und salzig zerrte er an meinen Haaren, ließ mein Hemd flattern und zwickte in meine Haut. Hier und jetzt, in dieser wundervollen Unendlichkeit aus glänzendem Meer und funkelnden Sternen, gab es nur uns. Das Gestern und das Morgen waren blass.

Und doch ließ die Angst mich nicht los.

»Du wirst dein Versprechen erfüllen«, sagte ich zu William. »Du wirst Marifa nach Hause bringen. Und dann werden wir frei sein. Ob nun in meiner Zeit oder in deiner.«

»Freiheit kann aber auch bedeuten, dass ich mitsamt meiner Mannschaft auf den Grund des Meeres sinke.«

»Nein«, erwiderte ich wütend. »Nein, das wirst du nicht. Niemand wird versinken. Das verspreche ich dir und jedem einzelnen deiner Männer.«

In dieser Nacht liebten wir uns nicht. Stattdessen lagen wir einfach nur beieinander, hingen unseren Gedanken nach und versuchten den Moment festzuhalten. Nur, um hilflos dabei zuzusehen, wie ein neuer Morgen heraufdämmerte.

Wieder einmal taten wir so, als würden noch zahllose Reisen auf uns warten. Wir redeten uns ein, dass es eine Zukunft gab, die wir mit Abenteuern und Geschichten füllen konnten.

Vielleicht war es so.

Vielleicht aber auch nicht.

Als uns nur noch eine Handvoll Tage von unserem Ziel trennten, saßen wir in nahezu jeder Nacht schlaflos auf der Rah oder auf dem Deck und blickten in die Sterne hinauf. Wir redeten und schwiegen, gaben uns Halt und ließen uns gemeinsam fallen. Unermüdlich zerschnitt die *Scowerer* ein Meer, dessen tiefes Tintenblau nach und nach heller wurde, bis eines Morgens das leuchtende Türkis der Karibik vor uns lag, überspannt von einem Himmel aus milchigem Glas.

Schulter an Schulter standen wir am Schanzkleid und blickten auf den fernen grünen Streifen, der traumgleich über dem Horizont schwebte.

»Was ist das?«, fragte ich, obwohl ich die Antwort bereits kannte. »Etwa die Sümpfe?«

»Ja«, antwortete William. »Wir sind am Ziel.«

Kapitel 24

Ich werde immer nach dem Geheimnis suchen,
das hinter dem Horizont liegt.

Der Ort, vor dem ich mich so sehr fürchtete, glich einem menschenverlassenen Paradies. Smaragdgrüne Inseln waren den Sümpfen vorgelagert, grün schillernd wie Edelsteine auf dem türkisfarbenen Grund des Meeres. Schneeweiße Seeschwalben schwebten im Blau des Himmels, Reiher nisteten in den Kronen hoher, mit langen Moosbärten behangener Bäume.

Ruben, Ferris und Robert warteten bereits im Beiboot, als ich die schwankende Jakobsleiter hinabstieg. Nach mir folgte William, während der Rest der Mannschaft an Bord des Schiffes bleiben würde.

Der Maori nickte mir mit einem kampflustigen Funkeln in den Augen zu, als ich mich neben ihn auf das Brett setzte. Robert brütete mit finsterem Blick vor sich hin, während Ruben bedeutungsvolle Blicke mit William austauschte.

Das Wasser unter unserem Boot war so klar, dass ich tief hinab bis zum gewellten Grund blicken konnte. Fischschwärme tanzten im flimmernden Türkis, hier und da erhoben sich von Korallen bewachsene Felsen vom Sand des Meeresbodens.

»Ich kann es kaum erwarten, ihr meine Wahaika über den Schädel zu ziehen«, knurrte Ferris und warf Akona, die auf dem Schanzkleid hockte und ihm hinterherblickte, eine Kusshand zu. »Hoffentlich müssen wir nicht allzu lange nach diesem Biest suchen.«

William setzte sich auf das erste Brett am Bug der Nussschale und warf mir einen vielsagenden Blick zu. Falls Marifa unser Angebot annahm und ihm verzieh, würde es schwer werden, die Mannschaft zu besänftigen. Vermutlich würde jeder Einzelne danach trachten, sie genüsslich in Stücke zu hacken. Doch wie groß war die Wahrscheinlichkeit, dass alles friedlich verlief? Einerseits flüsterte mir mein Instinkt zu, dass Marifa nach Rache dürstete. Andererseits beharrte ein weiteres Gespür darauf, dass das einstmals gute Herz der Hexe noch nicht gänzlich tot war.

Welchem Bauchgefühl sollte ich trauen?

Ich wusste es nicht.

»Hast du irgendeine Ahnung, welches Jahr wir schreiben?«, fragte ich William.

»Nein«, erwiderte er. »Wir haben an keinem Hafen halt gemacht und uns ist kein Schiff begegnet.«

»Möglicherweise ist dein Verrat noch gar nicht geschehen. Vielleicht sind wir weit genug zurückgereist, um Marifa noch vor deinem Betrug zu finden.«

»Dann betet dafür«, warf Rubens dunkle Stimme ein, »dass wir uns nicht selbst begegnen. Es ist falsch, mit den Verläufen der Zeit zu spielen. Es ist falsch, dass wir hier sind. Ein Fehler genügt, und es wird Schreckliches geschehen.«

»Du und deine düsteren Prophezeiungen.« Ferris rollte mit den Augen und griff nach den Rudern. Kraftvoll zog er sie durch das glitzernde Wasser, sodass das Beiboot zügig über flache Wellen hinweg auf die Küste zuglitt. Dorthin, wo sich ein schmaler, kaum zehn Schritte langer Strand zwischen Meer und Sumpfwald erstreckte.

Inzwischen war der kalte Klumpen in meinem Magen derart angewachsen, dass sich mein gesamter Körper taub anfühlte. Doch gleichzeitig empfand ich eine fatalistische Erleichterung darüber, dass die Zeit der Ungewissheit endlich ein Ende fand. Bald würden wir wissen, welche Richtung unser Schicksal nahm. Ob wir einem Anfang entgegenruderten oder einem Ende.

Sehnsüchtig wandte ich den Kopf und blickte zurück zur *Scowerer*. Würde ich jemals wieder das Deck dieses Schiffes betreten? Würden meine nackten Füße noch einmal die sonnenwarmen Planken und meine Hände das glatte Holz des Schanzkleides spüren? Würde ich noch einmal mit William in die Takelage klettern und von der höchsten Rah aus die Abenddämmerung betrachten? Die vergangenen Wochen erschienen mir wie ein wehmütiger, unwirklicher Traum. Ich hatte inmitten der lauten, ungehobelten Männer mehr Glück erfahren, als ich es jemals für möglich gehalten hatte. Die Bewegungen des Schiffes waren mir in Fleisch und Blut übergegangen, das Blut in meinen Adern hatte sich in Salzwasser verwandelt. Ich wollte zur *Scowerer* zurückkehren. Um jeden Preis.

Aber vor allem wollte ich William nicht verlieren.

Sorgenvoll blinzelte ich in den wolkenlosen Himmel hinauf, denn tief in mir spürte ich, dass sich etwas dort oben zusammenbraute. War es nur Einbildung? Spielten mir meine unheilschwangeren Gedanken einen Streich?

Dank William und Ruben wusste ich, aus welchen Vorzeichen ich die Launen der Elemente vorhersehen konnte, doch war nirgendwo ein solches Zeichen zu entdecken. Die Luft war klar, das Meer ruhig. Der Horizont bildete eine klar getrennte Linie zwischen Himmel und Wasser und der Wind fächelte unschuldig über mein sonnenverbranntes Gesicht.

Als das Boot über den Strand schrammte, flatterte eine Schar Reiher mit rauem Gekrächze aus den Kronen ihrer Nistbäume auf. Eine hellgrüne Schlange schwamm mit anmutigen Wellenbewegungen durch das Wasser, strebte auf das Ufer zu und verschwand im dichten Schilfsaum.

»Da wären wir.« Robert sprang als Erster aus dem Boot, gefolgt von Ferris, Ruben, William und mir. Taumelnd vollführte ich einige Schritte auf dem weißen Sand, sackte in die Knie und kippte wie ein gefällter Baum zur Seite.

»Vorsicht, Landkrankheit«, lachte der Maori, zerrte das Boot auf den Strand und zurrte es am Stamm einer umgestürzten Kokospalme fest. Ruben und Robert nahmen die Umgebung in Augenschein, während William sich neben mich setzte, tief durchatmete und auf das ruhige, im Sonnenschein glitzernde Meer blickte.

»Wenn du nach langen Wochen auf See plötzlich feste Erde betrittst«, sagte er mit einem Schmunzeln, »dann kehrt sich die Seekrankheit ins Gegenteil um.«

Ich brummte nur irgendetwas Belangloses vor mich hin und versuchte, mich vom sanften Schwingen der Palmwedel beruhigen zu lassen. Die Erde unter mir schwankte wie ein Schiff in schwerer See. Mehrmals stemmte ich mich hoch und versuchte auf die Beine zu kommen, doch immer wieder zwang mich ein heftiger Schwindel zurück in den Sand.

Auch Ferris, Robert und Ruben schienen ihre Schwierigkeiten zu haben, wenn sie auch nicht derart hilflos herumlagen wie ich, und torkelten mit ausgestreckten Armen am Strand auf und ab.

»Warum trifft es mich schlimmer als diese Seebären?«, fragte ich. »Ist das nicht unlogisch?«

»Du bist nicht an den Wechsel gewöhnt«, erwiderte William. »Wir schon. Die Landkrankheit hat uns schon viele Male erwischt, irgendwann schert man sich einfach nicht mehr darum. Lass den Blick schweifen. Konzentriere dich nicht auf einen Punkt. Das macht es nur schlimmer.«

Gehorsam blinzelte ich in den hellen Sonnenschein und versuchte, wieder Herr über meine Sinne zu werden. Nach und nach beruhigte sich die Welt, der Schwindel verging und mein Körper erinnerte sich wieder daran, wie es war, auf einer unbeweglichen Fläche zu stehen.

Erst da fiel mir auf, dass William mit ernstem Blick den Himmel betrachtete.

»Du spürst es auch?«

Er nickte wortlos.

»Glaubst du, es ist der Hurrikan, der euch damals erwischt hat?«

»Nein. Aber das bedeutet nicht, dass es nicht genauso schlimm werden kann.« William stand auf, klopfte den Sand von seiner Hose und strich mit einer Hand über den Griff der Steinschlosspistole. Seine schwarze Kleidung bildete einen scharfen Kontrast zu der sonnendurchfluteten Umgebung, und doch fügte er sich harmonisch in die Szenerie ein. Das Sonnenlicht fing sich in seinen Ringen und in den Kettenanhängern, funkelte auf den Silberbeschlägen der Pistole, dem Griff des Säbels und den Schnallen der Stiefel.

Wieder einmal wurde mir bewusst, wie verrückt das alles war.

Wie unwirklich, phantastisch und beängstigend.

»Lasst uns gehen«, entschied er schließlich. »Je früher wir zurück sind, umso besser.«

»Ja«, erwiderte ich. »Und sobald wir wieder auf dem Schiff sind, trinke ich ein ganzes Rumfass alleine aus.«

»Das wirst du.« William nahm meine Hand und ging mit mir zu den Männern hinüber, die gerade dabei waren, ihre Waffen zu überprüfen. Auch Ruben musterte immer wieder misstrauisch den Himmel, während Robert und Ferris nur an ihre Dolche, Säbel und Keulen dachten. Was mochten solche Waffen gegen eine Hexe ausrichten? Falls Marifa mit uns kämpfen wollte, standen unsere Chancen aller Wahrscheinlichkeit nach schlecht. Denn wann hatte schon einmal jemand einen Bösewicht besiegt, weil er faule Zähne und Furunkel heilen konnte? Auf Rubens und Williams Drängen hin hatte ich mich – natürlich unter größter Vorsicht – noch einmal im Vernichten kleinerer Dinge versucht. Doch herausgekommen war dabei nicht das Geringste. Es war, als wäre die dunkle Seite meiner Begabung vollkommen verschwunden.

Schon nach wenigen Schritten verschluckte uns das wuchernde Grün des Dschungels. Nasse Blätter schlugen uns entgegen, Moos und Flechten streiften unsere Arme, überall um uns herum erklang ein auf- und abschwellender Chor aus Summen, Wispern, Zwitschern, Quaken und Trillern. Moder schmatzte unter meinen Schritten, jegliche Geräusche klangen gedämpft.

Robert und Ferris schlugen mithilfe ihrer Macheten eine Schneise durch das Gebüsch, während Ruben mit Adleraugen unsere Umgebung musterte und wieder einmal geheimnisvollen Gedanken nachhing. Bald wurde jeder Atemzug zur Qual, denn die Luft in diesem heißen, Fäulnis ausdünstenden Wald war derart drückend, dass sie sich wie ein erstickendes Gewicht auf meinen Brustkorb legte. Immer wieder musste ich tief hängende Bärte aus Moos beiseitewischen, während Ferris in regelmäßigen Abständen einen Baum markierte, indem er mit seiner Wahaika auf ihn einschlug.

Tiefer und tiefer drangen wir in den Sumpfwald ein, bis sich die Kronen riesiger Zypressen in Teichen aus brackig schwarzem Wasser spiegelten. Ab hier waren wir gezwungen, jeden Schritt mit größter Vorsicht zu setzen. Ruben ging an der Spitze unserer kleinen Karawane und lotste uns durch ein Labyrinth aus Sumpflöchern und tückischen Moosteppichen, die ihr tödliches Geheimnis nur durch ein leichtes Schwanken und Glucksen verrieten, sobald man an ihnen vorbeimarschierte.

Je weiter wir in den Wald vordrangen, umso lauter wurde das Konzert seiner Geschöpfe. Bald umgab uns eine ohrenbetäubende Kakophonie aus Tierstimmen, untermalt vom Glucksen, Tröpfeln und Plätschern des Sumpfes. Manchmal geriet ein Stück schlammiger Boden in Bewegung, entpuppte sich als Kaiman oder Schlange und stürzte sich in den nächsten Tümpel. Winzige Kolibris schwirrten im grün-goldenen Dämmerlicht, über den Gewässern tanzten Insektenschwärme.

»Das gefällt mir nicht.« Ferris blieb stehen und deutete mit seiner Wahaika gen Himmel. »Uns bleibt nicht mehr viel Zeit.«

Dort, wo die dicht belaubten Kronen einige Lücken frei ließen, bauschten sich finstere, regenschwere Wolkenberge auf. Die ohnehin stickige Luft wurde noch drückender, das vielstimmige Konzert der Tiere verstummte. Innerhalb einer Minute wurde der Sumpf gespenstisch still. Kein Lüftchen regte sich. Schlaff hingen die Moosbärte herab, das Wasser der Tümpel, Bäche und Rinnsale glich schwarzem Quecksilber.

»Verdammt noch mal!« Ein Klatschen ertönte. William wischte sich über den nackten Unterarm und zerquetschte Dutzende von Moskitos, die sich an seinem Blut gütlich getan hatten. Ferris, Robert und Ruben erging es kaum besser. Nur an mir zeigten die Insekten keinerlei Interesse.

»Wir sollten irgendwo Schutz suchen«, befand der Maori. »Das da oben sieht aus, als würde uns gleich ordentlich was um die Ohren fliegen.«

»Marifa«, murmelte Ruben. »Anscheinend will sie uns ärgern.«

William seufzte. Nassgeschwitzt hing ihm das Haar ins Gesicht, während er wieder und wieder über seine nackten Unterarme wischte. Vergeblich. Die Moskitos waren bei Weitem zu zahlreich und zu hartnäckig, um ihnen Herr zu werden.

»Das glaube ich nicht«, brummte Robert, auf dessen schweißglänzender Glatze sich ein ganzes Heer aus Stechinsekten niedergelassen hatte. »Es wird nur ein ganz normaler Sturm sein. Mal nicht gleich wieder den Teufel an die Wand.«

Wutschnaubend zog er seinen Oberschenkelknochen aus dem Hosenbund und schlug nach den sirrenden Schwärmen. »Bei Neptuns

Fischgestank, das wird ja immer besser! Spuckt dieser verfluchte Sumpf für jede Mücke, die ich töte, dreitausend neue aus?«

Neben mir drehte sich William um die eigene Achse und suchte den Wald ab. »Ferris hat recht, wir sollten möglichst schnell Deckung finden.«

»Ganz deiner Meinung.« Ruben winkte uns zu und stapfte in das Gewirr aus Bäumen und Sumpfpflanzen hinaus. »Folgt mir einfach. Ich glaube, ich weiß, wo wir Schutz finden.«

Gewissenhaft achtete jeder von uns darauf, in die Fußstapfen seines Vordermanns zu treten, denn die Moorlöcher, schwankenden Moosteppiche und Tümpel nahmen an Zahl zu. Immer wieder bestand der einzige feste Boden, über den wir laufen konnten, aus einer schmalen Schneise, die kaum einen sicheren Schritt erlaubte.

Es grenzte an ein Wunder, dass niemand von uns stürzte. Vielleicht wollte Marifa uns nicht bestrafen, sondern hielt ihre schützende Hand über uns. Vielleicht würde sie dafür sorgen, dass wir unversehrt zu ihr kamen, um ein gebrochenes Versprechen zu erfüllen.

Krampfhaft hielt ich mich an dieser Hoffnung fest und stapfte weiter hinter William her, als der Himmel plötzlich aufbrach und einen gewaltigen Regen auf uns hinabstürzen ließ.

Es gab kein erstes, zaghaftes Tröpfeln, stattdessen traten wir mitten hinein in das donnernde Rauschen eines Wasserfalls, der mit einer solchen Wucht auf die Baumkronen einprasselte, dass es Laub und Zweige regnete. Augenblicklich waren wir bis auf die Knochen durchnässt. Die Silhouetten der Männer vor mir waren nur noch als verschwommene Schemen zu erkennen, und dann, als der Regen noch einmal an Heftigkeit zunahm, wurden sie vollkommen vom flirrenden Grau verschluckt.

William zog mich an sich und drückte mich zu Boden. Mit beiden Händen schützte er meinen Kopf und presste mein Gesicht gegen seine Brust. So kauerten wir eng umschlungen im ohrenbetäubenden Rauschen des Regens, unter uns die sumpfige Erde, um uns herum eine Welt, die auseinanderzubrechen schien. Wasser schwappte um meine Knie, Zweige prasselten gegen meinen Rücken. William blieb standhaft wie eine Eiche und hielt mich unnachgiebig fest, obwohl ich mehrmals spürte, wie er unter einem heftigen Schlag zusammenfuhr.

Was war mit Ruben, Robert und Ferris? Hatten sie Schutz gefunden? Suchten sie nach uns? Ich versuchte, aus dem tosenden Lärm Stimmen herauszuhören, doch wenn es welche gab, dann wurden sie vom Brüllen des Unwetters verschlungen.

Inzwischen kniete ich bis zur Hüfte im Wasser. Der Boden unter uns wurde zunehmend schwammig, bald fühlte es sich an, als würden wir auf einem der schwankenden Moosteppiche balancieren.

»Wir müssen weg hier«, brüllte ich in Williams Ohr, doch der schüttelte nur den Kopf, zog mich noch fester an seine Brust und harrte regungslos aus.

Eine Ewigkeit lang tobten die Elemente. Ich begann zu beten, flehte Gott und sämtliche höheren Mächte an und suchte verzweifelt nach der Magie in mir. Doch alles, was ich fand, bestand aus Angst und Chaos.

Schließlich, als ich bereits glaubte, Arm in Arm mit William im Morast zu versinken, ebbte der Regen ab. Der Sturm legte sich, die schwarzen Wolken zerrissen und trieben als Fetzen über einen unschuldig blauen Himmel. So schnell, wie das Unwetter gekommen war, gab es den Sumpf auch wieder frei. Um uns herum dampfte das Wasser. Im Sonnenlicht golden glitzernde Tropfenkaskaden plätscherten aus den zerrupften Bäumen, jedes Blatt und jeder Farn troff vor Nässe.

»Vorsichtig.« Behutsam zog William mich auf die Füße. Von dem festen Land, über das wir uns bewegt hatten, waren nur noch vereinzelte Inseln übrig. Der Rest war gänzlich unter schwarzem Wasser verborgen.

»Sie sind fort«, erkannte ich mit kaltem Schrecken. »Sie sind verschwunden!«

»Sieht ganz so aus«, knurrte William.

»Denkst du, sie sind …«

»Nein!«, unterbrach er mich. »Die drei sind zäher als Kakerlaken. Kein Sumpf und kein Unwetter ist stark genug, um meine Männer zu töten.«

»Und was tun wir jetzt?«

Nachdenklich sah er sich um. »Suchen, würde ich sagen. Und falls du daran denkst, nach ihnen zu rufen, halt dich besser zurück. In diesen Sümpfen wimmelt es vor Schmugglern. Ich vermute zwar, dass Marifa uns im Auge behält, aber wir sollten unser Glück nicht strapazieren.«

»Schmuggler? Wer kommt denn freiwillig … oh, natürlich. Alle, die ein wirklich gutes Versteck suchen.«

»Und alle, die dafür sorgen wollen, dass etwas auf Nimmerwiedersehen verschwindet. Du kannst davon ausgehen, dass Hunderte Gerippe in diesen Sümpfen verrotten. Ach was, Tausende.«

»Hast du auch jemanden hier entsorgt?«

»Nein. Ich habe es vorgezogen, unliebsame Dinge auf hoher See loszuwerden. Jetzt komm, wir müssen die Männer wiederfinden.« William stutzte, sah mich an und runzelte die Stirn. »Kannst du sie vielleicht spüren?«

»Ich … weiß nicht.« Probeweise schloss ich die Augen und dachte an Ruben, Robert und Ferris, so fest ich nur konnte. Nichts veränderte sich. Weder spürte ich ihre Anwesenheit noch hatte ich eine Ahnung davon, ob sie überhaupt noch lebten.

»Die Angst blockiert dich.« Williams Hand strich über mein tropfnasses Haar. »Du bist voll davon. Lass sie los, Hannah.«

»Ich versuche es ja.«

»Kämpfe dagegen an.«

»Was denkst du, was ich gerade mache?«

»Natürlich. Entschuldige.«

William schwieg, und ich fuhr damit fort, mich zu konzentrieren. Gewissenhaft leerte ich meinen Kopf, lauschte auf meine Umgebung, atmete tief ein und aus.

»Und?«, hakte William nach einer Weile nach.

Frustriert schüttelte ich den Kopf. »Nichts.«

»Gut. Dann suchen wir sie eben auf die althergebrachte Art. Bleibe bei jedem Schritt hinter mir, hast du verstanden? Ein falscher Schritt, und wir gesellen uns zu den Gerippen.«

Stunde um Stunde irrten wir durch das morastige Wasser, ohne eine Spur der drei Männer zu finden. Die Wolkenfetzen über uns glühten wie feurige Kohlen. Lange würde es nicht mehr dauern, bis die Dunkelheit kam.

»Vielleicht sind sie doch …«

»Nein!«, unterbrach William mich erneut. »Wenn jemand einen Weg durch diesen Sumpf findet, dann Ruben.«

Ich nickte, doch in mir brodelten Angst und Zorn. Was nützten meine Kräfte, wenn ich sie in Momenten wie diesen nicht einsetzen konnte? Wenn alles, was ich in mir fand, nur aus Angst und Zweifeln bestand?

Jedes Mal, wenn William innehielt und die Umgebung absuchte, schloss ich meine Augen und versuchte, irgendeinen Funken von Magie zu finden. Vergeblich. Ich spürte, dass sie da war. Tief in einem versiegelten Ort meiner selbst. Aber ich reichte nicht an sie heran. Wie ein unbeholfenes Kind fischte ich nach einem Schatz, der viel zu tief in schlammigem Wasser lag.

Das Brennen des Abendhimmels tauchte den noch immer dampfenden Sumpf in ein magisches kupfergoldenes Licht. Heiße Windböen zupften an den tropfenden Moosbärten und raschelten in den Wipfeln gigantischer, düster aufragender Zypressen. Mit jedem Schritt spürte ich deutlicher, dass Menschen nicht hierhergehörten. Dies war die Welt der Kaimane und Moskitos, der Schlangen und Kröten, Vögel und Otter. Wir waren nur unerwünschte Eindringlinge, denen jeder Schritt das Leben kosten konnte.

»Vielleicht will Marifa, dass wir alleine kommen«, sagte ich irgendwann. »Jeder von den dreien muss doch wissen, dass es das Dümmste überhaupt ist, im Sumpf einfach drauflos zulaufen.«

»Es sei denn«, überlegte William, »sie hatten einen guten Grund dafür. Die drei sind Überlebenskünstler. Sie haben sich schon aus weitaus heikleren Lagen herausmanövriert.«

»Hoffen wir das Beste«, murmelte ich nur, dachte an die vergangenen Wochen und wollte vor Wut schreien, weil ich mich so sehr davor fürchtete, die *Scowerer* und ihre Mannschaft niemals wiederzusehen.

Zunehmend frustriert stapften wir weiter. Nach und nach wurde das Wasser flacher, immer mehr Gras- und Moosinseln boten unseren Füßen Halt. Doch jetzt, da unser gefährlicher Weg zumindest ein wenig sicherer wurde, stellte sich eine andere Plage ein. Die Moskitos, zuvor durch das Unwetter vertrieben, kehrten in gewaltigen Scharen zurück.

Noch immer ignorierten sie mich, als bestünde mein Blut aus Gift. Stattdessen stürzten sie sich auf jedes freie Stück Haut, das Williams Kleidung frei ließ.

»Was für ein stinkendes Drecksloch!« Unaufhörlich fluchend schlug er um sich. »Der Teufel höchstselbst muss es aus sich herausgewürgt haben. Warum verschmähen dich diese Ausgeburten der Hölle?«

»Ich weiß es nicht. Wahrscheinlich mögen sie kein Hexenblut.«

»Kannst du sie nicht mit irgendeinem Zauber verbrennen?«

»Und dich gleich mit, oder was? Es wird bald dunkel. Wir sollten zusehen, dass wir einen halbwegs sicheren Platz finden.«

»Wunderbar!«, fauchte William. »Ich kann es kaum erwarten, eine Nacht an diesem stinkenden, blutsaugerverseuchten, verfluchten, gottverdammten … «

»Vielleicht kann ich dir helfen«, unterbrach ich seinen Redeschwall. »Wenn ich schon an allem anderen scheitere, will ich zumindest ein paar Moskitos vertreiben. Und wenn ich das auch nicht schaffe, dann ertränke ich mich im nächsten Sumpfloch.«

William grinste leidend und erschlug mit der flachen Hand ein gutes Dutzend Moskitos, das sich an seinem Hals festgesaugt hatte. »Wenn du dich schon darin übst, diesen Drecksviechern den Rüssel wegzuzaubern, kannst du dich auch gleich im Trocknen von Kleidung versuchen.«

»Was ist denn mit der in deinem Seesack?«

»Tropfnass. Der Wolkenbruch hat nichts zurückgelassen, das auch nur annähernd trocken ist.«

»Ich versuche mein Bestes. Aber zuerst müssen wir einen Lagerplatz finden, sonst irren wir gleich im Dunkeln durch den Sumpf.«

»Wir wäre es denn mit dem da hinten?« William deutete in den Wald hinaus. Als ich seinem Blick folgte, entdeckte ich zu meiner Verblüffung eine kleine Insel, die wie der gewölbte Rücken einer Schildkröte aus dem Wasserlabyrinth ragte. Sie beherbergte sogar ein kleines Wäldchen aus jungen Zypressen und formte damit einen Ort, der weithin ins Auge fiel. Falls Ferris, Ruben und Robert nach uns suchten, war dies vermutlich der beste Platz, um gefunden zu werden.

»Neptun sei Dank!«, stöhnte William, als wir endlich den saugenden, schmatzenden Morast gegen feste Erde tauschten. Während ich mich schüttelte wie eine Katze, schnallte er seinen Gürtel mitsamt dem Säbel ab, ließ sich zu Boden sinken und streckte alle viere von sich. »Wenn diese verdammten Schmuggler nicht wären, würde ich irgendetwas in die Äste hängen. Das würde es den dreien leichter machen, uns zu finden.«

»Und Feuer können wir sowieso vergessen«, seufzte ich. »Erstens ist alles Holz weit und breit triefnass, und zweitens würden wir wahrscheinlich die Falschen anlocken.«

»Hm«, brummte William, rappelte sich widerwillig auf und fischte ein in Wachstuch eingewickeltes Bündel aus dem Seesack, während er ununterbrochen nach den Moskitos schlug. Mehrere Brotstücke kamen zum Vorschein, dazu Trockenfisch und ein paar verschrumpelte Früchte. Als Letztes zog er eine bauchige, mit einem Korken versehene Wasserflasche hervor.

Ungelenk ließ ich mich zu Boden fallen, so müde, dass meine Gedanken so zäh waren wie der Morast, der uns umgab. Mit gesenkten Lidern kaute ich auf dem salzigen Trockenfisch herum, spülte ihn mit Wasser herunter und versuchte, meine Gedanken beisammenzuhalten. Jetzt, da sich die Dunkelheit wie eine schwere, nach Fäulnis riechende Samtdecke über uns legte, verschwand das Zwitschern der Vögel aus dem Konzert des Sumpfes und überließ seinen Platz dem einschläfernden Gezirpe der Zikaden.

Schlaftrunken betrachtete ich diese unwirkliche, fast urzeitlich wirkende Landschaft, benommen vom sanften Schwingen der Moosbärte und der noch immer drückenden Schwüle. Hier und da tanzten Glühwürmchen umher, Fledermäuse huschten durch die Dunkelheit und irgendwo tief im Sumpf bellten Alligatoren. Ob die drei Männer wirklich noch lebten? Wie wahrscheinlich war es, dass es ihnen gut ging? Es gab so viel Tod in diesem Wald. Raubtiere, schwarzes Wasser, Schlammlöcher und Hexen.

»Hannah?«, raunte William mir zu.

»Hm?«, nuschelte ich.

»Du musst deine Magie wiederfinden. Sonst bin ich morgen nur noch eine blutleere Mumie.«

»Oh, Verzeihung. Tut mir leid.« Ich musste so heftig gähnen, dass es in meinem Kiefer knackte. Nicht einmal meine Angst um Ferris, Ruben und Robert kam gegen diese bleierne Müdigkeit an. »Ich werd's versuchen.«

Ächzend rappelte ich mich auf, legte meine Hände auf seine Schultern und versuchte, irgendeinen Instinkt in mir zu spüren. Etwas, das nichts mit seiner nassgeschwitzten, heißen Haut und dem dünnen Hemd zu tun hatte, das an seinem Oberkörper klebte. Gott, was war ich nur für ein Mensch? Dachte ich wirklich an solche Dinge, während meine Freunde da draußen um ihr Leben kämpften? Oder vielleicht schon tot waren?

»Konzentriere dich, Hannah.«

»Das mache ich ja.«

»Gut. Spürst du etwas?«

»Hm …«

»Versuch es weiter. Du musst lernen, deine Kräfte einzusetzen. Du musst sie kontrollieren.«

»Ich versuche es ja.«

»Dann versuche es noch mehr«, drang er auf mich ein. »Es wird nicht mehr lange dauern, bis sie uns findet. Und wenn du es nicht schaffst, diese verdammten Moskitos zu töten, dann …«

»Ich gebe mein Bestes, in Ordnung? Mich unter Druck zu setzen, fördert nicht gerade meine Konzentration.«

»Hannah, diese Mistviecher fressen mich gerade bei lebendigem Leib.«

»Hm.« Wieder drifteten meine Gedanken ab. Ich suchte und suchte und suchte, ohne fündig zu werden. »Wenn ich eine Mücke wäre, würde ich mich auch an dir festsaugen.«

»Hannah, verdammt! Wie willst du einem mächtigen, übersinnlichen Wesen entgegentreten, wenn du nicht mal gegen Moskitos gewinnst?«

Abrupt war ich hellwach. »Wer von uns hat denn einen Säbel, eine Pistole und ein gutes Dutzend Messer mitgebracht?«, fuhr ich ihn an und vertrieb gleichzeitig mit wütend wedelnden Händen die gottverdammten Blutsauger. »Unser Schicksal hängt nicht allein von mir ab, klar? Ich wurde ins kalte Wasser geworfen. Mir hat niemand beigebracht, wie ich mit meinen Kräften umzugehen habe. Man hat mich nicht nur aus meinem Leben, sondern auch aus meiner Zeit herausgezerrt, mir im Vorbeigehen eröffnet, dass ich eine Hexe bin und mich quer über den Atlantik geschafft. Ich bin ratlos, verstehst du?

Ich habe Angst. Ich komme nicht mit dem Gedanken klar, dass vier Dutzend Männer glauben, ich könnte sie von einem Fluch erlösen.«

»Ich weiß. Und es tut mir unendlich leid.« William seufzte. Obwohl ich mein Bestes gab, umsummten uns noch immer dunkle Wolken aus unzähligen Moskitos. Verzweifelt schloss ich die Augen, legte meine Hände wieder auf seine Schultern und ließ mich von meiner Wut treiben. Das hohe Sirren der Blutsauger bohrte sich in meinen Schädel. Ich musste stärker sein als äußere Einflüsse. Ich musste es schaffen, meine Gedanken zu lenken. Nur so hatten wir eine Chance, falls es dazu kam, dass Marifa unser Angebot nicht annahm.

Mit aller Konzentration, die ich aufbringen konnte, malte ich mir einen Kokon aus. Eine Hülle aus unsichtbarem Licht, die uns beide in sich einschloss. Und während ich meinem Gedankenbild Details und Feinheiten verlieh, strich ein angenehm kühler Hauch über meine Haut und vertrieb die Hitze des Tages. Das Sirren der Moskitos entfernte sich, wurde leiser und leiser und verschwand schließlich ganz. Nach und nach hielt eine wunderbare Ruhe in mir Einkehr, die selbst die drängendsten Gedanken an mir vorüberwehen ließ.

Ohne die Hände von Williams Schultern zu nehmen, ließ ich meine Sinne schweifen. Sie öffneten sich weit und weiter, wie eine vertrocknete Pflanze, deren Wurzeln endlich auf Wasser gestoßen waren. Der Sumpf flüsterte und raunte, raschelte und summte. Herzen pochten, Wind strich durch Federn und Fell, geschmeidige Körper glitten durch das schwarze Wasser. Ich spürte Hunger, Gier und Furcht. Die Erregung lauernder Jäger, die Angst verborgener Opfer.

Wasser gluckste, Blätter wisperten.

All das gehörte zum Wald. Jedes Geräusch, jeder noch so winzige Herzschlag bildete den harmonischen Teil eines zusammenhängenden Ganzen.

Doch etwas darin war falsch.

Falscher Atem. Falsche Schritte.

Da waren raue Stimmen, die in einer kehligen Sprache flüsterten. Metall rieb an Metall, als würde jemand einen Säbel aus der Scheide ziehen.

Abrupt riss ich die Augen auf.

»Sie haben uns gefunden!«

William zuckte zusammen, als hätte ich ihn aus einem tiefen Schlaf gerissen. Nirgendwo schwirrten mehr Moskitos. Seine gerade noch zerstochene Haut war unversehrt.

Ich hatte nicht versagt. Mein Zauber hatte getan, was ich ihm befohlen hatte, doch Freude konnte ich keine empfinden.

William fuhr hoch, griff nach Säbel und Pistole und starrte in die Dunkelheit. »Du meinst nicht Ferris, Robert und Ruben, oder?«

»Nein. Da draußen sind drei fremde Männer. Dort.«

Ich deutete in die Richtung, aus der die verräterischen Geräusche zu mir gedrungen waren. Von dort waren wir gekommen, also hatte man uns offensichtlich verfolgt und trotz des Unwetters nicht unsere Spur verloren. Bisher war nichts zu sehen. Nur schwarzes Gebüsch, hoch aufragende Bäume, glucksendes Wasser und schlaff von den Ästen hängendes Moos.

Doch ich spürte, dass sie nahe waren.

»Bleib hinter mir.« William spannte die Feder der Pistole und richtete ihren Lauf in die Dunkelheit. »Wer hier herumschleicht, hegt keine guten Absichten.«

»Denkst du, es sind Schmuggler?«

»Vermutlich. Es gibt keinen harmlosen Grund, um nachts im Sumpf herumzuschleichen. Aber keine Sorge. Mit denen werde ich schon fertig.«

»Ob Marifa sie geschickt hat?«

»Wer weiß.« William schnaubte. »Im Spiel mit einer Hexe muss man auf alles gefasst sein.«

Angst schnürte mir die Kehle zusammen. Ich schmiegte mich an Williams Rücken und versuchte, ruhig zu bleiben. Er hatte in seinem Leben Hunderte Kämpfe ausgefochten. Vermutlich empfand er eine Situation wie diese sogar als alltäglich.

»Bitte sei vorsichtig«, flehte ich ihn an. »Ich weiß nicht, ob ich dir helfen kann. Auf dem Schiff war es leicht, aber hier …«

»Du hast meine Mannschaft geheilt und sie für dich eingenommen«, raunte er mir zu. »Du hast die Moskitos vertrieben, einen kühlen Wind herbeigerufen und einen Mann gerettet, der verdientermaßen schon in den tiefsten Abgründen der Hölle geschmort hat. Deine Macht ist stark, Hannah. Viel stärker, als du denkst.«

»Moskitos sind eine Sache«, seufzte ich verzweifelt. »Bewaffnete Meuchelmörder und rachsüchtige Sumpfhexen eine andere.«

William antwortete nicht. Eine spürbare Anspannung lief durch seinen Körper, die Muskeln unter meinen zupackenden Fingern wurden hart wie Stein. Einen Moment lang begehrte mein Stolz dagegen auf, mich zitternd und furchtsam an ihn zu klammern, doch dann sah ich die dunklen Gestalten, die aus der Finsternis traten. Groß, zottig, triefend nass und zweifellos auf Ärger aus. Jeder von ihnen trug eine Machete bei sich, dazu mehrere Messer in breiten Ledergürteln. Unter all den Dreckkrusten, verfilzten Haaren und ausufernden Bärten waren die Männer selbst kaum zu erkennen.

»Sieh an, sieh an«, schnarrte der vorderste Kerl und blieb etwa fünf Schritte vor uns stehen. Die beiden anderen nahmen an seiner Seite Aufstellung. »Was haben wir denn da für einen hübschen Fang gemacht?«

William richtete den Lauf seiner Pistole auf das Gesicht des Mannes, der soeben gesprochen hatte. »Verschwindet«, grollte er mit einer Stimme, die selbst mir einen kalten Schauer über den Rücken jagte.

»Wenn du mich erschießt«, erwiderte der Kerl unbeeindruckt, »dann erledigen dich die beiden hier. Und sie werden ihren Spaß mit dir und der Kleinen haben. Vor allem mit der Kleinen, schätze ich.«

»Verschwindet!«, wiederholte William. »Oder ihr werdet es bitter bereuen.«

»Isser's?«, hörte ich plötzlich einen der Kerle quieken. »Oder isser's nicht?«

»Wer?«, blaffte der dritte.

»Hunter, du Rattenhirn. William Hunter.«

Die beiden Männer kniffen ihre Augen zu Schlitzen zusammen, legten ihre Köpfe schief und starrten uns an, während der Anführer in schallendes Gelächter ausbrach.

»William Hunter!« Klatschend schlug er sich ein paar Mal auf die baumstammdicken Schenkel. »Na, das wäre doch mal was. Wer will nicht jener Mann sein, der diesem Dreckstück das verdorbene Herz herausschneidet und es an die Straßenköter verfüttert?«

»Besser nich', Samuel«, winselte der linke Kerl und wich einen Schritt zurück. »Denn wenn er's ist, sollten wir lieber Fersengeld geben.«

»Wieso?«, grunzte der rechte. »Hast du etwa die Hosen voll, Vincent? Glaubst du dem Gebrabbel der Huren und dem Lallen der Kesselflicker?«

»Ja, Mann«, blaffte Vincent. »Er hat 'nem Kerl mit bloßer Hand die Gedärme rausgerissen und ihn damit an 'nen Pfahl gebunden. Anschließend hat er ihn mit der Peitsche so lange drumherum gehetzt, bis sich der Darm ganz aufgewickelt hatte.«

»Weibergeschwätz«, knurrte Samuel.

»Und dem alten Bronte hat er beide Augen rausgerissen. Danach hat er ihn gezwungen, sie zu essen. Und vor Bronte hat sich selbst Schwarzbart in die Hosen geschissen. Hab gehört, Hunter hätte eigenhändig und unbewaffnet sogar die Alligatorbande in Ketten gelegt. Er hat sie gefangen genommen, mit auf sein Schiff genommen und tagelang gefoltert, bis selbst der Anführer das Ave Maria rauf und runter betete. Er hat ihnen das Fleisch vom Körper geschält. Mit scharfen Muschelschalen. Er hat sie von Kopf bis Fuß gehäutet und sich einen Seesack aus den besten Lederstücken genäht.«

»Stimmt«, erwiderte William. »Genau das habe ich getan. Und ich habe ihn sogar dabei. Den Seesack aus den Häuten der Alligatorbande.«

Vincent, Samuel und der namenlose Dritte gafften auf die Tasche.

»Ich glaube dir kein Wort«, verkündete der Anführer nach einer Weile, doch seine Stimme war längst nicht mehr so Furcht einflößend wie zuvor. »Wir sind zu dritt, du bist nur allein. Noch dazu hängt ein Weib an deinem Rockzipfel.«

»Ich lasse dir die Wahl«, erwiderte William gelassen. »Glaube mir oder glaube mir nicht. Aber alle Geschichten sind wahr. Schon viele haben versucht, mich zu töten, doch der Leibhaftige hat meine Haut unzerstörbar gemacht. Selbst wenn du mir deine Machete ins Herz stößt, wird mich das nicht aufhalten. Ich werde dir die Seele aus dem Leib prügeln und dir das Rückgrat brechen, und wenn du hilflos vor mir liegst und sabberst, reiße ich dir die Eier ab und stopfe sie deinen jämmerlichen Schoßhunden in die Mäuler. Anschließend werde ich euch drei an diese Eiche dort binden.« Er deutete auf den schwarzen, verkrüppelten Leichnam eines Baumes, der unweit der Insel aus dem Wasser ragte. »Und dann werde ich euch häuten. Streifen für Streifen. Wisst ihr, wie lange ein Mann überlebt, dem man das Fell über die Ohren gezogen hat?«

»Samuel«, winselte der Namenlose schreckensbleich. »Komm schon, lass uns verschwinden.«

»Höre nicht auf ihn«, raunte Williams Stimme lockend und verführerisch. »Versuche dein Glück. Na, komm schon. Mein Seesack ist alt, ich könnte einen neuen gebrauchen.«

Samuel schluckte. Wie ein in die Enge getriebenes Kind trat er von einem Bein auf das andere und kämpfte gegen die Angst an, die aus jeder seiner Poren sickerte.

»Lasst uns verdammt noch mal verschwinden«, drängelte Vincent. »Los jetzt. Wir haben genug Beute für ein ganzes Jahr gemacht.«

»Warst du nicht gerade noch so scharf auf die Kleine?«, knurrte Samuel. »Hast du nicht gesagt, dass du sie rammeln willst, bis ihr die Beine abfallen?«

Vincent winkte schnaufend ab. »Na und? Huren bekommen wir in jedem Hafen. Ich sage, wir verschwinden!«

»Ich auch«, verkündete der Namenlose.

Samuel grollte etwas Unverständliches, griff hinter sich und zog eine Pistole hervor. Meine Finger gruben sich in Williams Schultern, doch er blieb unverändert ruhig.

»Deine gerechte Strafe wird dich ereilen«, fauchte der Schmuggler. »Eines Tages verlieren selbst Teufel wie du die Gunst ihres dreckigen Herrn.«

William warf den Kopf zurück und lachte. »Diese Gerechtigkeit, wie du sie nennst, hat mich längst ereilt. Ich bin verflucht, Samuel. Mein Blut ist schwarz wie die Nacht und mein Körper von Dämonen besetzt. Jeden Tag schreien sie nach Futter. Jeden Tag muss ich ihren Hunger mit frischem Fleisch stillen. Wollt ihr wissen, was ich mit diesem Weib hier anstelle? Wollt ihr sehen, wer ich wirklich bin? Vergiftet habe ich sie. Verwirrt und betäubt, damit sie mir willenlos folgt. Denn mein Herr hat mir nicht nur seine Dämonen geliehen, sondern auch seine gespaltene Zunge. Bleibt nur, liebe Freunde. Denn Gäste sind dem Gehörnten stets willkommen.«

Samuel zuckte zusammen, blinzelte und drückte ab. Ein Schuss hallte durch den Sumpf. Vögel stoben flatternd auf, Rauch waberte aus dem Lauf der Pistole. Und plötzlich stürzte William vorwärts, feuerte seinerseits die Waffe ab und jagte Vincent eine Kugel mitten in die Stirn.

Dem Anführer gelang es noch, ungläubig zu keuchen, ehe die Klinge eines Säbels seine Brust durchbohrte. Der Namenlose kreischte, warf sich herum und rannte. Schmatzende Schritte hallten durch die Nacht, entfernten sich und wurden vom vielstimmigen Singen der Zikaden verschluckt.

Reglos stand William da, in der einen Hand den besudelten Säbel, in der anderen die Pistole. Seine rasselnden Atemzüge weckten eine dunkle Ahnung in mir, die sich bestätigte, als ich zu ihm rannte und meine Hand auf seinen Bauch legte.

Blut! Überall war Blut.

Es sprudelte hervor wie aus einer Quelle.

»Nicht so«, brachte er noch hervor. Dann fiel er zu Boden und riss mich mit sich.

Kapitel 25

»Wie tief ist das Meer des Schlafes, meine Geliebte,
und wie weit entfernt ist der Morgen in dieser Welt!«
(Khalil Gibran)

Hannah

Ich schaffte es nicht. Meine Finger tasteten im Blut umher, mein Kopf war vollgestopft mit Angst, meine Gedanken waren Chaos, meine Kraft verschwunden.

»Hannah«, flüsterte er. »Bitte.«

Seine Haut wurde grau. Er schaffte es kaum mehr, die Augen offen zu halten. Doch in der Hand, welche die meine umklammert hielt, lag noch immer eine verblüffende Kraft.

Blut! So viel Blut!

Es sprudelte förmlich aus ihm heraus. Lief heiß und nass über meine Arme, tropfte in das Moos und schien um uns herum einen See zu bilden.

»Nicht so«, wiederholte er kaum hörbar. »Ich darf nicht … Hannah … bitte …«

Ich versuchte es erneut. Und wieder. Und wieder. Das Licht, das mich sonst so mühelos durchströmt hatte, erlosch im Chaos meiner Angst. William starb, und ich konnte nichts dagegen tun. Aus meinen Fingern sickerte nichts. Kein Funken.

Einfach nichts.

Ich schloss die Augen. Leerte meine Gedanken … und scheiterte. Mein Kopf war übervoll. Vielleicht hätte das Meer geholfen, der Wind, das Schiff. Aber dieser Wald saugte mir die Seele aus. Er drückte mich zu Boden und fraß mich auf.

»Ich kann nicht!«, schrie ich in diese gottverdammte brodelnde Hitze hinaus »Ich schaffe es nicht. Oh Gott, bitte hilf mir!«

Kraftlos sank ich über ihm zusammen. Und plötzlich strömten sie auf mich ein. All seine Gefühle. Alle Sehnsüchte. Abgehackte Bilder, verzweifelte Erinnerungen. Ängste und Abgründe. Williams Seele öffnete sich für mich und zerrte mich in ihre Dunkelheit. Ich sah Gwendolyn und den feisten Fabrikbesitzer, der verwirrt die Stirn runzelte, als Williams Säbel ihn aufschlitzte. Ich fühlte unbeschreibliche Wut, Hass, Verzweiflung und Liebe. Ich sah einen zitternden Jungen in einem Kerker kauern, blau geschlagen, blutend und einsam. Ich sah ein Wrack, das sich nach dem Tod sehnte und nur noch von einem letzten Funken Stolz am Leben gehalten wurde. Ich sah ihn in seinen furchtbarsten Momenten, entblößt und hilflos, und zuletzt führte er mich zu der Mauer, die er zu seinem Schutz gebaut hatte. Jenen Wall aus Grausamkeit, hinter dem sich eine Seele versteckte, die zu viel gefühlt hatte.

Viel zu viel.

»Bitte Gott!«, hauchte ich an seinen kalten Lippen. »Bitte lass mich ihm helfen.«

Ich bin nicht Gott, flüsterte es wie ein Hauch im Singen der Zikaden. *Ich bin weit entfernt davon. Aber ich kann dir helfen.*

Marifa!

Sieh dich um, bat sie mich.

Ich tat es. Und sah eine Kreatur auf mich zuschwanken. Ein Schatten aus Wurzeln, Blättern, Schlamm und Menschenhaut. Die Hexe schälte sich aus dem Wald, als wäre sie aus ihm heraus entstanden. Umwunden von Ranken, triefend von Morast, die Haare eine Flut schwarzer Schlingpflanzen.

Bei jedem Schritt drang ein Schmatzen aus ihrem Körper. Schwarze Rinnsale flossen aus ihren Mundwinkeln, ihre Augen waren wie spiegelnde finstere Teiche.

Meine Angst wurde zu lähmender Panik, als sie sich neben mich kniete. Die Wurzeln, die sich knackend und knisternd um ihren Leib wanden, kamen aus ihrer braunen Haut! Der Sumpf lebte in ihr, wuchs aus ihr heraus und durch sie hindurch. Ich sah Würmer im Gewimmel ihrer Haare. Spinnen, Käfer und Tausendfüßler. Und als sie die schwarzen verkrusteten Lippen öffnete, fielen Schlammklumpen aus ihrem Mund.

»Es liegt nicht in meiner Absicht, dich zu erschrecken.« Begleitet von einer Flut aus morastigem Wasser, gurgelten die Worte aus den Tiefen ihrer Kehle hervor. »Gib mir einen Teil deiner Kraft, dann werde ich ihn an deiner statt heilen. Bitte vertraue mir, Hannah.«

»Warum?«, krächzte ich. »Warum soll ich dir vertrauen?«

»Du hast keine Wahl.« In ihren fauligen Augen erkannte ich Verzweiflung. Und eine mit Worten nicht zu erfassende Leere. Als wäre dieses Geschöpf hunderttausend Jahre lang allein im Universum umhergetrieben. »Er stirbt.«

Verzweifelt wischte ich die Tränen aus meinen Augen. Marifa sagte die Wahrheit. Williams Augen waren geschlossen, seine Haut wächsern wie die einer Leiche. Ich drückte Zeige- und Mittelfinger an seinen Hals und fand nichts.

Keinen Puls.

Kein Leben.

Marifa zu vertrauen, war ein Spiel mit dem Teufel. Doch es gab keinen anderen Weg.

»Tu es«, entschied ich. »Nimm dir, was du brauchst, und heile ihn.«

Marifa lächelte. Moder triefte von ihren Lippen und Fäulnis aus ihren Haaren, als sie mit ihrer schlammigen Hand nach mir griff, meine Schulter umfasste und zu singen begann.

Schon beim ersten Laut, der sich in die Nacht erhob, löste sich alle Angst in Luft auf.

Ich atmete im Rhythmus ihres finsteren, uralten Liedes und bewegte mich gemeinsam mit ihr, glitt in zähe Dunkelheit und tauchte schwerelos wie ein Träumer wieder daraus auf. Leise summend umarmte ich die Kreatur aus lebendigem Sumpf und ließ mich auf ihrer sanften, nachtschwarzen Macht davontreiben.

William

»Wach auf!«

Der Schrei fuhr wie eine Klinge in meinen Schädel und ließ mich aufspringen. Ich taumelte, breitete die Arme aus und stürzte auf die

Knie. Meine Sinne streikten. Ein Strudel aus Bäumen, Finsternis und Moos umwirbelte mich, Fäulnisgeruch schwängerte die Luft, über mir funkelten Sterne.

Wo war ich?

Was war geschehen?

Und wo … verflucht, wo war Hannah?

Mit der Kraft der Verzweiflung stemmte ich mich hoch, rieb mir die Augen und blinzelte in die Nacht hinaus. Den Göttern sei Dank, dort lag sie! Zusammengerollt, friedlich schlafend.

Doch hinter ihr bewegte sich etwas.

Schmatzend und knurrend wühlte sich ein Tier durch das Gebüsch auf sie zu, viel zu groß für eine Wildkatze. Ich taumelte seitwärts, dorthin, wo ich das Glänzen einer Klinge sah. Mein Säbel!

Hastig hob ich ihn auf, stolperte zu Hannah und stellte mich vor sie, noch immer benommen vom tiefen Schlaf, in den mich die giftigen Dämpfe dieses verfluchten Ortes geschickt hatten.

Nein!, erinnerte ich mich plötzlich. *Kein Schlaf!*

Eine Kugel hatte mich getroffen.

Die verfluchte Kugel aus der Pistole eines stinkenden Schmugglers.

Mit der freien Hand tastete ich über meinen Bauch. Nichts. Keine Wunde. Mein Hemd triefte vor Blut, meine Finger waren rot. Doch Hannah hatte mich geheilt.

Schlief sie deshalb wie eine Tote?

Ich wagte es nicht, einen Blick auf sie zu werfen, denn ein Tier trat plötzlich aus dem Gebüsch heraus und in das Mondlicht. Ein weiteres Mal glaubte ich, meinen Augen nicht zu trauen. Es war ein Puma, der auf uns zuschlich, doch nichts an diesem Tier war so, wie es sein sollte.

Löcher klafften in seinem vor Schlamm triefenden Fell. Knochen und fauliges Fleisch glänzten im Licht des Mondes, der hin und her peitschende Schweif bestand nur noch aus blutigen, angefressenen Wirbeln.

Anstatt Augen klafften Löcher im verwesten Schädel des Monsters, und doch schien es genau zu wissen, wo wir uns befanden. Seine in Fetzen herabhängenden Lefzen zogen sich zurück, und als es ein tiefes, angriffslustiges Knurren erklingen ließ, blubberte schwarzes Blut aus seiner aufgerissenen Brust.

»Hannah!« Ich stieß mit dem Fuß nach ihr. »Wach auf!«

Sie rührte sich nicht. Doch ein leises Stöhnen verriet mir, dass sie zumindest am Leben war.

»Hannah!«

Wieder reagierte sie nicht. Der Puma duckte sich, fletschte seine Reißzähne und sprang. Mein Säbel drang durch seinen verfaulten Leib, mit aller Kraft schleuderte ich ihn beiseite und gegen eine Zypresse. Beim Aufprall zerfiel das Fleisch des Tieres in tausend Stücke.

Fassungslos starrte ich auf die Überreste, die mit einem leisen Knistern zu Staub zerfielen, als ich im Augenwinkel eine weitere Bewegung sah.

Diesmal war es ein Alligator, der aus einem Sumpftümpel stieg und auf uns zukroch. Sein Körper war ebenso verwest wie der des Pumas, der Panzer von blutigen Kratern überzogen und die beiden Hinterbeine nur noch nutzlose Fetzen.

Schwerfällig schleppte sich das Tier vorwärts, sodass es ein Leichtes war, es mit meinem Säbel zu zerhacken. Doch kaum verpufften die Leichenteile des untoten Wesens zu Aschewolken, krochen ein zweiter und ein dritter Alligator aus dem Sumpf. Schusslöcher durchsiebten den Schädel des Größeren, während der Kleine in zwei Hälften geteilt worden war und die Reste seines Hinterleibes in triefenden Fetzen hinter sich herzog. Beide tötete ich, falls man ein bereits totes Wesen noch einmal ins Jenseits befördern konnte, nur um zu erkennen, dass der gesamte Sumpf vor fauligem Leben brodelte.

Eine Anakonda, dick wie mein Oberschenkel, wand sich träge auf mich zu, während die Knochen aus ihrer zerfressenen Haut stachen und über den Boden kratzten. Zwei untote Pumas krochen mit schmatzenden Gliedern und herabhängenden Kiefern über einen Ast auf mich zu, und aus dem Boden wanden sich Spinnenleichen, groß wie mein Handteller, entfalteten abscheuliche Beine und bewegten sich auf mich zu. Alles, was in den letzten Jahren seinen Tod gefunden hatte, erwachte zum Leben. Alles kroch in unsere Richtung.

Mein Säbel zerhackte einen zweiten Puma und trennte der Anakonda den Kopf ab. Die dritte Raubkatze prallte gegen mich, warf mich zu Boden und spie mir ihren fauligen Atem ins Gesicht, als ich mit beiden Händen zupackte und ihren Schädel zerdrückte.

Asche regnete auf mich herab. Eine Schicht aus Tod bedeckte mein Gesicht und lag als beißender Geschmack auf meiner Zunge. An den Beinen fühlte ich die Bisse der Spinnen, die an mir emporkletterten. Eine Schlange wand sich um meinen Arm, etwas wühlte sich in meine Haare. Ich rappelte mich auf, sah den dritten Puma auf mich zuspringen und schlug im letzten Augenblick mit dem Säbel nach ihm. Der Leichnam zerfiel in zwei Hälften, stürzte zu Boden und zerbröselte zu feuchter Asche.

Kaum hatte ich die Spinnen von mir abgeschüttelt, stürzten zerrupfte Vögel auf mich nieder und hackten mit ihren Schnäbeln nach meinen Augen. Mit einer Hand schützte ich mein Gesicht, mit der anderen zerriss ich die verfaulten Windungen, die sich um meinen Arm gewickelt hatten, schüttelte eine Schar aus Tausendfüßlern und Käfern aus meinen Haaren und zertrat einen mumifizierten, wütend fauchenden Otter.

Zahllose Tiere drängten auf mich ein. Hunderte. Tausende. Sie krochen, krabbelten, schlichen und schlängelten auf mich zu, den beißenden Gestank nach Verwesung verströmend.

Ich stieß meinen Säbel in den Kadaver eines Schwarzbären, der mit seinen Knochenbeinen auf mich zuschwankte, zerschlug tote Eulen und Pumas, Schlangen und Alligatoren. Ich hieb, trat und stach nach allen Seiten und spürte, wie langsam die Kraft aus meinen Gliedern wich.

Keine der Kreaturen griff Hannah an. Sie alle umströmten sie wie Wasser einen Felsen. Und da hörte ich es.

Marifas Lachen.

»Hör auf damit!«, schrie ich in den Sumpf hinein. »Ich werde mein Versprechen erfüllen! Ich bringe dich nach Hause.«

Statt einer Antwort stürzte sich ein weiterer Schwarm untoter Vögel auf mich. Es waren viel zu viele, um sie alle zu töten. Verzweifelt krümmte ich mich zusammen, schützte mein Gesicht mit beiden Armen und spürte, während die kreischende Wolke mich umflatterte, wie etwas Hartes an meinem rechten Bein kratzte.

»Hast du nicht gehört, Marifa? Ich bringe dich nach Hause! Das schwöre ich dir bei allem, was mir heilig ist.«

Ein seltsames knisterndes Geräusch erklang. Sämtliche Tiere, die Vögel ebenso wie die Pumas, die Otter, Schlangen, Insekten, Alligatoren und Bären zerfielen innerhalb eines Wimpernschlags zu Asche. Stattdessen wurden die Bäume lebendig.

Ihre Wurzeln schlangen sich um meine Beine, griffen nach meinen Armen, wuchsen aus jedem Zoll Boden. Ich stürzte, rappelte mich auf und wurde, kaum dass ich mich hochgestemmt hatte, zurück in den Schlamm gezogen. Eine armdicke Wurzel schlang sich um meinen Hals, drückte zu und begann, mich fortzuzerren.

»Es tut mir leid, Marifa«, brachte ich noch hervor, ehe die Wurzel mir die Luft abschnürte. »Ich hätte dich niemals hintergehen dürfen. Es war falsch. Und alles, was du mir angetan hast, habe ich verdient.«

Die schwarzen Fluten wichen zurück, Stück für Stück tauchte das Land wieder auf. Ich zerrte an dem Ding um meinen Hals und erreichte nicht mehr, als dass es sich noch fester zusammenzog.

Meine Sinne schwanden.

Wispernd, knackend und schmatzend krochen noch mehr Wurzeln auf mich zu, umschlossen meinen Körper, zerrten mich weiter und weiter und schließlich zum Stamm der verkrüppelten Eiche. Als wären es Menschen, die mich zogen, wurde ich hochgewuchtet, gegen die Borke gedrückt und gefesselt. Mit Ranken, die sich um meine Handgelenke, Fußgelenke und Hüften wanden.

In meinem Rücken erwachte der Baum zum Leben. Alle Gegenwehr war zwecklos. Und dann sah ich sie.

Marifa.

Ein Geschöpf aus Schlamm, Moder und wimmelndem Getier.

»Ich vergebe dir, William«, flüsterte sie mit der Stimme des Sumpfes. »Denn du hast es geschafft, zu lieben. Und geliebt zu werden. Aber töten werde ich dich dennoch.«

Hannah

Williams Schrei zerriss die sanfte Dunkelheit meines Schlafes. Ich spürte Verzweiflung, Wut und Qual. Alle drei Gefühle strömten mit einer überwältigenden Heftigkeit auf mich ein.

Der Sumpf!

Noch ehe ich meine Augen öffnen konnte, roch ich den Gestank fauligen Schlammes und verwesender Körper. Wasser tropfte. Eine

Frau lachte. Und über allem schwoll das Singen der Zikaden auf und ab wie das Meer.

Marifa!

Ich wollte hochfahren, doch mein Körper wurde von dem Gewicht eines Felsklotzes zu Boden gedrückt. Kaum gelang es mir, die Lider zu heben, geschweige denn mich auf die Knie zu stemmen.

Meine Knochen schienen sich in Blei verwandelt zu haben. Alle Kraft hatte mich verlassen. Selbst zu denken war beinahe mehr, als ich bewältigen konnte.

»Marifa«, krächzte ich hervor.

»Ja. Ich bin hier.« Eine Stimme wie triefender Morast antwortete mir, gefolgt von einem schwachen Aufschrei. Ich zwang meine Augenlider hoch, starrte in die mondhelle Nacht hinaus und sah, wie Marifa ein Messer in Williams Schulter rammte. Diesmal schrie er nicht. Ein Zucken ging durch seinen Leib, gefolgt von leisem Stöhnen. Ranken krochen über seinen Leib, glitten durch das Blut und saugten es auf.

Der Baum trank!

Er trank Williams Blut!

Marifa seufzte wohlig, bewegte sich mit tänzerischen Schritten ein wenig seitwärts und zog die Klinge durch seinen Oberschenkel. Der Baum erzitterte mit einem ächzenden Knarren. Wurzel um Wurzel kroch aus dem Boden empor, wickelte sich um Williams Körper und schien ihn förmlich in die Eiche hineinzusaugen.

»Nein!«, keuchte ich hervor. »Hör auf! Du hast ihn doch gerade erst gerettet.«

»Ja.« Marifa wandte sich zu mir um und verzog ihr abscheuliches Sumpfgesicht zu einem Lächeln. Kreaturen wimmelten in ihren Haaren, zischten und rasselten und krochen über ihre Fratze. »Ich habe ihn geheilt, weil ich mich nicht ohne deine Erlaubnis an deinen Kräften bedienen kann. Es ist ein altes Naturgesetz, dass eine Hexe einer anderen niemals gegen ihren Willen die Macht absaugen kann. Aber vor allem wollte ich noch ein wenig mit ihm spielen. So, wie er damals mit mir gespielt hat. Und mit unzähligen anderen Frauen.«

»Aber du hast dreihundert Jahre lang mit ihm gespielt. Hast du nicht endlich genug davon?«

»Nein«, seufzte Marifa. »Denn erst jetzt weiß er, was ich damals empfunden habe. Erst jetzt kennt er das Gefühl echter Liebe und Hingabe. Und wie heftig es ist! Wie herrlich heiß und wild es in ihm brennt! All die kleinen Hilfestellungen, die ich euch gegeben habe, waren so wunderbar fruchtbar. Sie mehrten eure Liebe zueinander. Ganz so, wie es meine Absicht war.«

»Wozu?«, flüsterte ich matt.

Die Hexe beugte sich vor, strich mit dem Finger über Williams Schulter und leckte genüsslich das Blut von ihrer Haut ab, das anschließend daran klebte. »Ich werde euer beider Lebenskraft in mich aufnehmen. Nicht, weil ich mich rächen will. Nicht, weil ich böse bin. Sondern weil ich eure Kraft brauche, um einen mächtigen Zauber auszusprechen. Und während William sterben wird,« wieder richtete sie die Klinge gegen ihn und zog einen tiefen Schnitt durch seinen Arm, »wird dir die Ehre zuteil, mir als Gefäß zu dienen. Was glaubst du, warum ich wollte, dass ihr euch ineinander verliebt? Es gibt keine Kraft, die stärker ist. Sie ist allmächtig, göttlich und unübertroffen. Ich rede nicht von Vernarrtheit, sondern von Liebe. Aufopfernde, wahrhaftige Liebe, wie ich sie diesem Mann einst entgegengebracht habe. Ich hätte alles für ihn getan. Doch er ließ mich im Sumpf zurück. Wütend ... so unfassbar wütend. Ich spielte mit Mächten, die zu groß für mich waren. Sie haben mich zerstört und vergiftet. Ich ging in den Sumpf, um zu sterben, stattdessen erhielten mich die Geister am Leben. Ich existierte weiter, obwohl ich verrottend und verwesend im Morast gefangen war. Im Laufe der Jahre sackte ich tiefer. Tiefer und tiefer. Kannst du dir vorstellen, wie es ist, Gefangener in deinem eigenen Leib zu sein, während du in den stinkenden Abgründen des Sumpfes verrottest? Ich habe gewartet. Ich habe gelernt. Mehrmals verfiel ich dem Wahnsinn, ehe ich, mehr durch Zufall als durch Absicht, mein Fleisch verließ. Ich stieg als Seele empor, noch immer verbunden mit dem verfaulenden Körper, aber dennoch frei. Das Netz der Zeit offenbarte sich mir. Ich begriff die feinen, wundersamen Zusammenhänge im Gestern, Heute und Morgen. Im Werden und Vergehen. Im Sein und Nichtsein. Und als ich dich fand, wusste ich, dass meine Erlösung naht. Du hast meine Stimme erst in meiner geliebten Heimat gehört, aber ich war immer bei dir. In jedem Augenblick deines Lebens. Ich habe die Fäden gelenkt, die William und dich zusammenführten. Ich habe deine Schwester, deinen Geliebten und dich selbst beeinflusst. Ich habe getan, was in meiner Macht als Geist lag, um euch zu lenken und die Liebe in euch zu wecken. Nichts geschah aus Zufall. Und du hast mir so wundervoll gehorcht. Mächtiges, bezauberndes Mädchen. Stärker als je eine Hexe zuvor. Ich habe dein Feuer gekostet in jener Nacht, in der ich in deinen Körper gekrochen bin. Nur für einen Moment, denn mehr hätte ich in all meiner Schwäche und Unzulänglichkeit nicht ertragen. Aber dieser eine heiße Funken … dieser eine Blick in deine blendende Helligkeit war so viel mehr, als ich mir erhofft habe.«

»Ich habe mit deiner Stimme gesprochen?«, würgte ich hervor. »Du hast mich besetzt?«

»Ja.« Marifa vollführte einen weiteren Schnitt. Dann noch einen und noch einen. Inzwischen war William fast vollständig von dem Gewirr aus Wurzeln und Ranken bedeckt. »Du bist jung und dumm. Du kennst deine wahre Macht noch nicht und das ist auch gut so. Denn anderenfalls hätte ich schlechte Karten. Oh, und falls du immer noch hoffst, in deine Zeit zurückkehren zu können: Das ist unmöglich. Ich habe deine verborgene Macht abgesaugt und dazu benutzt, euch und mich selbst durch die Zeit zu schicken. Hin zu meinem alten Ich, das im Sumpf verrottete. Mein faulender Körper war der Anker, an den ich mich hängen konnte. Ich existierte in beiden Zeiten, demzufolge gab es eine Brücke, die ich nutzen konnte. Doch diese Brücke habt ihr verloren. Du kommst nie mehr zurück, Mädchen. Niemals wieder.«

Damit ließ sie das Messer fallen und lehnte sich gegen den Stamm des Baumes. Ein grünes, mattes Licht erwachte in dessen Inneren, umströmte Marifas und Williams Körper, mäanderte in zarten Ströme durch die Luft und kehrte schließlich zurück, um in das Fleisch der Hexe einzudringen.

Marifa stöhnte vor Genuss.

Was immer dort geschah, es war das, worauf sie gewartet hatte.

»Eure Liebe ist stark«, hörte ich sie keuchen »So wunderbar stark. Ihre Kraft wird mehr als ausreichend sein.«

Ich wollte schreien. Mich auf sie stürzen. Meine Magie zusammenballen und sie verbrennen. Doch ich war leer. Nutzlos. Hilflos. Ausgesaugt.

»Hannah«, flüsterte es plötzlich neben mir. Eine Hand berührte meine, schloss sich um meine Finger zusammen und drückte sanft zu. Zu Tode erschöpft wandte ich den Kopf und blickte in Rubens Gesicht.

»Du?«, flüsterte ich überrascht. »Wie kommst du hierher?«

»Kriechend, laufend, auf allen Vieren?« Ruben lächelte schwach. »Marifa hat uns getrennt, aber sie hat meine Fähigkeiten unterschätzt, stets zum Ziel zurückzufinden.«

»Bitte hilf ihm, Ruben! Sie bringt ihn um.«

»Ich weiß. Aber es gibt nur einen Weg, um Marifa aufzuhalten. Nur einen einzigen.«

»Welchen?«, flüsterte ich.

»Nimm meine Lebenskraft.« Zuerst glaubte ich, er würde sich über mich beugen, doch dann begriff ich, dass er dem Tode näher war als dem Leben. Sein schwarzes Hemd war zerrissen, seine Brust blutüberströmt. Er sah aus, als hätte er mit Raubtieren gekämpft.

»Was ist geschehen?«

»Etwas Verrücktes.« Ruben sackte neben mir zusammen, rückte mit letzter Kraft an mich heran und drückte erneut meine Hand. »Anscheinend hat Marifa ein paar tote Tiere zum Leben erweckt. Aber genug des Redens. Die Hexe wird nicht mehr lange abgelenkt sein. Tu es, Hannah.«

»Ich kann nicht.«

»Doch. Du kannst. Es ist ganz einfach. Ich werde dir helfen, aber du musst es zulassen.«

Kaum hatte er die Worte ausgesprochen, geschah etwas. Es glich einem knisternden, warmen Strom, der aus seinen Fingern hinein in die meinen sickerte. Ruben seufzte erleichtert, als wäre ein drückendes Gewicht von seiner Brust gefallen.

»Es war mir eine Ehre, mit dir gemeinsam zu segeln«, sagte er leise, und dann wurde der Strom stärker, durchlief brennend heiß meinen Arm, kroch hinunter in meinen Bauch und von dort aus in jede übrige Faser meiner Existenz. Nicht mehr ein Herz schlug in meiner Brust, sondern zwei.

Rubens Leben wurde mein Leben. Es gab nichts, womit ich den Strom, der seinen Tod bedeutete, aufhalten konnte.

Mein Wille verselbstständigte sich und begann, das Licht zu trinken. Es strahlte, pulsierte und heilte, es spülte meine Schwäche mit einem Fluss aus vibrierender Lebendigkeit fort, und während Ruben neben mir immer kälter wurde, erfüllte eine gewaltige stille Macht mein Fleisch, meine Gedanken und selbst meine Seele.

Ich fühlte mich stark. Hell und strahlend.

Alles in mir wurde ruhig.

»Nein!« Mit einem schmerzhaften Ruck wurde Rubens Hand fortgerissen. Ich sah Marifa, wie sie sich auf ihn setzte, das Messer hob und plötzlich innehielt. Glutheißes Licht pulsierte durch meine Adern. Kraftvoll und lähmend zugleich, als wäre es eine Fessel, die sich erst lösen würde, wenn die Veränderung vollendet war. Noch immer lag ich regungslos am Boden. Schwach und unfassbar stark. Reglos und innerlich schreiend.

»Sieh an, sieh an.« Marifa bleckte ihre schwarzen Lippen. »Hat sich deine Mutter mit einem Hexer eingelassen? Oder dein Vater mit einem magischen Weib? Haben sie dich verstoßen, als sie erkannten, wie anders du bist? Ja, das haben sie, nicht wahr? Du hast dich alleine durchgeschlagen. Unfähig, Magie zu gebrauchen, und doch mit so viel mehr Wundern gesegnet, als ein gewöhnlicher Mensch jemals besitzen wird. Ein stilles, einsames Straßenkind, das sich selbst nicht versteht. Aber du hast gelernt. Oh ja, du hast jede Menge gelernt. Sogar, wie man Hexen austrickst und hinters Licht führt. Zu schade, dass all das dir nichts nützen wird.«

Damit stieß sie das Messer hinab in Rubens Herz. Er keuchte auf, zuckte hoch und wurde wieder in den Schlamm gedrückt, indem Marifa sich mit ihrem ganzen Gewicht auf dem Griff der Waffe abstützte.

Ich spürte, wie Rubens Leben erlosch.

Und in dem Moment, in dem seines ging, kehrte meines zurück.

Marifas Augen flogen auf, als ich sie packte. Einen Moment lang war sie überrascht, dann brach sie in schallendes Gelächter aus.

»Du bist mächtig, Hannah. Aber deine Kräfte werden dir nichts nützen, solange Erfahrung mehr zählt als reine Stärke.«

Mühelos rang sie mich zu Boden, beugte sich über mich und ließ das schwarze, schleimige Wasser aus ihrem Mund auf meine Stirn tropfen. »Gib auf«, gurgelte sie. »Gewöhne dich daran, dein hübsches Gefäß mit meiner Seele zu teilen. Stelle es dir nur einmal vor! Mein Wissen und meine Erfahrung, vereint mit deiner Macht! Selbst die Götter werden sich vor uns verneigen. Du kannst mich nicht töten, Mädchen.«

»Wer sagt, dass ich dich töten will?« Ein plötzliches Wissen tauchte in mir auf. Es war, als hätte Rubens Geist mir ins Ohr geflüstert, was ich tun musste.

Also tat ich es.

Ich riss mich los, umfing Marifas Gesicht mit beiden Händen und gab ihr Williams Erinnerungen. Ich gab ihr alles, was er mir gegeben hatte. All seine Liebe, all seine Verzweiflung, all seinen Schmerz. Ich gab ihr jene Gefühle, die er weit entfernt von seiner Heimat durchgestanden hatte, als man ihn gebrochen und neu geformt hatte. Ich gab ihr seinen Hass, den er empfunden hatte, als Gwendolyns Gatte durch seinen Säbel gestorben war. Und ich flößte ihr seine abgrundtiefe, alles auslöschende Einsamkeit ein, die beinahe sein Grab geworden wäre, als die Jahre auf der *Nightingale* seinen Verstand zerfressen hatten.

Ich gab ihr alles.

Ich ließ sie verstehen, was William in ein Monster verwandelt und was ihn geheilt hatte. Meine Gefühle wurden zu ihren Gefühlen. Meine Liebe stach durch ihr Herz und bestrafte sie mit Wissen und Erkenntnis.

Erst dann gab ich sie frei.

Marifa stand auf, als wäre nichts geschehen. Doch ich sah ihren Augen an, dass nichts mehr so war wie zuvor. Taumelnd wich sie vor mir zurück, den Blick ins Leere gerichtet. Und dann, als würde ein Schleier von ihrem Blick gezogen, trat die Wahrheit hervor.

Ich sah den Menschen, der vom Leben zerstört worden war.

Ich sah die Frau, die von zu vielen Männer betrogen, verletzt und missbraucht worden war.

Verzweiflung wischte den Hass in ihren Augen fort. Sie schrie auf, krümmte sich zusammen und begann zu weinen. Immer weiter wich sie vor mir zurück. Zitternd am ganzen Leib, fuhr sie sich mit beiden Händen durch die Haare und keuchte angeekelt auf, als die kleinen Geschöpfe des Sumpfes herabrieselten. Wimmernd betrachtete sie ihren vermoderten Leib, während sie nicht bemerkte, dass aus dem Teich hinter ihr ein mächtiger Alligator hervorkroch.

»Pass auf!«, rief ich ihr noch zu, doch da schlossen sich die Kiefer des Tieres bereits um ihren Körper und rissen sie nach hinten. Weitere Echsen tauchten aus dem Sumpf auf, stürzten sich auf ihren Gefährten und den zappelnden Körper, ließen ihre Zähne zuschnappen und rissen Marifas Leib in kleine Stücke, ehe sie zurück in die schwarzen Fluten tauchten. Nur Momente später schloss sich der Spiegel des Teiches über den Tieren und ihrer Beute, als wäre die Stille der Nacht niemals zerstört worden.

Ich spürte, wie Marifas Seele erlosch. Vielleicht hatte sie ihr Dasein aus freien Stücken aufgeben, vielleicht hatte meine Macht es aus ihrem Fleisch herausgesaugt. Und mit ihrer Existenz verlöschte auch die Finsternis, die den Sumpf und seine Geschöpfe so lange beherrscht hatte.

Frieden kehrte ein. Nicht sichtbar, doch spürbar. Als würde eine seit langem erstickende Welt plötzlich wieder Atem holen.

Taumelnd lief ich zur Eiche hinüber, legte meine Hände auf die blutgetränkten Ranken und ließ das Licht, das Rubens Lebenskraft mir geschenkt hatte, in den Baum fließen. Sein uralter dunkler Wille gab nur widerwillig nach, doch schließlich wich er beiseite, gab Williams Körper frei und ließ ihn in meine Arme sinken.

Zu meiner Überraschung hoben sich seine Lider.

Er lebte!

Doch das bedeutete auch, dass die Schmerzen seines zerschnittenen Fleisches unerträglich sein mussten. Sanft ließ ich das Licht weiterfließen, überließ mich seinem Strom und summte leise Worte vor mich hin, während sich die klaffenden Schnitte schlossen, neues Blut seine Adern füllte und die alte Kraft zurückkehrte.

»Sie ist tot«, flüsterte ich, als William erlöst aufseufzte und sein verkrampfter Körper sich entspannte. »Die Alligatoren haben sie zerrissen. Und ich habe gespürt, wie ihre Seele gegangen ist.«

»Was hast du getan?«, flüsterte er.

»Das, was Ruben mir gesagt hat.« Ich wandte den Kopf zum Steuermann, der tot im Schlamm lag. Ob ich auch ihm helfen konnte?

Behutsam schob ich William beiseite, stand auf und kniete mich neben Ruben. Doch noch ehe ich meine Hand auf seine Brust gelegt hatte, wusste ich, dass seine Seele fort war.

Es war zu spät.

Ich konnte nichts mehr für ihn tun.

»Er hat dir geholfen.« William ließ sich neben mir nieder und blickte auf den Leichnam hinab. »Und mit seinem Leben bezahlt.«

»Ja«, presste ich hervor. »Ohne ihn wären wir verloren gewesen.«

»Ruben war mein treuester Gefährte.« Sein Gesicht verzerrte sich unter einem wilden Schmerz. »Jetzt hat er mir seinen letzten und wertvollsten Dienst erwiesen.«

»Ich kann ihm nicht helfen, William.«

»Ich weiß. Weil er sich entschieden hat, zu gehen.« Sanft zog er mich in seine Arme, presste sein Gesicht in mein Haar und begann zu weinen. So kauerten wir in der schwindenden Nacht, trauernd um einen gemeinsamen Freund und um alles, was vergangen und für immer verloren war.

Irgendwann, als der rote Schimmer der Morgendämmerung durch den Dunst des Sumpfes drang, stand William auf und zog mich mit sich.

»Komm«, sagte er mit einem traurigen Lächeln. »Die *Scowerer* wartet auf uns.«

Alle Männer senkten ihre Köpfe, als Rubens in weißes Leinen gewickelter Leichnam in das Wasser stürzte. Langsam nahm das Meer ihn in sich auf, ließ ihn behutsam in die Tiefe sinken und bedeckte ihn mit seinem tiefen, sanften Blau.

Lange sagte niemand ein Wort.

Alle starrten wir auf den im Sonnenlicht glänzenden Ozean, der zum Grab unseres Freundes geworden war.

Doch schließlich, als ein frischer Wind aufkam und die Segel der *Scowerer* blähte, als der Bug mit neuer Kraft die Wellen zerschnitt, dem Horizont entgegenstrebte und alles Vergangene hinter sich ließ, kehrte das Leben an Bord zurück. Die Männer murmelten ein Gebet, gingen an ihre Arbeit und taten so, als hätte sich nichts geändert. Doch jeder von ihnen wusste, dass nach Rubens Tod nichts mehr so sein würde, wie es einst war.

»Ohne ihn wären Robert und ich tot.« Ferris legte seine Pranke auf die schmächtige Schulter des Zwerges und seufzte. »Marifa hatte unrecht. Er muss Magie benutzt haben, um uns zu retten.«

»Vielleicht sind wir auch selbst auf diesen Baum geklettert.« Robert versuchte vergeblich, seine Tränen zu verbergen, und wandte uns verschämt schluchzend den Rücken zu. »Wir sind hochgeklettert und vor lauter Erschöpfung eingeschlafen.«

»Unsinn«, beharrte Ferris. »Ruben besaß Magie. Vielleicht war sie nur klein. Wie ein winziger Funke. Aber er hat sie verdammt noch mal auf die beste aller Weisen eingesetzt.«

»Ja, das hat er.« Ich schmiegte mich an Williams Schulter und legte die Hände auf das glatte Holz des Schanzkleids. Unter meinen nackten Füßen spürte ich die sonnenwarmen Planken, meine Sinne labten sich am Geruch des Meeres, am Knattern der Segel und dem Surren der Wanten.

»Wohin reisen wir?«, fragte ich.

William lächelte, zuckte mit den Schultern und beschattete seine Augen mit der flachen Hand, um den fernen Horizont zu betrachten. Jene unerreichbare Grenze, hinter der das Unbekannte und Gefährliche auf uns wartete. Schließlich antworte er leise: »Wohin der Wind uns treibt.«

Epilog

Fuerteventura im Jahr 2017

Das Licht der Taschenlampe streifte flüchtig einen goldenen Schimmer, und Marie durchzuckte die Ahnung, dass dort hinten eine Antwort verborgen lag.

Vorsichtig kletterte sie über nasse Felsen, tief hinein in die modrige Dunkelheit der Höhle. Dort, im hintersten Winkel, stand eine Truhe, eingekeilt zwischen zwei großen Steinen. Ihre Gedanken überschlugen sich. Als sie die Kleidung und den Schatz des Piraten geborgen hatte, war dieses Ding noch nicht hier gewesen. Und sie hatte alles abgesucht. Jeden Stein umgedreht. Jede Ecke ausgeleuchtet. Niemals, auf gar keinen Fall hätte sie diese Truhe übersehen.

Von einer kalten Furcht gepackt, berührte sie das morsche Holz. Die Goldbeschläge waren vom Salz zerfressen, das Schloss so rostig, dass es unter ihren Fingern zerbröselte. Leise quietschend öffnete sich der Deckel.

»Heilige Scheiße!« Marie klemmte sich die Taschenlampe in den Mund und fischte behutsam ein in Leder gebundenes Buch hervor. Es dünstete förmlich Vergangenheit aus, sein Einband war brüchig und die Seiten vergilbt. Im Licht der Taschenlampe erkannte sie handgeschriebene Eintragungen, vermischt mit Skizzen, die sich ab der Mitte des Buches veränderten.

Statt der geschwungenen, altmodischen Buchstaben, die für einen modernen Verstand kaum zu entziffern waren, zierten plötzlich deutlich lesbare Sätze die fleckigen Seiten.

»Oh mein Gott!«

Marie schwankte. Sie klappte das Buch zu, drückte es an ihre Brust und rannte zurück zum Strand. Dort, im hellen Sonnenschein, setzte sie sich auf einen Felsen und schlug ihren Fund erneut auf.

Es war Hannahs Handschrift.

Ohne jeden Zweifel, so unwahrscheinlich und verrückt es auch war, blickte sie auf eine Hinterlassenschaft ihrer Schwester.

Marie blinzelte. Die Eintragungen verschwammen vor ihren Augen. Wie war das möglich? Konnte es sein, dass … nein! Ausgeschlossen. Niemand reiste in der Zeit zurück.

Niemand!

Wütend klappte Marie das Buch zu, doch ein zusammengefaltetes Stück Pergament fiel aus den Seiten heraus und in ihren Schoß.

Eine Zeit lang starrte sie es an, unfähig, auch nur einen Finger zu rühren. Doch schließlich hob sie es auf, faltete es auseinander und blickte auf einen Brief hinab. Das Papier war gelb wie das des Buches, durchsetzt mit braunen Flecken, die Tinte an manchen Stellen so ausgeblichen, dass die Worte nur noch schwer zu erkennen waren.

Liebste Marie …

stand am oberen Rand geschrieben.

Tränen schossen in ihre Augen. Unmöglich!, beharrte ihr Verstand. Ausgeschlossen. Hannah konnte nicht in die Vergangenheit gereist sein. Sie hatte ihr keine Nachricht in einem uralten Buch hinterlassen, versteckt in einer Meereshöhle, die trotz des Klippenabbruchs noch immer vom Rest der Menschheit unentdeckt geblieben war.

Und was, wenn es doch so war?

Wenn das Unmögliche die einzige Erklärung war?

Hannah war verschwunden. Genauso wie der Pirat. Spurlos. Zurück waren nur die Spuren eines Kampfes geblieben und ein ausgeschlagener fauler Zahn unter dem Sofatisch.

Marie strich mit dem Zeigefinger über das Blatt. Sie glaubte, in jedem verspielten Schwung, in jedem Buchstaben und jedem Wort die Seele ihrer Schwester zu spüren. Unerreichbar weit entfernt, und doch so nah, als würde sie über ihre Schulter blicken und sagen: Lies!

Und Marie las.

Es tut mir aufrichtig leid, dass ich euch so wehgetan habe. Du musst mir glauben, dass ich keine Wahl hatte. Das Schicksal geht seltsame Wege, doch meines hat sich etwas ganz Besonderes einfallen lassen. Gerade sitze ich im Schein einer Laterne am Strand eines namenlosen Eilands der Cook-Inseln und verfasse mit Gänsefeder und Tinte diesen Brief an dich. Ich werde ihn bei unserer nächsten Reise in die Piratenhöhle legen und darauf hoffen, dass es dich nach meinem Verschwinden noch einmal dorthin zieht – und natürlich darauf, dass niemand ihn vor dir findet. Wir schreiben das Jahr 1768, heute ist der 3. November. Der Mond spiegelt sich im Wasser einer palmengesäumten Bucht, meine Gefährten sitzen am Lagerfeuer und erzählen einander Geschichten, so, wie dir dieses Logbuch eine Geschichte erzählen wird. Oder besser gesagt sehr viele davon.

Draußen auf dem Meer wartet unser Schiff auf seine nächste Fahrt. Es ist eine stolze Fregatte namens Scowerer. Ach, Marie, wenn du sie nur sehen könntest! Sie ist so viel schöner, als ich es dir mit Worten beschreiben könnte. Dieses Schiff hat uns schon an so viele ferne Orte gebracht und ist über jedes Meer dieser Welt gesegelt. Mehr als fünfzig Jahre lang sind wir gereist, dorthin, wohin der Wind uns getrieben hat. Vieles, was wir gesehen haben, haben wir im Logbuch beschrieben. Anderes wird nur als Erinnerung in unseren Köpfen weiterleben. Es war niemals meine Absicht, Dad und dich ohne ein Wort zu verlassen. Doch vielleicht tröstet euch der Gedanke, dass ich ein glücklicher Mensch bin, der seine Bestimmung gefunden hat.

Die Sehnsucht nach dem, was hinter dem Horizont liegt, wird mich niemals loslassen. Mein Blut ist zu Salzwasser geworden. Obwohl ich in William die fehlende Hälfte meines Herzens gefunden habe, ist der Hunger nach dem Unbekannten geblieben.

Und sogar noch stärker geworden.

Schon morgen setzen wir die Segel in ein neues Abenteuer, und obwohl ich bereits fünf Jahrzehnte lang die Meere, Strände und Buchten dieser Erde erkundet habe, lässt mich der Hunger nach der Ferne nicht los. Uns wurden im Laufe der Jahre so viele Geschenke gemacht. Dank eines Zaubers überkommt uns die Müdigkeit des Alters nur langsam, einige von uns haben ihr hundertstes Jahr schon lange hinter sich gelassen und klettern immer noch wie Schiffsjungen durch die Wanten. Vielleicht steht in deiner Zeit irgendwo ein morsches Holzkreuz, das Williams und meinen Namen trägt.

Vielleicht gibt es irgendwo ein Grab. Oder wir segeln noch immer über die Ozeane. Wer weiß das schon. Ich habe gelernt, dass nichts unmöglich ist.

Nun sitze ich hier im Mondschein am Strand und werde gleich zu dem Mann gehen, den ich über alles liebe. Wir werden unter einem tropischen Sternenhimmel schlafen und bei Sonnenaufgang auf unser Schiff zurückkehren.

Unsere Reise hört niemals auf.

Denn in unserer Brust schlägt das wilde Herz des Meeres.

Ende

Lara Wegner

Ein Hauch von Schicksal

ISBN: 978-3-95991-067-5, kartoniert, EUR 12,90

Ein Amulett, mehr ist Grace von ihrer Familie nicht geblieben. Angeblich erfüllt es Wünsche. Obwohl sie nicht daran glaubt, wünscht sie sich ein neues Leben. Am nächsten Morgen erwacht sie nicht nur im 17. Jahrhundert, sondern auch noch in einer Ehe mit dem ehemaligen Freibeuter Rhys Tyler, mit dem sie nach Barbados segeln muss.

Niemals hätte sie erwartet, in diesem Mann ihre große Liebe zu finden. Doch gerade als Grace wieder an das Glück glaubt, werden sie von Piraten entführt und geraten in die Gewalt eines Mannes, der alles daran setzt, Grace zu brechen und Rhys zu vernichten. Nichts ist mehr sicher. Denn auch eine große Liebe kann an der Grausamkeit eines Wahnsinnigen zerschellen.